너에게 닿는 거리, 17년

너에게 닿는 거리, 17년

타마라 아일랜드 스톤 지음   서민아 옮김

Time

Between

Us

내 과감한 모험 지대,
마이클에게 바칩니다.

시간은 두 장소 간의 가장 먼 거리다.

– 테네시 윌리엄스

2011년 10월

캘리포니아 주, 샌프란시스코

나는 이만큼 떨어진 거리에서도 그가 무척 어려 보인다는 것을 알수 있다. 그를 처음 보았을 때보다 더.

그와 그의 친구들은 라피엣 공원 주변에서 두 시간 동안 스케이트보드를 탔고, 지금은 잔디 위에 드러누워 게토레이를 들이키며 도리토스 과자 봉지를 주고받는다.

"실례지만."

여덟 명의 열여섯 살 소년들은 처음엔 당황하는 듯 싶더니 이내 호기심 어린 표정으로 일제히 나를 바라본다.

"네가 베넷이니?"

나는 그가 베넷이라는 것을 알면서도 이렇게 물어보며 그가 고개를 끄덕이길 기다린다. 그가 어디에 있든 나는 그를 알아볼 것이다.

"잠깐 얘기 좀 할 수 있을까? 둘이서만."

그는 눈살을 찌푸렸지만 곧 자리에서 일어나, 언덕 아래로 굴러가지 않도록 스케이트보드를 뒤집어 놓았다. 나는 그가 나를 따라 가까이에 있는 벤치로 향하면서, 친구들을 향해 어깨를 으쓱해 보이는 것을 알아챈다. 이제 그는 벤치 끝에, 나하고 최대한 멀리 떨어진 곳에 앉는다.

그에 대한 모든 것이 내게는 너무나 익숙하고 또 너무나 똑같아서, 나는 하마터면 거리를 좁히기 위해 바싹 다가앉을 뻔했다. 내가 어렸을 때 그와 자연스럽게 그랬던 것처럼. 하지만 우리 사이에는 16년이라는 시간이 놓여 있고, 그 시간은 나를 벤치 끝에서 더 가까이 다가가지 못하도록 하기에 충분하다.

"안녕."

내 목소리가 떨린다. 나는 곱슬곱슬한 머리카락 한 가닥을 손가락으로 감다가 문득 동작을 멈추고, 손을 옆으로 내려놓으며 벤치의 나무판자에 손바닥을 붙인다.

"네…… 안녕하세요?"

그가 말한다. 그리고 불편한 침묵 속에서 나를 가만히 뜯어본다.

"죄송하지만 제가 그쪽을 알거나, 뭐 그런가요?"

나는 본능적으로 그렇다고 말하고 싶지만, 꾹 참고 입술을 굳게 다문 채 대신 고개를 젓는다. 그는 나를 모른다. 아직은.

"난 애나라고 해. 저, 이거."

나는 봉인한 흰 편지 봉투를 가방에서 꺼내 그에게 건네며 미소를 짓는다. 그는 편지 봉투를 받아 들고 몇 번이나 뒤집어 본다.

"이렇게 글로 설명하는 편이 더 안전할 것 같았어."

내 다음 말이 가장 중요하다. 나는 수도 없이 연습했기 때문에 이 말을 완벽하게 해낼 테지만, 그래도 혹시 몰라 한 단어 한 단어 머릿속에서 생각하고 또 생각한다.

"오늘 내가 엉뚱한 말을 하게 될 것만 같은데, 그렇게 되면 우리가 다시는 만나지 못할지도 모르니까."

그가 갑자기 머리를 들어 올려 휘둥그레 뜬 눈으로 나를 바라본다. 지금까지 아무도 자신에게 이런 식으로 말한 사람이 없었을 것이다. 나의 이 말로 그는 내가 자신의 비밀을 알고 있다는 것을 눈치챈다.

"이만 가는 게 좋겠어요."

그가 일어선다.

"혼자 있을 때 읽어 봐, 알겠지?"

나는 그를 벤치에 남겨 둔 채 언덕 아래로 걸어 내려간다. 그리고 돌아보지 않으려고 샌프란시스코 만(灣)을 미끄러지듯 움직이는 한 척의 배에 시선을 고정시킨다. 이 순간을 위해 몇 년을 고민했던 터라 이제는 마음이 편해질 줄 알았는데, 그렇지 않다. 나는 또다시 그가 그립다.

방금 내가 한 행동은 모든 것을 바꾸거나, 혹은 아무도 바꿀 수 없을 것이다. 그래도 나는 시도해야 한다. 어차피 잃을 게 아무것도 없으니까. 내 계획이 이루어지지 않는다면 내 인생은 여전히 똑같아질 것이다. 안전하고, 편안하고, 완벽히 평범하게.

하지만 그건 애초에 내가 선택한 삶이 아니었다.

1995년 3월

1

혈액 순환을 위해 양팔을 털고, 약하게 딱 소리가 날 때까지 머리를 앞뒤로 흔든 다음, 속이 아릴 정도로 차가운 새벽 공기를 깊이 들이마셨다. 그래도 지난주에 비하면 공기가 훨씬 따뜻해져서 군말 않고 다행이라고 생각하기로 했다. 디스크맨Discman(일본 소니사(社)의 휴대용 CD 플레이어 - 옮긴이)을 고정시키는 네오프렌 벨트를 허리에 단단히 매고 음악을 틀었다. 그린 데이Green Day(미국 캘리포니아 주 출신의 4인조 록 밴드 - 옮긴이)의 음악이 내 귀에 크게 울렸다. 자, 이제 집을 나서 볼까.

평소처럼 모퉁이 몇 개를 돌아 동네를 빠져나온 다음, 마침내 유리처럼 맑고 넓은 미시간 호수를 끌어안는 조깅 코스에 도착했다. 마지막 굽은 길을 돌면 노스웨스턴 대학교 트랙으로 이어지는 길이 선명하게 눈에 들어오는데, 오늘도 어김없이 이곳에서 초록색 조끼를 입은 남자를 발견했다. 우리는 서로를 향해 달렸고, 포니테일로 묶은 남자의 머리-그의 머리는 은발이고, 내 머리는 산발이다-가 찰랑찰랑 흔들리는 것이 보였다. 우리는 서로에게 살짝 손을 흔들어 보였고,

바로 옆을 지날 때 나는 "안녕하세요"라고 인사했다.

축구장을 향해 달릴 때쯤에는 미시간 호수 위로 해가 서서히 떠오르고 있었다. 푹신한 트랙에 발이 닿자 새롭게 에너지가 솟는 것을 느끼며 더욱 속도를 냈다. 둥근 트랙을 반쯤 지났을 때 CD가 음악을 바꾸었고, 새로 시작된 노래는 어젯밤 커피하우스로 나를 데리고 갔다. 아, 어젯밤 그 밴드는 정말 대단했어. 처음 몇 음을 연주하자 커피하우스가 온통 폭발하는 것 같았지. 모두들 일제히 자리에서 튀어 올라 고개를 까딱거렸고, 이 도시의 고등학생들과 호기심에 들른 대학생들 사이를 가르던 벽이 완전히 허물어졌잖아.

이런 생각에 잠긴 나는 재빨리 주위를 둘러보며 아무도 없다는 것을 확인했다. 눈에 보이는 것이라고는 줄지어 늘어선 텅 빈 철제 관중석과 겨울이면 으레 그렇듯 아무도 치우려 하지 않는 두텁게 쌓인 눈뿐이어서, 나는 후렴 부분을 큰 소리로 따라 불렀다.

커브를 돌아 달리고 또 달렸다. 다리가 욱신거렸고, 심장은 마구 뛰었으며, 팔은 위아래로 빠르게 흔들렸다. 차가운 북극 기류를 들이마셨다가 내뿜었다. 이렇게 30분간 고독을 누렸고, 그 순간엔 오로지 나와 나의 달리기와 나의 음악과 나의 생각만 존재했다. 그 순간 나는 완벽하게 혼자였다.

하지만 이내 그렇지 않다는 것을 깨달았다. 관중석에 있는 누군가의 모습이 눈에 띄었다. 차가운 눈이 쌓인 세 번째 줄 의자에 엉덩이를 파묻고 앉아 있어 못 보고 지나치기가 불가능했다. 검은색 파카를 입은 그는 엷게 미소를 지으며 턱을 괸 채 가만히 앉아 나를 지켜보고 있었다.

나는 그를 슬쩍 훔쳐보았지만, 내 성역을 침입한 그의 존재 따위 관심 없다는 듯 계속해서 달렸다. 텁수룩한 검은 머리, 섬세한 이목구비의 그는 노스웨스턴 대학교 학생, 아마도 신입생인 것 같았다. 위협적으로 보이지는 않지만, 설사 날 위협한다 하더라도 나는 그를 앞질러 달릴 수 있다.

하지만 만일 달아나지 못하면 어쩌지?

언젠가 해 질 녘에 달리기를 시작했을 때 아빠가 가르쳐 준 호신술 자세를 얼른 떠올렸다. 무릎으로 사타구니를 치고, 손바닥으로 상대의 코를 힘껏 밀친다. 하지만 무엇보다 공격자의 존재를 인정하고 애초에 맞닥뜨릴 일을 피해야 한다. 그래, 아무래도 그 편이 훨씬 쉽겠지.

굽은 구간을 돌면서 그에게 살짝 고개를 끄덕인 뒤, 두려움과 고집이 뒤섞인 미묘한 표정으로 그를 노려보았다. 마치 대담하게 상대를 움직여 보려 하지만 막상 상대가 손끝이라도 까딱할까 봐 두려워하는 것처럼. 그의 곁을 지나쳐 달리면서 그의 표정이 변하는 것을 지켜보았다. 마치 내가 호신술을 사용해 주먹으로 복부를 강타하기라도 한 듯 그의 얼굴에서 미소가 사라지더니 슬프고 우울한 표정으로 바뀌었다.

트랙의 커브를 따라 달리면서 다시 그가 있는 쪽으로 향하기 시작했을 때, 고개를 들어 그가 있는 쪽을 바라보았다. 그는 머뭇머뭇 미소를 짓고 있었지만, 그 미소는 마치 나를 알고 있기라도 한 듯 따뜻했다. 진심 어린 미소. 어쩐지 그를 알아 두어도 괜찮을 것 같았다. 그리고 눈이 마주친 이상 어쩔 도리가 없었다. 나도 그에게 미소로 답했다.

다음 굽은 구간을 돌 때 나는 여전히 활짝 웃으며 달리고 있었고, 나도 모르게 갑자기 몸을 획 돌려 다시 그가 있는 방향을 돌아보았다.

그는 없었다.

나는 그 자리에 서서 트랙 주위를 꼼꼼히 살피며 그를 찾다가, 관중석을 향해 전속력으로 달렸다. 그리고 혹시 그가 있으면 어쩌나 하고 잠시 망설였지만, 용기를 내 터벅터벅 관중석 계단을 올라갔다.

그는 없었다. 하지만 아까는 분명히 있었다. 의자에도 그의 흔적이 남아 있었다. 그가 앉은 자리에 눈이 다져져 있고, 아래쪽 벤치에 푹 꺼진 두 개의 발자국이 찍혀 있었다.

그리고 바로 그때 또 다른 사실을 알아챘다.

내 발자국은 눈 위에 선명하게 찍혀 있지만, 그의 발자국이 있어야 할 자리 ─ 벤치를 오고 가면서 발로 밟았을 자리 ─ 에는 눈만 소복하게 쌓여 있을 뿐 아무것도 보이지 않았다.

2

나는 서둘러 집으로 돌아와 한 번에 두 칸씩 계단을 올라갔다. 샤워기를 틀고 땀에 젖은 옷을 홀딱 벗은 채 서서 물 한 컵을 들이켠 다음, 욕실에 김이 차오르길 기다렸다. 약품 선반 거울에 비친 내 모습이 짙은 수증기에 가려 희미해졌다. 내 모습이 완전히 가려졌을 때 손바닥으로 거울을 쓸어 습기로 뒤덮인 표면을 깨끗하게 닦아 냈다. 그리고 내 얼굴을 다시 가만히 들여다보았다. 미친 것 같지는 않았다.

샤워를 하는 내내 그가 실제로 존재하는 사람이었을지, 내가 말을 건네 볼 수 있는 사람이긴 했을지, 멀쩡한 대화가 가능한 사람이었을지 궁금했다. 학교에 가기 위해 옷을 갈아입으면서도 머릿속에서는 여전히 그의 얼굴이 떠나지 않았다. 하지만 그에 대한 일들을 마음에서 몰아내기 위해 최선을 다했고, 그는 단지 내 상상이었을 뿐이라고 스스로를 설득하려 애썼다. 그러면서도 이번 한 주는 그 트랙을 피하기로 결심했다. 나는 틀림없이 무언가를 보았다.

부츠의 지퍼를 잠그고 전신 거울을 통해 마지막으로 내 모습을 점검하면서도 그 생각을 떨치려 애썼다. 곱슬머리 사이로 손가락을 넣어 쓸어 보다가 머리카락을 움켜쥐고는 다시 머리를 흔들었다. 아무리 해도 그의 모습이 잊히지 않았다.

어깨에 백팩을 들쳐 메고 매일 아침 치르는 나만의 의식을 억지로 행했다. 내 방에서 가장 넓은 벽에 붙어 있는 지도 앞에 섰다. 그리고 눈을 감고 지도의 어딘가를 손으로 짚은 뒤 다시 눈을 떴다. 페루, 카야오Callao. 좋아. 안 그래도 어딘가 따뜻한 곳을 원했어.

내 꿈이 여행이라는 것을 기억하고 있던 아빠는, 작년 여름 어느 날 몰래 차고에서 몇 시간을 끙끙대며 코르크판 위에 종이로 만든 커다란 세계 지도를 붙이고 있었다.

"네가 여행한 지역을 모두 표시할 수 있단다."

아빠는 이렇게 말하면서 빨간 핀이 들어 있는 작은 상자를 건넸다. 나는 그 자리에 서서 물끄러미 지도를 쳐다보았다. 산맥들의 지형적인 특성과, 바다의 다양한 깊이를 변화무쌍한 색조로 나타낸 형형색색의 커다란 종이를. 눈앞에 세계 지도가 펼쳐져 있었지만 어차피 이 세계가 내 것이 될 수 없다는 것을 알고 있었다. 내 세계는 굉장히 좁았으니까.

그날 아빠가 방에서 나간 뒤 나는 작고 빨간 핀을 하나씩 종이에 꽂았다. 작년에 우리 반은 일리노이 주의 주도인 스프링필드를 방문한 적이 있었다. 그래서 그곳에 핀 하나를 꽂았다. 그러고 보니 미네소타 주 북동쪽 국경 근처의 호수로 가족 캠핑을 떠난 적도 있었다. 그래서 핀 하나를 또 꽂았다. 7월 4일에는 미시간 주 그랜드래피즈에 갔다 왔다. 고모가 인디애나 주 북부에 살고 있어서 우리 가족은 1년에 두 차례 그곳에 가는데, 이번에도 다녀왔다. 이 정도가 전부였다. 모두 네 개의 핀이 꽂혔다.

처음엔 작고 빨간 핀들이 일리노이 주 근처에서 애처롭게 옹송그린 모양만 눈에 들어왔지만, 요즘에는 아빠의 의도대로 지도를 보게 되었다. 지도는 마치 내게 눈으로 구석구석을 살펴보라고, 하나씩 핀을 꽂으면서 내 작은 세계를 점점 넓히도록 도전해 보라고 요구하는 것 같았다.

나는 마지막으로 지도를 한 번 쳐다보고 주방에서 풍기는 근사한 향기를 따라 계단을 내려갔다. 층계참까지 내려가지 않아도 아빠가 커피포트 앞에서 두 개의 머그잔에 커피를 따르고 있다는 것을 알 수 있었다. 아빠의 머그잔에는 블랙커피가, 내 머그잔에는 우유를 넣은 커피가 있겠지. 나는 쑥 내민 아빠의 손에서 내 머그잔을 받아 들었다.

"좋은 아침, 아빠. 엄마는 벌써 출근했어?"

"네가 운동하러 가기 전에 벌써 출근했지. 오늘은 교대 시간이 이르거든."

아빠는 내가 커피 마시는 모습을 바라보더니 주방 창문 밖을 살짝 내다보았다.

"오늘은 어디에서 뛰었니? 아직 밖이 꽤 어두운데."

아빠가 걱정스러운 듯 말했다.

"노스웨스턴 대학교 교정. 늘 그렇지 뭐."

트랙에서 본 남자아이에 대해서는 절대로 말하지 않을 거다.

"오늘도 굉장히 추워. 처음에 뛸 땐 너무 힘들었어."

나는 그릇에 건포도 시리얼을 붓고 조리대 앞에 놓인 의자에 털썩 주저앉았다.

"아빠도 나랑 같이 뛴다면 언제든 환영이야, 알지?"

나는 활짝 웃으며 이렇게 말했다. 그렇지만 다음에 무슨 말이 이어질지는 보나마나 뻔했다. 아빠는 눈썹을 치켜뜨면서 나를 바라보았다.

"유월이 되면 아침에 깨워 줘. 그땐 같이 뛰어 주지. 그 전까지는 따뜻한 침대 밖으로 끌어내서 아빠 고문하면 안 된다."

"에이, 겁쟁이."

"그래, 아빠 겁쟁이다."

아빠가 고개를 끄덕이며 건배를 하는 것처럼 머그잔을 들어 올렸다.

"우리 애니하고 다르게 아빠는 겁쟁이야."

아빠가 고개를 저으며 말했다.

"어휴, 내가 괴물을 키웠지."

나를 달리기 선수로 키운 아빠는 고등학교 시절 일리노이 주 크로스컨트리 주 대회 결승 진출자이기도 했다. 하지만 영광스러운 시절을 뒤로하고, 지금은 무슨 교수님처럼 스포츠 코트 차림으로 경기장 끝에 서서 나를 향해 열렬하게 박수를 치고, 억센 오크 나무가 부러져라 우렁찬 목소리로 응원하는 정신 나간 남자가 되어 버렸다. 이제 크로스컨트리 시즌이 끝나고 내가 아빠 눈에 보이지 않는 곳, 아빠의 목소리를 감당할 나무 한 그루 없는 트랙을 달리게 되자 아빠는 더 극성스러워졌다. 더 이상 나를 당황하게 만들지는 않았지만, 엄청나게 헌신적이 된 것이다. 뭐, 그 보답으로 아직 애니라는 애칭으로 나를 부를 수 있는 유일한 사람이 되긴 했지만.

내가 편안하고 조용히 커피를 마시면서 시리얼을 먹는 동안, 아빠는 읽고 있던 신문으로 다시 눈을 돌렸다. 마지못해 침묵을 몰아내려는 엄마와 달리, 아빠는 마치 한 가족처럼 침묵을 머물게 했다. 그때 엠마가 몰고 오는 자동차의 낮은 경적 소리에 침묵이 물러났다.

아빠가 신문 한 면에 눈길을 던지며 말했다.

"네 영국인 친구 왔나 보다."

나는 아빠의 뺨에 가볍게 입을 맞추고 밖으로 향했다. 자동차는 웅웅 소리를 내며 진입로로 들어왔고, 나는 얼음이 깔린 콘크리트 위를 미끄러지지 않고 최대한 빠른 걸음으로 자동차에 다가갔다. 그리고 안도의 한숨을 짧게 내뱉으며 엠마의 빛나는 사브 자동차 문을 활짝 열고서 따뜻한 가죽 의자 속으로 몸을 던졌다.

"좋은 아침!"

엠마 앳킨스가 영국식 발음으로 경쾌하게 인사했다. 그런 다음 후진 기어를 넣고 재빨리 진입로를 빠져나갔다.

"그 얘기 들었니?"

엠마는 몇 시간 동안 꾹 참고 있던 말을 드디어 쏟아 낸다는 듯 불쑥 말을 뱉었다.

"당연히 안 들었지."

나는 엠마를 보며 눈을 굴렸다.

"네가 말해 주지 않는데 어디에서 무슨 이야기를 듣겠어?"

"오늘 남학생 한 명이 새로 전학 와. 캘리포니아에서 방금 이사 왔대. 정말 잘됐지, 안 그래?"

엠마는 해외여행은 해 봤지만, 미국은 중서부 이상 넘어가 본 적이 없었다. 그러니 엠마에게 캘리포니아는 냉동 커스터드나, 옥수수 가루를 살짝 묻혀 막대를 꽂은 핫도그처럼 미국의 환상적이고 독특한 무엇처럼 느껴지는 것 같았다.

"뭐든 새로운 건 좋지."

나는 이렇게 말하고 고개를 돌려 엠마를 보면서, 엠마가 평소보다 아이섀도를 짙게 바른 데다, 액세서리도 주렁주렁 달고, 가뜩이나 짧은 교복 치맛단을 한껏 치켜 올려 더 짧게 만든 것을 확인했다. 오늘 아침 눈을 뜬 이후부터 지금까지 새로 전학 오는 남학생 때문에 잔뜩 신경 쓴 게 분명했다. 신호등 앞에서 멈추자, 엠마는 고개를 쭉 빼고 백미러를 들여다보며 손가락 끝으로 립스틱을 펴 발랐다. 사실 엠마 정도면 굳이 이렇게 애쓸 필요도 없었다. 엠마는 큰 키에 뚜렷한 광대뼈, 검고 섹시한 눈동자로 영국인이지만 오히려 브라질 슈퍼모델을 더 많이 닮았다. 그 옆의 나는 오늘따라 립글로스조차 바르지 않았다. 그러니 엠마가 새로 온 남학생한테 잘 보이려고 잔뜩 꾸미지 않았어도, 우리가 나란히 학교에 걸어 들어갈 때 사람들 시선이 누구에게로 향할지는 안 봐도 뻔했다.

엠마가 외모에 각별히 신경을 쓴 것보다 더 놀라운 일은, 차에 음악을 틀 생각조차 하지 않았다는 사실이다. 나는 조수석 사물함으로 팔을 뻗어 손끝에 스웨이드 감촉이 느껴질 때까지 아무렇게나 흐트러져 있는 CD 더미를 뒤졌다. 작년 엠마의 생일에 내가 선물한 꽃분홍색 스웨이드 CD 보관함을 찾는 중이었다. 나는 어질러진 CD 몇 장을 집어 보관함에 밀어 넣었다.

"애나, 어쩜 넌 흥분도 안 되니? 이건 엄청난 사건이란 말이야. 아주 오랜만에 전학생이 오는 거라고. 그러니까……."

엠마는 생각에 잠길 때 늘 그러듯 손으로 핸들을 탁탁 치면서 차츰 잦아드는 목소리로 말했다. 나는 하던 일에 몰두하느라 고개도 들지 않은 채 엠마가 얼버무린 말을 대신 마무리했다.

"나 이후로 처음이야."

"정말?"

나는 어깨를 으쓱해 보이며 고개를 끄덕였다.

"응, 팔 학년 때였지. 여드름에 치아교정기까지 끼고 심한 곱슬머리에, 끔찍한 체크무늬 웨스트레이크 교복 스웨터를 입고 나타났잖아."

나는 마지막 장면을 떠올리며 몸을 움찔했다.

"전학생이 온단 말이지. 나 이후 처음으로."

"정말……."

엠마는 창밖을 응시하며, 내 말이 틀릴 수도 있다는 듯 곰곰 생각에 잠겼다. 그리고 이내 다시 입을 열었다.

"어머, 정말 그렇구나."

엠마는 이렇게 말하고는 팔을 뻗어 내 뺨을 꼬집었다.

"그래서 결론은 정말 잘됐다는 거 아니니! 네가 없었으면 지금 처량하게 나 혼자 노래를 흥얼거리고 있었을 거 아니야. 이런, 그나저나 우리 이러다 노래도 못 정하고 학교에 도착하겠다. 자, 여기."

엠마가 팔을 뻗어 맨 위의 CD를 잡았다.

"「바이탤러지Vitalogy(미국 얼터너티브 록 그룹 펄 잼(Pearl Jam)이 1994년에 발표한 세 번째 음반 - 옮긴이)」야. 완벽 그 자체지."

사실 우리는 펄 잼의 새 음반을 지난 3개월 동안 하루도 빠짐없이 들었다. 엠마는 음반을 스테레오에 밀어 넣고 저음이 뭉개지지 않는 선에서 볼륨을 최대한 높였다. 그리고 나를 보며 미소를 짓고는 '코듀로이Corduroy' 시작 부분의 기타 연주가 흐르자 박자에 맞추어 몸을 움직였다. 곧이어 일정한 리듬이 확대되고 고조되자 마침내 차 안은 음악 소리로 꽉 들어찼다. 드럼이 가세할 때 나는 의자 뒤로 몸을 기댔다. 드럼 소리는 처음에는 부드럽게 시작했지만 이윽고 시끄럽게 쾅쾅 울려댔다. 전주의 마지막 다섯 음이 끝나면 이제 우리 차례였다. 우리는 서로 마주보며 노래를 불렀다.

기다림은 나를 미치게 해
마침내 넌 여기에 있지만 난 엉망이 됐지

우리는 음정이고 뭐고 상관없이 큰 소리로 가사를 전부 따라 불렀다. 노래의 마지막 부분은 연주만 나오는데 이 부분이야말로 우리가 한껏 기분을 낼 수 있는 대목이었다. 나는 기타 연주자를 흉내 내며 머리를 흔들었고, 엠마는 언제나처럼 '오른손 2시, 왼손 10시 방향'에 가깝게 자동차 핸들을 잡고, 그것을 드럼 삼아 두 손을 바삐 움직이며 가죽을 두드렸다. 엠마는 마치 음악이 끝나는 때에 맞추어 도착하려고 미리 계산이라도 한 것처럼 마지막 기타 음이 점점 작아져 완전히 사라질 때쯤 평소 차를 대는 주차 공간에 도착해 차의 시동을 껐다.
"펄 잼이 올 여름에 솔저필드에 오는 거 알지? 그러니까 네가 그 주근깨한테 가서 우리 표 좀 얻어 와."
"그 애를 그렇게 부르지 좀 말라니까."
내가 웃음을 참으면서 말했다.
"그 아이 이름은 주근깨가 아니라 저스틴이거든. 물론 잘하면 저스틴이 우리한테 티켓을 줄지도 모르지……."

엠마가 눈썹을 치켜 올리며 나를 흘겨봤다.

"잘하면? 애나, 무슨 소리야. 네가 부탁하면 뭐든 줄 텐데. 걔 너한테 완전 반했잖아."

"에이, 그런 거 아니야. 내가 다섯 살 때부터 저스틴을 봐 왔는걸. 우린 그냥 친구일 뿐이야."

"걔도 그렇게 생각할까?"

"물론이지."

우리 부모님과 저스틴의 부모님은 아주 오랫동안 서로 잘 알고 지냈고, 부모님들끼리 만날 때 저스틴과 나도 거의 항상 함께 있었다. 그런데 요즘 좀 이상해졌다. 지금까지 편안한 운동복 같기만 했던 저스틴 라일리가 요즘은 왠지 무도회 드레스 같아졌다. 근사하지만 어쩐지 거북한.

"좋아, 알았어. 그럼 우리한테 필 잼 티켓을 얻어 줄 수 있는지 네 친구한테 친절하게 물어봐 줄래?"

엠마는 차에서 나오려다 뭔가 새로운 생각이 떠오른 듯 멈칫했다.

"가만, 걔가 티켓을 구해 주지 못하면 어떻게 하지? 그럼 우린 어떻게 해?"

나는 엠마를 가만히 바라보았다.

"너 올 여름에 필 잼 볼 거야?"

엠마가 고개를 끄덕였다.

"당연하지."

"그럼 네가 원하는 걸 얻지 못한 적이 있었는지 한번 생각해 봐."

나는 엠마가 생각하는 동안 기다렸다. 곧이어 엠마가 어깨를 으쓱해 보이며 미소를 지었다.

"내가 그렇게 막무가낸가?"

"그런 건 아니고."

거짓말. 엠마가 강아지 같은 표정을 지어 보이는 바람에 나는 "가끔 그럴 때도 있지만, 그래도 난 널 사랑해"라고 말해 주었다. 엠마가 미소를 지었다.

엠마와 나는 학생 주차장에서 걸어 나와 측면 출입구로 향했다. 건물 안으로 들어선 우리는 히터의 따뜻한 바람이 부츠에 묻은 눈을 녹여 물방울이 되어 흐르는 것을 보면서 현관 깔개에 발을 탁탁 털었고, 그 틈에 나는 오늘 아침 처음으로 뭔가 말할 쯤을 얻었다. 트랙에서 일어난 일을 누군가에게 말한다면 그 대상은 엠마가 될 테고, 지금이 바로 적절한 때였다. 하지만 어디에서부터 이야기를 시작해야 할지 몰랐다. 느닷없이 나타나 나에게 미소를 짓던 한 남자애가 자신이 앉았던 흔적만 남긴 채 순식간에 내 눈앞에서 사라졌다는 것, 그래서 계속 머릿속에 이 수수께끼가 맴돌고 있다는 것을 가장 친한 친구에게 어떤 식으로 말하면 좋을까?

"엠마?"

"응?"

"좀 으스스한…… 이야기 하나 해도 될까?"

나는 혹시나 누군가 내 말을 듣는 사람이 있는지 확인하기 위해 주변을 둘러보았다. 내가 제정신이 아닌 것 같다는 말을 가장 친한 친구한테 하는 것과 다른 누군가가 듣고 삽시간에 퍼뜨리는 건 완전히 다른 문제니까.

"물론이지."

우리는 사물함으로 향하다가 걸음을 멈추었다. 하지만 내가 막 입을 열려는 순간, 농구복 상의를 입은 알렉스 카마리안이 환하게 웃으며 모퉁이에서 불쑥 모습을 나타내더니 엠마의 어깨에 팔을 척 올리는 것이었다. 알렉스는 우리 둘 사이에 얼굴을 쑥 내밀고 엠마의 귀에 대고 속삭였다.

"좋은 아침이야. 오늘 멋진걸."

"우웩, 알렉스."

엠마는 이렇게 말하며 알렉스를 살짝 밀어냈지만, 엷게 미소를 지으며 은근히 알렉스의 행동을 부추겼다.

"우리 대화 중인 거 안 보여? 무슨 볼일이라도 있는 거야?"

알렉스가 엠마의 질문에 대답하기도 전에 첫 번째 수업 종이 울렸다.

"무슨 볼일인지 말해 주지……."

알렉스가 자신의 가슴 쪽으로 엠마를 끌어당기며 말했다.

"……나하고 같이 도넛에 간다면"

엠마가 나를 쳐다보았다. 그리고 다시 알렉스를 보았다. 그런 다음 학생들이 도넛이라고 부르는 복도의 둥근 공간으로 시선을 향했다.

그리고 다시 한 번 나에게 시선을 던졌다. 이번에는 조용히 내 허락을 구하고 있었다. 내가 나름대로 격려의 미소를 지어 보이자, 알렉스가 엠마에게 재빨리 팔을 내밀었다.

"자, 가실까요?"

나는 알렉스와 팔짱을 끼고 그가 데리고 가는 대로 따라가는 엠마의 모습을 지켜보았다. 엠마는 알렉스가 하자는 대로 하는 수밖에 별

도리가 없지 않냐는 듯 나를 돌아보며 어깨를 으쓱해 보인 후 입 모양으로 말했다. '나중에 이야기하자, 괜찮지?'

어쩌면 알렉스의 방해는 일종의 신호인지도 모른다. 혹시 나타났다 사라졌다 하는 사람들이 내 눈에만 보이는 거라면, 그런 사실은 혼자만 간직하는 편이 제일 좋을지도 모른다. 나는 사물함으로 가서 세 개의 수업에 필요한 책들과 집에 가기 전에 씹을 껌 하나를 꺼낸 다음 그 자리에 서 있었다.

바로 그때, 그가 지나가는 것이 보였다. 나는 그 자리에 얼어붙은 채 마치 유령이라도 발견한 것처럼 그를 뚫어져라 쳐다보았다. 파커 교장 선생님은 아버지 같은 태도로 그의 어깨에 팔을 두르며 북적거리는 학생들을 지나 복도를 통과하면서 어디어디에 출입문이 있는지 그에게 알려 주었고, 벽에 부착된 표지판들을 눈여겨보라고 주의를 환기시켰다. 그리고 새 학교의 첫날 첫 수업이 시작될 교실을 알려 주었다.

전학생. 캘리포니아에서 온 텁수룩한 검은 머리의 남학생. 조금도 의심의 여지가 없었다. 이 남학생은 오늘 아침 트랙에서 본 바로 그였다.

두 사람이 바로 내 옆을 지나갔지만, 둘 중 어느 누구도 내게 눈길조차 주지 않았다. 나는 창백해진 얼굴로 입을 벌린 채 서 있었고, 이제 두 사람은 모퉁이를 돌아 내 시야에서 사라졌다.

3

평소에 나는 교실에 제일 먼저 들어가는 편이지만, 오늘 4교시 스페인어 시간에는 종이 다 울린 뒤에야 교실에 들어갔다. 아르고타 선생님은 내가 선생님 수업에 절대로 늦을 리 없는 학생이라는 듯 깜짝 놀란 표정으로 나를 바라보았다. 내가 선생님 곁을 지날 때 선생님은 선명한 노란색 지각 사유서를 내 앞에서 앞뒤로 흔들어 보이며 말했다.

"올라, 세뇨리타 그린Hola, Senorita Greene(안녕하세요, 그린 양)."

선생님은 짐짓 근엄해 보이려 했지만 그 표정을 유지하는 것도 잠시, 1초도 안 되어 다시 활짝 미소를 지었다.

"올라, 세뇨르Hola, Senor(안녕하세요, 선생님)."

나는 먼저 고개를 숙여 인사하고 얼른 선생님 곁을 지난 뒤, 이내 몸을 돌려 죄송하다는 의미로 미소를 지어 보이고 내 자리에 털썩 주저앉았다. 백팩에서 스프링 노트를 꺼낸 다음 박하사탕을 찾기 위해 그 안을 뒤지면서 오늘의 수수께끼 같은 일을 곰곰이 생각했다.

그는 실제로 존재하는 사람이었다. 그리고 이곳에 있었다.

머릿속을 맴도는 수많은 의문을 멈출 수가 없었다. 첫째, 그는 오전 내내 어디에 있었던 걸까? 나는 수업이 끝날 때마다 도넛을 지나갔지만 어디에서도 그를 찾을 수가 없었다. 둘째, 이 마을에 새로 이사 온 고등학생이 왜 월요일 아침 6시 45분에 대학교 트랙에서 시간을 보내고 있었을까? 셋째, 아침에는 마치 잘 아는 사람처럼 나를 바라보았으면서 왜 두 시간 뒤에 바로 내 앞을 지나칠 땐 전혀 낯선 사람처럼 나를 쳐다보았던 것일까? 아니면…… 혹시 날 못 본 걸까. 그를 찾을 수 있다면 알아낼 수 있을 텐데.

대체 그는 어디에 있는 거지?

그때 알렉스가 내 옆자리에 털썩 앉았다. 아르고타 선생님은 꾸짖는 목소리와 그에 어울리는 표정으로 알렉스에게 지각 사유서 파일을 흔들어 보였다.

"늦었습니다, 세뇨르 카마리안."

선생님이 강한 스페인 억양으로 말했다. 하지만 이내 지각 사유서를 선생님 책상으로 가지고 돌아가 나에게 지은 것과 똑같은, 다 이해한다는 의미의 미소를 알렉스에게도 지어 보였다.

"죄송합니다, 세뇨르."

알렉스는 교실 앞을 향해 이렇게 말한 다음 내 책상 쪽으로 몸을 기댔다.

"올라, 애나."

가뜩이나 형광등 불빛이 강해 눈이 부신 상태에서 그의 치아가 새하얗게 반짝이는 바람에 나는 눈을 깜박거렸다.

"안녕, 알렉스."

알렉스는 뭔가 말을 하려고 입을 열었지만, 입 밖으로 말을 내뱉으려 할 때 마침 아르고타 선생님이 목청을 가다듬으며 말을 시작했다.

"집중하세요! 오늘 우리는 새 학생을 맞이할 겁니다."

나는 고개를 들고 숨을 죽였다.

"이쪽은 베넷 쿠퍼예요."

아르고타 선생님이 연극 대사를 읊듯 말을 멈추었고, 그사이 전학생은 한쪽 다리에서 다른 쪽 다리로 무게 중심을 옮기며 어깨의 백팩을 고쳐 멨다.

"여러분, 우리의 새 친구를 따뜻하게 맞이해서 이곳을 편하게 느끼게 해 주십시오."

아르고타 선생님은 내 뒤편 의자를 가리켰고, 전학생은 그쪽을 향해 걸음을 옮겼다.

"자, 이제 에세이를 펴주십시오. 모두."

호기심에 찬 스무 명의 눈동자가 전학생을 쫓다가 이내 관심을 돌려 각자의 가방에서 '스페인의 유럽 연합 가입'에 관한 에세이를 꺼냈다. 내 시선도 그들과 함께 전학생을 향했지만, 모두가 눈길을 거둔 뒤에도 내 시선만은 그러지 못했다.

베넷. 그의 이름이 베넷이었구나.

그는 모두의 관심이 쑥스러운 듯 책상을 내려다보며 교과서의 페이지를 들추다가 잠시 후 천천히 고개를 들었다. 나는 그의 눈길이 교실 맨 끝 문에 가 닿았다가 시계 방향으로 교실 주변을 훑은 뒤, 문득 멈추어 나를 향하는 것을 지켜보았다. 나는 여전히 그를 응시하고 있었다.

내 표정이 얼마나 오랫동안 얼음이 되어 있었는지 모르겠지만, 그가 나를 보고 있다는 것을 깨닫는 순간 목에서부터 뺨 위까지 피부가 새빨갛게 달아올랐다. 이 순간 내가 할 수 있는 일은 하나뿐인 것 같았다. 나는 미소를 지었다. 그리고 저쪽에서도 미소로 답하길 기다렸다. 다른 어떤 미소도 아닌 바로 아침에 트랙에서 보았던 그 미소로. 따뜻함과 내 존재를 알고 있는 듯한 느낌과…… 관심으로 가득한.

하지만 그의 표정에는 그 어떤 내용도 담겨 있지 않았다. 오히려 수줍은 듯 엷게 미소를 던질 뿐이었다. 생판 처음 보는 사람에게 던질 법한 그런 미소를.

설마 내가 운동복 입을 때랑 교복 입을 때가 그렇게 달라 보이는 건 아니겠지. 그렇다면 그는 왜 나를 못 알아보는 척하는 거지? 나는 아직도 그를 뚫어져라 쳐다보고 있었다. 그 사실을 깨닫자 이제는 양쪽 귓가까지 화끈거렸고 얼굴은 완전히 벌겋게 달아올랐다. 나는 의자에서 얼른 자세를 돌려, 이 순간을 모면할 뭔가를 찾기 위해 내 백팩 쪽으로 몸을 굽혔다. 하지만 이내 머리카락이 코를 간질이기 시작했다. 그래서 다시 의자에 바로 앉아 구불거리는 머리카락을 한 움큼 쥐어 손가락으로 돌돌 휘감은 뒤 한가운데에 연필을 꽂아 고정시켰다.

20분 뒤에 아르고타 선생님이 팔을 활짝 벌리면서 "오늘은 네 개로 그룹을 나눕시다, 괜찮지요?"라고 외친 덕분에 재빨리 선생님에게 주의를 돌릴 수 있었다. 그리고 내 공책을 내려다보며 단어와 구절, 동사 활용으로 빽빽하게 메워져 있는 것을 발견하고 깜짝 놀랐다. 아르고타 선생님의 수업을 듣고 있긴 했나 보다. 선생님은 앞줄에 앉은 코트니 브레슬린을 가리키며 말했다.

"번호를 불러 주세요, 세뇨리타!"

"우노Uno(하나)."

계속해서 번호가 불렸고, 교실 안을 뱀처럼 구불구불 돌아 마침내 내 차례가 왔다.

"쿠아트로Cuatro(넷)."

나는 이렇게 말한 뒤 귀를 쫑긋 기울였다. 그리고 절대로 고개를 움직이지 않으려고 애썼다. 몇 분 뒤에 기다렸던 목소리가 들렸다. 내 어깨 너머로 들려온 목소리는 이렇게 말했다.

"우노."

번호가 다 불리자 아르고타 선생님이 외쳤다.

"각자 소지품 챙겨서 모이십시오."

우리는 새로 정해진 그룹을 향해 교실을 이동하기 시작했다. 나는 4그룹이고 베넷은 1그룹─내가 있는 그룹과 정 반대편의─이었으며, 수업이 끝날 때까지 각자 정해진 곳에 있게 될 터였다. 그는 눈 깜짝할 사이에 내 뒤에 나타나는가 싶더니, 이제는 나에게서 가장 먼 자리로 가 버렸다. 하지만 그를 자세히 관찰하기에는 이 각도가 더 좋았다.

그의 교복은 여느 남학생들 교복과 같았다. 검은색 바지에 흰색 옥스퍼드 셔츠, 그 위에 검은색 브이넥 스웨터. 신발은 닥터 마틴 같았는데 내 자리에서는 정확하게 알아보기 어려웠다. 여기에서 보니 다른 아이들과 어디가 다른지 금세 알 것 같았다. 바로 그의 머리카락. 대부분의 남학생들은 약간 보수적인 스타일로 단정하게 가르마를 타고 다녔다. 그렇지 않으면 아주 짧은 시저 컷Caesar cut(앞머리를 일자로 커트한 짧은 머리 ─ 옮긴이)을 하고 다니거나, 윗머리는 약간 길게 놔두고 양옆을 짧게 깎았다. 그러니까, 그들의 머리카락은 그다지 길지 않았다. 반면 그의 머리카락은 잔뜩 헝클어져 있고, 눈썹 위를 살짝 덮는 데다, 며칠 동안 빗은 구경도 못 해 본 것 같았다. 그가 트랙에서 무슨 옷을 입고 있었는지는 기억나지 않지만, 머리카락은…… 그래, 머리카락은 틀림없이 지금하고 똑같았다. 그의 머리카락을 나는 똑똑히 기억했다.

30분 뒤에 종이 울리자, 모두들 일어나 내 시야를 가로막으며 교실 문을 향해 이동했다. 나는 그가 점심 식사를 하러 가는 길에 말을 붙여 보기로 결심하고 얼른 자리에서 일어나 백팩에 손을 뻗었다. 하지만 그를 찾았을 땐 어느새 출입문 밖으로 사라져 그의 뒤통수만 간신히 보일 뿐이었다.

이중문을 열고 학교 식당으로 들어서자 그가 바로 보였다. 그는 바닥에서 천장까지 높게 이어진 창문을 등지고 구석 테이블에 혼자 앉아 있었다. 나는 샐러드 바 사이로 들어가 바나나 하나를 집어 들고 큰 컵에 콜라를 채우는 내내 그가 있는 쪽을 몰래 훔쳐보았다. 생각해 보면 그런 내 모습을 들킬까 봐 염려할 필요는 없었다. 내가 음식을 담는 5분 동안 그는 한 번도 고개를 들지 않았으니까. 그저 자기 자리에 앉아, 한 손에는 책을 들고 다른 한 손으로는 접시에 담긴 음식을 집을 뿐이었다.

대니얼은 우리가 늘 앉는 테이블에 이미 자리를 잡고 있었다. 나는 테이블에 쟁반을 내려놓으며 베넷 쪽을 다시 한 번 재빨리 훔쳐보았다. 베넷은 읽고 있던 책에서 눈을 떼지 않은 채 숟가락으로 빨간색 젤로Jell-O(과일 맛이 나는 디저트용 젤리의 상표명 - 옮긴이)를 뜨고 있었다.

"벌써부터 전학 온 남학생 살피는 거야?"

대니얼이 물었다. 나는 깜짝 놀라 대니얼을 쳐다보았고, 이내 당황해서 허둥거렸다.

"무슨……."

그리고 자리에 앉아, 가지고 온 음료에 손을 뻗으며 말했다.

"왜 그렇게 생각하는데?"

"어머, 앤! 내가 죽 봤는걸. 세상에, 샐러드 바에서 음식을 담으면서 육 미터 떨어진 자리에 앉아 있는 사람을 그렇게 뚫어져라 쳐다보는 사람은 보다 보다 처음 봤다. 아주 인상 깊었어. 대단한 재주야."

귀 끝이 또다시 벌겋게 달아오르기 시작했다. 대니얼은 소리 내어 웃으면서 콜라를 한 모금 마셨다.

"재주는 좋은데 말이지, 애나, 영리하다고는 볼 수 없겠어."

그녀가 내 쪽으로 다가와 내 팔을 토닥이며 달래 주었다.

"하지만 걱정 마. 그 남학생은 눈치 못 챘으니까. 어쩜 책에서 눈 한 번 안 떼는 것 같더라, 얘."

그때 엠마가 숨이 가쁘게 다가와서 테이블에 쟁반을 탁 하고 내려놓은 뒤 의자에 앉았다.

"자…… 다들 소감이 어때?"

엠마는 고조된 억양으로 말을 내뱉었다. 대니얼은 어깨를 으쓱해 보이고는 의자 뒤쪽 다리 두 개로 균형을 잡으며 몸을 기울이더니, 식당 맞은편에 앉은 그를 아예 대놓고 빤히 쳐다보았다.

"저 남학생은…… 전혀 의식하지 않는 거 같아. 이 식당 안에 다른 사람들이 있다는 걸 알기나 할까 몰라?"

"어째 우리보다 나이가 좀 들어 보인다."

엠마가 끼어들며 말했다. 나는 식당을 둘러보는 척하면서 베넷에게 다시 시선을 고정시켰다. 나이가 들어 보이기는. 오히려 약간 동안

인데. 어느새 대니얼도 내게 바싹 붙어 같은 곳을 보고 있었다. 베넷은 무심해 보였다. 자신이 이곳에 와 있다는 사실―혹은 그가 왜 이곳에 오게 됐는지 모두들 궁금해하며 그를 빤히 쳐다보고 있다는 사실―, 그리고 그 사실 하나만으로 자신이 굉장히 흥미로운 존재가 되고 있다는 사실에 아무런 관심이 없는 것 같았다. 적어도 나에게는 그렇게 보였다.

"흐음…… 어째 좀 실망인걸."

엠마가 그를 똑바로 쳐다보면서 요목조목 살폈다. 그리고 눈을 크게 뜨고 코를 찡그리며 다시 우리를 돌아보았다.

"아무래도 내가 기대했던 이상형은 아니야. 이 차갑고 황량한 도시에 굴러다니는 다른 남학생들하고 똑같이 생겼어. 피부는 희멀겋지, 서핑 선수처럼 헝클어진 화끈한 금발 머리도 아니잖아."

엠마는 막대 모양의 빵을 한 입 베어 물며 말을 이었다.

"내가 너무 기대했나 봐. 머리카락은 서핑 선수 같은지도 모르지."

대니얼이 물었다.

"근데 서핑 선수 머리카락이 어떤지 네가 어떻게 알아?"

"있잖니, 서핑 선수들은 머리카락이 길단다."

엠마가 손가락을 들고 꼼지락꼼지락 움직이면서 말했다.

"얼마나 근사한데."

그리고 베넷의 탁자를 엄지손가락으로 가리키며 말을 이었다

"쟤 머리처럼 대걸레같이는 안 생겼단 말이지."

"그만들 좀 하시지. 좀 예쁘게 봐 줘라."

내 말에 둘 다 나를 향해 돌아서서, 기술적으로 그려 넣은 눈썹을 치

켜뜨며 나를 빤히 쳐다보았다.

"왜, 뭐?"

나는 어깨를 으쓱해 보인 뒤, 빨대로 음료를 깊이 빨아들이며 차가운 음료가 목구멍 속으로 흘러 내려가 얼른 얼굴을 식혀 주길 바랐다.

마침내 엠마가 포크로 샐러드를 찍어 입으로 가져간 덕분에, 나는 잠깐이나마 곤경에서 벗어날 수 있을 거라고 기대했다. 그런데 엠마가 갑자기 동작을 멈추더니 이렇게 말하는 것이었다.

"가만, 이거 좀 이상한데."

상추와 토마토가 엠마의 입 앞에서 맴돌고 있었다.

"우리가 어떻게 생각하든 네가 왜 신경을 쓰는 거지?"

"내가 언제. 난 그냥……. 너희가 너무 심하게 말하니까 그렇지."

"우리가 뭘 심하게 말했다는 거야?"

엠마가 대니얼을 쳐다보며 말했다.

"우리가 심했어?"

대니얼은 고개를 가로저었다.

"우리가 심하게 말한 건 없는 것 같은데."

"우린 그냥 관찰만 했을 뿐이야. 말하자면…… 과학자처럼."

엠마는 잘난 척하는 표정으로 씩 웃은 다음 입속으로 포크를 밀어 넣었다. 나는 안도의 한숨을 내쉬며 샌드위치를 집었다. 엠마의 말이 맞았다. 친구들이 어떻게 생각하든 내가 무슨 상관이람? 내가 그를 아는 것도 아니잖아. 더구나 그가 나를 잘 아는 건 절대 아니고. 안 그래도 오늘 아침 트랙 일이 실제로 일어난 일이긴 한지 의심스러울 지경인데.

엠마와 대니얼은 점심을 먹는 동안 나를 유심히 지켜보며 의미심장한 눈빛을 주고받았다. 이윽고 엠마가 대니얼에게 "걱정 마. 나한테 맡겨"라고 말하는 듯한 눈빛을 보내더니, 부드러운 시선으로 나를 돌아보며 그녀만의 주특기를 발휘하기 시작했다. 이제 엠마는 사람들이 말하고 싶어 하지 않는 것을 털어놓게 할 참이었다. 엠마의 이런 재주는 무슨 초능력 같았다.

"애나?"

엠마가 나긋나긋 말했다.

"너, 뭐 있는 거지?"

나는 엠마의 수법을 다 알고 있다는 듯, 그렇게 호락호락 넘어가지 않겠다는 표정으로 엠마를 바라보다가, 이내 고개를 돌렸다. 그리고 두 손으로 얼굴을 가렸다.

"아무것도 없어. 그냥 좀 으스스해서 그래."

나는 작게 말하려고 했는데, 그만 모두가 들릴 만큼 커다란 목소리가 튀어나왔다. 엠마가 천천히 내 얼굴에서 손을 치우며 자기 얼굴을 보게 했다.

"으스스하다니, 뭐가?"

그러고는 갑자기 상황을 분명하게 이해하는 듯한 표정을 지었다.

"가만, 네가 오늘 아침 수업 시간 전에 말하려고 했던 그 으스스한 일이랑 같은 거야?"

나는 혹시 누가 듣지나 않을까 확인하기 위해 주위를 둘러본 다음 다시 몸을 돌렸는데, 그때 엠마와 대니얼이 거의 뺨이 닿을 만큼 내 쪽으로 바싹 다가와 있었다. 나는 식당을 다시 둘러본 다음 그들을 향해 돌아앉았다.

"좋아."

나는 한숨을 내쉬며 말했다.

"그러니까 말이야…… 오늘 아침 달리기를 하러 노스웨스턴 대학교 운동장엘 갔어. 두어 바퀴 뛰었나, 문득 관중석 쪽으로 고개를 돌렸는데 거기에 한 남자애가 앉아 있는 게 보이는 거야. 나를 보고 있더라고. 처음엔 무시했는데 — 난 그냥 계속 달렸고 남자애는 계속 나를 응시했어 — 내가 커브를 돌았을 때……."

나는 말을 멈추고 다시 한 번 식당을 둘러보았다.

"이 남자애가 없는 거야. 그러니까 내 말은, 없어진 거지. 그냥…… 사라져 버렸다고."

그가 나에게 미소를 지은 이야기는 생략했다.

"어머, 진짜 이상하다."

엠마가 이렇게 말하면서 휘둥그렇게 뜬 눈으로 나를 보았다. 엠마는 내 표정에서 뭔가 더 할 말이 남았다는 것을 알아챈 게 틀림없었다.

"그래서?"

나는 턱으로 베넷의 테이블을 가리켰다.

"그 남자애가 바로 쟤야."

목소리가 너무 작게 나오는 바람에 내가 의도했던 것보다 훨씬 섬뜩하게 들렸다. 엠마와 대니얼이 의자를 돌려 다시 한 번 남학생을 유심히 보았다.

"확실해?"

엠마가 베넷에게 시선을 고정시키며 물었다. 나는 그들의 얼굴을 지나쳐 곧바로 베넷의 테이블을 보았다.

"똑같이 생겼어. 체격도 똑같고. 머리카락까지 완전 똑같아. 제일 이상한 건 트랙에서 나를 봤을 땐 마치…… 나를 알고 있는 것 같았거든. 그래 놓고 지금은 전혀 못 알아보는 것처럼 군단 말이지."

그들은 여전히 남학생을 빤히 쳐다보고 있었다.

"그만 좀 봐라."

"아주 못 봐 줄 정도로 생기진 않은 것 같은데."

대니얼이 말했다.

"그러게. 머리만 눈감아 주면 대충 귀여운 것도 같다, 애."

엠마가 맞장구쳤다. 하지만 다시 몸을 돌리면서 마치 엄마처럼 근엄한 표정으로 말을 이었다.

"그렇지만 그 트랙 일은 진짜 좀 으스스하다."

나는 다시 그 남학생을 쳐다보았다. 여자애 세 명이 이렇게 자기 한 사람을 놓고 뒤에서 이야기하고 평가한 것을 알면 아무 말도 털어놓지 않을 테지.

"그래, 그거야!"

그때 대니얼이 입을 열었다. 나는 낙관적인 기대를 하며 대니얼을 슬쩍 올려다보았다.

"가서 물어보자."

희망으로 가득 찬 대니얼의 미소에 나는 눈을 부라렸지만, 내가 대답도 하기 전에 엠마가 가세했다.

"오호, 그거 좋은 생각인데."

엠마는 손바닥으로 테이블을 탁 치며 자리에서 일어나 단호하게 말했다.

"일단 가서 해결하자고."

"뭐라고? 안 돼!"

나는 당황해서 급하게 머리카락을 쓸어 넘기며 말했다.

"제발 그러지 마. 너 저쪽에 가면, 다시는 너하고 말 안 할 거야."

엠마가 걸음을 멈추고 휙 돌아서며 말했다.

"내가 도와준다니까."

나는 이를 악물고 엠마를 노려보았다.

"엠마. 앳킨스. 진지하게 하는 말이야. 가지 마."

엠마가 다가와 말했다.

"봐. 그 애가 널 지켜보고 있다가 슬그머니 사라지더니, 지금은 아무 일도 없었다는 듯 행동하고 있다는 거잖아. 난 그 이유를 알고 싶어."

그리고 다시 돌아서서 그를 향해 걸음을 옮기더니, 내가 식당을 나가야겠다고 생각할 겨를도 없이 어느새 그가 앉은 테이블 앞에 서 있었다. 엠마가 살짝 손을 흔들며 그의 공간을 침범했고, 대니얼과 나는 잔뜩 얼어서 엉거주춤한 자세로 그 광경을 지켜보았다. 두 사람이 악수를 하고 몇 마디 나눈 뒤 엠마가 우리 쪽을 가리켰다.

잠시 후 그는 읽고 있던 책의 모서리를 접어 자신의 백팩 안에 넣은 다음 쟁반을 들고, 환하게 웃고 있는 엠마를 따라 우리 테이블로 다가왔다. 만일 엠마가 오는 즉시 손을 뻗어 그녀의 목을 조른다면 구류보다 더한 형을 받을 테지만, 그래도 한 번 진지하게 고려를 해 봐야지.

"얘들아."

엠마가 우리를 향해 팔을 벌리며 다가왔다.

"얘는 베넷 쿠퍼야."

그가 우리 둘을 보며 미소를 짓더니 뭔가를 기대하는 듯 엠마를 돌아보았다.

"여기 앉아."

엠마가 테이블에서 빈 의자를 빼낸 뒤 자기 자리로 돌아왔다.

"자. 베넷, 이쪽은 대니얼이야. 그리고 이쪽은······."

유치하게도 엠마는 극적인 효과를 내려고 잠시 말을 멈추었다

"우리의 트랙 스타."

엠마가 손짓으로 나를 가리키자, 베넷의 시선이 그 손짓을 따라와 나에게 머물렀다.

"크로스컨트리 선수야."

내가 정확하게 고쳐 말했다.

"이거나 저거나."

엠마가 나를 향해 어깨를 으쓱해 보이고는 다시 베넷에게로 주의를 돌렸다.

"달리기 선수지."

엠마는 베넷을 똑바로 마주 보기 위해 의자를 돌리고 말을 이었다.

"아 참, 이미 알고 있겠구나. 그렇지?"

혐의를 확신하는 듯한 엠마의 눈빛은 사납고도 가차 없었다.

오, 신이시여.

베넷은 엠마를 한 번 보고, 나를 한 번 본 다음, 다시 엠마에게 시선을 옮겼다.

"무슨 말인지 모르겠는데."

"너희 둘 오늘 아침에 노스웨스턴 대학교 트랙에서 만나지 않았어,

베넷?"

엠마는 마치 증인을 반대 심문하는 변호사라도 된 것처럼 신랄하게 질문했다. 그리고 내 어깨에 손을 얹으며 말을 이었다.

"애나는 오늘 아침 일찍 그곳에서 달리기를 하고 있었어. 거기에서 너를 봤지. 넌 애나를 지켜보고 있었고."

그래, 엠마. 넌 이제 죽었어.

"노스웨스턴 대학교?"

그가 눈살을 찌푸리며 나를 빤히 쳐다보았다. 이 도시에서 모르는 사람이 없을 만큼 유명한 대학교 이름을 처음 들어 본다는 듯이.

"미안하지만 그건 불가능한 일이야. 난 이번 주말에 막 이곳으로 이사 왔어. 대학교는 고사하고 아직 이 학교 교정도 제대로 모르는걸."

그는 나를 똑바로 쳐다보며 미소를 지었다. 사실을 말하고 있다는 듯 친절하고 진심 어린 미소였다. 똑같지는 않더라도 트랙에서 나에게 던진 미소와 아주 흡사했다. 바로 그 남자애가 틀림없다는 확신이 더욱 강하게 들 만큼.

"다른 사람하고 헷갈렸나 보구나."

아니, 그렇지 않아. 나는 그가 방금 농담한 거라며 테이블 너머로 주먹을 뻗어 다정하게 내 팔을 톡 치길 기다리면서 그를 빤히 쳐다보았다. 하지만 그는 자리에 가만히 앉아 있을 뿐이었다. 마치 나를 보는 건 지금이 처음이라는 듯, 그리고 어쩌면 내가 제정신이 아닐지도 모른다는 듯 나를 빤히 쳐다보면서.

"정말이야? 너 아침에 파카 입고 있었잖아."

마침내 내가 말했다. 이번에도 마찬가지였다. 그의 미소에서 여전히 혼란스러워 하는 기미가 엿보였고 표정에는 여전히 나를 알아보지 못한다는 기색이 역력했지만, 그럼에도 불구하고 참 따뜻하고 다정했다. 아침의 그 미소와 똑같았다.

"미안하지만 난 파카가 없어."

그가 말했다.

"그 사람은 내가 아니야."

나는 그를 믿고 싶었지만 그럴 수가 없었다. 엠마를 건너다보았을 때 엠마 역시 미심쩍다는 표정을 짓는 것을 보니, 엠마도 그를 믿지 않는 것 같았다. 하지만 나는 그를 이 곤경에서 벗어나게 해 주기로 결심하고, 그의 따뜻한 눈빛에 어울리는 대응을 하기로 했다.

"어쩜…… 그 애하고 정말 닮았다. 내가 착각했나 봐."

나는 거짓말하고 있다는 것과 지금 굉장히 당황스러워하고 있다는 것이 표정에 나타나지 않기를 바랐다. 테이블 너머로 손을 내밀었다.

"난 애나야."

그는 나와 악수를 하기 위해 이미 손을 내밀고 있었지만, 내 이름을 듣더니 도중에 멈추는 것이었다.

"애나라고?"

그가 믿기지 않는다는 듯 나를 빤히 쳐다보았다.

"네 이름이 애나라고?"

"어…… 응. 뭐 다른 이름이라고 할걸 그랬나?"

나는 애교 섞인 말투로 이렇게 말해 놓고, 내 목소리에 스스로 깜짝 놀랐다.

"이제 이름을 들어 본 기억이 나는 모양이야!"

엠마가 아주 큰 소리로 대니얼에게 말했다. 하지만 그는 여전히 나를 응시하고 있었고 나는 아주 짧은 순간, 그의 표정에서 나를 알아보는 흔적을 엿보았다. 하지만 그는 정신을 차린 듯 다시 나를 향해 손을 내밀었다.

"만나서 반가워, 애나."

지금 그의 목소리는 억지로 꾸민 듯했고, 손은 경직되어 있었으며, 드디어 나를 알아보나 싶었던 그 표정은 돌처럼 냉랭하게 바뀌었다. 그는 내 손을 놓고 엠마와 대니얼을 향해 돌아서서 한 명 한 명에게 예의 바르게 인사를 했다.

"모두들 만나서 반가워."

그가 일어서서 쟁반을 들고 식당 한가운데 쓰레기통으로 향했고, 나는 그가 고개를 설레설레 저으며 이중문을 빠져나가 도넛 쪽으로 사라지는 모습을 바라보았다.

"웬일, 아침에 그 일이 으스스한 일 맞네."

엠마가 한숨을 쉬며 말했다.

"하지만 어쨌든 이제 끝났어."

엠마는 뭔가 불쾌한 일을 해치우기라도 한 듯 두 손을 탁탁 털었다.

엠마는 단지 나를 보호하고 싶었을 뿐이었다는 것을 알지만, 그런 행동 때문에 나는 완전히 바보 멍청이가 된 기분이었다. 몹시 난처하고 굴욕적인. '도대체 왜?' 같은 단어들이 머릿속을 맴돌았고 이 단어들을 조합해 문장으로 만들어서 입으로 내뱉고 싶은 심정이었지만, 지금 나는 무언가를 제대로 생각할 수 있는 상태가 아니었다. 게다가 굳이 다른 말을 하지 않더라도 엠마는 내가 한번 뱉은 말은 반드시 지키는 사람이라는 것을 잘 알고 있었다. 내가 다시는 엠마와 이야기하지 않으리라는 것을.

내가 기억하는 한 아주 어릴 때부터 서점 문에 달려 있던 작은 종들이 딸랑딸랑 소리를 내자, 아빠는 계산대에서 고개를 들어 문 쪽을 바라보았다. 나는 아빠가 있는 곳까지 백팩을 끌고 가 계산대 위에 툭 내려놓았다.

"무슨 일 있었어?"

아빠의 목소리에 걱정이 한가득이었다. 나는 잘 가라는 인사도 없이 엠마와 헤어진 뒤 꽁꽁 언 툰드라 기후 속을 3킬로미터나 걸었다. 아직도 이가 덜덜 떨리고 얼굴은 바람을 맞아 빨갛게 텄는데, 하필이면 이런 때 곱슬머리를 고정시킬 연필이 한 자루도 보이지 않았다.

"아무것도 아니야."

나는 손으로 머리카락을 가지런히 매만지며 다른 질문으로 아빠의 주의를 돌렸다.

"오늘 하루 종일 이렇게 한산했어?"

아빠는 15년 전 할아버지가 노스웨스턴 대학교 교수직에서 은퇴한 뒤 매매한 한적한 서점을 둘러보았다.

"원래 삼월엔 그렇잖아. 기말시험 끝나면 좀 북적거리겠지."

그리고 내가 가방에서 티셔츠를 꺼내 갈아입은 다음, 교과서들을 한 권씩 꺼내 탁자 위에 쌓는 모습을 지켜보았다.

"세상에, 대체 그 안에 책이 몇 권이나 들어가는 거냐? 백팩이 아니라 무슨 화물 창고 같다."

아빠는 소리 내어 웃었지만, 웨스트레이크 아카데미의 내 고등학교 생활과 에반스톤 타운십에서 보낸 아빠의 고등학교 생활이 얼마나 다른지 떠올리며 꽤 당황한 것 같았다.

"내가 일류 고등학교에 가길 바란 사람은 아빠거든."

나는 두꺼운 책들 가운데 한 권을 허공 위로 흔들면서 아빠에게 지난 일을 상기시켰다. 아빠는 손으로 그것을 잡고 무거워 들지도 못하겠다는 듯 얼굴을 있는 대로 찡그리고는 툭 하고 계산대 위에 떨어뜨렸다.

"대단해, 우리 딸."

그리고 내 이마에 입을 맞춘 뒤 출입문을 향해 걸어갔다.

"곧 눈이 오겠는걸."

아빠가 파카의 지퍼를 잠그고 목에 목도리를 두르면서 말했다.

"집에 갈 때 아빠 차로 가고 싶으면 전화해라, 알았지?"

"겨우 세 블록이면 가는데, 뭐."

"네가 겁 없고 고집 세다는 거 알지만, 그래도 마음이 바뀌면 전화해. 알겠지?"

나는 눈을 흘기며 말했다.

"아빠, 세 블록이면 간다니까."

아빠가 막 유리문을 밀어서 열 때, 내일 아침엔 학교 가는 길이 훨씬 길게 느껴지겠구나, 하는 생각이 들었다. 훨씬 춥기도 하겠지.

"아빠, 잠깐만."

아빠가 유리문의 손잡이에 한 손을 올려놓은 채 몸을 돌렸다.

"괜찮으면…… 내일 아침에 나 학교까지 태워다 줄 수 있어?"

"아, 엠마한테 병원 예약이나 뭐, 그런 일이 있는 거야?"

"아니."

아빠는 무슨 일인지 물어볼까 하다가 그만두기로 한 것 같았다. 어깨만 으쓱해 보이고는 "그래"라고 짧게 대답하는 것을 보면. 아빠가 돌아서서 문을 닫자 작은 종들이 딸랑거리며 울렸다.

4

"이제 뭘 하지?"

나는 립글로스를 한 번 더 바르면서 큰 소리로 물었다. 여학생 화장실의 거울을 들여다보며 마스카라를 바른 다음 거울에 비친 내 모습을 바라보았다.

그래, 그는 귀여웠다. 그렇지만 오늘 아침 내가 립글로스를 바르기로 결심할 만큼 대단한 노력을 들일 정도로 귀여운 것은 절대 아니다. 나는 워낙 화장실 거울 앞에서 화장을 하는 부류의 여자애가 아니라서 이런 행동을 하는 것을 보니 제정신이 아닌 것 같았다. 어제는 환영을 다 보다니 내가 미쳤구나 싶었다. 그런데 오늘처럼 구느니 차라리 어제처럼 미치는 편이 더 나을 것 같았다.

화장실에서 나와 4교시 교실로 향할 때 또다시 내가 미쳤구나, 하는 생각이 들기 시작했다. 보통 마지막 1킬로미터를 달릴 때쯤에야 솟구칠 법한 아드레날린이 뜬금없이 지금 솟구치고 있었으니 말이다. 교실 밖에 잠시 멈추어 숨을 가다듬고, 미리 계획한 대로 —침착하고 무관심한 척—교실에 들어서기로 스스로에게 상기시켰다. 팔을 털고, 고개를 앞뒤로 흔들고, 마지막으로 숨을 크게 들이쉰 다음 문 안으로 들어섰다.

베넷이 곧바로 눈에 들어왔다. 그는 의자에 비스듬히 기대앉아 손가락 사이에 연필을 끼워 넣고 돌리고 있었다. 서로 눈이 마주쳤는데, 나는 베넷이 시선을 외면하길 바랐지만 그는 그러지 않았다. 사실 베넷은 나를 봐서 반갑기라도 한 듯 얼굴이 환해진 것 같았다. 그런 다음 이내 고개를 숙였지만 여전히 미소를 짓고 있었고, 지금은 뭔가를 끼적이기 시작했다. 그리고 다시 고개를 들지 않았다.

나는 내 자리에 앉아 나도 모르게 참았던 숨을 내뱉었다. 그리고 뭐라도 해야 할 것 같아서, 다른 아이들이 천천히 교실에 들어오는 동안 백팩에서 숙제를 꺼내기 시작했다.

그때 종이 울렸고 아르고타 선생님이 팔을 높이 들어 올리며 외쳤다.

"쪽지 시험 준비하세요!"

일제히 입을 모아 툴툴대는 소리, 공책 찢는 소리 덕분에 다행히 내 심장이 미친 듯이 갈비뼈를 두드리는 소리는 들리지 않았다. 손바닥에서 땀이 났고, 내 몸에서 나는 열기로 가뜩이나 곱슬거리는 머리가 더 빠글거릴 것만 같았다. 나는 아무 생각 없이 머리카락을 뒤로 빗어 넘기고 포니테일로 묶듯 손가락으로 감싼 다음, 나머지 한 손으로 백팩을 뒤져 핀을 찾았다. 책 몇 권, 껌 한 통, 돌돌 만 자격증, 장신구 상자 같은 것들은 만져졌지만 핀도, 머리끈도 잡히지 않았다. 항상 머리를 고정시켜 주던 연필이 책상 위에 놓여 있는 게 빤히 보였지만, 나에게 연필은 한 자루뿐이고 이 연필은 쪽지 시험 때 필요했다. 머리 위에 올린 손에서 힘이 빠지고 머리 묶기를 막 포기하려는데 뒤에서 무슨 소리가 들렸다.

"저기."

나는 여전히 머리카락을 손에 쥔 채 급하게 뒤를 돌아보았다. 베넷이 아예 책상 위에 엎드리다시피 몸을 기울여서인지, 지금 그는 어제보다 훨씬 가까이 다가와 있는 것 같았다. 그러니까 그와 나의 물리적인 거리만 가까워진 게 아니라, 얼굴 표정에서 드러나는 거리감도 좁혀진 것 같았다. 그의 눈빛은 어제 내가 교실에서 그를 응시했을 때처럼 멍하지도, 내 가장 친한 친구가 으스스한 스토커라고 그를 비난했을 때처럼 혼란스럽지도 않았다. 오늘 그의 눈빛은 진심으로 웃고 있는 듯 부드러웠고, 나는 그의 눈동자가 흥미로운 연푸른색이며, 빛에 반사되어 만들어진 황금색 작은 반점들이 그 위에 흩뿌려진 것을 알아보았다. 그러다 마침내 내가 지금 뭘 하고 있는지 깨닫고 ─ 완전히 바보 머저리처럼 그의 눈을 뚫어져라 쳐다보고 있었다 ─는 황급히 시선을 떨구다가, 그가 눈만 웃고 있는 게 아니라는 것을 확인했다. 그의 입도 웃고 있었다. 무슨 즐거운 일이라도 있는 것처럼. 마치 나를 보고 웃는 듯. 바로 그제야 뭔가 깜빡 잊고 있었다는 것을 깨달았다.

그는 자신의 얼굴은 이제 그만 좀 쳐다보고 아까부터 내 쪽으로 내밀고 있던 손을 봐 달라는 듯 턱짓을 했다. 그의 손에는 연필 한 자루가 쥐여 있었다.

나는 그것을 물끄러미 바라본 다음, 당황한 표정으로 다시 그의 눈을 바라보았다. 그리고 그제야 상황을 파악하고 손을 뻗어 그에게서 연필을 받아 쥐었다.

고마워, 내가 입 모양으로 말했다.

나는 다시 앞으로 몸을 돌려 머리카락에 연필을 꽂았고, 그러는 동안 뒷덜미에 화끈거리는 기운이 슬금슬금 올라오는 것이 느껴져 겸연쩍었다. 심호흡을 하고 이미 시작된 쪽지 시험에 집중하려 애써 보았지만, 나도 모르게 입가에 미소가 번졌다. 그러니까, 어제 그는 나를 눈여겨보았던 것이다. 내가 연필을 이용해 머리를 틀어 올린 것을 알고 있었다.

그것은 단지 샛노란색의 딕슨 타이콘데로가^{Dixon Ticonderoga} 2호 연필─이 한심한 쪽지 시험을 위해 내가 사용하고 있는 연필과 똑같은─일 뿐이었지만, 내 머리카락에 끼워 그것을 고정시킨 모양이 어제 트랙에서 우리가 가졌던 느낌, 바로 우리가 서로 연결되어 있다는 느낌과 아주 흡사했다.

어쩌다 보니 엠마와 한 번도 마주치지 않고 하루가 갔다. 지금까지는.

막 달리기 연습을 마치고 탈의실 밖으로 나와서 같은 팀 아이들 몇 명과 이야기를 나누며 학생 주차장으로 향하고 있는데, 바로 그때 엠마를 보았다. 엠마는 필드하키 스틱을 흔들면서 자신의 차를 향해 활기차게 걸어가고 있었다. 분명히 운동을 하면서 땀을 흘렸을 텐데 언제 그랬냐는 듯 지금은 전혀 티가 나지 않았다. 엠마의 화장은 완벽했고, 니트 모자와 장갑은 웜업 수트^{warm-up suit}(스키를 타는 사람의 몸을 보호하고 따뜻하게 해주는 나일론 소재의 옷 - 옮긴이)의 가장자리 장식과 어울렸다. 내 운동복을 내려다보았다. 샤워하고 곧바로 나오느라 머리는 수건으로 대충 말리고, 집으로 걸어가는 동안 얼지 않도록 야구모자 안에 마구 밀어 넣었다.

"히터 틀어 놓을 건데!"

엠마가 나를 향해 소리쳤다. 곧바로 자동차 문을 열고 시동을 켠 다음, 밖으로 나와 느긋하게 차에 기대서서 나를 기다렸다. 얼른 하늘을 올려다보았다. 먹구름이 몰려와 하늘을 가득 덮고 있는 모양이, 곧 눈이 펑펑 쏟아져 내릴 것 같았다. 시선을 다시 아래로 향해 나를 보고 미소를 지으며 손짓하는 엠마를 보았다. 아주 짧은 순간 결심이 살짝 무너지면서 난방이 잘 된 좌석에 몸을 푹 파묻고 있는 내 모습을 상상했다. 아, 정말이지 이런 날씨에 집까지 걸어가고 싶지 않았다. 하지만 그럴 수는 없지. 절대 이렇게 쉽게 엠마를 봐줄 수 없고말고.

나는 엠마의 자동차를 지나쳐 연습팀 친구들과 함께 내쳐 걸었다.

"애나!"

엠마의 목소리에 충격과 상처가 잔뜩 묻어났다.

"기다려."

조심스럽게 걸어오는 엠마의 테니스 신발 소리가 내 뒤로 가까이 들려왔고, 나는 조금 더 속도를 내어 걸었다.

"너 정말로 멈춰서 나랑 얘기 안 할 거야? 너한테 사과하려고 한단 말이야."

연습팀 친구들이 나를 한 번 본 뒤 자기들끼리 쳐다보았다. 나는 그들에게 먼저 가라고 손짓을 하고 엠마가 나를 따라잡을 수 있도록 속도를 늦추었다.

엠마가 내 어깨를 잡고 말했다.

"정말 미안해."

엠마의 후회하는 모습이 진심처럼 느껴진 데다 영국식 억양이 목소리를 더욱 진지하게 들리게 해, 나는 하마터면 엠마를 와락 끌어안고

더 이상 아무 말도 필요 없이 엠마를 용서할 뻔했다. 하지만 어제 내가
얼마나 굴욕감을 느꼈는지, 엠마가 나를 얼마나 웃음거리로 만들었는
지 절대로 잊지 못할 것 같았다. 그래서 용서는커녕 엠마를 잔뜩 노려
볼 뿐이었다.

"미안해."

엠마가 되풀이해 말하면서 나를 끌어안았다. 마음 같아서는 나도
엠마를 끌어안고 싶었지만 그냥 뻣뻣하게 서 있기로 했다. 나를 안고
있던 팔을 풀고 뒤로 물러났을 때 엠마의 표정에 그녀가 얼마나 깊은
상처를 받았는지 고스란히 드러났다. 하지만 엠마는 이내 표정을 누
그러뜨리고 손을 뻗어 내 얼굴을 잡고는 벙어리장갑을 낀 손으로 살
짝 내 뺨을 꼬집었다.

"내가 바보였어. 제발 더 이상 나한테 화내지 말아 줘. 도저히 못 견
딜 것 같단 말이야."

나는 한숨을 내쉬었다.

"너 어제 정말 별로였어."

내가 이 말을 할 때 엠마가 내 뺨을 세게 꼬집어 입술이 물고기 입
처럼 오므라든 바람에 목소리가 이상하게 나왔다.

"알아. 하지만 그래도 나 사랑하지, 그렇지?"

엠마가 내 뺨을 실룩실룩 움직였다.

"그렇지? 아주 조금은 사랑하지?"

그래, 이만하면 됐다. 엠마는 사랑하는 내 친구니까. 엠마의 콧소리
에 나는 웃음을 꾹 참았고, 그 바람에 더 괴상하게 일그러진 내 입술
때문에 우리는 둘 다 마구 웃음을 터뜨렸다.

엠마는 이제 내 볼을 꼬집지는 않았지만 여전히 내 얼굴을 잡은 채로 말했다.

"정말 미안해. 내가 너무 지나쳤어. 널 난처하게 만들려고 그런 건 아니었는데."

나는 입술을 깨물었다.

"그러게, 너 정말 너무했어."

"그러니까."

"다신 그러지 마."

"안 그럴게."

엠마가 미소를 지으며 머리를 힘차게 가로저으면서 말했다. 그리고 내 어깨를 끌어안고 내 뺨에 입을 맞추는 시늉을 했다. 계속 꼬집혀 있었더니 아직도 뺨이 불그레한 것 같았다.

"이제 차에 탈까?"

엠마가 이를 악물고 몸을 벌벌 떨면서 말했다. 내가 고개를 끄덕이자 엠마는 나를 자신의 사브 자동차로 데리고 갔다. 심지어 문까지 열어 주고 안으로 들어가라고 안내한 다음 차를 빙 돌아서 운전석에 앉았다.

"어디로 갈까?"

엠마가 물었다.

"커피 한잔 어때?"

"안 돼. 오늘 화요일이잖아."

"맞다, 가족들 저녁 식사하는 날이지."

엠마가 텅 비다시피 한 주차장을 빠져나왔고, 그사이에 우리는 잠시 침묵을 지켰다. 이제 곧 엠마가 팔을 뻗어 언제나처럼 오디오를 틀겠지. 하지만 그 대신 엠마는 나를 바라보며 이렇게 물었다.

"그런데 너 아직도 그 전학생이 트랙에서 널 보고 있던 그 남자라고 생각해?"

나는 어깨를 으쓱해 보이며 말했다.

"모르겠어."

그리고 엠마에게 연필에 대해 이야기할까 하다가 그만두었다. 이미 그를 으스스하다고 생각하는 사람에게 그런 이야기를 해 봤자 멋있다기보다 섬뜩하게 여길지도 몰랐다. 그러고 보니, 어쩌면 나야말로 그런 행동을 멋있다기보다는 섬뜩하게 여겨야 했을 것이다. 나는 야구 모자를 쓰고 있는 데다 연필은 내 백팩 안에 얌전히 모셔져 있다는 사실을 까맣게 잊은 채, 팔을 올려 머리 위를 만져 보았다.

"내 의견을 말해 줘?"

엠마가 물었다.

"싫다고 말해도 돼?"

"아니. 그 남자애 가까이 하지 마. 이유는 모르겠지만, 뭔가…… 석연치 않은 구석이 있어."

"그러지 마. 트랙 사건 때문에 괜히 그러는 거잖아. 그 남자애가 자긴 노스웨스턴 대학교에 간 적이 없다고 분명히 말했어. 내가 착각한 게 틀림없다고."

내가 왜 이렇게 그를 변호하는지 나도 잘 모르겠지만, 그리고 착각이 아니라고 여전히 확신하지만, 내 목소리는 무척이나 확신에 찬 것처럼 들렸다.

"네 이름을 듣고 반응을 보였잖아. 그건 뭐야?"

그러게. 그건 정말 이상했다. 나는 어깨를 으쓱해 보였다.

"널 좀 봐. 넌 그 남학생이 귀엽다고 생각하고 있어."

엠마는 특유의 억양을 강조하면서 말했다.

"난 그 남자애 알지도 못하는걸."

"꼭 알아야만 귀엽다고 생각하는 건 아니야."

"물론 그렇지."

나는 엠마를 흘겨보며 말했다.

"그냥 좀…… 호기심이 있어. 그것뿐이야."

하지만 정말로 솔직하게 말하면 엠마가 옳을지도 몰랐다. 그와 몇 번의 의미 없는 시선과 연필 한 자루를 주고받은 게 전부였지만, 왠지 그것으로 그에게 내 머릿속으로 슬금슬금 들어와 자리를 잡아도 좋다는 권리를 부여한 것 같았다.

엠마의 자동차가 우리 집 대문과 눈 덮인 보도 사이에 딱 두 발자국 정도의 공간만 남겨 둔 채 미끄러지듯 정차했다. 엠마가 내 쪽을 향해 돌아앉으며 말했다.

"그건 그렇고, 오늘 아침에 네가 얼마나 보고 싶었는지 몰라."

"나도."

나는 마침내 팔을 뻗어 엠마를 끌어안았다. 그런 다음 차에서 내려 문을 닫았고, 엠마는 먼지 섞인 눈보라를 일으키며 그곳을 떠났다.

"나이프를 잡으시오!"

파바로티의 테너 음성 위에 겹쳐진 엄마의 단조로운 고함 소리가 주방에서 복도로 이어졌다. 나는 구운 피망과 양파의 먹음직스러운 냄새를 좇아 주방으로 가서 열심히 음식을 만드는 엄마의 모습을 보았다.

"안녕, 우리 딸!"

엄마가 고개를 들어 미소를 지은 뒤 다시 요리에 주의를 돌렸다. 엄마는 수술복 위에 검은색 앞치마를 입었고, 검은색 곱슬머리 ─ 엄마가 나에게 물려준 ─ 몇 가닥을 얼굴선을 따라 내려뜨리고 나머지는 위로 틀어 올려 핀으로 고정시켰다. 지금 엄마는 이탈리아 음악을 따라 흥얼거리면서 잘 익은 토마토를 칼로 썰고 있었다.

"모차렐라 치즈 좀 썰어 줄래?"

엄마는 조리대 위에 놓인 끈적끈적한 흰색 치즈 덩어리를 나이프로 가리켰다.

"학교에서는 별일 없었니?"

나는 몸을 돌려 엄마가 마지막 토마토를 썰어 육수 냄비에 넣고 살짝 저은 다음, 나를 향해 등받이 없는 높은 의자에 앉는 모습을 지켜보았다. 엄마는 조리대에 팔꿈치를 올렸고, 나는 치즈를 썰다 말고 엄마를 흘끗 올려다보았다. 엄마는 내가 엄마에게 모든 것을 이야기해 주길 다리고 있었다. 오늘은 화요일이니까. 매주 화요일이면 우리는 함께 음식을 만들었고, 그동안 나는 누가 누구랑 사귀고, 누가 누구랑 싸우고, 누가 트랙에서 성적이 별로 좋지 않은지 등의 시시콜콜한 이야기를 엄마에게 들려주었다. 이렇게 내 이야기를 다 마치고 나면 이번엔 내가 엄마의 병원 생활에 대해 물어보는데, 내 생각에는 굉장히 따분한 데다가 하루를 보내기에는 슬픈 일이 무척 많이 일어날 것 같은 장소인데도 엄마의 이야기를 듣고 있으면 마치 희망이라고는 눈곱만큼도 보이지 않는 상황에서조차 환자들은 건강을 회복하고, 의사는 간호사와 연애를 하고, 환자는 의사하고 노닥거리는 극적인 이야기가 전개되는 드라마 「ER^{Emergency Room}(응급실)」의 세트장에서 일하는 것 같은 기분이 들었다. 엄마가 직장에 복직한 유일한 이유가 내 웨스트레이크 고등학교 수업료를 내는 데 보탬이 되기 위해서라는 것을 안 뒤로, 나는 엄마가 일을 좋아하는 것을 더욱 다행으로 여기게 됐다. 나를 그 학교에 보내기로 한 것은 엄마 아빠의 의견이었고, 수업료를 지불하려면 두 사람 몫의 급여가 필요했다. 엄마 아빠가 그 대가로 나에게 요구한 것은 화요일 저녁 식사를 함께하는 것이 전부였다.

"별일 없었냐니까?"

엄마의 눈이 커져서 금방이라도 튀어나올 것 같았다.

"얼른 말해 줘. 한 주 동안 어떻게 지냈는지 말이야. 뭐 재미있는 일 없었어?"

"별일 없었어."

나는 건성으로 말하고 도마를 향해 시선을 떨구어 칼로 모차렐라 치즈를 썬 뒤, 조각난 치즈들이 나무 도마 위에 쌓여 있는 모양을 쳐다보았다.

"엄마는 어땠어? 엄만 별일 없었어?"

나는 아주 카랑카랑한 목소리를 내며 물었다. 나는 엄마를 똑바로 쳐다보지는 않았지만, 어떻게 해야 할지 모르겠다는 듯 의자에서 우물쭈물하다가 다시 입을 열 때까지 몇 초간 시간을 끄는 엄마의 모습을 곁눈으로 보았다.

"어머, 애나!"

마침내 엄마가 입을 열었다.

"아직 엄마가 말할 차례 아니거든."

엄마는 소스 상태를 확인하기 위해 자리에서 일어나 아까처럼 음악 소리를 따라 흥얼거리면서 소스를 저은 다음, 다시 조리대 앞으로 돌아왔다.

"얼른 얘기 좀 해 주라."

엄마가 활짝 웃으면서 거의 애원하다시피 말했다.

"아무래도 뭔가 재미있는 일이 있는 것 같은데."

정말이지 엄마한테 사실대로 다 말하고 싶었다. 어제 어떤 사람이 바로 내 눈앞에서 사라졌다고. 하마터면 생전 처음 지각 사유서를 써 낼 뻔했다고. 30분 전까지만 해도 친한 친구하고 말을 하지 않았고, 그 일 때문에 어제는 학교에서 집까지 걸어왔다고. 그렇게 중요하게 생각할 필요 없는 연필 한 자루가 지금 내 백팩 안에 있다고. 이번 주 내내 정상적인 일은 하나도 없었는데, 그것만으로도 흥미롭지 않느냐고 엄마에게 말하고 싶었다. 그리고 무엇보다, 그 모든 신 나는 일들 한가운데에 어떤 남학생이 있다고 엄마에게 말하고 싶었다. 그러면 엄마는 그 남학생이 귀여운지 물어봐 줄 테고, 그럼 나는 얼굴이 빨개지면서 고개를 끄덕일지 몰랐다. 하지만 나는 줄곧 도마 위에 시선을 고정시킨 채 그저 이렇게 말할 뿐이었다.

"지난주에 엄마가 도와준 해부학 시험 있잖아, 그거 A 받았어."

엄마는 희미하게 미소를 지어 보였다.

"음, 그래…… 잘했네."

엄마는 내가 치즈를 써는 모습을 지켜보며 나하고 좀 더 많이 이야기하기를 바랐다. 나는 그걸 느낄 수 있었지만, 엄마 쪽으로 화제를 돌리기 위해 적당히 시간이 지나길 기다리며 더디게 몸을 움직였다. 몇 분이 지났을까, 엄마가 손가락 끝으로 조리대를 두드리는 소리가 들렸다. 마침내 더 이상 침묵을 견딜 수 없자, 엄마는 의자에 똑바로 앉아 허리를 폈다.

"알았다, 알았어. 엄마가 이야기할게."

엄마는 이렇게 말하며, 간호사와 응급 구조대원이 응급차 전용 주차구역 부근에서 키스를 하다 발각된 사건을 자세하게 이야기하기 시작했다.

15분쯤 뒤에 현관문이 열렸다 닫히는 소리가 들렸다.

"나 왔어!"

아빠가 현관 입구에서 소리쳤다. 아빠가 주방에 도착했을 때 엄마와 나는 조리대에 나란히 서서 우묵한 오븐용 냄비에 면과 소스와 치즈를 켜켜로 담고 있었다.

"안녕, 애니."

아빠가 몸을 굽혀 내 정수리에 입을 맞추었다.

"안녕, 아빠."

나는 라자냐에서 치즈와 토마토가 묻은 손가락을 들어 올리며 살짝 손을 흔들었다. 하지만 아빠가 한 발을 더 떼기도 전에 엄마가 돌아서더니 소스로 범벅이 된 두 손으로 아빠의 얼굴을 붙잡으며 말했다.

"안녕, 여보."

아빠는 두 뺨에 새빨간 손자국이 난 채로 두어 발자국 뒷걸음을 쳤고, 엄마와 나는 눈을 동그랗게 뜨고 아빠를 주시하며 아빠가 어떻게 반응할지 기다렸다. 아빠는 멍한 상태로 잠시 그대로 서 있더니 머리를 절래절래 흔들고는 엄마의 코에 가볍게 입을 맞추며 말했다.

"가서 세수해야겠네."

"그래야겠는걸."

엄마가 웃으면서 이렇게 말했고, 우리 둘은 배를 잡고 웃으면서 잘게 썬 치즈를 한 움큼 집어 우리의 작품을 마무리했다. 이제 요리를 오븐에 넣은 뒤 엄마는 샤워를 하러 갔고, 나는 숙제를 하기 위해 내 방으로 타박타박 올라갔다.

털이 북슬북슬한 카펫 위에 털썩 주저앉아 백팩을 열었다. 그리고 앞부분의 지퍼가 달린 작은 칸, 연필을 넣어 둔 바로 그 자리에서 껌 포장지로 돌돌 싼 연필을 발견했다. 연필을 꺼내, 오늘 아침 내가 교실 문을 열고 들어갔을 때 베넷이 그랬던 것처럼 손가락 사이에 연필을 끼워 앞뒤로 흔들어 보았다. 그리고 눈을 감고서 그가 나에게 연필을 내밀며 미소 짓던 모습을 떠올렸다.

5

시간 끌기.

베넷의 연필을 돌려주기 위한 내 눈부신 작전 뒤에는 보다 자세한 세부 전략들이 있지만, 그 모든 내용을 한마디로 요약하면 기본적으로 시간 끌기였다. 일단 스페인어 교실에 갈 때 어물어물 늑장을 부릴 작정이었다. 수업 시작 전에 연필을 돌려줄 시간이 없도록 말이다. 그런 다음 점심시간 종이 울리면 일어나서 몸을 돌려 베넷이 가는 길을 막고 연필을 돌려주는 거다. 모든 일이 계획대로 진행된다면 식당까지 가는 내내 베넷과 이야기를 나눌 수 있을 것이다.

교실 문 앞에 도착하자 심장이 두근두근 뛰었다. 종은 알맞은 타이밍에 울렸지만, 교실로 들어가 아르고타 선생님을 지나칠 때 선생님이 손뼉을 탁 치면서 이렇게 말했다.

"대화 연습! 모두 이동하십시오!"

선생님은 마치 기념식이라도 선포하는 것처럼 큰 소리로 외쳤다.

안 돼. 대화 연습이라니, 그럴 순 없어. 이건 아르고타 선생님의 '기발한 소그룹 연습'들 가운데 최악이었다. 기껏 교실에 도착하는 시간을 완벽하게 맞춰 놓았는데, 만일 베넷이 이번에도 교실 반대쪽 자리로 가게 된다면 모든 게 허사가 될 판이었다.

아르고타 선생님은 일렬로 늘어선 책상들 사이로 걸어가 학생들을 둘씩 짝지은 다음, 스페인 여행에서 전혀 접할 일 없는 상황—그런 면에서라면 세계 어디를 가든 마찬가지겠지만—을 묘사한 학습용 카드를 나누어 주었다. 선생님은 나에게도 카드를 주었고, 나는 최악의 경우를 우려하며 눈을 꼭 감았다. 그리고 한쪽 눈만 살짝 뜨고서 카드에 적힌 글씨를 읽었다.

- 파트너 1 : 마드리드 고급 레스토랑에서 웨이터/웨이트리스로 일하기 위해 면접 중
- 파트너 2 : 레스토랑 주인

나는 평소 내 짝인 알렉스를 건너다보았고, 알렉스는 나를 보고 눈을 찡긋했다. 그때 아르고타 선생님이 걸음을 멈추고 몸을 돌렸다.

"세뇨리타 그린, 세뇨르 쿠퍼하고 짝해 주세요."

뭐라고요? 으악, 안 돼! 죄송해요, 선생님. 전 베넷 쿠퍼와 짝이 될 수 없어요. 그의 연필을 어떤 식으로 돌려줄까 밤새 궁리하고 또 궁리했단 말이에요. 세상에, 월요일에 트랙에 있었는지 어떻게―엠마와 대니얼의 감시를 받지 않는 틈을 타서―또 물어본담. 그땐 나를 아는 것처럼 굴어 놓고 지금은 왜 그러지 않는지 물어보려 했는데. 어떻게 이야기하면 좋을지 모든 대화 내용을 사소한 것 하나까지 꼼꼼하게 계획해 놓았는데, 스페인어로 그와 대화를 하게 될 줄은 꿈에도 생각하지 못했다.

문 쪽으로 뛰어갈까. 발작이 난 척 꾀병을 부리면서 말이야. 아니면 교실을 가로질러 가서 세뇨르 케스틀러 맞은편의 빈자리에 앉아도 괜찮지 않을까. 아르고타 선생님의 발음을 못 알아들은 척하면서. 하지만 이미 늦었다. 나와 마찬가지로 베넷은 선생님의 지시 내용을 똑똑히 들었고, 지금은 "거정 마, 안 잡아먹을게" 하는 눈빛으로 나를 바라보고 있었다. 베넷은 일어나라고 명령하듯 턱을 치켜들었고, 내가 일어서자 자신의 책상과 내 책상이 마주 보도록 돌렸다.

"안녕."

둘 다 자리에 앉았을 때 내가 인사했다.

"안녕. 애나 맞지?"

베넷은 아주 편안해 보였고, 이틀 전 식당에서처럼 내 이름에 대해 이상한 반응을 일으키는 것 같지는 않았다.

"맞아."

나는 다시 베넷의 눈빛에 빠져들까 봐 두려워, 그의 눈을 보지 않기 위해 시선을 떨구고 책상만 바라보았다.

"넌 베넷이지?"

베넷이 고개를 끄덕였다.

"'벤'이라고 부르기도 해?"

웬일이니, 내가 지금 무슨 소리를 하는 거야?

그가 싱긋 웃었다.

"아니, 그냥…… 베넷이라고 불러 줘."

그의 말에 나는 또 얼굴이 달아올랐다. 그가 머리를 짧게 깎으면 어떤 모습일지 내가 궁금하게 여기는 것처럼, 내가 얼굴이 발갛게 달아오르지 않을 때 어떤 모습일지 그도 궁금해할까.

"빌려 줘서 고마웠어."

나는 베넷에게 연필을 건네면서, 밤새 생각한 그 모든 질문들이 내 입 밖으로 나오겠다며 아우성치는 것을 느낄 수 있었다. 하지만 막상 그가 내 맞은편에 앉아 있으니 아무 말도 할 수 없었다.

"언제든지 빌려줄게."

베넷이 나무 책상 위의 길고 오목한 홈에 연필을 내려놓으며 말했다. 아무래도 이 연필에 자석 같은 속성이 있는 게 분명했다. 우리 둘을 그 속으로 끌어당기는 것 같으니 말이다.

"자, 오늘 우리가 뭘 해야 하는 거지?"

베넷이 앞으로 몸을 기울이며 묻는 바람에 나는 하고 싶었던 질문들을 꿀꺽 삼켰다.

"어려운 주제면 어떻게 하지?"

나도 베넷을 향해 몸을 기울여 두 책상 사이의 간격을 좁힌 뒤 상황이 적힌 카드를 그의 앞에 내려놓았다. 베넷이 카드를 집었고, 그의 얼굴에 점차 웃음이 번졌다.

"와, 이 정도면 됐어."

베넷이 마치 비밀이 있는 사람처럼 앞으로 몸을 기울이며 말했다.

"전에 마드리드에 있을 때 웨이터로 일하기 위해 면접을 몇 번 본 적이 있거든."

"정말?"

"아니, 농담이야."

베넷이 미소를 지었다. 나는 너무 크게 웃어 버렸다.

"이런, 뭐야."

그리고 긴장을 가라앉히기 위해 심호흡을 한 다음, 손이 떨리지 않도록 손바닥으로 책상을 꾹 눌렀다. 그런 다음 베넷을 향해 몸을 굽히며 말했다.

"나는 우리나라든 어디든, 사람을 어떻게 고용하는지 전혀 몰라."

나는 그의 책상에서 카드를 집어 들고 편안하게 보이기 위해 등을 기대앉았다.

"자, 그럼 시작할까."

나는 상당히 부자연스러운 스페인어 발음으로 읽기 시작했다.

"당신의 웨이터 경험을 말해 보시죠, 세뇨르 쿠퍼."

베넷은 스페인 전역에 있는 가상의 레스토랑에서 일한 경험을 상세하게 이야기하기 시작했다. 그는 크럼 스크레이퍼crumb scraper(식탁 위의 빵 부스러기를 긁어모으는 도구 - 옮긴이)를 이용한 전문적인 기술에 대해 상당히 공들여 묘사했다. 고객들에게 그들이 원하는 음식 대신 그날의 특별 요리를 주문하도록 하려면 어떻게 설득해야 하는지도 이야기했다. 대형 파티를 포함해 한 번에 열 개의 테이블을 다룰 수 있었고, 식탁을 치우는 보조 웨이터에게는 언제나 팁을 두둑이 주었다. 그리고 이 모든 내용을 눈빛만 아주 살짝 번뜩일 뿐 무표정한 얼굴로 이야기했다.

나는 베넷의 스페인어를 알아듣긴 했지만, 그가 말하는 내용을 잘 듣기 위해 귀를 기울여야 했다. 그는 아름답게 이야기했다. 목소리는 침착하고 강했으며 억양은 안정되었다. 나는 그의 풍부한 성량에 완전히 매료되어 깊이 빨려 들어가는 듯했다. 그는 세비아에 있는 엘 메세로 메호르El Mesero Mejor라는 한 레스토랑에서 일한 또 다른 가상의 경험을 이야기했다. 수석 웨이터 자리였다.

베넷은 이야기를 모두 마친 후 나에게 미소를 지었다. 그리고 소리 내어 웃었다. 그런 그의 모습에 적지 않은 경외감이 느껴졌다. 그는 완벽하게 자신만만한 스페인어로 이렇게 말을 맺었다.

"자, 잘 보셨지요? 저는 당신의 레스토랑에서 일할 완벽한 웨이터입니다."

이 문장이 끝난 다음부터 다음에 이어진 말, "자, 어떠세요?"가 시작되기까지 얼마나 많은 시간이 흘렀을까. 그는 눈썹을 치켜뜨고 내 대답을 기다렸다. 나는 또다시 그를 빤히 쳐다보았고, 그런 내 모습을 들키자 입술을 깨물었다. 그리고 곧 얼굴이 빨갛게 상기될 거라고 예상했는데 이번엔 아무렇지 않았다. 나는 '에라, 모르겠다'고 생각하며 진행을 계속했고, 어깨를 으쓱해 보이며 "합격입니다"라고 말했다.

"와, 이렇게 간단히?"

그가 영어로 말했다.

"이렇게 쉬운 매니저를 봤나."

나는 좀 더 영리한 반응을 생각해 내려 했지만 정신이 멍해진 바람에 대신 이렇게 말했다.

"너 스페인어 정말 잘하는구나."

"작년 여름에 바르셀로나 유학 프로그램에 다녀왔거든."

나는 현지인 가족들과 바르셀로나에서 지내면 어떨까 생각하며 미소를 지었다.

"나도 가 보고 싶다. 그런 곳에서 살아 보다니 정말 재미있었겠구

나. 다른 문화도 제대로 접해 보고 말이야."

"굉장히 근사했어."

그가 책상에 팔을 내려놓으며 말했다.

"너는? 너도 스페인에 간 적 있어?"

"아니."

내가 작은 목소리로 말했다.

"난…… 아무 데도 간 적 없어. 난 우리 집에서 운영하는 서점에서 일하는데 많은 시간을 여행서 코너에서 보내. 내가 다른 나라에 접근하는 방식은 대충 그런 식이야."

"그런 말을 들으니 놀라운걸."

베넷은 털어놓을 비밀이 있는 것처럼 내 앞에 바싹 다가와 앉았다.

"이 학교에 온 지 겨우 사흘쨌데, 이 학교 아이들은 여행 경험이 무척 많은 것 같았거든."

"그렇긴 하지."

나는 다시 어깨를 으쓱해 보이며 말했다.

"난…… 그런 특정한 부류에 속하지 않지만."

"그러니까, 넌 서점에서 일하는구나."

이 말은 질문이 아니라 진술이었다.

"그리고 여행 서적을 읽고."

나는 베넷을 보면서 어떻게 반응하는 것이 좋을지 생각했다. 굉장한 부잣집 자제들이 다니는 이 학교에서 내가 제일 가난하다는 사실에 당황했던 시기는 이미 오래전에 지났기 때문에 이제 와서 새삼 그 사실을 상기할 필요는 없었다.

"난 그런 식으로 여행을 해. 넌 여행을 많이 한 것 같아 보이는데."

"나?"

베넷이 책상을 내려다보며 말했다.

"응. 확실히 그렇다고 할 수 있지……."

그의 목소리가 점점 작아지면서 억지로 웃음을 참는 것 같았다.

"난 여행을 정말 좋아해."

그가 진지한 얼굴로 또박또박 이야기하는 것을 보니, 내 표정에서 어리둥절한 기색이 역력했던 게 틀림없었다.

"그래, 난 여행을 많이 해……. 할 수 있는 한 많이."

"좋겠다."

입 밖으로 말을 뱉고 나자 어쩐지 내 말이 비꼬는 것처럼 들렸을 것 같아 얼른 주워 담고 싶은 심정이었다.

"미안, 내가 좀 무례했나? 그럴 의도는 없었는데."

내가 일리노이 주 밖을 거의 벗어나지 못한 게 그의 잘못은 아니지 않은가.

"아니. 무례하지 않았어."

베넷이 대답했다.

"있잖아, 누구나 여행을 하고 싶으면 방법은 찾아져. 단지 창의력만 있으면 돼."

그때 아르고타 선생님이 갑자기 모퉁이를 돌아 우리의 목소리가 들리는 거리쯤 다가오는 바람에 베넷은 다시 스페인어로 바꾸어 이야기를 시작했다. 그는 내 눈을 똑바로 보며 말했다.

"이런 말 알지? La vida es una aventura atrevida o no es nada."

그리고 무언가를 생각하는 듯 곁눈질로 나를 바라보며 말을 이었다.

"누가 한 말인지 기억이 안 나네."

나는 소리를 죽이며 웃었다.

"왜 웃는 건데?"

베넷은 내가 왜 그렇게 재미있어하는지 영문도 모르면서 나를 따라 미소를 지었다.

"헬렌 켈러잖아."

나는 7학년의 워터스 영어 선생님 교실 뒤편 벽에 걸린 포스터를 떠올리며 낮게 속삭였다. 포스터 전경에는 물살을 거스르며 항해하는 흰색 범선이 그려져 있고, 그 밑에 굵은 서체로 '인생은 과감한 모험이거나, 아니면 아무것도 아니다'라는 인용문이 쓰여 있었다.

"그런데 헬렌 켈러가 스페인어로 말하지는 않았겠지."

나는 웃음을 참아보려 했지만 도저히 참아지지가 않았다.

"응, 아마 그럴걸."

우리는 여전히 미소를 지으며 서로를 바라보다가, 혹시 아르고타 선생님이 우리가 영어로 말하는 것을 들었는지 확인하기 위해 고개를 드는 바람에 잠시 친밀했던 관계가 중단되었다. 선생님은 교실 저쪽으로 이동해 다른 팀 옆에서 무릎을 꿇고 앉아 아이들이 번역하는 과정을 도왔다. 내가 베넷을 돌아보았을 때, 그의 시선은 여전히 나를 향해 있었다.

"그래 뭐, 어느 나라 말로 말하든 무슨 상관이야."

내가 말했다.

"어쨌든 난 헬렌 켈러의 말에 동의해야겠는걸. 나로 말하면, 모험은 가능한 많이 하고 시시한 삶은 최대한 줄일 각오가 되어 있으니까."

베넷의 미소가 희미해지더니 이내 심각한 표정으로 나를 바라보았다. 나는 베넷이 곧 뭔가 진지한 말을 하려나보다 하고 생각했지만, 그는 그저 입술만 꼭 다물 뿐이었다. 나는 그가 무슨 말이든 하길 기다리며 한참 동안 그를 지켜본 후에야, 그가 입을 다물 작정이라는 것을 분명하게 깨달았다.

"뭔가 말하려고 하지 않았어?"

마침내 내가 물었다. 베넷이 빙긋 웃어 보이며 말했다.

"어…… 실은……."

바로 그때 수업이 끝나는 종이 울렸다.

"아무것도 아니야."

베넷이 일어나 교실 문으로 향했다.

"나중에 보자."

나는 그가 교실을 가로질러 복도로 향하는 모습을 지켜보았다. 그리고 책상으로 시선을 떨어뜨려, 그가 놓은 그대로 얌전히 홈에 놓인 연필을 물끄러미 바라보았다. 그러고는 한 손으로는 머리카락을 꼬아 뒤통수에 대고, 다른 한 손으로는 연필로 머리카락을 고정시켰다.

6

　토요일 오전부터 시작된 폭우로 인해 출전하기로 했던 육상 대회가 연기되었다. 나는 밤새 잠을 이루지 못했고, 비는 오후가 되어서야 겨우 잠잠해졌다. 멍하게 서점으로 향하며 무사히 모퉁이에 도착한 것에 대해 스스로에게 주는 보상으로 카페라테 한 잔을 마시기로 했다. 버스 정류장에서 카페라테를 살 수도 있었지만, 어차피 교대 시간까지 15분을 때워야 하기 때문에 레코드 가게로 향했다.

　"애나!"

　백 비트가 계속해서 이어지는 커다란 음악 소리가 마치 신의 음성처럼 천장에서부터 온 레코드 가게로 울려 퍼졌고, 저스틴은 그보다 큰 소리로 내 이름을 부른 뒤 계산대 뒤에서 걸어 나와 나를 끌어안았다.

　"안 그래도 이번 주말에 네가 왔으면 했어."

　"안녕, 친구."

　나는 이렇게 말하며 저스틴을 이런 식으로 부르는 자신을 조용히 나무랐다. 친구라니, 차라리 주근깨라고 부르는 편이 더 낫겠다. 저스틴을 보면 나도 모르게 친구니 녀석이니 하는, 남자들끼리 부르는 호칭이 튀어나왔다. 저스틴이 나를 밀어내며 내 얼굴을 바라보았는데,

아주 짧은 순간이었지만 그의 감정을 읽을 수 있었다. 나에게 모욕을 당한 듯 싸한 괴로움을.

"무슨 곡이야?"

내가 천장에서 흐르는 음악을 가리키며 물었다. 저스틴이 나에게 가까이 몸을 기울이며 말했다.

"이번에 얻어 냈지."

그는 가게를 둘러보며 자기 말을 들은 사람이 없는지 확인했다. 다행히 아무도 들은 사람은 없었다. 내가 들어온 이후로 손님은 한 명도 없었으니까.

"너바나의 드러머가 데모 음반을 편집한 건데 엘리엇이 나한테 빌려 주었어."

엘리엇이 누군지는 모르겠지만, 저스틴이 지난 3개월 동안 실습생으로 일했던, 노스웨스턴 대학교 학생들이 운영하는 라디오 방송국의 중요한 인물쯤 되는가 보다 짐작했다. 내가 저기 어느 먼 지역을 여행하는 꿈을 품고 있다면, 저스틴은 거리 아래쪽에 위치한 고층 기숙사로 이사해 대학에서 방송을 전공하고, 대학 생활 동안 방송계의 전설이라고 할 수 있는 더 록 쇼The Rock Show에서 디제이로 일하길 꿈꾸었다.

"빌려 줄까?"

저스틴이 나에게 바싹 다가와 물었다.

"아니, 뭐……."

나는 고개를 저었지만 저스틴은 아랑곳하지 않았다. 저스틴은 이미 자리를 떠났고, 계산대 뒤에서 몸을 숙여 음악을 껐다. 그리고 CD 한 장을 가지고 돌아왔다.

"자, 받아. 듣고 나서 어떤지 말해 줘."

"정말?"

"물론이지. 다음 주 아무 때나 돌려주면 돼."

"고마워. 근사한 녀석 같으니라고."

나는 CD를 가슴에 품고 말했다.

"네 마음에 들 거야."

"그럴 것 같아. 내가 너 확실하게 믿잖아."

나는 저스틴이 나를 계속 바라보고 있었다는 것을 알아차렸고, 그 순간 그가 나와 키스를 하고 싶어 한다는 것을 느낄 수 있었다.

"새로 나온 다른 음반은 뭐 없어?"

나는 선반에 진열된 새로 출시된 음반들로 그의 주의를 돌리려 애썼다.

"그쪽엔 없어."

저스틴이 나에게 미소를 던진 후 그가 평소에 앉는 계산대 뒤편 자리로 자신을 따라오라고 손짓했다. 그런 다음 잠깐 사라졌다가 다시 불쑥 나타나 우리 사이에 가로놓인 계산대에 CD 케이스를 올려놓았다. 종이 커버가 수채화로 채색되어 있었다. 푸른색, 붉은색, 초록색이 한데 엉켜 재미있는 패턴으로 소용돌이치다가 가장자리 부근에서 서서히 희미해졌다. 보통 수채화처럼 보였지만, 독특한 매력이 있었다. 그러면서도 내 침실 선반에 놓인 다른 케이스들과도 잘 어울렸다.

"새로 제작한 음반이구나! 여러 장르가 혼합된 거네."

나는 CD를 집어 들고 뒤집어서 트랙 이름을 읽었다.

"너 모르지? 난 내 CD 트랙 훑어보는 것도 아주 질색하는 거. 그래도 네 CD는 언제나 최선을 다해 읽는 거라고."

"이번엔 기대 이상으로 잘 나온 것 같아."

저스틴이 얼굴을 붉히며 미소를 지었고, 덕분에 그의 얼굴에서 주근깨가 사라졌다. 저스틴은 내가 아는 보통의 남학생들과 달리 굉장히 친절해서 나는 아주 잠깐, 그를 친구 이상으로 여길 수 있다면 좋을 텐데, 하고 생각했다.

"그럴 줄 알았어."

그리고 아까와 같은 상황이 이어졌다. 지금 이 순간 저스틴은 내가 영화 속 한 장면처럼 계산대를 뛰어 넘어 자신의 셔츠 단추를 뜯어내는 상상을 하고 있을지도 몰랐다. 하지만 나는 내 손목시계로 고개를 돌렸다. 3시 45분.

"이런."

나는 길 건너편 서점을 향해 손짓을 했다.

"나 얼른 가서 아빠하고 교대해야 해. 뭐 필요한 책 있어?"

내가 새 CD들을 집어 들며 말했다.

"거래하는 거 어때? 하나씩."

저스틴이 고개를 끄덕였다.

"실은 너한테 몇 권 부탁하려고 했는데……."

저스틴의 목소리가 차츰 잦아들었고, 우리는 동시에 문을 향해 시선을 돌려 '여대생 모임'이라는 글자가 박힌 옷을 입은 여학생이 안으로 걸어 들어오는 모습을 바라보았다. 여학생은 곧장 계산대를 향해 다가와 내 옆에 서서 기다렸다. 저스틴이 귀찮다는 듯한 시선을 던지며 말했다.

"아니야, 내가 이따가 서점에 들르지 뭐."

나는 뒤를 돌아서자마자 안도의 한숨을 쉬었고, 나에게 시간을 벌게 해 준 여대생 모임의 여학생에게 속으로 감사의 인사를 했다.

시간이 천천히 기어가는 것 같았다. 노스웨스턴 대학교 학생들이 서점 안으로 들어와 빙 둘러본 뒤 다시 나갔다. 엄마들이 아장아장 걷는 아기들을 데리고 들어와 탁자 위에 전시된 북클럽 추천 도서들을 훑어보는 동안 아기들은 그림책 코너를 휘젓고 다녔다. 나는 신용 카드 전표를 정리했고, 책들이 반듯하게 놓이도록 가지런히 정리했으며, 신간 서적들을 눈에 잘 띄게 진열했고, 미슐랭 가이드Michelin guide의 코트다쥐르Cote d'Azur(프랑스 남동부의 지중해 연안 휴양지 - 옮긴이) 편을 읽었다. 오후 8시 50분. 하루 매출을 계산하고, 현금을 초록색 비닐 가방에 넣어 지퍼를 잠근 뒤, 안쪽 사무실 금고에 넣고 자물쇠를 채웠다. 그리고 출입문에 걸어놓은 안내판을 '문 닫음'으로 돌리고 문을 잠갔다.

커피하우스는 벌써 사람들로 가득 찼다. 노스웨스턴 대학교 기말고사 기간이 막 끝난 참이라 오늘 밤은 아무도 공부할 마음이 없을 것이다. 시험이 끝난 것을 기념하느라 금요일 오후부터 내리 즐겼는지, 사실상 대부분의 학생들이 초췌하고 피곤해 보였다.

나는 커피하우스를 지나치면서, 혹시나 저스틴과 그의 라디오 방송국 친구들을 발견할 수 있지 않을까 싶어 무심코 창문 안을 들여다보았다. 저스틴은 그렇게도 나하고 이야기하고 싶어 하는 것 같더니 밤이 되어도 서점에 들르지 않았다.

나는 계속 걸음을 옮겨 우리 집 블록으로 향하는 어둡고 조용한 모퉁이를 돌았다. 그때 길 건너편 공원에서 무언가가 갑작스럽게 움직이는 모양이 눈에 들어왔다. 걸음을 늦추고 어둠 속에서 눈을 가늘게 뜨고 그쪽을 바라보았다. 자세히 알아보기는 어렵지만 분명 누군가가 있었다. 눈을 더 가늘게 떴다. 이번에는 공원 벤치에 웅크린 채 몸을 앞뒤로 흔들고 있는 사람의 형상을 알아보았다. 좀 더 자세히 보기 위해 잔디 위를 가로질러 갔다. 순간, 숨이 턱 하고 막히는 기분이었다. 이 정도 거리에서도 그가 누구인지 한눈에 알아볼 수 있었다.

내 발이 저절로 그를 향해 움직이는 것 같았다. 마침내 목소리가 들릴 만한 거리에 도착했을 때 나는 작게 속삭였다.

"베넷? 베넷 맞니?"

아무런 반응이 없었지만 낮고 약한 신음 소리가 똑똑히 들릴 만큼 가까이 다가갔다.

"베넷?"

몇 걸음 옮겨 좀 더 가까이 다가갔다.

"너 괜찮아?"

"저리 가."

베넷이 퉁명스럽게 말했다. 그는 고개를 들어 보려 했지만 다시 무릎 사이로 푹 떨어뜨렸고, 계속 신음소리를 내며 관자놀이를 문질렀다. 나는 베넷이 뭔가 중얼거리고 있다는 것을 알아차리고 그에게 좀 더 가까이 몸을 굽혔다.

"이대로 떠날 수는 없어."

베넷이 훌쩍이며 말했다.

"그녀를 찾아야 해."

그는 몸을 흔들며 신음소리 같은 목소리로 이 말을 반복했고, 나는 그를 지켜보느라 추위에 몸을 떨다가 차츰 겁이 나기 시작했다.

그때 문득 베넷이 동작을 멈추었고 마침내 그의 시선이 나를 발견했다. 자기 옆에 내가 서 있는 것을 보고 깜짝 놀란 것 같았다.

"애나?"

"그래, 나야. 내가 가서 도움을 좀 청해 볼게. 여기 그대로 있어. 곧 돌아올 테니까."

"안 돼!"

베넷은 단호하게 한마디 내뱉었을 뿐이지만 그 한마디 속에 극도의 괴로움이 배어 있었고, 나 혼자서는 도저히 이 상황을 해결할 수 없을 것 같았다.

"베넷, 넌 도움이 필요해."

나는 돌아서서 걸음을 옮기려 했다.

"안 돼."

베넷이 팔을 뻗어 내 손목을 잡았다.

"제발 부탁이야. 안 돼. 가지 마."

나는 걸음을 멈추고 급히 뒤로 돌았다. 베넷이 온 힘을 다해 고개를 드는 것 같았다.

"이제……."

그가 다시 한 번 심호흡을 하며 말을 이었다.

"이제 좀 괜찮아."

말도 안 돼. 지금 같은 날씨에 꽁꽁 언 벤치에 앉아 있으면서도 이마에는 땀이 송골송골 맺혀 뺨 아래로 주르륵 흘러내리는데 괜찮긴 뭐가 괜찮다는 거야. 숨을 들이쉬고 내쉬는 데 온 정신을 집중하는 베넷의 모습은 내가 전력 질주를 하고 난 직후의 모습과 비슷했다.

"부탁이야. 그냥 앉아 있어 줘."

나는 칠흑같이 어두운 공원을 둘러본 뒤, 그의 발치에 백팩을 내려놓고 그 옆에 무릎을 꿇고 앉았다. 얼음장 같은 벤치에는 도저히 앉을 수 없었다.

"괜찮아질 거야."

베넷이 다시 관자놀이를 문지르며 천천히 고개를 들었다. 그의 목소리가 아까보다 더 이상하게 들렸다.

"편두통 때문이야."

베넷이 가쁘게 숨을 쉬며 말했다.

"가끔 이래……."

그는 점점 잦아드는 목소리로 말했다.

"그냥 내 옆에 앉아 있어 줄래, 애나? 부탁이야."

나는 커피하우스 쪽을 돌아보았다. 그리고 마치 우리 엄마처럼, 나보다 그를 훨씬 잘 아는 친구처럼 그의 등을 문지르기 위해 앞으로 몸을 굽히려다가 그만두었다. 이후 5분 동안 베넷과 나 사이에는 그의 고통스러운 숨소리 외에 다른 소리는 들리지 않았다.

"호흡을 계속해 봐."

도움이 되지 않으리라는 것을 잘 알지만 기껏 생각나는 말이라고는 이것뿐이었다. 마침내 베넷이 좀 더 몸을 펴고 일어나 앉았다.

"부탁 좀 들어줄래?"

그가 뭘 부탁하려는지 말하지 않았지만 나는 이미 고개를 끄덕이고 있었다.

"지금 일 아무한테도 말하지 말아 줘."

"그럴게."

나는 고개를 저으면서 아직도 그의 뺨을 타고 뚝뚝 떨어지는 땀방울을 바라보았다.

"내가 마실 물 좀 가지고 와도 될까? 빨리 다녀올 수 있는데."

베넷은 그러라고 말하지는 않았지만, 이번에는 적어도 만류는 하지 않았다. 베넷이 마음을 바꿔 나를 말리기 전에, 그의 발치에 백팩을 놓아둔 채 자리에서 일어나 전속력으로 커피하우스를 향해 달렸다. 그리고 점원에게 얼음물 한 컵을 받아 들고 다시 벤치로 달려갔다.

"자, 여기……."

다급히 이렇게 말했지만, 내 목소리는 공기 중으로 사라져 버렸다. 내 백팩만 얼어붙은 땅 위에 고스란히 놓여 있었고, 베넷의 모습은 어디에도 보이지 않았다.

7

베넷은 월요일 스페인어 수업에 오지 않았다. 화요일에도 베넷은 없었다. 나는 슬슬 걱정이 되기 시작해서 미칠 것 같았지만, 행정실 직원 도슨 씨는 별로 신경 쓰지 않는 것 같았다.

"베넷의 전화번호 좀 알 수 있을까요? 괜찮은지 확인이나 해 보려고요."

나는 최대한 책임감 있는 목소리로 부탁했지만 원하는 결과를 얻지 못했다. 베넷과 약속한 대로, 나는 상당 부분 — 공원이라든지, 그의 얼굴에서 흐르던 땀이라든지, 누군가를 찾아야 한다며 신음하듯 말했다는 사실들 — 을 생략한 채 도슨 씨에게 사정을 이야기했다. 실은 "지금 일 아무한테도 말하지 말아 달라"는 베넷의 말에 끄덕였지만, 어떤 부분이 해당되는지 알 수가 없었다. 그는 그날 일을 비밀로 해 달라고 했는데, 그 비밀 가운데 편두통 이야기는 포함되지 않길 바랐다. 그 부분조차 밝히지 않은 채 그의 개인 정보를 문의하기에는 다른 적당한 이유가 생각나지 않았기 때문이다.

"그런 양. 친구를 도와주고 싶은 마음은 알겠지만, 알다시피 학생개인 정보를 공개할 수는 없어요. 미안해요."

도슨 씨는 가르치려는 투로 말했고, 미안한 기색은 눈곱만큼도 보이지 않았다.

"내일은 오겠지요."

세상에, 그걸 어떻게 알아요? 나는 이렇게 묻고 싶었지만 대신 "고맙습니다"라고 중얼거리듯 말한 뒤 느릿느릿 행정실을 빠져나왔다. 어제 베넷을 벤치에 두고 가는 게 아니었다. 베넷은 단지 내가 자기 옆에 있어 주기만을 바랐는데, 땀을 흘리고 숨을 헐떡이는 그를 그 캄캄하고 황량한 공원 벤치에 혼자 남겨 두고 가다니.

탈의실로 향해 옷을 갈아입었다. 그러나 같은 팀 선수들이 수다스럽게 떠드는 소리를 듣고 있다 보니, 트랙 위를 복닥거리면서 달린다는 것이 끔찍하게 여겨지기 시작했다. 그래서 누가 눈치채기 전에 살그머니 탈의실을 빠져나와 차갑게 얼어붙은 황량한 크로스컨트리 코스로 향했다. 달리면서 바람과 나무의 소리를, 질척한 길 위를 철벅거리며 걷는 내 발소리의 리듬을 들어 보려 했지만 머릿속은 온통 베넷의 목소리로 가득했다.

'그냥 내 옆에 앉아 있어 줄래, 애나? 부탁이야.'

나는 처참한 기분이 들었다.

결국 도슨 씨의 말은 틀렸다. 베넷은 수요일에도, 목요일에도 학교에 오지 않았다. 금요일 5교시와 6교시 사이 쉬는 시간에 도넛으로 향했을 때—베넷에게 무슨 일이 일어나고 있는지 알지 못한 채 주말을 맞을 생각을 하니 정신이 아득해졌을 때—불현듯 해결책이 떠올랐다. 정말이지 이 방법밖에는 없었다.

서둘러 엠마의 개인 사물함으로 가서 기다렸지만 그녀는 나타나지 않았다. 수업 종이 울리는 바람에 스프링 노트를 꺼내 이렇게 끼적였다. '할 얘기가 있어' 그런 다음 노트를 뜯어 작게 접은 뒤 사물함의 좁은 틈 사이에 밀어 넣고 교실을 향해 달렸다.

쉬는 시간 종이 울리자마자 엠마의 사물함으로 달려갔다. 마침 엠마가 내 쪽지를 읽고 있었다.

"네 도움이 필요해, 엠마."

나는 불쑥 말을 내뱉었다.

"나 대신 행정실에서 뭘 좀 알아봐 줄 수 있겠어?"

"아마도."

"베넷 쿠퍼의 전화번호를 알아야 해. 도슨 씨에게 부탁했는데 알려 주려고 하지 않아. 하지만 네가 가서 경매 파티 계획에 대해 이야기하면 도슨 씨도 좋아할 테고, 그러다 보면…… 어쩌면 너한테는 말해 줄지도 모를 것 같아."

엠마가 뭔가 말을 하려 했지만 내가 재빨리 가로막았다.

"그게 왜 필요한지는 묻지 말아 줘."

엠마는 입을 앙다물고 눈썹을 치켜 올렸다. 그리고 나를 빤히 쳐다보며 나에게 '전부 털어놓으시지' 초능력을 발휘했다.

"있잖아. 지난 일요일 밤에 우연히 베넷을 봤는데, 베넷이…… 많이 아팠어. 그리고 이번 주 내내 학교에 오지 않는 거야. 별일 없는지 확인이나 해 보려고."

나는 바짝 긴장한 채 엠마의 사물함에 기대서서 취조받을 준비를 하고 있었는데, 뜻밖에 엠마가 환하게 웃는 것이었다.

"아하, 그러니까 그 더벅머리 남학생 뒤를 밟고 싶으시다?"

누가 들었을까 봐 내가 허둥대며 주변을 둘러보자 엠마는 큰소리로 웃었다.

"어머, 애. 그냥 솔직히 말해. 너 그 남자애 좋아하지, 그렇지?"

우리는 서로를 빤히 쳐다보았다. 나는 아무 말도 하지 않았다. 엠마가 되풀이해 말했다.

"그렇지?"

나는 목까지 차올라 가슴을 조일 것 같은 숨을 토해 내며 말했다.

"그냥 베넷이 걱정되니까."

엠마가 눈을 크게 뜨고 나를 빤히 쳐다보았다.

"그래, 좋아. 아마 알아낼 수 있을 거야."

그리고 활짝 웃었다.

"일단 넌 해냈어. 첫 번째 단계는 자신이 무력하다는 사실을 인정하는 거야."

엠마는 알코올 중독 회복 12단계 프로그램 가운데 첫 번째 단계를 자기 마음대로 해석하며 말했다.

"좋은 방법을 생각해 볼게. 이따가 수업 끝나고 내 차에서 만나."

"어떻게 알아낼 건데?"

"아직은 나도 모르지. 생각해 본다니까."

한 시간 뒤, 엠마는 따뜻한 사브 자동차 안에서 사람을 교묘하게 조종하는 자신의 기술을 자랑하며 한껏 들떠 있었다.

"이런 겸손한 말은 처음 하는 것 같은데, 솔직히 이번엔 생색을 낼 수 없겠어. 순전히 운이 좋았거든."

엠마가 주차장 밖으로 차를 빼면서 말했다.

"일이 어떻게 됐냐면 말이지. 내가 행정실에 들어갔더니 도슨 씨가 전화를 하고 있는 거야. 아르고타 선생님하고 통화하는 것 같았어. 오늘 밤 베넷 쿠퍼의 집으로 가져다줄 이번 주 스페인어 수업 과제를 달라고 하더라고."

베넷의 이름을 듣자 가슴이 두근거렸다. 이러다가 죽을 것만 같았다.

"그래서 내가 말했지. 내가 베넷한테 과제를 갖다주겠다고 말이야."

"도슨 씨가 너한테 베넷의 과제를 줬어?"

"그럴 리가 있니. 그건 안 된다, 규정에 어긋난다고 하더라고. 아무리 앳킨스 양이라도 그건 안 돼요, 라고 말이야."

엠마는 도슨 씨 목소리를 똑같이 흉내 내며 말했다.

"그래서 베넷의 주소를 못 얻어 냈다는 거야?"

"당연히 얻었지."

"잘했어. 어디에 있는데?"

"이제부터 본론이야."

엠마가 차선을 바꾸느라 다른 차를 가로막는 바람에 상대방 운전자가 경적을 울렸다.

"내가 경매에 대해 도슨 씨한테 묻기 시작—그녀는 내가 그 일 때문에 온 줄 알 테니까—했고, 도슨 씨는 위스콘신 주의 알렌 가문이 소유한 훌륭한 오두막에 대해 이야기하기 시작했어……."

"아, 제발, 엠마. 너 나 피 말려 죽일 셈이야? 이제 그만 본론으로 들어가라니까."

"알았어, 알았어. 우리가 경매에 대해 막 이야기를 하고 있는데, 바로 그때 아르고타 선생님이 들어오시더니 접수대 위에 종이 더미를 탁 내려놓는 거야. 도슨 씨가 선생님한테 고맙다고 인사를 했고, 선생님은 나갔어. 도슨 씨는 이제 사람들이 경매로 내놓은 오래된 사진들에 대해 이야기하면서 모니터 앞으로 갔어. 그리고는 포스트잇을 가지고 오더니 주소를 적어 그 종이 더미 위에 탁 붙이는 거 있지.”

“그래서?”

엠마는 극적인 효과를 불러일으키기 위해 잠시 숨을 돌린 다음 입을 열었다.

“그린우드 282번지.”

“전화번호는?”

그러자 엠마는 나를 향해 홱 하고 몸을 돌렸다.

“너 지금 장난해? ‘고마워, 엠마’라고 해야 하는 거 아니야? ‘너 정말 대단하다, 엠마’, 그래야 하는 거 아니냐고!”

엠마는 고개를 저으며 다시 도로를 향해 주의를 돌렸다.

“난 그냥 전화번호만 있으면 되는데…….”

“도슨 씨는 베넷의 전화번호를 적지 않았고, 난 모니터를 볼 수 없었어. 그래도 모르겠어? 그나마 주소라도 알아 온 게 얼마나 다행인지?”

“하지만 이제 베넷의 집에 가야 하는 거잖아!”

나는 그 집에 갈 생각에 몸을 움찔했다. 엠마는 일이 자기 생각대로 돌아가자 나에게 만족스러운 미소를 지어 보였다.

“바로 그거지.”

내가 이 일을 해낼 수 있을지 확신이 서지 않았다. 나는 높은 울타리 뒤에서 다시 한 번 안을 들여다보며 집을 뚫어져라 쳐다보았다. 집은 근사했다. 이 층, 아니 삼 층짜리인가. 튜더 양식으로 지어진 건물이었다. 이만큼 떨어진 거리에서 제대로 본 것이 맞다면 뒤편에 차고가 있을 것이다. 나는 그 집 앞을 세 번이나 돌다가 겁을 먹고 도망쳤고, 결국 관목 덤불 뒤로 몸을 숨겼다.

'내가 왜 이러고 있는 거지?'

나는 무거운 숨을 내쉬며 덤불 뒤에서 나와 다시 그 집을 향해 - 이번에는 단호하게 성큼성큼 - 다가간 다음, 최근에 삽으로 눈을 치운 듯 보이는 진입로로 들어섰다. 아직 저녁 5시 30분인데 벌써부터 주위는 거의 캄캄했고, 나는 바들바들 떨면서 계단을 올라갔다. 마침내 계단 맨 위에 도착해, 현관의 사자 머리 모양 쇠고리를 잡고 심호흡을 한 번 한 다음, 문을 두드렸다.

기다렸다.

대답이 없었다.

다시 한 번 문을 두드리면서 찬바람이 들어오지 못하도록 코트를 단단히 여몄다. 타이츠 대신 청바지를 입어 얼마나 다행인지 몰랐다.

그만 돌아서려 할 때 안에서 발자국 소리가 들렸다.

"누구세요?"

문 안쪽에서 어떤 여자가 말했다.

"죄송합니다. 아무것도 아니에요. 집을 잘못 찾은 것 같아요."

나는 돌아서서 계단으로 향했다. 그때 문손잡이에서 육중하게 철컥하는 소리가 들렸고, 곧이어 천천히 문이 열렸다. 나이가 좀 들어 보이긴 했지만 노인은 아니었고, 긴 은발의 머리카락과 연푸른색 눈동자가 눈에 띄는 굉장히 매력적인 여인이 나왔다. 느슨하게 늘어뜨려진 검은색 옷 위로 붉은색 실크 스카프를 두른 여인은 호기심 어린 표정으로 나에게 미소를 지어 보였다.

"안녕."

여인이 문을 활짝 열면서 따뜻하게 인사했다.

"안녕하세요. 정말 죄송합니다. 베넷이라는 사람을 찾고 있는데요, 제가 집을 잘못 찾아온 것 같아요."

나는 돌아서려고 막 몸을 돌렸다.

"아니, 잘못 찾은 거 아닌데. 여기가 베넷 집 맞아. 들어와서 몸 좀 녹이렴."

여인은 뒤로 물러서며 내가 입구로 들어갈 수 있도록 공간을 만들어 주었다.

"난 매기라고 한단다."

매기 여사가 손을 내밀었다.

"전 애나예요."

나는 이 여인의 정체를 궁금하게 여기며 악수를 했다.

"학교 친군가 보구나."

"네."

내가 베넷의 친구가 맞는지는 잘 모르겠지만 그것이 가장 간단한 대답이었다.

"폐를 끼쳐 죄송합니다, 부인."

젠장, 여길 오다니. 이렇게 멍청할 데가 있나. 나는 지금 내가 얼마나 바보 멍청이인지 절실하게 깨닫고 있었다.

"폐는 무슨."

매기 여사는 반대편 자리를 향해 손짓을 하며 말했다.

"앉아 있으렴. 난 가서 베넷을 데리고 오마."

매기 여사가 돌아서서 계단을 올라갈 때 나는 집안을 살짝 엿보았다. 커다란 창문이 있는 거실은 훌륭한 고가구들로 우아하게 장식되어 무척 아름다웠고 밖에서 상상했던 것보다 훨씬 안락해 보였다. 따뜻한 벽난로의 불이 타오르며 은은한 불빛을 비추었다.

나는 소파에 앉는 대신 주위를 거닐며 거실을 관찰했다. 벽난로 주변의 벽에는 짙은 색 책꽂이들이 벽 전체에 죽 늘어서 있고, 그 안에는 우리 서점의 고전 코너를 무색하게 할 만큼 수많은 고전들이 빽빽하게 채워져 있었다. 매기 여사와 여사의 남편이 결혼식 날 찍은 대형 흑백 사진을 제외하면, 액자에 끼여 있는 어린 소녀—검은색 머리카락에 앞머리는 이마 위로 가지런히 자른—의 사진들이 벽면을 가득 매우고 있었다. 어떤 사진은 엄마와 함께 찍은 것도 있었다. 부모님 두 분과 함께 찍은 사진은 얼마 없었다. 벽난로 선반 한가운데에는 액자에 끼여 있는 스냅 사진이 있었는데 도저히 그냥 지나칠 수 없을 만큼 인상적이었다. 벽면을 메운 사진 속 어린 소녀와 닮은 여자아이가 의자에 앉아, 검은색 머리카락이 보송보송 난 작은 아기를 안고서 카메라를 향해 방긋 미소를 짓고 있었다.

"내 손자들이란다."

뒤에서 조용히 목소리가 들리는 바람에 나는 화들짝 놀랐다. 매기 여사가 다가오는 소리를 듣지 못했던 것이다.

"저 아이는 브룩이란다. 지금 두 살이지. 이 아이는 이번에 새로 태어난 손자 베넷이고."

매기 여사는 손으로 사진을 집으며 말했다

"모두 정말 귀여워요."

내가 말했다. 여인은 사진을 선반에 다시 올려놓고 다른 사진을 집
어 들었다.

"이 사람은 내 딸이란다."

여인이 아까 그 소녀를 무릎에 앉힌 여자의 사진을 가리켰다.

"모두 일리노이 주에 살고 있나요?"

"아니, 샌프란시스코에."

매기 여사가 아쉽다는 듯 한숨을 쉬었다.

"난 이 아이들을 다시 집으로 불러들이려 하는데, 우리 사위 직장
때문에 하는 수 없이 캘리포니아에 살고 있단다. 갓 태어난 아기는 아
직 만나 보지도 못했지."

그때 문득 우리 두 사람 외에 누군가가 더 있는 것 같은 이상한 느
낌이 들었다. 나는 어깨 너머를 흘긋 돌아보다가 베넷이 아치형 입구
에 서서 우리를 바라보고 있는 것을 발견했다. 한동안 감지 않은 듯 부
스스한 머리카락, 면도를 하지 않아 군데군데 까칠하게 자란 수염, 며
칠째 잠을 못 잔 사람처럼 충혈된 눈 밑에 짙게 내려온 다크서클. 게다
가 멍한 표정은 베넷의 괴로움을 더욱 부각시켰다.

"여긴 어쩐 일이지?"

베넷의 목소리는 딱딱했다. 그는 방 안의 희미한 불빛에 적응하려
는 듯 자기도 모르게 눈을 깜박거렸다. 내가 뭐라고 말을 할 사이도 없
이 매기 여사가 불쑥 끼어들었다.

"네 친구에게 갓 태어난 내 손자 베넷의 사진을 보여 주고 있었단다."

매기 여사는 나를 돌아보며 말을 이었다.

"믿을 수 있겠니? 지금까지 베넷이라는 이름을 가진 사람을 한 번도 만난 적이 없는데, 최근 두 사람이나 알게 되다니 말이다!"

매기 여사는 믿을 수 없다는 듯 고개를 가로저었다. 나는 어리둥절한 채 매기 여사와 베넷을 번갈아 쳐다보았다. 베넷은 주춤거렸다.

"너희 둘, 차 좀 줄까?"

매기 여사는 우리 둘 사이에 감도는 긴장감을 알아차리지 못한 듯 이렇게 물었다.

"안 그래도 차를 만들려던 참이었단다."

"아니요."

주변을 서성거리던 베넷이 내가 대답하기도 전에 먼저 말했다. 매기 여사는 베넷의 대답을 무시하고 나를 바라보았다. 그녀의 눈빛은 여전히 아무것도 알아차리지 못한 채 내 의견을 묻고 있었다.

"애나는?"

"아니요. 저도 괜찮습니다, 부인……."

매기 여사는 내 어깨에 손을 얹으며 말했다.

"그냥 매기 할머니라고 부르렴. 그렇게 부르는 게 좋겠구나."

나는 그녀에게 미소를 지으며 말했다.

"고맙습니다, 매기 할머니."

베넷이 나에게 따라오라고 손짓했고, 우리는 차를 만드는 매기 할머니를 거실에 두고, 조용히 계단을 올라간 다음 어두운 복도를 따라 걸었다. 2층 복도의 벽면도 거실과 같이 사진으로 가득했는데, 이곳에 걸린 사진들은 좀 더 오래된 것들이었다.

베넷의 침실은 작은 램프 불빛에 나무 책상만 간신히 보일 뿐 어두컴컴했다. 커피 잔이며 빈 플라스틱 물병들이 사방에 흩어져 있었고, 온 바닥과 침대 위에 책이며 신문 들이 어지럽게 널브러져 있었다. 고풍스러운 고가구가 우아하긴 했지만 고등학생 취향은 아니었다. 마호가니로 둘러싸인 이 방 안이 베넷과는 어울리지 않았다.

베넷은 침실의 문을 닫기 위해 내 어깨 위로 손을 뻗었고, 그렇게 그와 거리가 좁혀지자 가슴이 마구 뛰었다. 그러다 문득 그에게서 땀 냄새와 더러운 양말 냄새가 난다는 것을 알아차렸다. 베넷이 시선을 떨어뜨리고 뒤로 물러나는 것을 보니, 아마도 내 표정에 역겨워하는 기색이 드러난 모양이었다.

"누가 찾아올 거라고는 생각하지 못했어."

"괜찮아…… 난 그냥…… 미안해. 내가 널 방해한 건 아니니?"

베넷은 내 사과를 받아들이려는 시늉조차 하지 않았다. 뿐만 아니라 어디 마땅한 자리에 내가 앉을 수 있도록 공간을 만들어 주지도 않아서, 나는 엉거주춤 불안하게 문틀에 기대서야 했다.

"우리 할머니 때문에 불편했다면 미안해."

베넷은 열심히 귀를 기울여야 들릴 만큼 아주 작은 소리로 말했다. 나는 조금 당황스러웠다.

"너희 할머니라고? 매기 할머니가 너희 할머니야?"

"할머니는 알츠하이머병에 걸리셨어."

베넷의 눈은 다음 말을 생각하려는 듯 나를 지나쳐 침실 문을 뚫어져라 쳐다보았다.

"할머니의 머릿속에서 나는…… 나는 아직 갓난아기야."

"정말?"

나는 거실에서 나눈 대화를 떠올렸다.

"하지만…… 사진들은 전부 어릴 때 찍은 것들이던데……."

베넷이 고개를 끄덕였다. 길고 불편한 침묵이 이어졌고, 나는 아까 본 사진이 떠올라 마음이 좋지 않았다.

"그 사진들이 할머니 병을 더 악화시켜. 진작 없앴어야 하는데."

"그래서 할머니는 너를 누구라고 생각하시는데?"

"할아버지가 돌아가신 후 경제적인 사정도 힘들어지고 할머니 혼자 쓸쓸하시기도 해서, 할머니는 노스웨스턴 대학교 학생들에게 이 방을 임대하기 시작했어."

베넷은 대수롭지 않다는 듯한 몸짓을 해 보이며 바닥을 빤히 내려다보았다.

"아마 할머니 생각에는……."

베넷의 목소리가 점점 잦아들었고, 방 안은 조용해졌다. 베넷의 몰골은 말이 아니었다. 피부는 누렇게 떴고 빨갛게 충혈된 눈은 반쯤 감겼다.

"괜찮니? 피곤해 보여."

베넷은 나를 응시했고, 마침내 입을 열긴 했지만 내 질문에 대답하지는 않았다. 그는 얼굴을 잔뜩 찡그리며 아까 했던 질문을 되풀이했다.

"그런데 넌 여기 어쩐 일이지?"

베넷이 질문을 던진 방식 때문에 나는 더욱더 불안해졌다.

"지난 일요일 밤에 공원에서 마주친 후로 네가 통 보이지 않아서.

그때 네 상황이…… 그러니까…….”

나는 잠시 그의 반응을 기다렸지만 아무런 대답이 없자 불쑥 나머지 말이 튀어나왔다.

“이번 주 내내 학교에서 네가 보이지 않아 걱정이 됐던 것 같아. 그래서 단지…… 네가 괜찮은지 확인이나 좀 하고 싶었어.”

나는 뒤로 손을 뻗어 문손잡이를 잡았다.

“그런데 지금 보니 멀쩡하네. 그러니까…… 내 말은…… 정말 다행이라고. 봤으니까 난 이제 그만 갈게.”

그 순간 차라리 전화를 하는 편이 훨씬 나았을 뻔했다는 생각이 빠르게 머리를 스쳤고, 동시에 죽여 버리고 싶을 만큼 엠마가 미웠다. 내가 미쳤지, 잘 알지도 못하는 남자애 집에 불쑥 쳐들어오다니.

“아, 일요일.”

베넷은 실눈을 뜬 채 여전히 나를 지나쳐 뒤편을 바라보며 말했다.

“맞아, 그랬지. 잊고 있었어.”

나는 손잡이를 놓고 베넷을 빤히 쳐다보았다. 잊고 있었다고? 어떻게 그날 일을 잊어버릴 수가 있지?

“너 정말 괜찮니, 베넷?”

“응, 괜찮아. 단지…….”

베넷의 얼굴에서 걱정스러운 표정이 드러났다. 아니, 걱정보다는 당황이라는 표현이 더 정확할 것 같았다.

“그나저나, 날 어떻게 찾았지?”

나는 두 손이 떨리는 것을 느꼈다.

“행정실에서 주소를 알아냈어.”

그건 사실이니까. 내가 부탁하지 않았다면 엠마가 알아낼 이유도 없었고.

"행정실 직원이 너한테 내 주소를 알려 줬어?"

"아니. 포스트잇에 적혀 있는 걸 봤어."

이 말도 사실이었다. 베넷은 황당하다는 듯 나를 보더니 마침내 입을 열고 말을 하려고 했다. 하지만 별안간 베넷의 얼굴에서 핏기가 사라졌다. 그리고 약간 비틀거리더니 벽을 더듬거리며 몸을 가누었다. 나는 손을 뻗어 그의 팔을 잡았다.

"괜찮아?"

베넷은 뭔가 말을 하려 했지만 아무 말도 하지 못했다. 그리고 몇 차례 힘겹게 숨을 토해 냈다.

"가서 할머니를 모셔 올게."

내가 베넷의 팔을 놓으려 하자, 베넷은 그날 공원에서처럼 팔을 뻗어 내 손목을 잡았다.

"안 돼, 그러지 마!"

베넷은 큰 소리로 외치려 하는 것 같았지만, 가느다란 소리만 간신히 튀어나올 뿐이었다. 마침내 그가 내 팔을 놓고 차분하게 숨을 내쉬기 시작했다.

"내 말은…… 이제 괜찮다고."

베넷이 천천히 심호흡을 했다.

"난 좀 누워야겠어."

"너 정말 괜찮아?"

베넷이 문을 열었다.

"그만 가는 게 좋겠어."

그가 한차례 심호흡을 하며 말했다.

"지금."

"하지만 내가 도와줄 수……."

"아니, 지금은 그냥 가 줘. 부탁이야."

"이렇게 널 두고 갈 수는 없어. 이번엔 그러지 않을 거야."

베넷은 서늘하리만큼 차가운 눈빛으로 나를 쏘아보았다.

"여긴 우리 집이야. 그리고 난 너에게 나가라고 말하고 있어. 지금 당장 나가 줘."

내가 복도로 나오자마자 내 뒤에서 문이 쾅 하고 닫혔는데 어찌나 큰 소리가 났는지, 베넷이 문 앞에서 쓰러진 것은 아닐까 걱정이 될 정도였다. 나는 몇 걸음 뒤로 물러나 침실 문을 물끄러미 바라보면서 이제 뭘 해야 할지 생각했다. 그리고 다시 앞으로 걸음을 옮겨, 팔을 올리고 노크할 준비를 했다. 하지만 이내 그만두고 다시 뒤로 물러났다. 그리고 몸을 돌려 천천히 복도를 빠져 나와 계단을 내려갔다.

현관 앞에 서서 옷걸이에 걸려 있던 코트를 입었다. 코트의 단추를 채우며 베넷의 할머니에게 전할 말을 빠르게 생각해 냈다. 베넷이 또 아픈 것 같아요, 라고 말할까. 아니면 베넷을 살펴보셔야 할 것 같아요, 라고 말할까. 하지만 그가 '안 돼, 그러지 마!'라고 단호하게 말했던 것을 떠올리며, 내키지는 않지만 이번에는 그의 비밀을 좀 더 단단히 지켜줄 필요가 있겠다고 결정했다. 그래서 주방을 들여다보며, 매기 할머니에게 만나 뵈어 반가웠다고 인사를 하고, 나오실 필요 없다는 말만 한 뒤 그 집을 빠져나왔다.

8

"어휴, 잘됐다! 어서 오렴."

내 도착을 알리는 서점의 종소리도, 아빠의 목소리도 지금 같은 마음으로 감당하기에는 지나치게 쾌활했다.

"아빠 지금 나가도 되겠니?"

되겠냐고? 당연히 되지. 제발 나가 줘, 아빠. 그래야 텅 빈 서점을 서성거리면서, 지저분한 옛날식 침실에 베넷 혼자 죽어 가도록 놔두고 온 것은 아닌지 실컷 걱정할 수 있을 테니까.

"당연하지, 아빠랑 교대하려고 왔는걸."

나는 아빠처럼 경쾌한 목소리를 내려고 애쓰며 말했다.

"고맙다. 네 엄마가 벌써 두 번이나 전화를 했잖니. 언제쯤 집에 올 수 있냐고 말이다. 엄마는 오늘 모임 때문에 좀 들떠 있는 것 같아."

아빠는 아주 근사해 보였다. 나는 팔을 뻗어 아빠의 넥타이를 바로 매 주었다.

"엄마랑 아빠는 시카고 역사박물관에 갈 거란다. 자정쯤 돌아오겠지만 기다리지는 마라. 알다시피 네 엄마랑 친구들이 얼마나 말이 많니."

"가서 즐거운 시간 보내."

나는 아빠의 어깨를 붙잡고 서점 문을 향해 아빠를 돌려 세웠다. 아빠는 몇 발자국 걸음을 떼더니 멈추고 다시 돌아섰다.

"금요일 밤에 일해 줘서 다시 한 번 고마워. 그래도 지금까지는 네 사생활 방해한 적 없었지?"

"애석하게도 없었지."

아빠의 모습이 사라지자마자, 나는 서점을 한 바퀴 돌면서 책들을 가지런히 정리하고 베넷의 몰골과 어두운 표정에 대해 생각했다. 서점 출입문을 지나칠 땐 잠시 걸음을 멈추고, '10분 후에 돌아옵니다' 안내판을 걸어 두고 얼른 베넷의 집에 다녀오고 싶은 마음을 꾹 눌렀다. 안쪽 사무실을 지나칠 땐 전화기 앞에 앉아 엠마에게 방금 일어난 일들을 죄다 이야기하고 싶은 충동이 일었다. 창문을 통해 커피하우스 앞에 주차된 경찰차를 보았을 땐, 한달음에 달려가 당장 그린우드 282번지로 가 보라고 말하고 싶었다. 하지만 아무것도 하지 않았다. 대신 아동서 코너에 있는 데님 빈백 의자를 여행서 코너까지 끌고 간 뒤, 「론리 플래닛, 모스크바 편」을 들고 의자에 털썩 주저앉았다.

안쪽 사무실 바닥에 쭈그리고 앉아 금고의 다이얼을 돌리려는데 딸랑딸랑 종이 울렸다. 나는 금고에 손을 짚은 채, 검은색 코트를 들고 양털 모자를 쓴 사람이 계산대 앞에 서 있는 모습을 보았다.

"죄송합니다, 영업 끝났어요!"

내가 소리쳤다. 나는 금고의 비밀번호 세 개 가운데 마지막 번호를 누르고 묵직한 강철 손잡이를 위로 잡아당긴 다음 현금이 들어 있는 비닐 가방을 금고 안에 던져 넣었다. 그리고 손목시계를 내려다보며 계산대로 향했다.

"죄송합니다, 지금 문을 닫을 거라서……."

그때 베넷이 나를 향해 돌아섰고, 그의 얼굴에 엷은 미소가 천천히 퍼졌다. 나는 그 자리에서 멈추었다.

"안녕."

내가 놀란 것을 감추는 데에 이렇게 도가 텄을 줄이야. 베넷은 세 시간 전에 비해 훨씬 좋아 보였다. 다크서클은 사라지고 눈도 더 이상 충혈되어 있지 않았다. 짙은 갈색 치노 바지에 밝은 청색 스웨터를 입었는데, 그의 눈동자 색과 잘 어울려 왠지 마력 같은 것이 느껴졌다. 그의 모습은 아까하고는 딴판으로 한결 느긋해 보였다. 방금 샤워하고 나온 듯 상쾌한 비누 냄새가 코끝을 자극했다. 겉모습은 훨씬 깔끔해졌지만 여전히 피곤한 것 같았다.

"안녕, 애나."

"너 괜찮아?"

나는 어찌나 안심이 되던지 달려가서 베넷을 와락 끌어안고 싶을 정도였다.

"응, 괜찮아."

베넷이 미소를 지었다.

"와……."

그의 시선이 서점을 죽 훑고 지나갔다.

"여기가 네가 일하는 곳이야?"

내가 고개를 끄덕였다.

"근사하다."

베넷이 나를 향해 몇 걸음 다가와 계산대에 몸을 기댔다.

"네가 있어서 다행이야. 금요일 밤에도 일을 하는지 안 하는지 몰라서 걱정했거든."

"원래는 금요일 밤엔 일 안 해. 오늘은 부모님이 모임이 있어서 시내에 가시는 바람에……."

나는 무슨 말을 해야 좋을지 몰랐다. 계산대로 가서 그와 같은 자세로 몸을 기댔다.

"저기, 사과하고 싶었어. 아까 말이야, 그렇게 무례하게 굴 생각은 없었어."

"괜찮아."

"안 괜찮아. 우리 집으로 찾아와 줄 만큼 나한테 마음을 써 주었는데 말이야."

베넷의 표정은 부드러웠고, 목소리는 친절했으며, 눈빛에서는 조금도 짜증스러운 흔적을 찾아볼 수 없었다.

"애초에 무턱대고 너희 집에 간 게 잘못이었지. 전화를 하거나 다른 방법을 찾았어야 했는데."

"아니야. 그날 밤 공원에서 말도 없이 가 버리지 말았어야 했어. 실은 네가 말하기 전까지는 네가 공원에 있었다는 걸 기억하지 못했어."

베넷이 나를 바라보았는데, 내가 무슨 생각을 하는지 파악해서 다음에 할 말을 가늠하려는 것 같았다.

"아무튼 도와주어 고맙고, 아까 그렇게 말하지 못해서 미안해."

"천만에."

베넷의 시선이 내 시선을 가만히 응시했다. 그리고 마침내 그가 환하게 미소를 지었다.

"신세를 갚고 싶은데?"

"신세를 갚겠다고?"

"커피 한잔 어때?"

"커피?"

"응, 커피. 네가 바쁘지 않다면."

베넷이 텅 빈 서점을 휘 둘러보며 말했다. 나도 모르게 이마를 찌푸렸다.

"너 정말 커피 마셔도 될 만큼 좋아진 거야?"

베넷이 어깨를 으쓱해 보였다. 그리고 고개를 끄덕였다.

"사실은 커피를 마시면 편두통이 좀 괜찮아져. 가자. 널 우리 집에서 쫓아냈으니 정식으로 사과해야지."

베넷이 내 대답을 기다리며 그 자리에 서 있는 동안, 나는 아까 엠마가 도넛에서 막무가내로 한 말을 떠올렸다.

'그냥 솔직히 말해. 너 그 남자애 좋아하지, 그렇지?'

엠마의 말이 맞다고 인정할 만큼 베넷을 잘 알지는 못하지만, 틀린 말도 아니었다.

"그래. 좋아."

우리가 커피를 다 마시고 일어날 때쯤에는 베넷을 더 잘 알게 될지도 모른다. 어쩌면, 계속 늘어만 가는 그에 관한 수많은 질문의 답도 얻을 수 있을지 모른다. 나는 서점을 한 바퀴 돌면서 내부의 전등을 하나씩 껐고, 안내판을 '영업 중'에서 '문 닫음'으로 돌려놓았다. 밖으로 나와 문을 잠글 때, 베넷이 내 어깨에서 백팩을 가져가 자기 어깨에 둘러댔다.

우리는 한 블록이 끝날 때까지 아무 말 없이 걸었다. 커피하우스가 가까워질수록 안에서 흘러나오는 소음이 점점 크게 들렸고, 커피 향이 차가운 공기 중에 떠올랐다 이내 구름 위로 사라졌다. 안으로 들어섰을 때 마침 한 무리의 사람들이 막 자리에서 일어났고, 우리는 복잡한 테이블 사이를 비집고 들어가 구석에 놓인 거친 느낌의 벨벳 소파 위에 몸을 묻었다.

"뭐 주문할래?"

"네 해명들."

나는 지갑을 꺼내기 위해 내 백팩으로 손을 뻗으며 말했다.

"그리고 카페라테 부탁해."

"알았어."

베넷은 내 손을 톡 쳤고, 나는 그 단순한 접촉으로도 온몸이 떨리는 자신을 조용히 나무랐다. 베넷은 자리에서 일어나더니 곧 거품이 가득한 작은 머그잔 두 개를 가지고 왔다. 각각의 머그잔 가장자리에는 초콜릿을 살짝 적신 비스코티가 가로 놓여 있었다.

베넷은 그것들을 탁자에 내려놓은 뒤 자기 자리에 앉았다. 나는 잔뜩 기대를 품고 그를 바라보았다.

"얘기를 많이 하려면 비스코티가 필요하지."

베넷이 말했다. 그리고 비로소 미소를 지었다. 베넷은 비스코티로 우유 거품을 저은 뒤, 커피에 몇 번 담갔다 뺀 다음 입에 넣었다. 나는 아까부터 내가 베넷을 빤히 쳐다보고 있다는 사실을 깨닫고 얼른 내

잔으로 눈을 돌렸다. 따뜻한 커피가 마음을 진정시켜 주었다.

"자, 무슨 말부터 시작할까?"

베넷은 비스코티를 머그잔에 담그며 나를 쳐다보았다.

"일요일 밤 공원 이야기부터 할까? 그보다 먼저, 몇 군데 기억이 희미한 부분이 있다는 말부터 해 둬야겠어. 하지만 편두통에 대해서 이야기한 건 기억나."

나는 걱정으로 표정이 누그러지는 것을 느꼈다. 그리고 천천히 고개를 끄덕였다.

"솔직히 그날 무슨 일이 있었는지 잘 기억이 안 나. 시내를 걷고 있는데 두통이 시작되는 걸 느꼈어. 왜 이러는지 생각할 겨를도 없이 갑자기 두통이 시작된 거야……."

베넷은 비스코티를 한 입 더 베어 물고 커피를 한 모금 더 마신 뒤 이야기를 계속했다.

"어쨌든 네가 날 발견하기 전까지 얼마나 오랫동안 공원에 있었는지 잘 모르겠어. 내가 기억하는 건 집에 가려고 했다는 것뿐이야."

"내가 널 도와줄 수 있었을 텐데. 내가 너희 집에 데려다 줄 수 있도록 기다리지 그랬어?"

나는 내 머그잔을 내려다보다가 커피를 한 모금 마셨다. 다시 고개를 들었을 때 베넷은 나를 바라보고 있었다.

"다시 걸을 수 있을 것 같아서 곧바로 그 자리를 떠났지."

베넷은 잠시 말을 멈추고, 내 눈에는 보이지 않는 무언가를 찾으려는 듯 허공을 바라보다가 다시 나와 눈을 맞췄다.

"미안해. 네가 중간에 왜 벤치를 떠났는지 기억이 안 나."

"너한테 물을 가져다주려고 커피하우스에 다녀왔어."

베넷은 이제야 모든 것이 기억난다는 듯 고개를 끄덕였다.

"미안해. 널 피하려고 그런 건 아니었어. 도무지 제대로 판단을 할 수가 없었어."

베넷은 그날 밤 기억을 떨쳐 버리려는 듯 고개를 저었다. 나는 그 정도로 정신을 잃은 적은 없지만, 그 상황이 얼마나 혼란스러웠을지 이해할 수 있었다.

"그래서 일주일 동안 아팠던 거야?"

"괜찮아졌다가 아팠다가 그랬어. 목요일에는 학교에 가려고 했는데, 아침에 눈을 떴을 때 다시 두통이 시작됐고 지난번 같은 일이 또 일어날까 봐 걱정이 됐어. 전학 온 지 이 주 만에 학교에서 의식을 잃으면 난처할 것 같았거든."

학교 아이들이 자신을 어떻게 생각할지 신경 쓰였다는 말을 들으니 의외였다.

"그나저나 이번 주말에 해야 할 숙제가 산더미야. 네가 가고 난 뒤에 학교에서 어떤 여자가 숙제를 잔뜩 가지고 우리 집에 찾아왔거든."

"도슨 씨야."

"네가 집에 찾아왔을 때 학교에서 누가 왔다기에 그 사람인 줄 알았어. 그래서 너를 보고 그렇게 놀랐나 봐."

"놀랐다고?"

나는 눈썹을 치켜뜨며 말했다.

"넌 그런 걸 놀랐다고 하니?"

그가 소파 뒤로 팔을 내려뜨리며 말했다.

"아까 저녁엔 그렇게 내보내서 정말 미안해."

베넷이 미소를 지으며 앞으로 몸을 기울였고, 나는 나도 모르게 베넷을 따라하고 있었다.

"괜찮아."

"너를 보고 좀…… 당황했어."

"내가 널 당황하게 했어?"

베넷은 고개를 숙인 뒤 다시 들어 수줍게 싱긋 웃어 보이며 말했다.

"내 몰골이 엄청 끔찍했잖아. 예쁜 여학생이 우리 집에 왔는데, 난 잠옷 차림에 냄새는 나지, 한 달 동안 잠도 못 잔 사람처럼 초췌했으니 말이야."

베넷은 끝까지 내 눈을 바라보며 말을 이었다.

"그래도 그렇게 무례하게 굴면 안 되는 거였는데."

"이제 그 일은 신경 쓰지 마."

내가 미소를 지으며 말했다.

"매기 할머니한테 말 안 해 줘서 고마워. 할머니가 걱정하시는 거 싫어."

"별 말씀을."

베넷은 여전히 나를 바라보았고, 나는 잔뜩 긴장되는 느낌을 감당하기 힘들어 화제를 바꾸려 했다.

"할머니 멋있는 분 같아."

내가 말했다. 베넷의 얼굴이 환해졌다.

"맞아, 아주 멋있는 분이야."

"그럼 넌 할머니하고 함께 살기 위해 샌프란시스코에서 이곳으로 이사 온 거야?"

"당분간. 우리 부모님이 유럽에 계시는 한 달 동안만 이곳에 있을 계획이야."

"아."

내가 말했다. 가슴이 철렁 내려앉았고 머리가 앞으로 푹 숙여졌다.

"몰랐어."

이것으로 베넷이 굳이 친구를 사귀려고 하지 않은 이유가 설명된 것 같았다.

"저기…… 너한테 사실을 말하고 싶은데. 비밀 지켜 줄 수 있겠어?"

베넷은 내가 고개를 끄덕이길 기다렸다.

"실은 부모님이 여행을 하기 때문만은 아니야."

"뭐?"

나는 이렇게 말하고 비스코티를 한 입 베어 물었다. 그의 이야기를 들어 주겠다는 의미였고, 베넷도 알아차린 듯 말을 이었다.

"원래는 나도 부모님과 함께 가기로 되어 있었는데, 내가 실수를 하나 해 버렸어."

베넷이 말했다.

"엄청난 실수를 저질렀거든. 부모님은 날 이해했지만, 지금 당장 내가 있기에는 에반스톤이 가장 좋은 장소인 것 같아. 차라리 매기 할머니를 돌보는 편이 한 달 동안 부모님과 함께 지내는 것 — 아니면 소년원에 있는 것 — 보다 훨씬 나을 테니까."

베넷이 환하게 웃는 것을 보니 농담을 하려고 한 것 같았다.

"그래서?"

내가 물었다.

"그래서는 뭐가 그래서야?"

"대체 무슨 일이 있었기에 얼어 죽기 딱 좋은 날씨에 벤치 위에 쓰러져 있었는지 말 안 할 거야?"

베넷이 고개를 젓더니 별일 아니라는 듯 가볍게 웃어 보였다.

"기다려 봐. 별로 알고 싶지도 않으면서."

"흠, 이제 그만하고 얘기하시지. 얘기 좀 한다고 어디가 덧나니? 누굴 죽이진 않았잖아."

나는 머그잔 속에 비스코티를 담그다 말고 베넷을 쳐다보았다.

"안 그래?"

베넷은 머그잔 안에 찻잎이라도 떠있는 것처럼 잔 속에 담긴 커피를 빙글빙글 돌리며, 대답하는 대신 머그잔 속을 들여다보았다.

"응, 누굴 죽이진 않았어. 하지만 누군가…… 사라졌어. 내 실수 때문에."

나는 꽁꽁 언 공원 벤치에 앉아 앞뒤로 몸을 흔들면서 누군가를 찾아야 한다고 중얼거리던 베넷의 모습이 떠올랐다. 그날 밤 내가 들은 말을 베넷에게 전하고 그 말이 무슨 뜻인지 물어보려 했는데, 그의 얼굴을 본 순간 어쩐지 아무 말도 할 수가 없었다. 침묵이 계속되자, 나는 베넷에게 좀 더 자세히 말하도록 부추겼다.

"무슨 대단한 비밀도 아니네. 나한테 하려고 했던 말이 정말 이게 전부야?"

"지금은."

그는 이렇게 말하고 환하게 웃으면서 물었다.

"그런데 넌 에반스톤에 얼마나 오래 살았어?"

나는 그를 빤히 쳐다보았다.

"그래, 좋아. 내 얘기로 넘어갈까?"

내가 물었다.

"응, 네 얘기로 넘어가자."

그가 말했다. 나는 베넷을 잠시 봐주기로 하면서도, 그가 설명해야 할 것들이 아직 많다는 사실을 알아 두라는 듯한 표정을 지어 보였다. 그런 다음 한숨을 쉬며 말했다.

"태어나기 전부터 죽. 우리 아빠도 그 집에서 자랐고, 우리 할아버지도 그 집에서 자라셨어."

"우와."

베넷은 처음으로 부드럽고 이해심 가득한 눈빛으로 나를 바라보았다. 그러나 나는 그 표정 뒤에 숨겨진 진짜 속마음은 동정심이라는 것을 깨달았다. 마치 태어나서 단 한 번도 샤이어 마을을 떠난 적 없는 호빗을 바라보듯 말이다.

"그래. 우와, 라고 할 만하지."

나는 주눅이 들었다. 하지만 베넷은 한심할 정도로 단순한 내 생활에 진심으로 흥미가 느껴진다는 듯 나에게 바싹 다가와 우리 사이의 거리를 좁혔다.

"그래서…… 갇힌 기분이야?"

나는 베넷에게 내 지도와 세계 여행 계획에 대해 이야기하고 싶었지만, 어떤 식으로 이야기해야 할지 몰라서 고민했다. 하지만 곧 이 이야기가 내 생활만큼이나 초라하다는 것을 깨달았다. 그래, 지금은 비록 갇혀 있지만 평생 이러지는 않을 거야. 그렇지만 마음 깊은 곳에서는 이미, 스멀스멀 배어나오는 욕망을 애써 무시하며 살고 있는 나 자신을 깨닫고 있었다. 원하는 모든 것을 상상하는 것으로 만족하면서. 어쩌면 늙어서 호호 할머니가 되어서도 이 동네에 살고 있을지 모른다. 그땐 내 소유가 된 서점을 손자들의 도움을 받아 운영하고 있겠지. 서점에 없을 땐 집 앞 현관의 흔들의자에 앉아 뜨개질을 하고 있으려나. 여행서 코너 근처에는 얼씬도 하지 않으려는 나를 손자들은 괴팍한 노인네라고 생각할지도 몰라. 나는 이런 생각을 하며, 갇혀 있는 기분을 굳이 감추려고도 하지 않았다.

"매일."

내가 말했다.

"한곳에서 그렇게 오래 살 수 있다니, 상상이 안 가."

나는 뒤로 물러나 앉았지만, 베넷은 손으로 얼굴을 받치고 바싹 다가앉아 방금 내가 벌려 놓은 공간을 메웠다.

"나는 세계 곳곳을 여행했어. 대부분의 사람들이 평생 보는 것보다 훨씬 많은 것들을 봤지."

별로 도움 되지 않는 말이었다. 베넷도 그것을 느꼈는지 갑자기 태도를 바꾸었다.

"하지만 넌 내가 한 번도 가져 보지 못한 걸 가졌어."

그의 표정이 부드러워졌지만 눈빛은 슬퍼 보였다.

"넌 뿌리를 깊이 내리고 있잖아. 한 장소에 대한 역사를 알고 있고. 네가 알고 있는 유치원 꼬마들이 바로 네 눈앞에서 자라는 걸 지켜봤잖아. 난 우리 부모님과 누나 외에 내가 아는 사람들은 전부……."

베넷은 적절한 단어를 찾기 위해 잠시 말을 멈추었다.

"어쩐지 잠시 스쳐 지나가는 사람들처럼 느껴져."

이번에는 내가 그를 동정 어린 시선으로 바라봤다. 나는 유독 저스틴과 오래 알고 지냈지만, 그렇다고 다른 친구들 가운데 누구와도 잠시 스쳐 지나가는 사이라고는 상상조차 해 본 적이 없었다.

"설마 대학도 노스웨스턴으로 가는 건 아니겠지."

베넷이 연신 미소를 짓고 있어서, 나는 마치 진실을 자백하게 만드는 주사를 맞은 것처럼 이야기를 계속했다.

"맙소사, 안 돼. 최소한 거긴 안 가고 싶어. 물론 지원은 하겠지. 모두들 그러니까. 하지만 거긴 정말 최후의 선택이야."

나는 달리며 장학금 계획에 대해 이야기했고, 베넷은 나를 바라보면서 내 말 한 마디 한 마디를 주의 깊게 듣고 있는 것 같았다. 나는 베넷이 내 이야기에 왜 이렇게 관심을 보이는지 잘 이해가 되지 않았다. 하지만 그가 눈을 크게 뜨고 흥미진진하게 내 이야기를 들어 주자, 나는 내 지도를 머릿속에 떠올리며 이쯤 되면 베넷에게 지도 이야기를 해도 좋겠다고 생각했다.

"있잖아, 다른 계획도 있어. 우리 부모님은 몰라."

베넷이 신이 나서 미소를 지었다.

"나한테도 네 비밀을 말해 주는 거야?"

"응. 아무한테도 말한 적 없어. 실은 너한테만 전부 이야기할까 해."

내가 이렇게 말하자 베넷이 활짝 웃었고, 그 바람에 두 눈이 실눈을 뜬 것처럼 가늘어졌다.

"졸업하면 일 년 동안 여행을 떠날 생각이야. 물론 대학에 가겠지만 그 전에…… 고등학교 졸업 후에 한 번쯤은 세계 여행을 해 보고 싶어."

나는 소파를 내려다보며 말을 이었다.

"물론 우리 부모님은 허락해 주지 않겠지만."

"대학 졸업 후에 가면 되잖아?"

베넷 입장에서는 이렇게 물어보는 게 당연하다. 나는 그가 사는 으리으리한 집에도 다녀왔으니 충분히 이해할 수 있었다.

"학자금 대출 갚으려면 대학 졸업 후에 곧바로 직장에 들어가야 해."

내가 설명했다.

"크로스컨트리 장학금도 받고 재정적으로 이런저런 지원도 받을 수 있겠지만, 전액 장학금을 받을 수는 없을 테니까."

그의 미소를 보니 이야기를 계속할 용기가 생겼다.

"고등학교 졸업 후 곧바로 여행을 가지 않으면 평생 못 갈 것 같아……. 그래서 그때 꼭 가야 해."

베넷이 나를 빤히 바라보았다. 나는 그가 무슨 생각을 하고 있는지 알 수가 없었다.

"왜?"

내가 물었다.

"너 참 재밌다."

그의 입이 곡선을 그리며 희미하게 미소를 지었다. 나는 '예쁘기도 하고'라고 덧붙이고 싶었다. 아까 네가 나한테 예쁘다고 했잖아.

"전부터 네가 재미있는 아이일 거라고 생각했었어."

베넷이 가만히 나를 바라봤다. 또다시 가슴이 마구 두근대는 것을 베넷에게 들키지 않길 바랐다. 그리고 다시 베넷을 쳐다봤을 때, 지난

2주 동안 나를 사로잡았던 사소한 - 그렇지만 중요한 - 일들을 이 한 시간 동안 까맣게 잊고 있었다는 것을 깨달았다. 그날 베넷이 트랙에서 흔적도 없이 사라졌고, 이후 그 사실을 부인했던 일, 처음 내 이름을 들었을 때 이상하게 반응했던 일, 그날 밤 공원에서 그를 발견하게 된 사연, 심지어 불과 몇 시간 전에 그의 할머니 댁에서 있었던 별난 일들까지. 그가 나에 대해 어떤 부분을 그토록 재미있게 여기는지는 알 수 없지만, 나는 내가 알지 못하는 그에 관한 모든 일들로 인해 그에게 마음을 빼앗기고 있었다. 나는 이 퍼즐을 완성하고 싶었다. 그러나 가장 중요한 조각들이 자꾸만 바닥으로 떨어져 내리는 것 같았고, 떨어진 조각들은 손이 닿지 않는 곳에 뒤집힌 채 놓여 있었다.

하지만 그가 내 얼굴로 손을 뻗어 뺨부터 턱까지 천천히 더듬어 나가자, 묻고 싶었던 질문들이 스르르 사라져 버렸다. 그의 엄지손가락이 내 입을 향해 조심스럽게 움직여 아랫입술을 스치고 지나갈 때, 나는 두 눈을 감고 마치 그를 둘러 싼 중력에 이끌리듯 나도 모르게 그를 향해 다가가는 것을 느꼈다. 베넷은 나에게 입을 맞추려 했고, 나는 눈을 감고 그의 입술이 닿기를 기다리며 가늘게 숨을 내뱉었다.

하지만 입맞춤은 없었다. 나는 입맞춤 대신 베넷이 잠시 멈칫하는 것을 느꼈다. 그의 숨결이 내 뺨을 스쳤고, '미안해'라고 말하는 그의 속삭임이 내 귓가를 울렸다.

"뭐가……?"

"지금."

베넷이 한숨을 내쉬었다.

"미안해. 안 되겠어……."

"과감하게 모험을 해 보는 건 어때?"

나는 내 목소리에 배인 미소를 그가 느끼길 바랐다. 베넷이 내 목 가까이에서 소리 내어 웃다가 다시 한숨을 내쉬었다.

"이미 하고 있는 것 같은데. 색다른 모험을."

나는 뒤로 물러나 그의 눈을 보았다. 어쩐지 그가 슬퍼 보였다. 베넷은 엄지손가락으로 내 뺨을 어루만지더니 뒤로 물러나 앉았다. 그리고 자신의 손목시계를 보았다.

"이제 매기 할머니한테 가 봐야 해. 집까지 바래다 줘도 되지?"

나는 어쩔 줄 몰라 의자 깊숙이 몸을 묻었다. 솔직히 서운했다.

"괜찮아. 몇 블록이면 가는걸."

"너한테 무슨 일이라도 생긴다면 내 마음이 좋지 않을 거야."

"왜, 나도 너 때문에 사라지게 될까 봐?"

내가 비꼬는 투로 물었다.

"뭐야, 정말로 네가 사람들을 그렇게 만들 수 있는 것 같잖아."

나는 여전히 베넷과 제법 가까이 있어, 베넷의 표정이 어두워지다가 이내 딱딱하게 굳는 것을 볼 수 있었다.

"그렇게 봐 주다니, 고마운데."

베넷은 서둘러 뒤로 물러났고, 나는 그가 키스를 하지 않아 속상했던 마음이 약간 누그러졌다.

"금방 돌아올게."

베넷이 화장실에 가고 소파에 혼자 남게 된 나는 스스로를 꾸짖었다.

"베넷, 정말 미안해."

나는 베넷이 돌아오자마자 말했다.

"농담이 지나쳤던 것 같아."

베넷은 몸을 굽혀 바닥에 놓인 내 백팩을 집어 들었다.

"괜찮아. 신경 쓰지 마."

우리는 두툼한 재킷을 껴입고 말없이 소파와 탁자들 사이를 지나 거리로 나왔다. 나란히 걸었지만 둘 사이에 뚜렷한 거리가 느껴졌다. 세 블록을 걷는 동안 거의 한 마디도 하지 않았고, 조금 전에 나와 함께 이야기를 나누던 베넷과 지금 내 옆에 서 있는 베넷이 전혀 다른 사람처럼 느껴졌다.

"다 왔어."

집 앞에 도착했을 때 내가 말했다. 나는 노란색 페인트가 군데군데 벗겨지고, 집 전체를 둥글게 감싸 안은 베란다가 외관의 유일한 자랑인 19세기 크래프츠맨Craftsman(유럽의 건축 양식과 구별해 부르는 미국의 주택 건축 양식 - 옮긴이)을 올려다보는 베넷의 모습을 보았다. 주방의 불이 켜 있지만 아무런 움직임이 없는 것을 보니, 부모님은 아직 안 들어오신 것 같았다.

"잠깐 들어갔다……."

"아니야."

베넷이 날카로운 목소리로 내 말을 잘랐다. 그리고 내 백팩을 건네 주었다.

"있잖아, 네 말이 맞아……. 아까 커피하우스에서 네가 했던 말."

베넷의 목소리가 아까보다는 부드러워졌지만 그런 목소리를 내려고 억지로 애쓰는 것 같았다.

"어머, 얘, 난 그냥 농담한 거야."

나는 베넷의 기분을 가볍게 만들어 주려 애썼지만, 베넷은 주머니에 손을 찔러 넣은 채 한사코 내 얼굴을 보려고 하지 않았다. 내가 그렇게 모욕적인 말을 했다고는 생각하지 않지만, 화장실에 가기 전 베넷과 그 후의 베넷을 완전히 다른 사람으로 만들 만큼 그에게는 꽤 충격적이었던 모양이다. 전자의 베넷은 나에게 입을 맞추려 하더니, 지금은 한시라도 빨리 나에게서 달아나고 싶어 했다.

"넌 나에 대해 아무것도 아는 게 없어."

나는 커피하우스에서의 베넷으로 되돌려 놓길 바라며 베넷에게 가까이 다가가 애교 섞인 미소를 지어 보였다.

"난 벌써 네 비밀을 두 개나 알고 있는걸."

커피하우스에서 입을 맞출 뻔한 일이 있어서였는지 나는 꽤나 용감해져서 앞으로 다가가 그의 코트 옷깃을 살짝 잡고 말을 이었다.

"그 정도면 충분히 안다고 할 수 있지 않아?"

베넷은 커피하우스에서 그랬던 것처럼 나에게 가까이 다가왔지만, 표정은 딱딱했고 내 입술과 한참 떨어진 거리에서 멈추었다. 그는 자신의 옷깃에서 내 손을 떼어 놓기 위해 팔을 올려 내 손목을 잡았고, 나는 반사적으로 옷깃을 쥐었던 손의 힘을 풀었다. 그의 표정이 그 어느 때보다 차갑게 변했다. 내 말 한마디에 이렇게까지 불쾌해하다니 믿을 수가 없었다.

"대체 왜 그러는 거야?"

베넷이 한 걸음 크게 뒤로 물러서며 말했다.

"잘 들어. 다시는 이런 일 없을 거야. 알겠어, 애나?"

베넷은 손을 왔다 갔다 움직이는 것으로 우리 사이의 거리를 확인시키며 말을 이었다.

"이번엔 이런 일, 일어나지 않을 거야."

"네가 무슨 말을 하는지 전혀 모르겠어! '이번'이니 '이런 일'이니, 그게 다 무슨 뜻이야?"

"아무것도 아니야."

베넷은 단단히 팔짱을 낀 채 내 눈을 똑바로 바라봤다.

"난 앞으로 이 주 동안 이곳에 머물게 돼. 단지 선택의 여지가 없기 때문이지. 내가 이곳을 떠나고 나면 다시는 너를 볼 일이 없을 거야. 그러니까 제발 원래 네 생활로 돌아가 줘."

베넷은 말을 마친 뒤 몸을 돌렸고, 나는 베넷이 눈길 속으로 사라지는 모습을 지켜만 보았다.

1995년 4월

9

35일째. 베넷이 이 마을에 온 지 35일째 되는 날이었다. 그리고 한 달이라는 단위의 정의대로라면, 베넷은 4, 5일 전에 이곳을 떠났어야 했다. 하지만 스페인어 교실에 들어갈 때마다 베넷은 여전히 자기 자리에 앉아 있었다. 3주 전 그날 밤, 커피하우스에서 만난 후로 우리는 거의 한 마디도 하지 않았고 베넷은 나에게 눈길조차 주지 않았다. 어쩌다 눈이 마주치면 베넷은 형식적으로 웃어 보였고, 나는 그냥 시선을 돌려 버렸다. 내 생활은 겉으로는 전과 다름없이 돌아가는 것 같았지만 사실 그렇지 않았다. 그날 밤의 모든 일들이 여전히 내 머릿속에 가득했고, 어떻게 베넷 하나로 인해 내 세계가 이렇게 엉망진창이 될수 있는지 이해할 수 없었다.

"전할 소식이 있습니다!"

아르고타 선생님이 활짝 웃으며 두 팔을 넓게 벌리고 즐거운 목소리로 말했다. 선생님은 이 말 한마디로 모두의 눈과 귀를 붙잡아 놓더니 교실을 휘 둘러보았고, 학생들은 선생님이 자신의 책상으로 돌아가 끄트머리에 걸터앉는 모습을 멍하니 바라보았다.

"여러분들 가운데 해마다 열리는 여행 경연 대회에 대해 들어 본 사람 있습니까?"

몇몇 아이들이 손을 들었다.

"좋아요. 올해는 여러분도 놀랄 겁니다. 올해는 이 선생님이 아주 크고 흥미진진한 보상을 준비했기 때문이지요."

선생님은 책상에서 풀쩍 뛰어내리더니 칠판 위, 멕시코라는 글자가 찍힌 긴 손잡이를 잡아당겼다. 그러자 색색의 코드로 표시된 거대한 멕시코 지도가 천장에서부터 펼쳐졌다.

"하지만 그보다 먼저 숙제에 대해 말하겠습니다. 각자 대단히 근사한 이 주간의 멕시코 휴가를 계획해 오십시오. 출발은 우리의 아름다운 오헤어 국제공항에서 해야 하지만, 도착은 원하는 곳 어디든지 할 수 있습니다. 그곳에서 십사 일 동안 최대한 많은 지역을 볼 수 있도록 여행 일정표를 짜야 합니다. 가장 합리적이고 흥미롭고 비용 면에서도 효율적인 여행 계획을 세운 사람이 이번 대회에서 우승하게 될 겁니다."

선생님은 교실 중앙으로 걸어 나온 뒤 멈추어 서서 말을 이었다.

"어떻습니까, 괜찮지요?"

20명의 아이들이 일제히 고개를 끄덕였다.

"좋습니다. 여행 계획은 다음 주 월요일까지, 즉 오늘부터 일주일 동안 세워 오십시오."

선생님은 아이들에게서 등을 돌리고 화이트보드를 지웠다. 교실은 조용했다. 아이들은 서로를 둘러보았다. 마침내 알렉스가 목청을 가다듬고 손을 들었다. 그러자 아르고타 선생님이 몸을 돌리고 두 팔을 들어 올렸다.

"아, 잠깐만요!"

선생님은 학생들 앞을 왔다 갔다 하더니 빙그레 웃으면서 말을 이었다.

"뭔지 알겠어요."

선생님이 단어 하나하나를 천천히 발음하며 말했다.

"우승을 하면 뭘 받을 수 있는지 알고 싶은 거지요?"

고개를 끄덕이는 학생들을 보면서 선생님도 고개를 끄덕였고, 알렉스는 손을 내려놓았다.

"당연합니다, 당연해요."

선생님은 긴장감을 조성하기 위해 속도를 조절하며 말했다.

"여러분도 알다시피 저에겐 주요 항공사들 가운데 한 곳에서 일하는 친구가 있습니다."

틀림없이 선생님은 오늘 아침 내내 욕실 거울 앞에 서서 이 말을 연습했을 것이다.

"저는 그 친구에게 매년 열리는 나의 '여행 경연 대회'에 대해 말했습니다. 그는 매우 훌륭한 아이디어라고 생각했고, 회사에 건의하여 우승자에게 오백 달러의 여행 상품권을 기부하도록 도와주었습니다."

모두들 교실 주변을 둘러보며 서로를 멀뚱멀뚱 쳐다보았다. 나는 베넷을 보지 않을 수가 없었는데, 눈이 마주치자 베넷은 나에게 형식적으로 미소를 지어 보이더니 창가로 시선을 돌렸다.

"자, 어떻습니까?"

아르고타 선생님이 교실을 둘러본 뒤 말을 이었다.

"여러분들 가운데 과연 누가 이 오백 달러의 여행 상품권을 유용하게 사용하게 될까요?"

물론 교실 안에 있는 모두가 상품권을 사용할 수 있었다. 하지만 이 상품권으로 인생을 바꿀 수 있을 거라고 생각하는 사람은 오직 나 한 사람뿐이었다.

'멕시코'라고 표시된 책장 앞 카펫에 책상 다리를 하고 앉아 책꽂이에 꽂힌 책등을 죽 훑어보았다. 서점에는 개미 새끼 한 마리 얼씬거리지 않았는데, 오후 내내 밖에 폭풍우가 몰아친 것을 생각하면 오늘은 계속 이럴 것 같았다. 더할 나위 없이 완벽했다. 나는 지금 여름 방학 계획을 세워야 하니까.

책장에서 『출발, 멕시코』라는 제목의 책을 한 권 꺼낸 다음 그 위에 세 권의 두꺼운 책을 더 올렸다.

작은 판형의 『미슐랭 그린 가이드Michelin Green Guide』를 대충 훑어보고 커다란 지도가 부착된 소책자를 떼어 냈다. 내 곁에는 순식간에 여러 권의 여행 안내서가 쌓였고, 모두가 계획을 세우는 데 그럭저럭 유용한 자료들이었다. 스프링 노트를 꺼낸 후 이 책들을 가만히 바라보았다. 그리고 일단 카페라테 한 잔을 마셔야겠다고 생각했다.

코트를 입고 '10분 후에 돌아옵니다' 안내판을 출입문에 건 다음 문을 잠갔다. 아직 저녁 6시밖에 안 됐는데도 밖은 칠흑같이 어두워서 달력이 없었다면 지금이 땅에 풀이 자라고 나뭇가지마다 나뭇잎이 돋는 계절이라는 사실을 아무도 몰랐을 것이다. 여름 방학까지 두 달밖에 안 남았는데 여전히 눈이 펑펑 내리고 있었다.

카페라테 한 잔을 사서 서점으로 돌아와 다시 여행서 코너 앞에 앉은 다음, 카펫 위에 쌓아 놓은 책들을 몇 무더기로 나누기 시작했다. 내가 어떤 여행을 원하는지 알고 있었다. 나는 모래사장 위를 달리고 바다에서 수영을 할 수 있는 해변과 유적지를 조화롭게 결합하고 싶었다. 종이 한가운데에 수직으로 선 하나를 긋고 목록을 적기 시작했다.

왼쪽 칸은 유적지들로 금세 채워졌다. 툴룸Tulum의 마야 유적, 치첸이트사Chichen Itza, 욱스말Uxmal 등. 오른쪽 칸은 목록을 채우기가 꽤 힘들었다. 칸쿤Cancun은 마야의 대산호초가 있어 당연히 목록에 올렸지만, 로스카보스Los Cabos, 아카풀코Acapulco, 코수멜Cozumel처럼 더 유명한 휴양지들은 포함시켜야 할지 확신이 서지 않았다. 하지만 모두 무척 아름다운 곳이라 일단 목록에 추가한 다음 여백에 작게 물음표를 그렸다.

세찬 우박이 창문을 마구 두드렸고, 서점 밖 커다란 오크 나무의 가지 하나가 계속해서 창문 유리를 긁어 대고 있었다. 이제는 더 이상 이정도의 바람에 움찔하며 놀라지는 않지만, 여전히 불안하고 조마조마했다. 나는 무시하려 애썼고, 눈과 바람으로부터 관심을 돌리기 위해 마사틀란Mazatlan의 고풍스러운 마을 광장과 과달라하라Guadalajara의 야외 도자기 시장에 집중하려 했다.

하지만 계속 소리가 들리자, 자리에서 일어나 서점 안을 찬찬히 둘러본 뒤 창문을 향해 살금살금 다가갔다. 거센 바람은 여전히 나무들을 채찍질하고 있었지만, 창유리를 긁어 대던 나뭇가지는 부러져서 축 늘어진 채 인도 근처에서 조용히 흔들리고 있었다. 그때 등 뒤편에서 무슨 소리가 들려, 나는 제자리에서 몸을 돌렸다. 밖에서 들려오는 소리는 아니었다. 분명 안쪽 사무실에서 나는 소리였고, 폭풍우 소리가 아닌 사람 목소리였다. 나는 숨을 죽이고 귀를 기울였다.

계산대 앞 전화기로 다가가는 동안 심장이 사정없이 두근거렸다.

"거기 누구시죠?"

나는 안쪽 사무실을 향해 소리치면서 떨리는 손으로 수화기를 들어 911을 눌렀다. 누군가 전화를 받길 기다리며 그 자리에 꼼짝 않고 서서 귀를 기울였다.

"제발 전화 좀 받아요."

나는 수화기에 대고 속삭였다. 그때 별안간 출입문이 홱 하고 열렸다. 평소처럼 경쾌한 종소리가 아닌 깨질 듯 쩽그랑 거리는 소리가 나서 나는 그 방향으로 고개를 홱 돌렸다. 전화기를 다시 내려놓고 서둘러 문으로 향했다.

"어서 오세요!"

내 목소리가 떨리고 있었다. 쿵쾅거리는 심장을 진정시킬 수 있을까 해서 가슴에 손을 얹었다. 그리고 마치 아무 일도 없는 것처럼 행동하려 애썼다.

"어떤 책을 찾으시나요?"

남자는 내 뒤로 시선을 던져 서점을 살펴본 다음, 자신의 어깨 너머로 거리를 내다보았다. 내가 조금 전 안쪽 사무실에서 들린 소리를 확인하도록 도와줄 수 있는지 물어보려는데, 갑자기 남자가 종들이 유리에 부딪힐 정도로 거칠게 문을 닫았다. 그러고는 모자를 푹 눌러 쓰고 얼굴을 가리더니 출입문을 잠그는 것이었다. 강도였다.

"현금 있는 거 다 가지고 와."

털모자 밖으로 강도의 굵직한 목소리가 울렸지만, 나는 그의 바지

주머니 밖으로 튀어나온 번쩍이는 칼에 온통 관심이 쏠렸다. 강도가 칼을 꺼내 나에게 들이밀며 말했다.

"지금 당장."

팔다리가 어찌나 후들거리는지 손으로 계산대를 가리키기도 힘들 지경이었다.

"저쪽에 있어요. 열려 있으니까 다 가져가세요."

말을 하기도 힘들었다. 내가 강도에게서 도망칠 사이도 없이, 그는 나를 자기 쪽으로 끌어당겨 내 목에 나이프를 댔다. 그러더니 계산대 옆으로 끌고 가 벽에 밀어붙였다.

"금고 열어!"

강도는 나를 꽉 움켜잡고 내 귀에 대고 고함을 질렀다.

"안쪽에……."

목소리는 떨렸지만, 처음 서점 일을 시작할 때 아빠가 세운 계획을 그대로 지켰다.

"금고 번호는 9-15-33이에요. 우리는 비상벨도 없어요. 경찰에 전화도 안 할 거고요. 그냥 다 가지고 가세요."

나는 머릿속으로 계산을 했다. 계산대 안에 현금이 있다면 아마 50달러 남짓 들어 있을 거다. 금고 안에는 천 달러 가까이 있을 테고.

강도는 나를 계산대 앞까지 끌고 왔고, 가방 안에 현금을 던져 넣는 아주 잠시 동안 나를 붙잡고 있던 손을 놓았다. 하지만 다시 나를 움켜잡아 안쪽 사무실로 밀어 넣었고, 그동안 나는 바닥을 향해 고개를 숙인 채 목에 닿은 차가운 칼날과 귓가를 가득 채운 거친 숨소리 따위를 무시하려 애썼다.

"앞으로 가!"

그때 한바탕 토하고 싶은 느낌이 들었다. 헛것을 봤다고 생각한 것도 그래서인 것 같다. 책장 근처에서 느껴지는 어떤 움직임에 집중하기 위해 가늘게 실눈을 떴다. 말도 안 된다는 것을 알면서도 어쩐지 누군가를 봤다는 확신이 들었다. 물론 지금 서점에는 아무도 없고 문은 잠겨 있었다.

눈을 가늘게 뜨고 책장 위를 훑어보았는데, 바로 그때 통로 쪽에서 검은색 머리카락이 흩날리는 모양이 눈에 들어왔다. 좀 더 자세히 보기 위해 고개를 홱 쳐들었다가, 차가운 칼날이 내 목을 바싹 조이는 느낌 때문에 더 이상 고개를 움직일 수가 없었다. 강도와 내가 안쪽 사무실에 도착했을 때, 그는 내 목에 대고 있던 칼을 내려놓고 나를 사무실 안으로 밀어 넣었다. 나는 금고 앞 바닥에 세게 굴러 넘어졌다.

"열어."

남자가 지시했다. 나는 오른쪽, 왼쪽, 오른쪽으로 다이얼을 돌린 다음 육중한 손잡이를 아래로 당겼다. 금고 문이 활짝 열리자 강도가 나를 옆으로 밀쳤다.

바로 그때 또 다시 움직이는 무엇인가를 발견했다. 어둠 속을 벗어나 나만 볼 수 있는 각도에서 천천히 모습을 드러내는 그 형상에 나는 깜짝 놀라지 않을 수 없었다.

베넷이 자신의 입에 손가락을 대고 조용히 하라는 신호를 보냈다. 아무리 둘이라도 칼을 들고 죽기 살기로 달려드는 강도를 제압한다는 건 불가능한 일이었지만, 그럼에도 불구하고 어떤 안도감 같은 게 제일 먼저 찾아왔다.

베넷은 내 시야에서 벗어났지만, 그가 신중하게 걸음을 옮기며 내 쪽으로 아주 천천히 다가오는 것을 곁눈질로 볼 수 있었다. 나는 꼼짝 않고 조용히 서 있었다.

그리고 강도가 금고의 현금에 정신이 팔려 있는 사이에 세 가지 일이 굉장히 빠른 속도로, 거의 동시 일어났다. 베넷의 모습이 완전히 사라지는가 싶더니, 문득 내 옆에 무릎을 꿇고 앉았다. 그런 다음 내 두 손을 잡고 자신의 눈을 감았는데, 얼떨결에 나도 그를 따라한 것 같다. 눈을 떴을 때 서점은 사라지고 없었다. 강도도, 그가 들고 있던 칼도 사라졌다. 베넷과 나는 아까하고 똑같은 자세—베넷은 무릎을 꿇고 있고, 나는 앉아 있으며, 여전히 서로의 손을 잡은 채—로 있었다. 다만 지금은 모퉁이 공원의 나무 옆이고, 우리 주변으로 바람이 거세게 불어 눈이 흩날리고 있었다.

10

베넷은 잡고 있던 내 손을 놓고 대신 내 얼굴을 잡았다. 그가 뭐라고 말하는 것 같았지만 마치 먼 곳에서 말하는 듯 아득하게 들렸다.

"괜찮아, 애나. 숨을 쉬어 봐. 말은 하지 말고. 내 말을 잘 듣고 내가 하라는 대로 해. 이따가 전부 설명할게. 지금은 내 말을 들어야 해."

나는 멍한 표정으로 간신히 눈을 뜨고 고개를 끄덕였다.

"먼저 커피하우스로 달려가. 그리고 내가 마실 에스프레소 한 잔하고, 물 두 잔을 달라고 해. 그런 다음 앉아서 나를 기다려."

베넷이 내 눈을 바라보며 말을 이었다.

"넌 할 수 있어, 애나. 지금 나에게는 네가 필요해. 나 믿을 수 있지?"

나는 다시 한 번 고개를 끄덕였다.

"좋았어, 그럼 어서 가. 아무한테도 말하지 말고, 그냥 커피와 물만 주문하고 자리에 앉아 있어."

나는 뒤돌아서 커피하우스를 향해 달렸다. 어찌나 떨리는지 제대로 말을 이을 수도 없었지만, 바리스타는 친절하게도 직접 내 자리까지 음료를 가져다주겠다고 했다. 나는 그를 따라 창가의 소파로 가서 풀썩 주저앉았다.

그때 사이렌 소리가 점점 크게 들리더니 두 대의 경찰차가 서점 앞에서 미끄러지듯 멈춰 섰다. 내가 앉은 자리에서는 바깥의 상황을 제대로 파악하기 어려웠지만, 헤드라이트가 서점 건물을 비추고 경찰들이 총을 꺼내 입구를 향해 조심조심 다가가는 모습을 볼 수 있었다. 경찰들이 금세 시야에서 사라져, 나는 유리에 이마를 대고 상황이 어떻게 되어 가고 있는지 살펴보려 애썼다. 경찰들이 다시 나타나기를 기다리는데 내 옆에 누군가 와 있는 느낌이 들었다.

베넷이었다. 그는 몸을 앞으로 푹 수그리더니 양 무릎에 팔꿈치를 대고 손가락 끝으로 관자놀이를 꽉 누르고 있었다. 거칠고 고통스러운 호흡과 작은 신음 소리를 내뱉었다. 나는 온몸이 덜덜 떨렸지만, 일요일 밤 공원에서 그를 도와주지 못했던 것이 생각났다. 이번엔 아무것도 묻지 않고 베넷의 등을 쓰다듬기 시작했다.

"어떻게 도와줄까?"

"물 좀······."

나는 한 손으로 여전히 베넷의 등을 쓰다듬으면서 다른 한 손으로 그에게 물 잔을 건네주었다. 베넷이 고개를 들고 세 모금 만에 물을 모두 마셨다.

"좀 더······."

두 번째 잔을 비우자 베넷의 호흡이 한결 편안해졌다. 베넷은 나를 올려다보며 미소를 지었다.

"와, 너 아직 여기에 있구나."

베넷은 에스프레소 잔을 향해 손을 뻗어 뜨거운 커피를 목구멍으로 넘겼다. 나는 그를 빤히 쳐다보았다. 뭔가 말을 하고 싶었지만, 얄은 숨을 내뱉을 때마다 몸에서 바람이 빠져나가는 것만 같아 아무 말도 할 수가 없었다. 나는 심호흡을 해 보려 노력했다. 그렇게 하면 심장 박동이 느려져 팔다리가 사정없이 떨리는 것을 멈출 수 있을 텐데 정작 폐가 말을 듣지 않았다. 젠장, 대체 어떻게 된 거야?

베넷이 내 눈앞에서 그의 손가락들을 꼼지락거리기 전까지는, 내가 그를 빤히 쳐다보고 있다는 사실조차 미처 알아차리지 못했다. 베넷은 나에게 "많이 놀랐구나"라고 말한 뒤 바리스타를 향해 빈 물 잔을 흔들어 보이며 내가 마실 물을 부탁했다.

"물 좀 마셔."

베넷이 말했다. 나는 팔다리가 이렇게 바들바들 떨리는데 컵을 들어 입까지 가져가는 이 복잡한 일을 과연 해낼 수 있을지 자신이 없었다. 두 손으로 겨우 컵을 들었다. 베넷이 고른 호흡으로 말했다.

"내 말 잘 들어야 해, 애나. 몇 분 뒤에 우리는 경찰서에 가서 진술을 할 거야. 틀림없이 경찰이 너희 부모님께 전화를 했을 테고, 또 너를 찾고 있을 테니까 말이야."

베넷은 내 양 어깨를 붙잡고 그를 향해 나를 돌려 앉혔다.

"방금 일어난 일에 대해 전부 설명하겠다고 약속할게. 하지만 지금은 우리가 꾸민 이야기대로 밀고 나가야 해. 그럴 수 있지?"

나는 물을 다 마신 다음 고개를 끄덕였다.

"좋아. 처음 부분은 사실대로 이야기해. 남자가 서점에 침입해서 강제로 금고 문을 열게 한 부분 말이야. 하지만 그다음부터는 이렇게 말하도록 해. 남자가 잠시 한눈을 판 사이에 네가 빈틈을 노려 뒷문으로 빠져나가 골목으로 달아났다고. 마침 그곳에서 내가 너를 발견해 도외주었다고. 그런 다음 우리는 거리 끝에서 기다렸다가, 경찰이 도착한 것을 확인한 후에 여기로 도망친 거야."

베넷이 내 턱 끝을 잡고 다시 한 번 말했다.

"이렇게 말할 수 있지?"

나는 눈을 똑바로 뜨고 다시 고개를 끄덕였다.

"걱정 마. 그렇게 말할게. 우리가 지어낸 대로 말할게."

나는 고개를 끄덕이는 것 말고는 아무것도 할 수 없을 것 같았다. 우리는 창가로 가서 마지막으로 서점 밖에 남아 있는 두 대의 경찰차가 여기저기에 헤드라이트를 비추는 광경을 내다보았다.

잠시 후 나는 아무 말도 못한 채 서점 안의 의자에 앉아 있었고, 그동안 베넷이 서점에서 일어난 사건에 대해 설명했다. 경찰은 강도가 침입한 경위와 내가 뒷문으로 달아난 과정을 검은색 가죽으로 장정한 노트에 하나도 빠짐없이 꼼꼼하게 기록했다. 나는 줄곧 고개를 끄덕이며 베넷의 말을 듣고 있었지만, 서점에서 벌어진 일을 똑똑히 기억하고 있었기에 그의 말이 사실이 아니라는 것을 알고 있었다. 나는 골목에서 베넷을 마주치지도 않았다. 그나저나 베넷은 어떻게 서점 안으로 들어왔지? 그리고 우리는 어떻게 밖으로 나올 수 있었을까?

경찰이 노트에 기록한 내용을 확인한 후 말했다.

"잠시 여기에 있어라. 곧 돌아올게."

"경찰 아저씨?"

나는 경찰을 부르는 내 목소리에 깜짝 놀랐다. 경찰이 나를 향해 돌아섰다.

"그 사람 잡았어요?"

"그럼. 그자가 잠긴 문을 열려고 애를 먹고 있을 때 잡았다. 이렇게 긴 겨울은 어떤 이들을 굉장히 절박하게 만드는 모양이다. 하지만 걱정 마라. 당분간 그자는 아무 데도 갈 수 없을 테니."

경찰은 다시 몸을 돌려 걸음을 옮겼다.

"저, 경찰 아저씨?"

나는 다시 경찰을 불렀고 경찰은 다시 나를 돌아보았다.

"어떻게 강도가 있을 때 맞춰서 오셨어요?"

경찰이 노트를 몇 장 넘기며 확인하는 동안 베넷은 팔로 내 어깨를 감싸 안으며 살짝 힘을 주었다.

"익명의 제보가 있었던 것 같구나. 누군가 전화를 해서 강도 사건이 일어나고 있다고 신고했단다."

경찰은 동정 어린 미소를 지으며 나를 바라보았다.

"이웃 사람들 가운데 누군가 강도가 침입하는 걸 본 모양이다. 수호천사가 우리 아가씨를 도운 거지."

그때 아빠와 엄마가 몹시 놀란 듯 서점 안으로 뛰어 들어왔다. 두 사람이 갑자기 나를 에워싸는 바람에 베넷은 내 옆에서 물러나야 했고 내 몸은 익숙한 두 사람의 팔에 안겼다.

"애나……."

엄마는 몹시 흥분해서 내 머리를 어루만졌고, 몇 번이고 이마에 입을 맞추면서 내 이름을 불렀다.

"정말 미안하다."

아빠는 내 등을 쓰다듬으며 계속해서 미안하다고 속삭였다. 우리는 경찰이 목청을 가다듬는 소리에 돌아보았다.

"실례합니다. 방해해서 죄송합니다만, 고소를 하기 위해 부모님과 따님이 경찰서에 같이 가 주셔야겠습니다."

경찰서라니, 정말 가고 싶지 않았다. 지금 내가 원하는 건 따뜻한 커피 한 잔과 베넷과 단둘이 있는 시간이었다. 나는 아빠를 보며 물었다.

"먼저 우리 둘이 잠깐 얘기 좀 해도 될까?"

내가 베넷을 가리켰다. 그제야 부모님은 그곳에 베넷이 있다는 사실을 알아차렸고, 이제 부모님의 관심은 베넷에게 집중되었다.

"안녕하세요. 그린 아저씨, 그린 아주머니."

베넷이 아빠에게 먼저, 그다음엔 엄마에게 악수를 청했다.

"베넷 쿠퍼라고 합니다."

"베넷은…… 친구야. 학교 친구. 나를 도와주었어……."

엄마의 표정이 일그러지자 나도 모르게 목소리가 작아졌다. 하지만 아까 베넷이 꾸민 대로 사건의 자초지종을 이야기하자, 마침내 엄마의 표정이 편안해지면서 미소가 떠올랐다.

"그래. 정말 고맙구나, 베넷."

엄마는 한쪽 팔로 줄곧 나를 감싸 안고 베넷과 나에게 번갈아 눈길을 던지면서 베넷과 악수를 했다.

"이렇게 폭설이 내리는 날 뭐하느라 이 주위를 돌아다녔는지 모르겠다만, 어쨌든 때마침 다행이구나."

엄마는 곁눈으로 나를 보며 눈썹을 치켜 올렸다. 나는 그냥 어깨만 으쓱해 보였다.

"아빠, 우리 둘이 잠깐 얘기 좀 해도 될까?"

내가 아빠에게 다시 물었다.

"좋아, 오 분만."

아빠는 손목시계를 보며 말했다. 나는 베넷을 자기계발서 코너로 데리고 갔고, 비록 잠깐이지만 다시 단둘이 있을 수 있었다.

"그러니까……."

나는 진지한 표정으로 베넷을 보고 말했다.

"이 일을 중요한 비밀로 여겨야 되는 거야?"

"응."

베넷이 낮게 소리 내어 웃었다.

"일급비밀이야."

그런 다음 손을 내밀어 내 두 손을 꼭 쥐었다. 그의 손은 따뜻하고 부드러웠다.

"너한테 해 줄 말이 많아."

"좋아."

"정말 내 이야기 듣고 싶어?"

나는 고개를 끄덕였다.

"내일 학교에 가지 않고 집에서 쉬도록 해 볼 수 있겠어?"

나는 손목시계를 보았다. 이제 겨우 8시 30분이었지만 거의 자정이 다 된 것 같았다. 아마 경찰서에서 집으로 돌아오면 그쯤 될 것이다.

"상황이 상황인 만큼 부모님이 그러라고 하실 것 같아."

"그럼 내일 오전 열 시에 너희 집에 들를게. 그런 다음 어디론가 가서 이야기하자."

나는 이야기를 듣기 위해 내일까지 기다리고 싶지 않았지만, 그렇게 말하는 대신 베넷을 빤히 쳐다보았다. 베넷이 나에게 바싹 다가와 속삭였다.

"내가 뭘 하려는지 두렵지 않아?"

나는 서점 주변을 둘러보고, 경찰들과 엄마 아빠를 바라본 뒤, 다시 베넷을 보았다. 뭘 하게 될지 궁금하긴 했지만 두렵지는 않았다. 지금 이 순간 살아 있는 것만으로도 충분히 기뻤다. 그리고 베넷을 처음 만난 날 이후 계속 찾아 헤매던 퍼즐 조각들을 드디어 하나씩 찾을 수 있게 되었고, 언젠가는 내가 이해할 수 있는 그림으로 완성 시킬 것이라는 기대만으로도 충분히 만족스러웠다.

"아니."

내가 말했다.

"전혀."

11

방 안은 여전히 어두웠지만 아침이라는 것을 알 수 있었다. 침대 위에서 한 바퀴 굴러 팔을 뻗은 뒤 침대 옆 탁자에 놓인 시계를 들어 흘긋 쳐다보았다. 9시 15분. 마지막으로 아침 7시 넘어서까지 잔 게 언제인지 기억도 나지 않았다. 학기 중에는 더더욱.

잠시 후 어젯밤 일들이 한꺼번에 떠올랐고, 그러자 베넷이 45분 뒤에 우리 집에 오기로 했다는 것이 퍼뜩 생각났다.

침대에서 벌떡 일어나 운동복을 입고 계단을 뛰어 내려갔다. 그러고 보니 어제 점심 이후로 아무것도 먹지 않았다. 어쩐지 배가 고프더라니. 조리대의 토스터기 옆에 쪽지가 놓여 있었다.

애나

늦게까지 푹 자는 걸 보니 마음이 놓이는구나. 아빠는 서점에 갔고 엄마는 일하러 간다. 뭐든 필요한 게 있으면 전화해. 엄마 아빠는 다섯 시까지 집에 올게. 푹 쉬렴. 그리고 부탁인데 오늘은 운동하러 가지 말았으면 해.

사랑한다, 엄마

찬장에서 그릇을 꺼내 가득 차도록 시리얼을 부었다. 어찌나 급하게 먹었는지 제대로 맛을 볼 새도 없었지만, 콘플레이크와 우유가 고통스러울 만큼 텅 비었던 내 위장을 채워 주었다. 그런데 별안간 또다시 속이 메스꺼워지기 시작했다. 목에 닿았던 나이프의 느낌이 되살아났다. 위험에 빠졌지만 순식간에 위기를 모면했던 일도 떠올랐다.

베넷은 흔적도 없이 사라질 수 있었다. 갑자기 모습을 드러낼 수도 있었다. 다른 사람도 사라졌다 나타나게 할 수 있었다. 베넷에게는 비밀스러운 재주가 있고 나는 그것을 알고 있는 유일한 사람이며, 오늘 그는 나에게 모든 것을 이야기해 줄 터였다.

샤워를 하고 머리를 감은 다음 몸을 닦으면서 바닐라 향 바디오일을 발라 피부를 부드럽게 했다. 마스카라도 살짝 바르고 립글로스도 바른 다음 입을 만한 옷을 찾아 옷장으로 향했다.

초인종이 울리자 거의 날아가듯 계단을 내려가 현관 앞에 탁 하고 도착했다. 그리고 심호흡을 한 번 한 다음 문을 활짝 열었다.

"안녕."

나는 잔뜩 들떠 있었다.

"안녕."

베넷이 어리둥절한 표정을 지었다.

"와, 너 정말…… 나를 만나는 게 신 나는 모양이구나. 어젯밤에 무슨 일이 있었는지 기억은 나?"

나는 베넷에게 미소를 지었다.

"네가 내 목숨을 구했잖아. 그리고 곧 네가 어떻게 그럴 수 있었는지 알게 될 테고 말이야."

베넷은 여전히 어리둥절한 표정이었다.

"어떻게 나를 구했는지 말해 줄 거지, 그렇지?"

베넷이 눈살을 찌푸렸다.

"설마 여기 현관에서 말해야 되는 건 아니지?"

"어머, 세상에! 미안, 들어와."

나는 뒤로 물러나 베넷을 들어오게 한 다음 문을 닫았다. 베넷은 미소를 지으며 그런 나를 바라보았다. 나는 베넷의 코트를 옷걸이에 걸고 그를 주방으로 안내했다.

"커피 마실래?"

나는 이렇게 물었지만 대답을 기다리지도 않고 곧바로 커피를 따르기 시작했다. 그리고 한쪽에 노스웨스턴 대학교의 아치형 상징이 박힌 커다란 머그잔을 건네주었고, 우리는 높은 주방 의자에 마주 보고 앉았다. 서로 아무 말이 없었다. 베넷은 커피를 마셨고, 나는 내 자리에 걸터앉아 언제 연기처럼 사라질지 모르는 베넷의 모습을 지켜보았다. 하지만 베넷은 아무 데도 갈 것 같지 않았고, 오히려 조금 두려워하는 모습이었다.

"괜찮니?"

내가 물었다. 나도 그의 앞에 앉아 커피 잔을 들고 있었지만 아직 한 모금도 마시지 않았다. 그러므로 언제든 놀랄 준비가 되어 있는 사람처럼 불안해 보이는 것은 카페인 때문이 아니었다.

"응."

베넷은 주방 의자에서 자세를 바꾸며 자신의 머그잔 손잡이를 초조하게 만지작거렸다.

"어디에서부터 시작해야 할지 몰라서."

나는 베넷에게 격려의 눈빛을 보냈다.

"처음부터 시작해 봐."

"이런 이야기 정말 너한테 처음으로 한다는 거, 알아줘야 해."

베넷이 잠시 말을 멈추고 뭔가 반응을 기대하는 듯 나를 가만히 바라보다가 말을 이었다.

"우리 부모님도 알고 있고 우리 누나도 알긴 해. 하지만 부모님과 누나한테 말을 한 적은 없어. 그러니까, 다들 우연히 알게 된 거지. 하지만 어쨌든 아는 사람은 그게 전부야. 우리 가족들, 그리고 지금 너."

나는 베넷이 이야기를 계속하도록 고개를 끄덕였다.

"솔직히 다른 사람한테 말하게 될 줄은 전혀 생각하지 못했어. 어젯밤 그런 일만 없었더라도……."

베넷을 이해할 수 있었다. 그는 나를 잘 모르는데다, 혹시라도 이 중요한 비밀을 누군가에게 말하고 싶었다면 나 말고도 말할 사람은 많았을 것이다. 하지만 그렇다고 그의 사정을 봐줄 생각은 없었다. 천만에. 지금은 그럴 수가 없었다.

"날 믿어도 좋아. 이건 네 비밀이잖아. 아무한테도 말하지 않을게."

"고마워."

베넷이 중얼거리듯 말한 뒤 잠시 입을 다물었다.

"문제는…… 넌 이 일이 얼마나 심각한지 모른다는 거야. 널 놀라게 하고 싶지 않아."

나는 식탁에 팔꿈치를 얹고 베넷을 바라보았다.

"놀라지 않겠다고 약속할게."

베넷은 마치 내가 지키지도 못할 약속을 했다고 말하려는 듯 가늘게 실눈을 떴다.

"놀라지 않도록 아주 열심히 노력할게."

나는 고쳐 말했다. 베넷이 몸을 앞으로 기울이며 식탁에 팔꿈치를 올렸다. 그의 연푸른색 눈동자가 그의 피부색, 머리카락 색과 대조를 이루어 더욱 눈에 띄었다. 베넷은 정말 사랑스러워 보였지만, 한편으로는 무척 불안하고 초조해 보이기도 했다.

"있잖아, 애나. 이건……."

베넷은 그와 나 사이의 공간에서 손을 왔다갔다 움직이며 말했다. 커피하우스에서 내게 거의 입을 맞출 뻔했던 바로 그날 밤, 집 앞에서 그랬던 것처럼.

"이건 정말 좋은 생각이 아닌 것 같아."

"그럴지도 모르지."

내가 동의했다. 그는 소리 내어 웃더니 도저히 나를 이기지 못하는 자신을 책망하는 듯 고개를 가로저었다.

"조건이 있어. 내가 이야기를 다 마치고 나면 나에 대한 네 생각을 결정하도록 해. 네가 내 이야기를 말도 안 된다고 생각해도 난 충분히 이해할 수 있어. 난 그저 잠깐 알고 지낸 별난 사람으로 돌아가면 되고, 넌 다시 네 친구들과 어울리면서 원래대로 생활하면 돼."

"아니면?"

"아니면…… 내 이야기가 굉장히 재미있다고 생각할 수도 있겠지. 조금은 흥미진진할 수도 있고. 그렇게 생각해 준다면 어쨌든 내가 아주 특이한 애라는 사실이 조금은 상쇄될지도 모르고."

"너 특이한 애 아니야. 더구나 난 이미 너에게 어떤 재주가 있는지 봤잖아. 베넷, 그건 아주 엄청난 거야. 그걸 보고도 내가 겁을 먹지 않았다면, 네가 앞으로 무슨 말을 하든 너에 대한 내 생각은 조금도 달라지지 않을 거야."

힉, 이건 무슨 헛소리람. 대체 마지막 말은 왜 한 거지. 나는 베넷의 표정을 보기 위해 조금 뒤로 물러났다. 하지만 베넷의 얼굴에 조금도 당황하는 기색이 없어서, 어쩌면 내 말이 그를 흡족하게 했을지도 모른다는 생각마저 들었다.

"그렇게 말해 주니 듣기 좋은데. 하지만 네가 알고 있는 건 일부에 불과해."

나는 초조한 웃음소리를 내며 말했다.

"해 줄 말이 얼마나 더 있는데?"

"조금 더 있어."

베넷이 나를 빤히 쳐다보았다. 잠시 후 그는 의자에서 일어나 조리대로 다가갔다. 그리고 자신의 머그잔을 커피머신 위에 올려놓고, 냉동실의 얼음 용기에서 얼음 두 조각을 꺼내 커피에 떨어뜨렸다.

"물컵은 어디에 있니?"

베넷은 마치 새로 출시된 주방 세제의 기적적인 효과를 보여 주려는 판매 사원처럼 다분히 사무적인 태도를 보였다.

"저쪽 싱크대 오른쪽 찬장 안에."

내가 손으로 가리키며 말했다. 베넷은 서로 어울리는 컵 두 개를 꺼내 차가운 생수로 가득 채웠다. 그런 다음 조리대에 물컵과 머그잔을 올려놓고 돌아와 자신의 의자에 앉았다.

"이제 됐어."

그가 심호흡을 했다.

"여기에 앉아서 잘 지켜봐. 난 이제 사라질 거야. 그리고 일 분 후에 돌아올 거야."

베넷이 자신의 손목시계를 확인했다.

"준비됐지?"

"응."

나는 고개를 끄덕이며 불안한 기색을 보이지 않으려 애썼다. 베넷은 잠시 나를 보고 미소를 지었다. 그런 다음 눈을 감았다. 나는 베넷이 차츰 투명해지는 것을 지켜보았다. 그의 반투명한 형체 너머로 뒤편 벽에 걸린 엄마 아빠 사진과 내 사진이 보였다. 베넷은 점점 투명해지는가 싶더니 1초도 채 안되는 짧은 시간 안에 사라졌다. 주방 의자에는 아무도 없었다. 나는 그가 앉았던 조리대 쪽으로 걸어가 표면을 만져 보았다.

세상에. 베넷이 완전히 사라져 버렸다.

나는 호흡이 빨라지는 것을 느끼며 주방 의자에서 눈을 떼지 못한 채 1분 정도를 기다렸다. 잠시 후 별안간 베넷이 나타났다. 그가 앉아 있던 바로 그 자리에 본래의 불투명하고 단단한 몸으로, 마치 아무 일도 없었던 것처럼. 하지만 분명 어떤 일이 일어났다.

베넷은 물 두 잔을 벌컥벌컥 들이켠 다음 커피를 단숨에 마셨다.

"다른 건 필요한 거 없어?"

베넷은 타일을 내려다보며 고개를 저었다.

"어디 갔다 왔어?"

"내 방. 여섯까지 세고 돌아왔어."

베넷은 고개를 들고 머뭇거리는 표정으로 나를 살펴보면서 내가 어떻게 반응할지 기다렸다.

"물과 커피는 왜 필요한 거야?"

어젯밤 커피하우스에서 베넷이 특별히 물과 커피를 주문한 것과, 지난번 내가 초대 받지 않은 채로 불쑥 그의 집에 찾아간 날 그의 방 여기저기에 널브러져 있던 물병과 머그잔이 생각났다.

"이동을 하면 탈수 증세가 나타나거든. 카페인은 편두통에 도움이 되고. 이동해 갈 땐 거의 통증이 없지만, 돌아오는 길엔 죽을 것처럼 머리가 아파서."

"지난번 밤에 공원에서처럼?"

"맞아."

"그러니까 넌 사라졌다가 다시 나타날 수 있다는 거지? 맞아?"

"어째 나를 삼류 마법사 취급하는 것 같다."

베넷이 소리 내어 웃었다.

"왜, 기대했던 것 보다 별로야?"

"당연하지."

내가 머뭇거리며 말했다.

"아니, 내 말은 그게 아니라……."

"농담이야."

베넷이 다시 진지해졌다.

"실은 이건 첫 번째에 불과해."

"첫 번째라고?"

"응. 내가 말했잖아. 해 줄 말이 더 있다고."

나는 베넷을 보았다.

"얼마나 더?"

"두 가지 더 있어."

베넷이 어깨를 으쓱해 보이며 말했다.

"잠깐만. 그럼 네가 사라질 수 있다는 사실은 세 가지 것들 가운데 하나라는 거야?"

내가 말했다. 베넷은 고개를 끄덕였다.

"맞아. 오늘 전부 다 설명하지는 않겠지만 되도록 많은 걸…… 이야기할 거야."

"뭐라고? 넌 내가 전부 이해하기 힘들 거라고 생각하는 거야?"

이 질문을 하니 심장이 빠르게 뛰기 시작했다. 아니, 어쩌면 베넷의 얼굴이 내 얼굴 가까이 다가왔기 때문인지도 몰랐다.

"누군가 날 이해하는 사람이 있다면 바로 너일 거야. 그렇지만 네가 알아야 하는 내용이 너무 많아."

베넷은 나를 보았다. 마치 내 반박을 기다리는 것 같았다. 물론 나는 그러려고 했다.

"음, 일단 오늘은 어젯밤에 널 어떻게 서점에서 데리고 나올 수 있었는지 이야기할게. 결국에는 나머지도 다 이야기하게 될 거야. 걸음마 가르치듯 차근차근 이야기할 테니까 날 믿어 봐, 알겠지?"

베넷의 표정은 단호했다. 어쨌든 그에게 반박해 봐야 이득이 없을 것 같았다.

"알겠어."

나는 의자에서 자세를 바로잡고 앉아 그에게 온 정신을 집중했다. 그건 조금도 힘들지 않았다.

"난 준비됐어. 처음부터 시작해 봐."

베넷도 의자에 몸을 바로 세우고 앉아 나랑 비슷한 자세를 취했는데, 이렇게 앉아 있는 우리 모습은 마치 이런 긴장을 해소할 대단한 치료법이라도 발견한 사람들 같았다. 베넷은 두어 차례 심호흡으로 마음의 준비를 한 다음 이야기를 시작했다.

"내가 열 살 때야. 어느 날 밤 침대에 누워 그리스 신화에 관한 책을 읽고 있었어. 난 어릴 때 신들과 신화에 대해 정말 관심이 많았거든. 책을 읽으면서 그곳에 갈 수 있다면 얼마나 근사할까 하고 생각했었지. 책을 읽다가 침대에서 일어나 앉았어. 스타워즈 파자마를 입은 채였는데, 그곳에 있는 내 모습을 상상해 보려 애쓰고 있었어. 눈을 감고 고대 그리스를 상상했고, 그 시대의 모습에 대해 되풀이해 생각했지. 그리고…… 당연히 아무 일도 일어나지 않았어. 곧바로 차선책이 무엇이 있을까 생각했고, 한 가지 좋은 생각이 떠올랐어. 학교 도서관의 신화 코너에 있는 모든 책들을 한 권 한 권 떠올리는 거지. 그래서 다시 눈을 감고 도서관을 그려 보았어. 집중해서 말이야. 그런데 갑자기 공기가 썰렁해진 느낌―내 침실보다 훨씬―이 들어서 눈을 떠 보니 도서관 책장 앞에 서 있지 뭐겠어. 그제야 뭐랄까, 조금 얼떨떨한 기분이 들었어. 주위는 어두웠고 모두들 가고 없어서, 밖으로 연결되는 커다란 철문을 향해 냅다 달렸어. 그러다가 문득 걸음을 멈추었어. 그리고는 어떻게든 마음을 진정시키려 애썼지. 눈을 감고 내 침실을 떠올리며 온 정신을 집중했어. 그리고 마침내 눈을 떴을 때, 집에 돌아와 있었어."

베넷은 자신의 커피를 향해 손을 뻗어 한 모금 죽 들이켰다. 나는 가만히 앉아 그가 하는 한 마디 한 마디에 주의를 기울였고, 머그잔 가장자리에 댄 입술이 오므라지는 모습, 입술 주변에 묻은 커피를 혀로 핥는 모습을 지켜보았다.

베넷은 커피를 다시 조리대에 내려놓았고, 나는 이제 그의 입 대신 눈을 바라봐야 했다.

"잠깐만. 그런데 정말로 너희 학교에 간 거야? 한밤중에?"

베넷이 고개를 끄덕였다.

"그 주에 몇 차례 더 집 근처—공원, 극장, 마트를—로 이동했는데 한 번도 일 분 이상은 머물지 않았어. 그러던 어느 날, 마침내 사람들이 나를 볼 수 있는지, 내 목소리를 들을 수 있는지 확인하기 위해 사람들에게 시험해 봤는데, 정말로 나를 보고 내 목소리를 듣는 거야. 다시 말해 나는 실제로 그곳에 가 있었던 거지."

"그럼 편두통은 왜 생기는 거야?"

내가 물었다.

"처음엔 편두통이 없었어. 전혀 고통스럽지 않았지. 그 무렵 가장 큰 문제는 부모님에게 말씀을 드려야 할지 말아야 할지 모르겠다는 거였어. 부모님이 나를 병원에 데려가거나 정신과 병동에 곧바로 집어넣을까 봐 무서웠거든."

그런 비밀을 어떻게 부모님한테 말하지 않을 수가 있지? 열 살이 아니라 열여섯 살이어도 그렇지.

"열두 살 때였어. 다른 장소로 이동할 때 과연 나에게 어떤 일이 일어나는지 밝혀 보기로 결심했지. 그래서 삼각대 위에 비디오카메라를 설치하고 녹화 버튼을 누른 다음, 시내의 극장 좌석에 앉아 있는 내 모습에 정신을 집중했어. 그리고 그곳에 앉아 스톱워치로 시간을 쟀고 정확히 십 분 뒤에 돌아왔어. 비디오에는 내가 방에서 눈을 감고 앉아 있다가 삼시 후 사라지는 장면이 찍혀 있었어. 필름은 빈 의자만 찍으며 계속해서 돌아갔지. 그리고 십 분 뒤에 내가 다시 나타났어."

베넷은 말을 멈추고 나를 바라본 다음 다시 말을 이었다.

"그 일이 있고 몇 주 뒤, 마침내 부모님이 알게 됐어. 엄마가 한밤중에 일어나 내 침대가 비어 있는 걸 발견했거든. 집안을 샅샅이 뒤졌는데도 나를 찾을 수 없자 엄마는 경찰에 전화하기로 결심했어. 그런데 엄마가 전화기의 9와 1 버튼을 눌렀을 때 내가 엄마 눈앞에 나타난 거야. 엄마는 기절할 것처럼 놀랐지."

베넷이 기억을 더듬으며 미소를 지었다.

"그날 부모님에게 모든 사실을 이야기했어. 비디오도 보여 드렸고."

베넷이 다시 말을 멈추었다.

"지금까지 내가 한 말들 이해하겠어?"

"충분히 이해하고 있어."

어쨌든 이해하고 있다고 생각했다. 내 고개가 끄덕여지고 있는 것을 보니 어느 정도 이해하고 있는 게 분명했다.

"그래서 너희 부모님은 사실을 알고 어떻게 하셨어?"

베넷은 어깨 관절을 가볍게 돌리고 팔을 흔들며 말했다.

"엄마는 기겁을 했지. 아직도 받아들이지 못하고 있어. 엄마는 나한테 어떤 '문제'가 있는지 아무에게도 말해서는 안 된다고 하면서도, 일반 의사와 정신과 전문의—나를 '고칠' 수 있는 사람 아무나—한테 진료를 받아 보길 원했지. 하지만 아빠는…… 아빠는 내 상황을 무척 반겼어. 아빠는 내가 무슨 만화책 주인공이나 그 비슷한 존재가 될 수 있을 거라고 생각했어. 그리고 내가 스스로를 완전히 통제할 수 있다고 여겼기 때문에, 걱정은커녕 오히려 약간 부추기는 편이었지."

베닛은 조리대를 내려다보며 말을 이었다.

"어쨌든 부모님은 이 일에 대해 각자 생각이 달랐고, 그래서 내 '재주'에 대해 나하고 싸우지 않을 땐 부모님끼리 싸우셨어."

나는 베닛이 안쓰럽게 느껴졌다.

"어젯밤에 넌 내 목숨을 구했어. 너희 어머니한테 그 일에 대해 이야기해 봐."

"맞아, 어젯밤엔 재미있었지."

신이 난 베닛이 눈빛을 반짝이며 말했다.

"나는 연속적으로 너무 많은 이동을 하는 것에 대해 늘 걱정했어. 근데 어젯밤에는 잇달아 여러 번 이동을 했는데도 끝까지 두통이 없더라. 아마 아드레날린 덕분이 아닐까 생각하는데……."

베닛이 갑자기 말을 멈추었다.

"하지만 너무 어리석었어. 만일 책장에서 네 옆으로 이동할 때 편두통이 덮쳤다면 그 남자가 널 죽였을 수도 있었으니까."

"그렇지만 그런 일은 일어나지 않았잖아."

베닛은 눈을 꼭 감더니 다시 눈을 떠 나를 바라보았다. 그런 다음 진심 어린, 그리고 후회가 가득 배인 목소리로 말했다.

"나는 먼저 생각을 하고 움직이지 않았어, 애나. 네가 곤경에 처해 있는 모습을 보고 바로 반응했지. 그래서는 안 되는 거였는데. 일을 망치지 않으려면…… 계획하고 계산해서 움직여야 해."

나는 베넷에게 빙긋이 웃어 보였다.

"글쎄, 너만 상관없다면 어쨌든 난 너한테 감사하고 싶어."

베넷이 미소를 지으며 나를 바라보았지만, 어쩐지 뭔가를 찾고 있는 것 같았다.

"왜 그래?"

내가 물었다.

"우리 어디 다른 데서 이야기하는 게 어떨까?"

"저기 밖으로 나가겠다고?"

나는 주방 창문 밖으로 보이는 눈과 우박을 가리켰다. 아직도 눈과 우박이 펑펑 내리고 있었다. 어젯밤 폭설로 잔디 위에 두텁게 쌓인 눈 위로 몇 센티미터는 더 쌓여 있었다. 진입로는 아예 보이지도 않았다.

"사실 난 어딘가 좀 더 따뜻한 지역을 떠올리고 있었어. 열대 지방 같은……."

내 표정에 어리둥절한 기색이 역력했는지 베넷이 딱 부러지게 이렇게 물었다.

"같이 가지 않을래?"

"나도 같이 갈 수 있어?"

아무래도 좀 더 빨리 조각을 맞췄어야 했다. 말을 하고 있는 순간에도 내가 얼마나 멍청하게 보일지 알 수 있었다. 베넷이 고개를 끄덕이더니 얼굴 가득 활짝 웃음을 지었다.

"너무 이른 감이 있긴 하지. 충분히 이해해."

"아, 아니…… 그게 아니라……."

나는 말을 더듬었다.

"아프진 않을까?"

"우리 누나는 복통을 일으켜. 엄마는 한 번도 시도한 적이 없고, 아빠는 전혀 이상이 없어. 엄밀히 말하면 넌 나하고 세 번째로 이동한 사람이야."

나는 지난 밤 공원이 얼른 떠올랐고 속이 얼마나 메슥거렸는지 기억났지만, 베넷이 마음을 바꿀까 봐 속으로만 생각하고 있었다.

"이번 시도는 약간의 실험이 될 거야."

"난 해낼 수 있어. 할 수 있을 것 같아."

내 웃음소리에 긴장하는 기색이 역력했다.

"얼마나 있다가 올 거야? 우리가 이동하는 동안 아빠가 집에 오면 어떻게 하지?"

베넷은 우리가 떠나고 1분 후에 바로 이 자리로 돌아올 계획이라고 설명했다.

"하지만 우리가 가고 없는 동안 이곳에 있는 모두에게는 시간이 평소하고 똑같이 이어질 거야. 그러니까 너희 아빠한테 미리 전화를 드리는 게 좋을지도 몰라. 그래야 우리가 도착하기 전에 너희 아빠가 집에 오시더라도 걱정하지 않으실 테니까."

베넷이 말했다. 나는 베넷의 말을 충분히 이해한 것 같지는 않았지만, 어쨌든 서점으로 전화를 걸어 내가 잠에서 깼고 편안하게 잘 있다고 말해 아빠를 안심시켰다. 내가 아빠와 통화를 하는 동안 베넷은 안절부절못하고 주방을 서성거리며 머그잔과 물컵에 커피와 물을 붓고 또 부었다.

"준비됐어?"

내가 전화를 끊자 베넷이 물었다. 나는 미소를 지으며 고개를 끄덕였는데, 사실은 내가 준비가 됐다는 것을 스스로에게 확신시키기 위해서였다. 베넷은 내가 서 있는 주방 창가로 다가와 그의 두 손으로 내 손을 감싸 쥐었다. 그의 손은 따뜻하고 단단했으며, 나는 완전히 겁에 질려 있으면서도 어찌된 이유에서인지 마음이 놓였다.

"눈 감아."

베넷이 말했고 나는 미소를 지으며 그대로 따랐다. 그리고 잠시 후 위장이 뒤틀리는 듯한 기분이 들기 시작했다. 배 속에서 창자가 꼬이고 비틀어지는 것 같았는데, 확실히 유쾌한 기분은 아니었지만 그렇다고 고통스럽지도 않았다. 마치 멀미가 날 때처럼 눈꺼풀 사이로 강한 빛이 보여 눈을 더 꼭 감아야 했다. 잠시 후 얼굴 위로 온기가 느껴졌고, 따뜻한 바람이 이마의 머리카락을 흩날리고 있었다.

베넷이 내 손을 꼭 쥐며 말했다.

"이제 눈 떠도 돼. 다 왔어."

12

우리는 분명 주방 뒤편의 자리에서 마주 보며 두 손을 맞잡고 서 있었다. 그런데 지금, 아래를 내려다보니 내 발에 모래가 덮여 있었다.

나는 태양빛에 눈이 부셔 실눈을 뜨고, 베넷 뒤로 한껏 펼쳐진 선명한 청록빛 바다를 바라보았다. 양쪽 끝이 한눈에 들어오고 전체 길이가 가늠될 정도로 작은 크기 만이었다. 만은 거대한 바위들이 드문드문 가로막고 있는 것을 경계로 청록빛의 고요한 바다와 맞닿아 있었다. 하늘을 향해 높이 솟은 뾰족한 바위들 사이로 흰 모래가 있어, 마치 하얀색 책들을 단단히 고정시킨 북엔드 같았다. 돌아보니 뒤로는 울창한 숲이 펼쳐져 있었다. 사람은 아무도 없었다. 어디에도 사람은 보이지 않았다.

베넷이 나를 지켜보고 있었다. 내 호흡이 멈춰 버린 것은 아닌지 걱정되던 참이기 때문에 그가 여전히 내 손을 잡고 있는 것을 어찌나 다행으로 여겼는지 모른다.

"알아, 시시하고 진부한 거. 무인도의 한적한 해변이라니……."

베넷이 갑자기 말을 멈추고 나를 보았다.

"애나? 괜찮아?"

풍경에서 눈을 뗄 수가 없었다. 이게 진짜일 리가 없었다.

"여기가 어디야?"

나는 마치 누군가 등을 민 것처럼 바다를 향해 걸어 나가느라 베넷의 손을 놓을 수밖에 없었다. 내 뒤로 베넷의 목소리가 들렸다.

"내가 세상에서 가장 좋아하는 장소 가운데 하나. 코타오Ko Tao야. 태국에 있는 작은 섬이지. 배를 타야 올 수 있고 부두가 없어. 실제로는 바다를 지나서 와야 하는데……."

"말도 안 돼."

내가 멈추고 돌아서서 베넷을 보며 말했다.

"그럼 내가 태국에 있다는 거야? 지금…… 우리가 태국에 있다고?"

"태국에 오신 걸 환영합니다."

베넷이 미소를 지으며 두 팔을 활짝 벌렸다.

"내가 지금 태국에 있다 이 말이지."

나는 상황을 이해하는 데 도움이 될까 싶어 반복해서 말했다. 내 두 발이 내 앞으로 탁 트인 반짝이는 바다를 향해 움직였다. 바다는 너무나 상쾌하고 아름다워 보여서 마치 만화 속 신기루 같았다. 등장인물 한 명이 도무지 믿기지 않다는 듯 몸을 구부려 손끝으로 톡 하고 건드리는 순간 다시 모래에 뒤덮여 순식간에 사라지고 마는. 그런 상황을 단단히 각오했던 터라, 무릎을 구부려 손끝으로 바닷물을 건드렸을 때 손끝에 물기가 묻어나는 것을 보고 오히려 깜짝 놀랐다.

나는 제자리에서 서서히 몸을 돌려 섬 전체를 구석구석 찬찬히 살펴보았고, 그런 내 모습을 베넷이 지켜보고 있었다. 곳곳에 야자나무와 바위가 있고, 모래사장 위에 조개껍질이 널려 있었다. 바다에서는 파도가 일렁거렸다. 내가 어떤 표정을 짓고 있는지 알 것 같았다. 나는 두 눈을 크게 뜨고 입을 벌린 채 이마를 잔뜩 찡그렸다. 베넷을 돌아보기 전까지는 내 표정이 틀림없이 우스꽝스러워 보일 거라고 생각했다. 그런데 베넷 역시 자기야말로 경이로움에 압도되었다는 듯 감동에 젖은 표정으로 연신 미소를 잃지 않았다. 나는 눈을 감고 이 모든 것을…… 깊이 들이마셨다.

"괜찮아?"

나는 고개를 끄덕였다.

"좋아. 이리 와 봐."

베넷이 내 손을 잡았고 우리는 해변을 따라 걸었다. 우리의 발 위로 바닷물이 밀려왔다 밀려갔고, 커다란 바위들을 지날 때까지 모래 위를 찰박찰박 걸었다. 베넷은 외딴 모래사장으로 이어지는 경사로로 나를 데리고 갔다. 모래는 따뜻하고 보송보송했다. 나는 스웨터를 벗었고, 티셔츠만 입은 채 따끈한 모래의 온도를 피부로 느꼈다.

"주방보다 훨씬 낫다."

내가 하늘을 올려다보며 말한 뒤 베넷을 건너다보았다. 베넷은 모래 위에 엎드려 팔꿈치로 몸을 받치고 흡족한 듯 활짝 웃으며 나를 바라보았다. 나도 몸을 옆으로 돌려 베넷의 자세를 따라했다. 우리는 각자 한 손으로 머리를 받치고 있었는데, 나머지 한 손은 어떻게 해야 할지 둘 다 모르는 것 같았다. 이 따스함은 과연 모래에서 전해지는 물리적인 온기일까. 얇은 티셔츠와 청바지 속에 숨은 베넷의 몸은 얼마나 근사할까. 나는 자유로운 한 손을 뻗어 그의 티셔츠와 청바지 사이로 살짝 드러난 살결 위에 올려놓고 싶었다. 그리고 싸구려 디자이너 향수의 화보 촬영을 하는 모델들처럼 그가 나를 끌어당겨 키스를 하고 모래 위를 뒹구는 장면을 상상했다. 하지만 커피하우스에서 나온 뒤 베넷이 나를 집에 데려다 주던 그날 밤, 용기를 내서 그의 코트 깃을 잡았지만 결국 버려지고 눈 속에 혼자 서 있던 것이 떠올랐다. 그러자 차마 그를 만질 수가 없어서 대신 모래 위에 손끝으로 작은 원을 그리기 시작했다.

"그러니까…… 여기가 태국이구나."

내 말에 베넷은 확신에 찬 미소를 던졌다. 베넷이 이곳에 나를 데리고 오는 것을 왜 그렇게 걱정했을까 의아해하면서 잠시 그를 바라보았다. 현실적으로 불가능한 경험을 조금이나마 해 보고 싶지 않은 사람이 누가 있을까? 이렇게 황홀한 경험을 원치 않는 사람이 과연 있을까? 도대체 베넷은 무엇을 걱정한 것일까?

베넷이 나를 보고 미소 짓는 것을 보고, 방금 나는 다음 단계로 넘어가기 위한 테스트를 모두 통과했다는 것을 깨달았다. 가령 '무인도로 순간 이동: 기겁하지 않았음' 같은 항목들의 옆 칸에 전부 체크가 됐는지도 몰랐다.

하지만 나는 아직 베넷에게 들을 말이 더 남아 있다는 것을 기억하고 있었다. 두 가지 이야기가 더 있었다. 어쩌면 나는 그냥 이곳의 모래사장에 앉아 아름다운 풍경을 즐겨야 옳을 테지만, 그럴 수가 없었다. 그의 남은 말을 들어야 했다.

"어젯밤 내가 도움이 필요하다는 걸 어떻게 알았어?"

"몰랐어. 그냥 멕시코에 관련된 책을 사려고 들렀던 거야. 아르고타 선생님의 여행 과제 때문에."

어젯밤에 일어난 많은 일들 때문에 아직도 혼란스러웠지만, 강도가 나이프를 들이댔을 때 서점에는 나 혼자뿐이었다는 사실만큼은 확신할 수 있었다.

"말도 안 돼. 넌 서점에 없었잖아."

베넷이 조금 앞으로 다가왔다. 그의 몸과 내 몸이 닿을지 모른다는 생각에 가슴이 마구 뛰기 시작했지만, 베넷은 모래를 한 움큼 쥐고 손가락 사이로 흘려보낼 뿐이었다.

"그 이야기를 꼭 듣고 싶어?"

나는 베넷을 빤히 쳐다보다가 마침내 고개를 끄덕였다.

"어젯밤 강도 사건은 네가 기억하는 것과 달라."

모래가 손아귀에서 다 빠져나가자, 베넷은 청바지 위에 손바닥을 털고 반응을 살피기 위해 나를 쳐다보았다. 나는 눈썹을 치켜 올리며 베넷이 말을 계속 하기를 기다렸다.

"나는 서점 안으로 들어갔어. 그리고 너와 난 멕시코에 대해 이야기했지. 그런 다음 남자가 문을 열고 서점으로 뛰어든 거야."

"그럴 리 없어. 내가 똑똑히 기억하는걸. 난 분명히 혼자 있었……."

베넷이 내 말을 가로막았다.

"내가 설명할게. 네가 기억하는 대로라면 넌 혼자였지. 하지만 처음에 일어난 일은 그게 아니야."

"처음?"

"내가 처음 서점에 들어갔을 때 말이야. 원래 우리는 여행 계획에 대해 이야기하고 있었어. 그때 문이 확 하고 열렸고, 너는 고객일 거라 생각하고 남자를 도와주기 위해 자리에서 일어났어. 그다음에 남자가 너를 붙잡았지. 하지만 남자는 나를 미처 보지 못했어. 내게 사라질 시간이 있었거든."

불현듯 베넷이 조금 전에 나에게 보여 주었던 마술이 떠올랐다. 세상에, 그게 얼마나 됐지? 15분쯤 전이었나? 베넷은 한순간 주방의 식탁 앞 의자에 앉아 있다가 다음 순간 흔적도 없이 사라졌고, 1분쯤 후에 자신이 떠났던 그 자리에 다시 나타났다. 하지만 어젯밤 그가 서점에서 사라졌다 치더라도, 그것만으로는 내가 칼을 든 강도로부터 벗어나 눈보라가 치는 느릅나무 아래에 서 있게 된 과정을 설명할 수 없었다.

"나는 서점에서 사라져서 강도가 도착하기 오 분 전으로 돌아간 다음, 안쪽 사무실에 나타나서 전화기로 911에 전화를 걸었어."

아, 그 목소리. 서점 뒤편에서 들렸던 그 소리.

"나, 네 목소리 들었어……."

그 당시 일들이 세세하게 떠올랐지만, 말이 안 되기는 여전히 마찬가지였다. 베넷이 '돌아갔다'고 말한 것은 대체 무슨 소리지?

"잠깐만. 너 방금 서점으로 다시 돌아왔다고 말했니? 오 분 전으로?"

베넷이 고개를 끄덕였다.

"응. 서점으로 돌아왔어."

"시간 맞춰서?"

베넷이 고개를 갸우뚱하고 수줍게 미소를 지으며 말했다.

"난…… 그렇게도 해."

"적절한 타이밍에 다시 돌아왔다 이거지. 그래서 상황을 바꾸었고?"

베넷은 미안하지만 어쩔 수 없었다는 듯 멋쩍게 씩 웃었다.

"그러니까, 시간 이동 같은 거지."

"그럼 누군가 곧 서점을 털려고 한다는 사실을 왜 나한테 미리 말하지 않았어? 아니, 강도가 침입하기 전에 문을 잠그라고 말해 줄 수도 있었잖아?"

나는 베넷에게 고마운 줄도 모르는 사람으로 보이고 싶지는 않았지만, 애초에 강도가 내 목에 칼을 들이대지 않게 했더라면 더 좋았겠다는 생각을 하지 않을 수 없었다.

"그렇게는 못 해."

베넷이 말했다.

"일어나고 있는 일을 중단시키지는 않아. 하지만 결과에 영향을 줄 수 있는 선에서 사소한 세부 사항들을 약간은 바꿀 수 있지. 만일 내가 강도 사건을 완전히 막았다―한 번도 그렇게 해 본 적이 없기 때문에 그렇게 할 수 있는지 확신도 없지만―면 훨씬 끔찍한 일이 벌어졌을 수도 있었어. 그 남자가 다른 사람을 칼로 협박해 돈을 빼앗고 달아나서 아예 잡히지 않았을 수도 있었다고. 그런 다음 두 시간 뒤에 집에 가는 너를 발견해서……."

베넷의 목소리가 잦아들더니 잠시 아무 말이 없었다.

"아무튼 난 큰 사건은 바꾸지 않는 걸 원칙으로 하고 있어."

"그래서 강도 사건을 멈출 수 없었다 이거지. 하지만 오 분 일찍 돌아올 수는 있었고."

베넷이 고개를 끄덕였다.

"엄밀히 따지면 그렇게 해서도 안 되지만, 뭐…… 그렇게 했지."

"네가 안쪽 사무실 전화로 911에 전화를 걸었구나."

베넷이 다시 고개를 끄덕였다.

"그런데 왜 경찰이 오지 않았지?"

"왔잖아. 생각보다 빨리 오지 않았을 뿐이지. 나는 전화를 건 다음 그 자리를 몰래 빠져나와 서점 뒤에 숨었어. 그런데 강도가 너를 금고로 끌고 가자 더 이상 경찰을 기다릴 수 없다고 판단했지. 그래서 내가 직접 널 그곳에서 데리고 나와야 했던 거야. 만일의 경우를 생각해서."

불현듯 그날의 모든 일들이 떠올랐다. 그렇다면 베넷은 단순히 이 공간에서 저 공간으로 사라졌다가 다시 나타나는 게 아니라, 시간을 거슬러 이동할 수도 있다는 건가? 나는 용감하고 침착한 사람, 차분히 다음 단계를 들을 줄 아는 사람이라는 인상을 주고 싶었지만 내 머리로는 도무지 이 상황이 이해가 되지 않았다.

"그럼 이걸 두 번째 단계로 이해해도 되겠어?"

베넷이 고개를 끄덕였다.

"어느 정도는."

"어느 정도는?"

내 눈이 휘둥그레졌다. 나는 모래 위에 누워 하늘을 응시했다.

"괜찮아?"

베넷이 물었다. 내가 고개를 끄덕이자 모래에 살짝 자국이 남았다. 그래, 베넷의 말이 옳았다. 이해해야 할 것들이 정말 많았다. 나는 햇빛을 가리기 위해 한 팔을 눈 위에 올려놓았고, 우리는 한동안 아무 말 없이 모래 위에 누워 있었다. 한 팔은 눈 위에, 다른 한 팔은 나와 베넷 사이의 모래에 내려놓은 채. 그때 갑자기 따뜻한 알갱이들이 내 팔과 손바닥 위에 천천히 쌓이는 게 느껴졌다. 고개를 드니 베넷이 내 쪽으로 몸을 기울여 그의 손에서 내 손으로 모래가 떨어지는 것을 가만히 바라보고 있었다.

"저……."

베넷이 빙긋이 웃으며 말했다.

"그래서 내가 말했잖아. 널 놀라게 할지 모른다고."

"나 안 놀랐는데."

"뭐야."

베넷이 불안한 듯 웃으면서 말했다.

"완전 놀라고 있으면서."

나는 베넷이 쌓아 올린 작은 모래 더미를 무너뜨리고, 팔꿈치로 몸을 받치고 일어나 그를 바라보았다. 그런 다음 이 아름다운 풍경─야자나무, 흰 모래, 청록빛 바다─을, 베넷이 마치 마법과도 같이 우리 두 사람을 끼워 넣은 이 엽서 같은 풍경을 둘러본 뒤, 이 모든 것이 현실적으로 얼마나 믿기 어려운 일인지 이해하기 시작했다. 시카고에서 이곳에 도착하려면 최소한 비행기 두 대, 배 한 척이 필요했고, 30시간 이상이 소요되는 여정이었다. 여러 시간대를 지나와야 했을 테고, 오는 동안 캄캄했을 것이며, 체감 온도로 불평을 늘어놓았겠지. 지금 내 피부를 스치는 따뜻하고 가벼운 바람은 느끼지 못했을 것이다. 아니, 다 제쳐 두고 지금은 학교에서 대학 입학 자격시험을 위한 세계사 수업을 들어야 할 시간이다. 나는 베넷을 돌아보고 진심 어린 미소를 지었다.

"이곳에 데려와 줘서 고마워."

베넷이 안심되는 표정으로 말했다.

"별 말씀을."

"네 능력은……."

무슨 말로도 의미를 충분히 전달하기에는 역부족이겠지만, 결국 놀랍다는 말이 가장 어울릴 것 같았다.

"아무튼 고마워."

나는 두 번째의 니머지 부분은 듣지 못했지만, 이제 그쪽을 향해 걸음마를 시작하게 됐다는 것을 알 수 있었다.

"있잖아. 네가 원하는 답을 모두 들려줄 순 없겠지만, 적어도 오늘 과감한 모험을 경험하게 해 줄 수는 있을 거야."

베넷이 자리에서 일어나 청바지에 묻은 모래를 턴 다음 나에게 손을 내밀었다.

"저기, 나 여태 바다에 들어가 본 적 한 번도 없는데."

나는 이 상황이 전혀 이상하지 않다는 듯, 애써 가볍고 애교 섞인 목소리로 말했다.

"알아. 어젯밤에 네가 말했어. 여행 일정에 포함시키기 위해서 아침에 모래 위를 달리고 바다에서 수영도 하려면 어떤 해변이 좋을지 알아보고 있었잖아."

세상에, 완전 이상한 상황이네.

"그럼 네가 해변을 추천해 주었겠지?"

"라파스La Paz (볼리비아의 수도 – 옮긴이)."

베넷이 덤덤하게 말했다. 그래, 지금 이상한 상황 맞다니까. 솔직히 기억나지도 않는 대화를 나누었다는 것이 썩 달갑지는 않았다. 하지만 지금은 그런 이유로 짜증 내고 있을 때가 아니었다. 베넷이 허리 위로 양손을 엇갈려 티셔츠 끝을 잡더니, 머리 위로 벗어 올리고 있는 것이 아닌가. 그의 팔은 상상했던 것보다 훨씬 단단해 보이는 근육질이었고, 복근도 완벽해서 그 순간 나는 입을 떡 벌린 채 다물지 못했던 것 같다.

베넷은 다리를 앞으로 뻗어 엄지발가락으로 내 앞 모래 위에 선 하나를 그렸다.

"여긴 라파스는 아니지만 모래와 바다가 있어."

베넷이 활짝 웃으며 수영 경기 자세로 몸을 앞으로 굽혔다.

"자, 제자리에, 그린 양."

설마 나한테 브래지어와 속옷을 벗으라는 뜻은 아니겠지만 생각만 해도 이곳 기온과 상관없이 얼굴이 화끈거렸다. 나는 내 맨발과 청바지를 내려다보았다. 회색 티셔츠가 물에 젖어 몸이 다 비치지 않을까 걱정이 됐다. 하지만 바다를 바라보며, 발가락 사이로 모래를 움켜쥐면서 그런 것은 신경 쓰지 않기로 했다. 나는 소리 내어 웃었고, 바다로 돌진하기 위해 몸을 앞으로 굽혔다.

"준비."

베넷이 심술궂은 미소를 지으며 나를 돌아보았다.

"출발!"

베넷이 외쳤고, 우리는 앞으로 뛰어 나가 모래가 검고 차갑고 축축해질 때까지, 마침내 파도가 따뜻한 해변으로부터 우리를 휩쓸어 갈때까지 전속력을 다해 달렸다.

나는 물살을 따라 헤엄쳤다. 물속 깊이 들어갔다. 파도에 떠밀리며 내 몸에 파도가 부딪혀 철썩이는 것을 느꼈다. 옆을 보니 베넷이 다시 물속으로 들어갈 준비를 하며 두 팔로 물을 가르고 있었다. 나도 베넷을 따라 물속 깊숙이 들어갔다. 바닷물로 눈이 메워도 괜찮았다. 입안 가득 소금기가 느껴져도 괜찮았다. 찔리는 듯 얼얼한 감각이 느껴질 때마다 매 순간 온몸으로 그 감각을 음미했다. 이 순간이 영원히 끝나지 않길 바랐다.

네 시간 후에 집에 돌아왔지만, 집에 있는 시계로는 이제 막 1분이 지났을 뿐이었다. 머그잔의 커피에서는 아직도 김이 올라오고 있었다. 물은 여전히 얼음처럼 차가웠다. 그리고 나는 구역질이 날 것 같았다.

"별로 좋아 보이지 않아."

베넷이 나를 거실 소파로 데리고 가 누워 있으라고 말했다. 아득히 먼 곳에서 들리는 듯한 목소리가 "크래커를 좀 가지고 올게"라고 말했고, 더 멀리에서 찬장이 열리고 닫히면서 삐걱거리는 소리가 들렸다. 베넷이 크래커가 담긴 커다란 상자를 가지고 돌아왔다.

베넷은 소파 끝에 앉아 관자놀이를 문지르며 나를 내려다보았다.

"재미있네."

베넷은 마치 페트리 접시(세균 배양 등에 사용하는 둥글 넙적한 작은 접시 - 옮긴이) 안에 놓인 정체불명의 끈적끈적한 덩어리를 바라보듯 매료된 눈빛으로 나를 지켜보았다.

"나는 머리가 아프고, 너하고 브룩은 배가 아프다니."

베넷이 내 앞으로 흰색 크래커를 건네주었지만 나는 도저히 먹을 수가 없었다. 그리고 이놈의 방이 빙글빙글 도는 것을 멈추기 위해 입을 가리고 눈을 감아야 했다.

오, 제발, 나는 마음속으로 빌었다. 제발 베넷 앞에서 토하지 않게 해 주세요. 부탁이에요. 이번 딱 한 번만 제 부탁 좀 들어주세요.

시간이 지난 덕분인지 아니면 어떤 강력한 힘이 작용한 덕분인지는 알 수 없지만, 몇 분을 끔찍하게 보내고 나자 메슥거리는 느낌이 씻은 듯이 사라지고 다시 눈을 뜰 수 있었다. 베넷은 아직 거실에 있었다. 여전히 죄책감을 느끼는 표정으로, 여전히 작은 크래커를 손에 든 채. 나는 크래커를 받아 모서리를 조금씩 깨물었고 곧이어 좀 더 크게 베어 물었다.

"너무 미안해."

베넷이 말했다. 나는 어리둥절한 표정으로 베넷을 빤히 바라보면서 입안에 크래커를 넣은 채로 뭐라고 말을 하려고 했다.

"뭐라고 했어?"

베넷이 물었다. 베넷은 무척 걱정스러운 표정이었다. 나는 침을 꿀꺽 삼키고 말했다.

"그럴 만한 가치가 있었어."

그리고 베넷에게 엷게 미소를 지은 다음 크래커를 하나 더 집었다. 그렇게 몇 개를 더 먹고 자리에서 일어서자, 베넷이 물 한 잔을 건네며 조금씩 마시라고 했다. 거실이 차츰 또렷하게 보이기 시작했다.

손끝으로 바짓단을 긁어, 손톱에 들러붙은 젖은 모래를 살펴보았다. 우리는 집으로, 사방이 차가운 눈으로 뒤덮인 이곳으로 돌아왔고, 나는 물에 젖은 채 태국 어느 섬의 모래에 뒤덮여 있었다.

"말도 안 돼."

나는 기운을 되찾기 시작했고, 도무지 믿기지 않아 고개를 절레절레 흔들면서 소리 내어 웃었다.

"근데 정말 끝내준다."

나는 베넷을 건너다보며 베넷의 바지도 나하고 다를 게 없다는 것을 확인했다. 아주 약간 정상 컨디션으로 돌아온 것 같아, 자리에서 일어나 베넷을 데리고 계단을 올라가 안방으로 들어갔다. 그리고 아빠의 서랍을 뒤져 낡은 운동복과 티셔츠 한 장을 꺼내 베넷에게 건네고 욕실 위치를 알려 주었다.

내 방에 혼자 있게 된 나는 옷을 하나씩 벗었다. 셔츠를 벗고 머리카락을 털면서 공기 중에 모래가 날려 침대보 위에 흩뿌려지는 것을 보다가 킥킥 웃음이 터져 나왔다. 딱 붙는 검은색 하의 운동복과 작년 10킬로미터 경주 때 입은 트레이닝복 상의를 입고 다시 침대에 앉았다. 침대 위의 작은 모래 알갱이들을 손바닥으로 쓸면서 코타오를 생각했다. 태양의 열기와 바다의 소금기를 생각했다. 문득 이 하나하나의 모래 알갱이―내 침대 위에, 내 카펫 위에, 내 머리카락 속에, 내 옷 속에 달라붙은―가 무척 고마워졌다. 오늘 하루를 기억하게 해 줄 유형의 실체는 오직 이것뿐이었다.

"이 옷들 어디에 두면 될까?"

베넷의 목소리에 깜짝 놀라 정신을 차리고 옆을 돌아보니 내 방 입구에 베넷이 서 있었다. 아빠의 시카고 마라톤 기념 운동복 상의를 입은 베넷은 무척 사랑스러워 보였다.

나는 모래가 잔뜩 묻은 채 바닥에 널려 있던 내 옷들을 모아 들고 입구에 서 있는 베넷에게 다가갔다.

"나한테 줘."

나는 이렇게 말하고 내 옷 위에 베넷의 옷을 올렸다. 그의 곁을 지나가는데 베넷이 내 팔을 살며시 잡았다.

"저기…… 괜찮아? 너 조금 전에 조금 슬퍼 보였어."

"아니, 전혀 아닌데."

나는 웃어넘기려 했다.

"그저, 이럴 줄 알았으면 기념품이나 좀 챙겨 가지고 올걸, 하고 생각했어. 엽서나 뭐 그런 거 말이야. 아, 왜 그 생각을 못 했는지 몰라. 금방 돌아올게."

나는 발이 거의 바닥에 닿지 않을 정도로 미끄러지듯 계단을 내려갔다.

내가 에반스톤을 떠나 있었다니.

내가 이 나라를 떠나 있었다니.

모래가 묻은 옷들을 건조기 위에 올려놓고 주방으로 가서 비닐백을 가지고 왔다.

그리고 베넷이 내 침실에 있다니.

나는 다시 세탁실로 향하면서 계단을 올려다보았다.

베넷은 눈을 감고 내 두 손을 잡고서 태국으로 데리고 갔다.

나는 베넷의 옷과 내 옷에서 모래를 털어, 그것을 작은 비닐봉지 안에 최대한 가득 담은 뒤 봉지의 지퍼를 채웠다.

그리고 우리는 돌아왔어. 베넷은 지금 내 침실에 있고.

세탁기 안에 옷을 넣은 다음 모래가 담긴 비닐백을 들고 그 앞에 서서 통 안에 물이 차오르는 소리를 들으며 어젯밤 일을 떠올렸다. 우리가 서점의 자기계발서 코너에 서 있을 때 베넷의 얼굴 표정과 '내가 뭘 하려는지 두렵지 않아?'라고 물었을 때 떨리던 베넷의 목소리를 떠올렸다. 그땐 두렵지 않았다. 그런데 지금은?

167

베넷이 사라졌다 다시 나타날 수 있다는 사실은 두렵지 않았다. 그가 시간을 거슬러 이동할 수 있다는 사실도 전혀 두렵지 않았다. 그의 능력은 두렵지 않았다. 아니, 나는 그가 할 수 있는 일들을 사랑했다. 하지만 거기에는 내가 모르는 무언가가 더 있었고, 그렇게 생각하는 순간 마음이 몹시 불편해졌다. 두려웠다. 무엇이 됐는 다음에 일어날 일이 두려웠다. 그야말로 저절로 몸이 뜰 정도로 짜디짠 바다에서 함께 수영을 하며 오후를 보내고 왔으면서, 이제 어떤 일이 됐든 그 나머지 일들로 인해 앞으로도 죽 베넷과 가까이 지내고 싶어질지 의문스러웠다. 하지만 또 한편으로 생각하면 그 일이 어떤 일이든, 이처럼 과감한 모험을 마다하고 싶을 만큼 최악은 아닐 것 같았다. 그리고 내 침실에 혼자 앉아 있는 베넷을 떠올리자, 갑자기 그가 견딜 수 없이 보고 싶어졌다. 나는 모래가 든 비닐백을 손에 꼭 쥐고, 한 번에 두 칸씩 계단을 뛰어 올라갔다.

13

베넷은 붙박이 선반이 놓인 벽 앞에 서서 내가 받은 트로피와 등번호를 찬찬히 살펴보고 있었다.

"와. 대체 얼마나 많은 경기에 출전한 거야?"

"여든일곱 번."

나는 방을 가로질러 침대 옆 탁자 위에 모래가 담긴 비닐백을 내려놓았다. 탁자 위에 비닐백이 떨어지면서 약하게 소리가 났는데, 진짜라는 것을 확인시켜 주는 것 같아 기분이 좋았다.

베넷은 방을 둘러보며 트로피와 사진들을 하나하나 꼼꼼하게 들여다보았다.

"믿어지지 않아. 정말 멋져."

"너 되게 놀랐나 보다."

"아니. 놀란 게 아니라 감동 받았어."

베넷이 내 눈을 바라보자 나는 숨이 턱 막히는 기분이었다. 베넷은 이제 트로피에서 관심을 돌리고 트로피들 사이에 있는 내 CD에 흥미를 보였다. 그는 손가락으로 플라스틱 CD 케이스의 등을 죽 훑으며 선반을 지나가다가, 마침내 CD 하나를 발견해 빼내고는 커버를 자세히 읽어본 다음 다시 알파벳 순서에 맞게 꽂았다. 나는 내 책상에 등을 기대고 서서 베넷이 블링크-182$^{Blink-182}$(미국의 팝 펑크 밴드-옮긴이)의 체셔 캣$^{Cheshire Cat}$, 부시^{Bush}(영국의 얼터너티브 록 밴드-옮긴이)의 식스틴 스톤 $^{Sixteen Stone}$, 스매싱 펌킨스$^{Smashing Pumkins}$(미국의 얼터너티브 록 밴드-옮긴이)의 사이어미즈 드림$^{Siamese Dream}$ 앨범을 확인하는 모습을 지켜보았다.

"CD가 굉장히 많구나."

서점에서 일하며 번 용돈을 몽땅 CD 사는 데 쓴 것처럼 보였으려나.

"우리 아빠하고 길 건너 레코드 가게 주인 아저씨하고 친구사이야. 그래서 책하고 음악하고 교환해. 내 용돈으로는 이렇게 많이 못 사지."

베넷은 CD 케이스를 몇 개 더 꺼내더니 그 가운데 하나를 손끝으로 매만지며 잠시 그대로 있었다.

"이 CD들은 뭐야?"

베넷은 저스틴의 트레이드마크인 소용돌이무늬 수채화가 그려진 스무 개 남짓의 CD 케이스 가운데 하나를 꺼내 들었다.

"여러 곡의 음악이 섞여 있어. 내 친구 저스틴이 나를 위해 만들어준 거야. 저스틴은 레코드 가게 아저씨의 아들이야."

베넷이 고개를 끄덕였고, 내가 그의 표정을 보기도 전에 다시 얼굴을 돌렸다. 베넷이 내가 소장한 CD들을 찬찬히 살펴보는 동안, 나는 플레이어의 버튼을 눌러 무작위로 노래를 재생시켰다. 곧바로 그룹 토드^{Toad}의 「바다 위를 걸어요$^{Walk on the Ocean}$」가 흐르기 시작했다.

우리는 바다를 발견했지
오솔길 앞에서

"어, 나 이 그룹 본 적 있어."

베넷이 책장에 눈길을 고정시킨 채 말했다.

"산타바바라에 있는 작은 클럽에서. 굉장히 근사하던데."

"이 그룹이 라이브 공연하는 걸 봤어?"

나는 이 노래를 처음 들었지만 이곳에 서서 외딴 섬 코타오를 상상하며 '저 멀리 바다를 여행하고 징검다리를 밟고, 그렇지만 추억할 수 있는 사진 한 장 없이 집으로 돌아왔다'는 노래 가사를 듣고 있으려니, 가슴이 울적해져서 무슨 말이든 해야 했다.

"공연 보는 게 취미라고 할 수 있지."

"이 그룹 말고 또 누굴 봤어?"

베넷은 어깨를 으쓱해 보이며 손으로 책장을 가리켰다.

"여기에 있는 그룹들 거의 전부."

베넷은 세계 각지의 이국적인 장소로는 성이 차지 않는다는 듯 말했다.

"정말?"

내 시선은 펄 잼의 공연 티켓 쪼가리 한 장만 달랑 꽂혀 있는 벽 주변을 서성거렸다. 나는 한숨을 내쉬었다. 이틀 전까지만 해도 애지중지 모시던 것이었지만 베넷의 시선으로 보니 그렇게 하찮고 별 볼 일 없을 수가 없었다.

베넷이 내 시선을 따라 책상을 보더니 가까이 다가와 티켓을 자세히 들여다보았다.

"말도 안 돼."

"뭐가?"

베넷은 원치 않는 생각을 떨쳐 버리려는 듯 머리를 세차게 한 번 흔들었다.

"아무것도 아니야. 난 티켓 모으는 통으로 이렇게 커다란 통을 갖고 있어……."

베넷은 자신의 티켓 통 크기를 묘사하기 위해 팔을 멀려 내 심삭을 확인시켜 주었다. 그러니 내가 콘서트를 딱 한 번밖에 본 적이 없다는 사실이 믿어질 리 없었다.

그때 베넷이 지도를 발견했다. 이쯤 되자 나는 스스로가 정말 초라하게 느껴졌다.

베넷은 지도를 자세히 들여다보기 위해 벽 가까이 다가갔고, 팔짱을 낀 채 마치 미술관에서 작품을 감상하듯 자세히 들여다보는 것이었다. 나는 당황해서 눈을 질끈 감았다. 그리고 억지로 걸음을 옮겨 그의 옆에 섰다.

"우리 아빠가 만들어 준 거야. 내가 여행한 곳을 표시하라고."

나는 우리가 커피하우스에 있던 날 밤, 언젠가 세계 여행을 할 계획이라고 했던 말이 떠올라 곁눈질로 베넷의 표정을 훔쳐보았다. 베넷이 무슨 생각을 하고 있는지 궁금했다. 아니, 나는 그가 무슨 생각을 하는지 알고 있었다. 달랑 한 장뿐인 티켓 쪼가리처럼 네 개의 핀만 꽂혀 있는 지도는, 특히나 한계라는 것을 모르고 살아온 사람에게 엄청나게 시시해 보였을 게 틀림없었다.

"보다시피 산뜻하게 출발하고 있지."

그런데 베넷은 지도에서 눈을 떼지 않은 채 이렇게 말하는 것이었다.

"굉장해."

그러고는 한참 후 지도 전체를 한눈에 보기 위해 몇 걸음 뒤로 물러났다.

"있잖아, 난 이 장소들 가운데 가 본 곳이 아무 데도 없어."

나는 소리 내어 웃었다.

"정말이야."

베넷이 덧붙였다. 진짜 같았다. 나를 놀리는 것 같지는 않았다.

나는 마치 장소를 저울질하려는 것처럼 양팔 저울 모양으로 양손바닥을 펼치고 위아래로 오르내리며 말했다.

"어디 보자, 오늘이 화요일이니까. 바운더리 워터스로 카누를 타러 갈까, 아니면 아마존으로 래프팅을 하러 갈까? 아마존이 좋아, 바운더리 워터스가 좋아?"

나는 둘 중 바운더리 워터스가 더 흥미롭고 이국적이라는 듯 뒤의 목적지를 강조했다.

"괜찮아, 베넷. 일부러 '굉장하다'고 생각하는 척하지 않아도 돼."

나는 베넷의 눈을 바라보는 대신 그를 지나 다른 곳을 보았다.

"솔직히 말하면, 전엔 이 지도를 보고 있으면 조금 서글퍼졌어. 지금도 가끔 그런 것 같아."

베넷이 앞으로 다가와 우리 사이의 거리가 좁아졌고, 내 피부에 따뜻한 그의 피부가 닿는 것을 느끼자 숨이 멎는 것 같았다. 그가 입은 운동복이 워낙 커서 티셔츠를 입었을 때처럼 몸매가 드러나지는 않았지만, 옷 속에 감추어진 튼튼한 어깨며 물살을 가르던 두 팔, 파도를 헤치고 나오던 그의 몸을 상상하는 것까지 막을 수는 없었다.

"왜 서글퍼?"

그를 보자 어쩐지 정말로 하고 싶은 말은 넣어 두어야 할 것 같은 기분이 들어 가슴이 답답해졌다.

"핀이 네 개밖에 없잖아."

나는 가식적인 미소를 지으며, 별로 개의치 않는 것처럼 보이려 애쓰면서 간신히 입을 열었다. 우리는 서로를 빤히 바라볼 뿐 아무 말도 하지 않았다.

그때 베넷이 내 옆으로 팔을 뻗어, 핀이 담긴 투명한 플라스틱 통에서 은색의 뾰족한 핀을 손에 쥐었다. 그리고 그것을 들어 올렸다. 베넷과 나 사이의 좁은 공간에서 작고 동그란 빨간색 핀의 꼭지가 무척이나 크게 보였다.

"다섯."

베넷이 손을 뻗으며 말했다.

나는 팔을 뻗어 베넷에게서 핀을 받아 쥐고는, 울지 않으려고 입술을 앙다문 채 그것을 빤히 바라보았다.

"나, 이거 어디에 꽂아야 하는지 모르는데."

나는 어색하게 웃으면서 겨우 말을 뱉었다.

"바로 여기."

베넷은 아무런 표시가 없는 타이 만의 작은 점을 가리키며 조금도 거들먹거리지 않고 친절한 목소리로 말했다.

나는 겨우 핀 꼭지만한 지도 위의 한 점을 가만히 바라보며, 이렇게 작은 곳이 어떻게 내 인생에서 가장 특별한 네 시간을 만들어 줄 수 있었을까 생각했다. 그리고 아빠의 운동복을 입은 베넷을 바라보았다. 텁수룩한 그의 머리카락에는 아직도 모래가 잔뜩 묻어 있었다. 그의 표정은 다정하고 부드러웠으며, 이렇게 말할 수 있을지 모르겠지만 나보다 훨씬 고마워하는 것 같았다. 베넷은 오늘 나에게 이 같은 선물을 주었지만, 그의 표정을 보니 나 역시 그에게 선물을 주었다는 생각이 들었다.

나는 다시 한 번 핀을 가만히 들여다본 다음 앞으로 다가가 지도를 똑바로 응시했다. 그리고 여전히 행복에 겨워 벅찬 눈물을 삼키면서, 팔을 뻗어 떨리는 손으로 작은 섬 코타오에 핀을 꼭 눌렀다.

나는 치즈 토스트 샌드위치를 만들었다. 우리는 소파에 앉아 샌드위치를 먹으면서 뭔가 할 말을 생각해 내고 있었다. 베넷은 나머지 비밀에 대해 언급할 생각이 없었고, 우리 둘 다 잡담이나 떨고 싶지는 않아서, 나는 뭔가 볼 만한 프로가 있을까 싶어 TV를 켜고 여기저기 채널을 돌려 보았다. 하지만 주중 오후 2시 30분에 볼 만한 프로는 많지 않았다. 베넷은 개의치 않는 눈치였고 오히려 본 방송보다 광고를 훨씬 흥미롭게 봤는데, 이유는 말하려고 하지 않았다. 더 중요한 건, 우리가 함께할 시간이 다 가고 있고, 그는 아직 나에게 모든 이야기를 하지 않았는데도 전혀 신경 쓰지 않는 것처럼 보였다는 것이다. 나는 아직도 두 번째의 나머지 부분에 대해 듣지 못했는데 말이다.

나는 과장된 몸짓으로 리모컨을 집어 들고 베넷을 빤히 쳐다본 다음 텔레비전 전원을 껐다. 방 안이 조용해지자 베넷이 나를 돌아보았다.

"두 번째의 나머지 부분을 들을 준비가 됐어."

"오늘 하루 동안 들은 걸로 충분하지 않아?"

나는 고개를 저었다.

"알았어."

베넷이 다시 쿠션에 등을 기대고 앉아 몸을 돌려 나를 정면으로 바라보았다. 그가 소파 등받이에 한 팔을 걸쳤는데, 그 모습을 보니 잠시 우리가 커피하우스에서 서로 비밀 이야기를 하던 때로 돌아간 것 같았다. 베넷은 나에게 싱긋이 웃어 보였고, 그런 가볍고 무의미한 표정을 보자 그 표정을 얼른 지우기 위해서라도 몸을 기울여 입을 맞추고 싶었다. 하지만 만일 그랬다가는 다시는 나머지 이야기를 듣지 못할 것 같았다.

베넷이 심호흡을 한 다음 말했다.

"나는 전 세계 어디든 갈 수 있지만, 이동할 수 있는 때는…… 제한되어 있어. 다시 말해 다른 시간으로도 갈 수 있지만, 정해진 기간 안에서만 가능해."

베넷은 내 반응을 기다리고 있다는 듯 나를 가만히 응시했고, 내가 아무런 반응도 보이지 않자 이야기를 계속하기 위해 입을 열었다.

"잠깐."

나는 내 앞으로 손가락을 올리며 귀를 기울였다.

"왜 그래?"

베넷이 물었다.

자동차 문이 탁 하고 닫히는 소리가 들렸다. 엄마나 아빠였다면 차고를 통해 들어왔을 것이다. 그러므로 지금 여기 올 사람은 딱 한 명뿐이었다.

"엠마가 왔어."

나는 몹시 당황하며 말했다. 베넷을 보낼 준비도 안 됐지만, 베넷이 왜 우리 집 거실에 앉아 있는지 설명할 준비는 더욱 안 되어 있었다.

"걱정 마. 난 갈게."

베넷이 내 손을 잡고 살며시 흔들었다.

"내일 만나자."

베넷이 말했다. 여전히 내 손을 잡고 있는 그의 손이 투명해지는 모습을 지켜보았다. 잠시 후 그의 나머지 몸이 완전히 사라졌다. 세상에, 과연 내가 이 일에 익숙해질 날이 오긴 할까.

엠마가 현관문을 세게 두드리더니 이제는 초인종까지 눌러 댔다.

"잠깐 기다려!"

나는 크게 소리를 지르며 접시 두 개와 그 위에 놓인 먹다 남은 치즈 토스트 샌드위치를 소파 밑에 밀어 넣고, 나 혼자가 아니었다는 다른 흔적은 없는지 구석구석 살펴보았다. 마침내 문을 열자 엠마가 거의 쓰러질 것처럼 안으로 들어왔다.

"웬일이니, 웬일이니!"

엠마는 큰소리로 말하면서 자신의 백팩을 바닥에 내팽개치고 두 팔로 나를 감싸 안았다.

"어젯밤에 무슨 일 있었다면서! 너 괜찮아?"

어젯밤? 아, 강도 사건? 그게 어젯밤 일이었나?

"괜찮아."

나는 귀가 먹먹할 정도로 두근거리는 내 심장박동 소리를 감출 만큼 큰소리로 말했다.

"소식 듣자마자 너희 집에 오려고 했는데 도슨 씨가 학교 밖으로 못 나가게 붙잡는 바람에 못 빠져나왔다는 거 아니니!"

엠마가 카랑카랑한 목소리로 호들갑스럽게 말했다.

"내가 얼마나 걱정했다고. 너 정말 괜찮은 거야? 도대체 어떻게 된 일인지 이야기 좀 해 봐."

엠마는 베넷이 방금 앉았던 바로 그 자리에 털썩 앉았다.

"그렇게는 못 하지."

나는 콧방귀를 끼며 말했다. 하지만 엠마의 간절한 눈빛에서 내가 괜찮은지 확인해야겠다는 마음과, 시시콜콜 알아내지 않고는 못 배기겠다는 호기심 가득한 마음을 읽을 수 있었다.

나는 태국의 어느 해변에서 한낮을 보내고 왔다고 말할 수도 없고, 베넷에 대해 말해도 좋을지 자신이 없었기 때문에, 그냥 엠마가 원하는 말을 해 주는 편이 좋겠다고 판단했다.

"모든 일이 어찌나 순식간에 일어났는지 몰라."

14

"싫어."

나는 꼭두새벽부터 내가 낼 수 있는 가장 단호한 목소리로 말했다.

"아빠 지금 진심이야?"

"내가 네 속도를 못 따라갈까 봐 그래?"

아빠는 겨울 운동복 차림으로 냉장고를 등지고 서서, 러너스 런지 자세runner's lunge(한쪽 발을 앞으로 뻗어 무릎을 90도로 세우고 다른 쪽 발은 뒤로 뻗는 자세 - 옮긴이)로 완전 우스꽝스럽게 다리를 쭉 뻗었다. 왠지 아빠 어릴 때 저 폼으로 달렸을 것 같은데.

"싫어."

나는 손으로 눈을 가리며 말했다.

"큰길로만 다닐게. 대학교 근처는 얼씬도 하지 않을게. 정말이야."

나는 아빠에게 사정하면서 주방 창문을 가리켰다.

"베이비시터는 필요 없단 말이야. 조금 있으면 곧 해도 뜰 거라고. 나 정말 괜찮다니까."

마지막에는 거의 징징대며 말해서, 아빠는 내가 정말 열 살짜리 애로 돌아갔다고 생각했을지 모른다. 이런 과잉보호는 언제쯤 끝나려나.

"아빠는 무시하라니까."

아빠는 자신의 휴대용 물통에 들어 있는 물을 죽 들이켠 다음 옆으로 런지 자세를 취했다.

"아빠한테 말을 걸지 않아도 되고 아빠를 볼 필요도 없어. 아빠는 그냥 네 뒤에만 있을게."

하긴, 딸이 바로 엊그제 강도한테 칼로 위협을 당했는데 안전하다고 안심할 아버지는 세상에 없을 테지.

"좋아, 알겠어. 그럼 같이 달려."

나는 복도에 놓인 탁자 위에 디스크맨을 내려놓았다. 디스크맨을 가지고 가지 않는다고 생각하니 벌써부터 기분이 울적해졌다. 학교에서 베닛을 보기 전에 정신을 똑바로 차리려면 음악이 필요했는데 말이다.

아빠는 나를 따라 문 밖으로 나왔고 우리는 호수를 향해 나란히 달렸다. 아빠와 나는 은발을 뒤로 묶고 녹색 조끼를 입은 남자에게 동시에 손을 흔들었다. 우리는 트랙을 네 바퀴 돈 다음 교정을 통과했고, 시계가 7시를 가리킬 즈음 시계탑을 지났다. 그런 다음 우리 집 잔디까지 마지막 1킬로미터를 함께 전속력으로 달렸는데, 아빠가 제대로 호흡을 가다듬지 못하는 모습을 보고서야 내가 실수했다는 것을 깨달았다.

"아빠 정말 괜찮아?"

나는 계속해서 물었다. 아빠는 얼굴이 벌게지다 못해 울긋불긋해졌는데도, 연신 고개를 끄덕이며 억지로 미소까지 지어 보였다.

"아주 좋아."

아빠가 숨을 헐떡이며 말했다.

"그런 건 왜 물어보는데?"

"아빠가 너무 무리하니까 그렇지."

나는 아빠를 나무랐다. 내일 아빠가 꼼짝도 못할 경우 엄마가 뭐라고 말할지 훤히 알 수 있었다. 나는 아빠 옆에서 다리를 뻗으며 런지 자세를 취했다.

"저기, 이따 학교에 갈 때도 나 태워다 줄 거야?"

"아니. 그 일은 엠마한테 맡기겠어."

"엠마가 운전하는 거 한 번도 본 적 없으면서."

나는 스트레칭을 마치고 다리를 턴 다음 계단을 향해 뛰어갔다.

"얘, 애니."

나는 아빠가 부르는 소리에 멈춰서 뒤를 돌았다. 내가 엉덩이에 손을 얹고 아빠를 기다리는 동안 아빠는 심장마비를 일으키지 않으려고 안간힘을 썼다.

"언제 저녁 식사 때 베넷 좀 초대하렴. 네 엄마도 나도 그 애를 한번 보고 싶어. 제대로 말이야."

나는 현관에서 아빠를 쏘아보며 말했다.

"아빠, 우리 그 정도로 친한 사이 아니거든."

아빠가 베넷을 초대했다는 사실만으로도 굴욕적이었다. 아빠는 최대한 엄한 부모 같은 목소리로 말했다.

"알겠다. 하지만 진지하게 하는 말인데, 우리는 베넷을 꼭 만나 보고 싶구나."

"좋은 아침, 자기야."

엠마가 평소처럼 쾌활하게 인사하면서 내 볼을 꼬집었다.

"우리 용감하고 깜찍한 친구."

용감한 거 좋아하시네. 베넷을 볼 생각에 떨려 죽겠는데. 어제 엠마에게 베넷에 대해 말하지 않은 게 꺼림칙했다. 어젯밤 잠을 설쳐서 그런지 아침부터 몹시 피곤하기도 했다.

엠마가 후진 기어를 넣고 진입로 밖을 빠져 나왔다. 아빠는 주방 창문에 서서 약간 걱정되는 표정으로 줄곧 우리를 내다보았고, 나는 차가 집을 빠져나올 때 어깨를 살짝 으쓱해 보였다.

"엠마."

내가 말을 꺼냈다.

"내가 너한테 무슨 말을 하더라도 화 안 낸다고 약속할 수 있어?"

엠마는 나에게 짜증스러운 눈빛을 던졌다.

"아, 정말…… 난 사람들이 왜 이런 식으로 물어보는지 도대체 이해가 안 돼. 나한테 무슨 말을 할지 모르는데, 화를 안 내겠다고 어떻게 약속하니?"

엠마의 표정을 보니 이건 엠마가 정한 '멍청한 미국인' 범주에 해당할지 모른다는 생각이 들었다.

"아무튼 말이나 해 봐."

나는 마음이 바뀌기 전에 얼른 말을 뱉었다.

"어제는 강도 사건에 대해 자세하게 이야기할 수가 없었어."

나는 가장 흥미진진한 대목들을 추려서 들려주었지만, 모든 사실을 말하지는 않았다. 어떻게 말을 하겠는가? 베넷에게 비밀을 지키겠다고 약속하지 않았더라도 엠마는 절대로 내 말을 믿지 않았을 텐데. 대신 서점 뒷문으로 달아나는 길에 우연히 베넷을 만나게 됐다는 부분과 함께 베넷이 나를 위해 꾸며 낸 이야기를 포함시켰다. 그리고 베넷이 어제 나와 함께 있어 주기 위해 학교를 결석했다는 말도 했다.

"뭐?"

엠마가 갑자기 방향을 트는 바람에 하마터면 주차된 차와 부딪칠 뻔했다.

"젠장! 난 괜찮아. 괜찮다고."

엠마가 다시 나를 보았다.

"하루 종일 둘이 같이 있었다는 거야?"

나는 엄지발가락으로 모래 위에 선을 그려 놓고 누가 먼저 바다에 뛰어드나 경주하자고 도전하던 베넷의 얼굴 표정을 떠올리며 미소를 지었다. 내 머릿속에서는 청록빛 바닷물 위에 떠오른 베넷의 몸과, 하얀 포말을 일으키며 파도를 가르던 그의 두 팔이 슬로비디오처럼 상영되고 있었다.

그럼, 하루 종일 둘이 함께 있었고말고.

하지만 가장 친한 친구라 해도 이 부분 역시 속속들이 이야기할 수는 없었다.

"베넷이 나를 많이 걱정했거든."

나는 간신히 입을 열어 말했는데 엠마는 내 말을 못 들은 것 같았다.

"그러고 보니 어제 영어 시간에 베넷을 못 본 것 같기도 하다……."

그때 내 머릿속에서 상영되고 있던 작은 영화가 뚝 멈추었다.

"맞다. 내가 왜 그 생각을 못했지. 스페인어 수업을 들은 아이들한테 물어보면 어제 우리 둘 다 결석했다는 걸 알 수 있을 거야."

그래, 모르긴 몰라도 코트니는 벌써 머릿속으로 요란하게 소설 한

편을 쓰기 시작했을 거다.

"어머, 은근슬쩍 화제 바꿀 생각하지 마. 하루 종일 빈 집에서 둘이 뭘 했는지 전부 이실직고하시지."

엠마는 눈썹을 치켜뜨고 다시 도로를 향해 주의를 기울이면서 엠마 특유의 방식으로 내가 입을 열길 기다렸다.

"아무것도 한 거 없거든. 나한테 키스도 안 하더라."

내 목소리에는 나도 모르게 실망하는 기색이 역력했다.

"그냥 이야기만 했어. CD 듣고 점심 먹고 베넷은……."

나는 하마터면 사라졌다고 말할 뻔했다가 이내 입을 다물었다.

"베넷은 네가 우리 집에 오기 바로 전에 가 버렸나 봐."

"그런데 어제는 왜 나한테 이런 얘기 안 했어?"

"아빠가 집에 왔잖아."

엠마가 얼굴을 찡그리며 눈을 부라렸다. 으, 드디어 올 것이 왔다.

"아, 그러시겠죠. 저, 그런데 혹시 전화기 있으세요? 전 있는데요. 저에게는 전화기가 있답니다. 전화기란 인생에서 혼자 힘으로 해결할 수 없는 엄청난 일이 생겼을 때 가장 친한 친구와 상의하기에 아주 좋은 도구라지요."

엠마가 하도 다다다다 말을 늘어놓는 바람에 나는 미안하다고 말할 틈조차 얻지 못했다.

신호등이 빨간 불로 바뀌자 엠마는 차를 세우고 몸을 돌려 나를 바라보았다.

"너 대체 뭐하는 애니, 애나?"

엠마는 내가 곧바로 설거지를 하지 않거나, 건조기 안에 옷을 너무 많이 쑤셔 넣었을 때 잔소리하는 엄마와 똑같은 말투로 말했다.

"그러니까 베넷 그 자식이 너한테 간다는 말도 안 하고 간 거야?"

엠마는 '간다'는 것 하나만으로도 나에게 상황을 충분히 인식시킬 수 있다는 듯 이 단어를 강조했다.

"응."

나는 아무 말도 할 수 없었다. 엠마에게 베넷이라면 무조건 사족을 못 쓰는 거냐는 말을 듣고 싶지 않았다.

"그런데도 필연적인 이별의 아픔을 감수할 가치가 있는 거니?"

엠마가 물었다.

"곧 끝날 짧은 열정 때문에?"

짧은 열정이라니. 과감한 모험이지.

"그래, 엠마. 나한테는 그래."

엠마가 아랫입술을 꽉 깨물었다.

"끝이 좋지 않을 거야."

나는 엠마 차의 바닥 깔개를 빤히 내려다보았다. 엠마의 말이 옳았고, 나도 잘 알고 있었다. 하지만 설령 멈추고 싶다 해도 이제 와서 멈출 수는 없었다. 우리가 어떻게 끝날지 생각하느라 어젯밤을 꼬박 새웠지만, 지금 당장은 오직 한 가지만 생각하고 싶었다. 분명히 뭔가 방법이 있을 거라고.

"나 베넷을 좋아해. 알겠어? 그래, 그렇게 됐어. 내가 그렇다고 말했잖아. 정말로 베넷을 좋아해."

나는 엠마의 눈을 똑바로 쳐다보며 말했다.

"나도 알아. 어쩌면 실수하는 건지도 몰라. 하지만 부탁인데, 그냥…… 이대로 즐기게 내버려 둬 줄래?"

우리는 서로를 가만히 바라보았다.

"파란불이야."

내가 엄지손가락으로 자동차 앞 유리를 가리켰다. 엠마는 여전히 나를 응시했다. 엠마는 액셀을 밟지 않았지만 말없이 고개를 끄덕였고, 그런 모습을 보면서 그녀가 최대한 진중하게 행동하려 노력하는 것을 알았다. 적어도 오늘 하루 동안은.

우리 뒤차의 운전자가 경적을 울리자 엠마는 그제야 교차로에 진입했다. 두 블록을 가는 동안 서로 아무 말이 없었지만 나는 엠마가 무슨 생각을 하는지 알고 있었다.

"그래, 기왕 우리가 전부 털어놓기로 했으니까, 나도 어제 너한테 하고 싶은 말이 있었어."

그렇단 말이지. 그렇담 어쩌면 엠마가 무슨 생각을 하고 있었는지 내가 몰랐을 수도 있겠군. 나는 엠마를 빤히 쳐다보며 이야기를 계속하길 기다렸다.

"레코드 가게에서 일하는 네 친구 저스틴이 데이트 신청했어."

"저스틴? 내 친구 저스틴이?"

내 친구라는 소유형 단어가 입 밖으로 튀어나오는 순간, 나는 할 수만 있다면 얼른 주워 담고 싶었다. 이렇게 빼도 박도 못할 말실수를 해버렸을 때, 그래서 적절한 말로 바꾸기 위해 딱 1분만 시간을 뒤로 돌릴 수 있길 간절히 바랄 때, 바로 이런 순간 베넷이 짠 하고 시간 이동 마술을 부려 준다면 얼마나 좋을까.

"미안, 내 말은……."

말은 이렇게 했지만 실은 내가 무슨 말을 하려고 했는지 나도 잘 몰랐다.

"그러니까…… 저스틴을 만날 때 내가 너랑 같이 있었고, 그리고 전혀 눈치를 못 채서……."

어휴, 생각나는 대로 입 밖에 내뱉기 전에 이쯤에서 입을 닫아야 했다. '그렇지만 나는 저스틴이 날 좋아한다고 생각했거든?' 하마터면 이렇게 말할 뻔했으니까.

"그게, 늘 그런 건 아니야. 너도 알다시피 가끔은 널 서점에 내려 준 후에 나 혼자 레코드 가게에 들르기도 하니까."

아니, 난 그건 몰랐네.

"몇 주 전에 처음으로 같이 음악 얘기를 했어. 저스틴은 음악에 대해 많이 알고 있더라."

그래. 그건 나도 알고 있어. 내가 다섯 살 때부터 저스틴을 봐 왔으니까.

"그러고 나서 저스틴이 커피 마시러 가자고 했고, 어젯밤에는 같이 저녁을 먹었어."

"저녁을 같이 먹었다고?"

내가 물었다.

"너하고 저스틴이 커피를 마셨고, 그런 다음 저녁도 같이 먹었다고? 그런데 왜 나한테 이런 얘기 한 마디도 안 한 거야? 지난 주 일도…… 난 까맣게 몰랐잖아? 어제 일도."

물론 베넷과 커피하우스에서 시간을 보내던 날 밤에 대해 엠마에게 아무 말도 하지 않은 것을 떠올리며 살짝 죄책감이 느껴지긴 했다. 그렇지만 그날 밤은 너무나 이상했고, 더구나 딱히 이렇다 하고 말할 거리도 없었다.

엠마는 나에게 미안하다는 표정을 지으며 죄책감으로 어깨를 움츠렸다.

"저스틴이 그러는데, 나한테 네이트 신청을 하고 싶다고 처음 생각했을 때 일단 너한테 먼저 이야기하려고 했는데……."

엠마가 말끝을 흐렸고 나는 지난 달, 레코드 가게에서 있었던 일이 퍼뜩 떠올랐다. 저스틴은 나에게 뭔가 물어보고 싶어 했고, 나는 데이트 신청을 하려는 줄 알고 저스틴을 피했다. 이제 나는 두 가지 측면에서 바보가 된 것 같았다. 첫째는 내가 저스틴을 오해했기 때문이고, 둘째는 나는 변변찮게 진전이 없는 사이에 저스틴과 내 가장 친한 친구는 내 이야기를 하면서 가까워졌기 때문이었다.

"저스틴이 네 친구라는 거 나도 알아. 그리고 너도 알겠지만 나는 늘 저스틴이 널 좋아한다고 생각했어. 하지만……."

엠마가 말을 이었다.

뭐야, 엠마도 저스틴을 좋아하는 거야? 엠마와 저스틴이라고? 이건 너무 이상하잖아.

"어쨌든. 저스틴과 나 사이에 무슨 일이 있을 거라고는 꿈에도 생각한 적이 없었어. 내 말은, 저스틴이 좋은 애라고는 생각했지만, 우리가 어울린다거나 뭐 그럴 수 있을 거라고는 한 번도 생각한 적이 없었다는 거지."

"그런데 이제 그런 생각을 하게 됐구나."

"응, 우린 잘 맞는 것 같아."

그리고 이제 차 안에 침묵이 흘렀다. 내가 기억하는 한 엠마의 차가 이렇게 오래 조용했던 적은 한 번도 없었다. 몇 블록 더 갔을 때 마침내 엠마가 다시 입을 열었다.

"토요일에 시내에서 데이트하기로 했어."

엠마는 도로에 시선을 고정시키며 애써 침착하게 보이려 했지만 얼굴은 활짝 웃고 있었다.

"잘됐다, 엠마."

"정말이야?"

엠마가 나를 돌아보았다.

"내 말을 다 듣고도 정말 괜찮은 거지? 그러니까 특히 지금 말이야."

이상하게도, 그래, 난 이 일이 아무렇지 않았다. 사실 내가 아무렇지 않게 여길 권리도 없지만.

"당연히 괜찮지."

말은 이렇게 했지만 서운한 느낌이 들어 가슴이 조금 아팠다. 저스틴 때문이다. 엠마 때문이다. 그리고 '저스틴과 엠마'이기 때문이다. 두 사람 모두 나의 친구들이다. 나는 이 일로 나와 이들과의 우정이 어떻게 변할지, 만일 그들이 나를 좋아하는 것보다 서로를 더 좋아하게 되면 우리의 우정은 어떻게 될지, 이 모든 관계가 끝까지 잘 이루어지지 않을 경우 둘 중 한 사람에게 더 이상 말을 걸 수 없는 건 아닌지 궁금하게 여기지 않을 수 없었다. 그리고 무엇보다 이기적인 생각인데, 저스틴이 계속해서 나에게 음악을 녹음해 줄지 궁금했다.

그때 엠마가 과장되게 한숨을 내쉬었다.

"좋았어. 네가 괜찮다면야."

엠마는 다시 환하게 웃으며 화제를 나에게 돌렸다.

"그래서 너하고 베넷은 어때?"

엠마는 약간 짓궂은 말투로 말을 꺼냈다.

"오늘은 학교에서 무슨 일이 생길까나?"

나도 모르게 불안한 웃음소리가 새어 나왔다.

"그걸 내가 어떻게 알겠니."

엠마는 학생 주차장으로 들어가 평소 차를 대던 곳으로 곧바로 향했다.

"호호, 곧 알게 되겠네요."

엠마가 노래하듯 말했고, 나는 엠마의 시선을 따라 잔디 위에 서서 나를 기다리고 있는 베넷을 발견했다. 왜 그런지 속이 울렁거렸다.

"어머나, 이게 웬일이니."

엠마가 변속기어를 주차 모드로 넣으면서 코웃음을 치며 말했다.

"너, 저 남자애한테 대체 무슨 짓을 한 거야? 저 꼴을 좀 봐."

베넷이 머리를 짧게 깎은 것이다. 여전히 내 취향보다는 약간 길었지만, 교복 차림의 베넷은 산뜻하고 깔끔하고 굉장히 근사해 보였다. 물론 어제 이후로 얇은 티셔츠에 감춰진 그의 몸매와 청바지 속 완벽한 그의 엉덩이를 상상하지 않기란 어려웠지만. 바로 그때, 그의 옷이 아직 우리 집 건조기 안에 들어 있다는 사실이 떠올랐고 다행히 오늘은 세탁하는 날이 아니라는 사실을 깨닫기 전까지 잠시 공황 상태에 빠져 있었다.

"어쩜 저렇게 귀여울까!"

엠마가 베넷에게 애교스럽게 살며시 손을 흔들었고, 나는 엠마의 손을 탁 하고 내려쳤다.

"어머, 엠마. 괜히 나한테 친절하게 굴기 위해서 마음에도 없는 소리 하지 말아 줄래."

나는 엠마의 말이 진심이 아니라는 것을 알면서도 이렇게 태도를 바꿔 준 것이 고마웠다. 엠마가 몸을 돌려 나를 바라보며 말했다.

"난 친절하게 굴려고 빈말이나 하는 그런 사람 아니거든요. 아무리 상대가 너라도."

"좋아. 그럼 부탁인데 계속 충실한 친구인 것처럼 굴어 주시고요, 제발 나를 난처하게 하지만 말아 주세요."

나는 가슴이 두근거리는 것을 진정시키랴 자동차 문 열랴 여전히 진땀을 빼고 있는데, 엠마가 자동차 밖으로 나와 내 쪽으로 고개를 쑥 들이밀고는 이렇게 말하는 것이었다.

"와아, 오늘 참 즐거운 하루가 될 것 같지 않니."

엠마는 내가 앞으로 겪을 이별의 아픔에 대해 그렇게 걱정하더니만, 이제는 언제 그랬냐는 듯 탁 하고 문을 닫더니 베넷이 서 있는 약간 경사진 보도 위를 향해 씩씩하게 걸어갔다.

"안녕!"

나는 엠마가 인사하는 소리를 듣고, 엠마가 너무 많은 말을 하기 전에 그곳에 도착하기 위해 허둥댔다.

"나, 너 아는데!"

미소만큼이나 과장된 엠마의 목소리가 들렸다.

"네가 우리 학교에 전학 온 첫날 이후로 우리가 같이 이야기한 적 없을걸, 아마?"

내가 두 사람에게 다가가자 베넷의 시선이 나에게 향했다. 세상에,

베넷은 정말 귀여워 보였다.

"안녕."

베넷이 말했다. 그의 미소가 얼마나 따뜻한지 발밑에 있는 눈들이 죄다 녹아 버릴 것만 같았다.

"안녕."

"그런데 베넷, 너 어제 영문학 시간에 없었지?"

엠마의 말에 베넷의 시선이 다시 그녀에게 향했다.

"어디 아팠니?"

엠마는 베넷을 뚫어져라 쳐다보았고, 나는 경고의 눈빛으로 엠마를 쏘아보았다.

"아니. 애나하고 함께 있었어."

베넷은 이렇게 말하고는 다시 나를 똑바로 쳐다보았다. 지금까지는 베넷이 원하는 대로 서로 모르는 사람처럼 지냈다. 하지만 이제 베넷은 나와 아주 가까운 사람으로 내 곁에 서 있었다. 베넷이 내 눈으로 직접 보지 않았더라면 결코 믿지 못했을, 도무지 말이 안 되는 엄청난 그의 비밀을 내게 털어놓을 수 있다고 판단했기 때문이다.

"아, 그렇구나."

엠마는 베넷을 보고 나를 본 다음 다시 베넷을 보았다. 그러더니 손을 뻗어 베넷의 머리카락을 헝클어뜨렸다.

"앞으론 이렇게 짧게 깎지 마. 안 그러면 네 별명을 새로 지어야 하니까, 복슬강아지. 이따 점심시간에 보자, 애나."

엠마는 자리를 떠나나 싶더니 다시 몸을 돌려 우리에게 다가왔다.

"점심시간 얘기가 나와서 말인데, 너 오늘 우리 테이블에서 점심 같이 먹을래?"

"그래."

베넷이 여전히 나를 보면서 말했고 나는 빙긋이 웃었다.

"복슬강아지라고?"

엠마가 우리 목소리를 들을 수 없을 정도로 멀어졌을 때쯤 베넷이 속삭이듯 물었다.

"고작 지어낸 별명이 그거야?"

나는 눈을 굴려 베넷의 머리를 올려다보며 미소를 지었다.

"그나저나 머리는 언제 그렇게 깎았어?"

베넷이 어깨를 으쓱해 보였다. 나는 주위를 둘러보고 아무도 듣는 사람이 없는지 확인한 다음 물었다.

"시간 이동?"

베넷이 나에게 바싹 다가와 내 귀에 대고 속삭였다.

"아니, 슈퍼컷Supercuts(저렴하고 신속하게 이발하는 것으로 유명한 미국의 미용실 체인점 – 옮긴이)."

나는 풋 하고 웃음을 터뜨렸다. 우리 곁을 지나가는 사람들이 수군거리며 우리를 빤히 쳐다보았다.

베넷이 말했다.

"네가 괜찮은지 확인하고 싶었어. 알다시피 그 일 이후로……."

"애나!"

그때 나와 함께 운동하는 크로스컨트리 팀 선수 세 명이 우리 사이에 불쑥 끼어들더니, 베넷의 말을 잘라 놓고 그에게는 눈길도 주지 않은 채 자기들끼리 이야기를 시작했다.

"웬일이니! 어제 강도 사건 이야기 들었어. 너 괜찮아?"

모두가 똑같이 걱정스러운 표정을 지었다.

아, 강도 사건. 그래서 다들 우리를 빤히 쳐다봤구나. 같은 학교 학생이 깅도한네 붙잡혀 칼로 협박을 당했다는 소식은 당연히 삽시간에 웨스트레이크 전역으로 퍼졌을 테지.

"그래. 고마워, 얘들아. 난 괜찮아."

모두들 똑같이 안도하는 표정을 지었고, 다 함께 조금 더 수다를 떤 다음 한 명씩 나를 안아 주고는 황급히 사라졌다. 베넷과 나는 그들 가운데 한 명이 얼음 위에서 미끄러져 하마터면 장미 덤불을 들이받을 뻔한 광경을 지켜보았다.

"아무튼 난 네가 모든 면에서…… 괜찮은지 확인하고 싶었어."

"물론이지. 난 괜찮아. 하지만 여전히 나머지 이야기를 듣고 싶어."

내가 미소를 지으며 말했다. 나는 베넷이 뭔가 말해 주기를 기다렸지만 그는 아무 말도 하지 않았다.

"나중에."

"그나저나 지금 우리 수업 들어 가야 해."

베넷도 입을 열었다.

"너한테 줄 게 있어."

"나한테?"

베넷은 자신의 백팩에 손을 뻗어 종이 한 장을 꺼내 나에게 주었다. 나는 그것을 알아보고 놀라서 헉 하는 소리를 냈다. 나는 코타오에서 온 엽서를 내려다보며 미소를 지었다. 베넷이 이것을 구하기 위해 어떻게 했을지 알 수 있었다.

"다시 갔다 온 거야? 이것 때문에?"

베넷은 어깨를 으쓱해 보이며 멋쩍은 듯 웃었다.

"기념품이 필요했잖아."

그때 멀리서 수업 종이 울려 우리 둘 모두 공식적으로 지각했다는 것을 알려 주었다.

"이만 수업에 들어가야겠다. 이따가 점심시간에 봐."

베넷이 교실로 향하기 위해 몸을 돌렸는데, 그때 내가 베넷을 불러 세웠다.

"베넷."

베넷이 돌아서서 다시 나를 향했다.

"응?"

"나 아직 네 옷 가지고 있어."

웬일, 내가 하려던 말은 이게 아니었는데. 나는 혹시라도 누가 들은 사람이 없나 확인하기 위해 재빨리 주변을 둘러보았다.

베넷의 입꼬리가 위로 올라가며 만족스러운 듯 활짝 웃었다.

"다행이야. 언제 들러서 가지고 와야겠는걸."

아르고타 선생님이 수업 후에 남으라고 하는 바람에 나는 마지못해 베넷만 혼자 식당에 보냈다. 선생님은 나에게 괜찮은지 물어본 후 어제 수업 내용을 점검해 주었다. 나는 5분 후 식당으로 가서 베넷이 평소 우리가 앉던 테이블에서 엠마와 대니얼과 함께 앉아 있는 모습을 발견했다. 베넷은 그들과 함께 있는 시간을 꿋꿋이 견디고 있는 것 같았다.

"딱 시간 맞춰 왔어."

내가 테이블에 쟁반을 내려놓자 엠마가 말했다.

"마침 베넷이 자기 이야기를 하려던 참이거든."

엠마가 나를 향해 돌아앉으며 말했다.

"베넷은 스포츠에 전혀 관심이 없대, 너 알고 있었어?"

엠마는 어깨를 으쓱해 보이며 샌드위치를 한 입 베어 물었다.

"아니 그게, 아까도 말했지만 스케이트보드도 사실상 스포츠야."

베넷이 말했다.

"아, 그럴 수도 있겠지. 하지만 사실 그건 이동 방법에 더 가깝지 않
아? 내가 말한 스포츠는, 그러니까, 학교 스포츠를 말한 거야. 축구, 농
구, 야구, 라크로스lacrosse(각각 열 명의 선수로 구성된 두 팀이 그물채 같은 도구
로 공을 던지거나 받는 경기 - 옮긴이), 하키 이런 종류의 스포츠 말이야."

"팀 스포츠 말이구나."

"글쎄, 그건 아니고. 너 수영은 할 수 있을 거 아니야. 아니면 테니스
라든지. 그런 것도 다 스포츠지 뭐."

"아니면 스케이트라든지."

베넷이 차분하게 말했다. 나는 엠마가 완벽하게 반박을 가할 시점
을 노리느라 머리를 굴리고 있다는 것을 알 수 있었다. 엠마는 곁눈질
로 나를 보았고, 나는 경고의 눈빛을 보내며 오늘 아침 나에게 한 약속
을 상기시켰다. 친절할 것, 나를 난처하게 만들지 말 것.

"물론이지. 넌 스케이트보드 탈 줄 알았던 것 같은데."

엠마가 이만하면 제대로 말하지 않았느냐는 확인을 받기 위해 나를
돌아보았고, 나는 고맙다는 의미로 엠마에게 미소를 지어 보였다. 그

리고 이쯤에서 이야기를 마무리 지으라고 조용히 압력을 가했다. 엠마가 베넷을 돌아보며 말했다.

"그럼 다른 취미는 뭐야?"

어휴, 이젠 취미 얘기네. 나는 슬쩍 베넷을 보았다. 스포츠도 취미도 필요 없는 남자아이. 베넷의 재주는 내 책 속에 펼쳐진 그 어떤 스포츠나 취미보다 훨씬 가치 있으니까 말이다. 베넷의 표정을 보니, 이럴 바에는 차라리 스케이트보드가 스포츠인지 아닌지 토론하던 아까로 돌아가고 싶은 심정인 것 같아서 내가 베넷을 대신해 말해 주었다.

"베넷은 여행을 좋아해."

내가 말하자 세 사람 모두 나에게 고개를 돌렸다.

"안 가 본 데가 없더라고. 그렇지?"

그들은 이제 다시 베넷을 향해 고개를 돌렸고, 베넷은 대수롭지 않다는 듯 어깨를 으쓱해 보였다. 남은 점심시간 동안 세 친구가 활기 찬 목소리로 자신들이 가 본 지역에 대해 이야기하는 동안, 나는 의자에 등을 기대고 앉아 그들의 이야기를 듣고 있었다. 전에는 이런 대화를 하면 늘 겉돌았는데 이제는 전혀 소외감을 느끼지 않았다. 오히려 이야기 속에 푹 빠져 머릿속에 꼭꼭 넣어 두고는, 언젠가는 베넷이 이처럼 근사하게 발음되는 장소들 중 어느 한 곳에 데려가 주지 않을까 생각했다.

197

15

엠마는 나를 내려 주기 위해 서점 앞에 차를 세운 뒤, 주차 공간에 차를 넣지 않고 길 건너 레코드 가게를 향해 고개만 휙 돌렸다.

오호, 이거 벌써부터 뭔가 좀 수상한데.

"레코드 가게 안 가?"

나는 차 문을 열고 연석 위로 발은 내딛으며 물었다. 그리고 엠마의 대답을 듣기 위해 고개만 뒤로 젖혔다.

"아니, 오늘은 안 가. 오늘은 내가 레코드 가게에 나타날지 안 나타날지 저스틴이 좀 궁금하게 여겨 줘야지. 그러다 내가 진짜 나타나지 않으면…… 나를 조금은 보고 싶어 하지 않겠어."

나는 눈알을 굴렸다. 저스틴이 그런 타입은 아니라고 생각하지만, 내 가장 친한 친구가 느낀 그의 매력이 내 눈에는 전혀 보이지 않았던 것을 보면, 어쩌면 난 저스틴이 어떤 타입인지 별로 아는 게 없을지도 몰랐다.

"알았어, 엠마. 내일 아침에 보자."

"잘 가, 자기야."

엠마가 말했고, 나는 엠마의 차가 사라지는 모습을 지켜보았다.

서점 현관의 종소리는 평소와 다름없이 딸랑거렸지만, 오늘따라 유독 오싹한 느낌이 들었다. 여느 땐 종소리를 들으면 행복한 기억들이 떠올랐다. 가령 할아버지를 도와 선반에 책을 꽂았던 어느 토요일 아침이라든가, 아빠가 처음으로 내 소유의 열쇠 꾸러미를 주고 밤에 문단속을 하게 했던 날이라든가. 사건이 있은 후 이틀 동안은 침입자가 서점의 돈을 가져가기 전에 잡혀 다행이라고만 생각했지, 그가 나만의 종소리를 훔쳐 갔다는 생각은 한 번도 해 본 적이 없었다.

"애나 왔구나."

아빠는 계산대 앞에서 계산기를 누르며, 오늘 발행된 영수증들을 차곡차곡 정리하고 있었다.

나는 아빠의 뺨에 입을 맞추었다.

"안녕, 아빠."

아빠도 내 뺨에 가볍게 입을 맞추고 다시 계산에 집중했다. 아빠도 나도 서점 분위기가 달라졌다는 것을 입 밖으로 내지는 않았지만, 둘 다 알고 있었다.

"아빠는 은행에 가서 예금하고 올게. 이제부터는 밤에 너한테 서점 일 맡기지 않을 거야. 아빠가 할 거야."

아빠가 나를 보지 않고 말했다.

이런, 밤에 혼자 서점에 있는 거 좋아했는데. 나는 아빠가 영수증을 전부 모아 스테이플로 찍고, 금전등록기에서 현금을 꺼내 지퍼 달린 주머니 안에 채워 넣는 모습을 지켜보았다.

"이번 주말에 경보 장치 설치해 달라고 예약했어. 뭔가 굉장히 있어 보이지 않냐. 게다가 리모컨도 있어서 서점 어디에서든 버튼 하나만 누르면 바로 경찰에 연락할 수 있어."

나는 아빠를 흘겨보았다.

"그거 참 훌륭한데. 리모컨만 가지고 다닌다면 말이야."

"그러니까. 괜찮을 것 같아."

아빠가 웃으며 말했다.

"약간 극성이긴 하지만, 그렇지?"

"아니, 전혀. 어울리는 가죽 벨트에 작은 가죽 케이스도 하나 마련 하지 그랬어."

나는 가죽 케이스를 차고 있는 것처럼 그 안에 손을 뻗어, 보이지 않는 리모컨을 재빨리 뽑아서 그것으로 아빠를 가리켰다. 아빠도 나를 따라했다.

"실은, 아빠가 뭐 하나 생각한 게 있는데."

아빠가 말을 꺼냈다.

"어, 뭔데?"

"어쩌면 서점 일을 도울 노스웨스턴 대학교 학생을 한 명 고용해야 하지 않을까 하고 말이야. 너도 이제 주 대항 대회에 나가려면 훈련하느라 바빠질 테고. 결승전도 곧 다가오고 있으니까 ……."

"한 달 후야."

"그리고 어영부영 하다 보면 대학원서 접수일도 다가올 테고……."

"육 개월 후에."

"게다가 아직 정식으로 만나 보진 않았지만 이젠 너도 남자친구가 있는 것 같고."

"남자친구 없어."

"그렇더라도 이틀에 한 번씩 밤마다 곰팡내 나는 낡은 서점에 틀어박혀 있으니 뭔가 다른 일을 하는 편이 더 낫지, 안 그래? 아무래도 대학생한테 맡기는 게 좋을 것 같아."

"안 돼, 그러지 마. 난 이 일이 아주 마음에 든단 말이야. 고맙지만 난 괜찮아, 아빠. 난 여기에서 일하는 게 좋아."

더구나 여행 자금을 모으려면 어떻게든 돈을 벌어야 하는데, 기왕이면 여기에서 일하는 편이 나았다.

아빠가 나를 끌어당겨 꼭 안아 주었다.

"정말이야?"

"정말이고말고."

내 목소리는 아빠의 모직 스웨터에 덮여 알아듣기 어려웠다. 마침내 아빠가 나를 풀어 준 뒤, 코트를 입고 현금이 든 가방을 움켜쥐었다. 아빠가 서점 밖을 나서자마자 다시 딸랑 하고 종소리가 울렸다.

고개를 드니 베넷이 나를 향해 곧바로 걸어오고 있었다.

"안녕."

"안녕."

베넷이 나에게 인사했다.

우리는 서로에게 다가가 엉거주춤 서서 무슨 말을 해야 하나 머리를 짜내고 있었다.

"들러 줘서 기뻐."

내가 손을 비비면서 말했다.

"네가 준 엽서, 다시 한 번 고맙다고 말하고 싶었어. 정말 예쁘더라."

"무슨."

그의 얼굴이 빨개졌다. 평소와 달리 나 때문이 아닌 것 같았는데, 변화가 있다는 점에서 다행이었다.

"나도 한 장 가지고 있어. 그날을 기억하려고."

베넷의 표정은 나만큼이나 긴장되어 보였다. 그 모습이 나를 한결 편안하게 해주었다.

"아무튼 너한테 인사도 하고 책도 있나 보려고 잠시 들렀어. 멕시코에 관한 책 말이야. 아르고타 선생님 수업 시간에 필요한."

"아, 맞다. 물론 있지."

베넷은 나를 따라 여행서 코너로 왔고, 나는 손가락으로 책 등을 죽 따라가다가 멈추어 내가 가장 즐겨 보는 책들을 꺼냈다. 그 가운데 괜찮은 책 대여섯 권을 고른 후, 베르베르 카펫Berber carpet(모로코 베르베르족의 양탄자를 모방한 직조 형태의 거친 카펫 - 옮긴이) 위에 책상 다리를 하고 책장에 등을 기대앉았다.

"앉아."

내가 베넷에게 내 옆에 앉으라고 손짓을 하자 베넷도 나처럼 책상 다리를 하고 앉았다. 나는 쌓아 놓은 책에 손을 뻗어 제일 위에 놓인 책을 집어 들었다.

"이 책은 별로야. 사진도 거의 없어."

나는 책을 내려놓아 바닥에 새로 책을 쌓기 시작했고, 곧이어 다른 책을 집어 들었다. 그때 문득 묘한 기시감 같은 게 느껴졌다.

"우와."

"왜 그래?"

나는 잠시 멀뚱히 베넷을 바라보았다.

"우리 지난밤에 이렇게 앉아 있었니? 강도가 와서 네가 시간 이동인지 뭔지 하기 전에?"

"응. 정확히 이 자세로 앉아 있었어."

베넷이 미소를 지었다. 그러더니 이내 깜짝 놀란 표정을 지었다.

"가만. 그게 기억이 나?"

"모르겠어. 아닐지도 몰라."

베넷이 쌓인 책들 가운데 한 권을 뽑아 들어올렸다.

"이 책은 저렴한 여행을 하기에는 좋지만 사실 우리가 찾는 책은 아니지."

베넷이 활짝 웃으며 사진이 거의 없는 책 위에 이 책을 올려놓았다.

어쩐지 이 말도 내가 한 것 같은데.

베넷이 다른 책을 집었다.

"이 책에는 고급 호텔과 레스토랑들이 소개되어 있어서 우리가 참고하기에는 무척 비싸. 하지만 사진은 진짜 멋있어."

그래. 진짜네. 이거 완전 쇼킹한데?

베넷이 다른 책을 집어 들어 입을 열었을 때 ─ 짐작건대 아마도 내가 했던 말을 되풀이하기 위해 ─ 나는 그의 말을 가로막고 이렇게 물었다.

"내가 추천한 책이 어떤 건지 그냥 말하지 그래?"

베넷이 내 위로 몸을 굽히고 책장에 손을 뻗은 다음 책 한 권을 꺼냈다.

"미안."

그리고 내 팔을 살짝 스친 후 바닥의 자기 자리에, 그렇지만 아까보다 가까이 다가와 앉았다. 서로의 무릎이 닿을 정도로 아주 가까이.

"네가 좋아하는 책이 이 책이지?"

나는 고개를 끄덕였다.

"제일 자세하게 설명되어 있지. 사진도 생생하고. 저렴한 호텔도 추천해 주고. 일반 호텔 같은 그런 숙박시설은 아니지만. 게다가 삼 일이나 오 일 일정, 그 이상 여행 일정도 추천되어 있어서 우린 그냥 이 내용들을 참고해서 조합만 하면……."

"두 번째의 나머지 얘기 듣고 싶어."

베넷이 잠시 나를 멍하니 쳐다보았다.

"내가 어디까지……."

"지나간 사소한 일들을 되돌려 결과에 영향을 미칠 수는 있지만 사건 전체를 지울 수는 없다는 얘기까지 했어. 전 세계 어느 곳이든, 어느 시기든 이동할 수 있지만 정해진 시기 안에서만 가능하다는 말도 했어."

베넷은 자신의 말을 정확하게 기억하고 있다는 사실이 놀랍다는 듯 나를 쳐다보았다. 아니 어떻게 그걸 기억 못 할 수가 있겠어? 내가 이 말들을 생각하느라 밤새 침대에서 얼마나 뒤척였는데.

"맞아."

베넷이 엷게 미소를 지었다.

"난 내가 살고 있는 생애 안에서만 이동할 수 있어. 내가 태어나기 전으로 돌아가거나 현재 날짜에서 일 초도 더 앞서 갈 수는 없어. 맨 처음 시도했을 때 시도 자체는 성공을 했는데, 흠, 모든 것이 엉망이 돼 버렸지. 이후로 천 번은 시도해 봤지만 아무 일도 일어나지 않았어."

나는 베넷이 태어난 해로부터 시작해 오늘까지 죽 이어온 연대표를 머릿속에 그려 보았다.

"그러니까 1978년 이전이나 지금 이 시간 이후로는 이동할 수 없다는 거야?"

베넷은 아래로 손을 뻗어 멕시코 여행안내서 가운데 한 권을 꺼내 들고서, 작은 플립 북flip book(빠르게 넘기면 움직이는 것처럼 보이도록 연속적인 그림을 여러 장에 이어 그려 만든 책 - 옮긴이)을 넘기듯 페이지를 휘리릭 넘기며 애써 내 시선을 피하고 있었다.

"아니. 그보다 훨씬 더 미래로 갈 수 있어."

"하지만 그럴 수 없을 텐데…… 그렇다면 어떻게…….'"

이해가 되지 않았다. 베넷도 내 이해를 도와주지 않았다.

"알았어, 그럼 이렇게 물어볼게. 1995년 이후로 얼마나 멀리까지 가봤어?"

베넷은 급히 숨을 들이마셨다. 그리고 나를 보지도 않고 말했다.

"2012년."

"하지만 그건 '네가 살고 있는 시간을 넘어선 시기' 아니야?"

하지만 베넷은 그렇지 않다는 표정으로 나를 바라보았고, 그 순간 나는 가슴이 답답하게 조여드는 느낌이 들었다.

베넷은 마치 내가 상황을 이해하길 기다리겠다는 듯 눈썹을 치켜 올렸다.

"가만…… 네가 언제 태어났지?"

1분이 꼬박 지났을까, 이제야 뭔가 답을 찾은 것 같았다. 적어도 그런 것 같았다.

"3월 6일. 1995년."

나는 그를 가만히 응시했다.

"지난달이었구나."

"그래, 맞아."

"1995년 3월 6일이라고?"

"응."

그때 뭔가 떠오르는 게 있었다. 매기 할머니 거실에 걸린 사진들. 아기를 안고 있는 딸의 사진들이 액자에 끼여 있었다. 아기 이름이 베넷이라고 했고.

"말도 안 돼."

베넷은 여전히 나를 보지 않았다.

"매기 할머니 집 선반 위의 사진들이, 그럼."

나는 큰 소리로 말해 놓고도 전혀 감을 잡지 못하다가, 베넷이 고개를 들어 끄덕이는 것을 보고서야 겨우 알아차렸다.

"그럼 매기 할머니가 너희 할머니구나."

베넷이 다시 고개를 끄덕였다.

"그러니까 '진짜 너'는……."

나는 차마 '아기'라는 단어를 말할 엄두가 나지 않았다.

"진짜 너는 샌프란시스코에 있고."

그래서 매기 할머니 댁 벽에 걸린 사진들 가운데 베넷이 성장하면서 찍은 사진이 단 한 장도 보이지 않았던 거다.

"글쎄, 지금 내가 '진짜' 나지."

베넷이 한쪽 팔을 내밀어 내 손으로 그 팔을 만지게 하면서 그것이 단단한 유형의 물질임을 증명했다. 그런 다음 나를 바라보았다.

"하지만 맞아. 2012년에 열일곱 살이 돼. 1995년에는 엄밀히 말하면 아직…… 아니지."

나는 완전히 다른 연대표를 상상해 보았다. 1995년에 시작해서 2012년에 끝나는 연대표를.

"또 다른…… 너는 어때? 사진 속의 너 말이야."

"아직 샌프란시스코에 있어. 아마 아기 침대에 누워 모빌이나 뭐 그런 걸 올려다보고 있겠지."

나는 몸을 움찔했고 베넷은 그런 나를 곁눈질로 쳐다보았다. 베넷이 아기라는 사실을 떨쳐 내고 불편하지 않은 것처럼 보이려 애썼다. 그렇지만 베넷이 명확하게 밝히는 것을 보니 아무래도 내 표정이 꽤 혼란스러워 보인 모양이었다.

"나는 동시에 각기 다른 두 장소에 있을 수 있어. 동시에 같은 장소에는 있을 수 없지만."

"그러면 어떻게 돼? 동시에 같은 장소에 있으면?"

"글쎄, 우발적으로도 그런 일이 일어난 적은 없어. 하지만 만일 그런 일이 생길 경우, 더 어린 나는 사라지고 내가 그의 자리를 차지하게 돼. 지난밤 강도 사건 때처럼. 그러니까 시간 이동이 일어나는 거지."

나는 바닥에 쌓인 책들을 내려다보며 책의 페이지를 만지작거렸다.

"네 할머니가 아프시다는 거 거짓말이지?"

"아주 거짓말은 아니야. 할머니는 알츠하이머병에 걸리셨어. 다만…… 1995년에 걸리지 않았을 뿐이지."

"그럼 지금 할머니는 왜 널 노스웨스턴 대학교 학생이라고 생각하시는 거야?"

이제 나는 베넷을 올려다보며 말했다. 베넷이 한숨을 내쉬었다.

"내가 그 방을 사용하겠다고 찾아갔을 때 할머니한테 그렇게 말했거든."

나는 여전히 그의 팔에 손을 올려놓았었는데, 곧 손을 거두어 카펫에서 풀려 나온 올 한 가닥을 만지작거리며 숨이 가빠지지 않도록 애썼다.

베넷은 1995년 이후의 시간으로 이동할 수 있다. 이 시점 이후의 모든 일이 그에게 미래니까. 베넷은 그가 자신의 손자인 줄 까맣게 모르고 있는 한 여자와 살고 있다. 베넷은 1995년에 이곳에 있어서는 안 되는 사람이다.

"그러니까 이건 네 과거구나."

내가 말했다.

"응."

"과거에 얼마나 오래 머물러 봤어?"

나는 다시 눈을 감았다. 도저히 그를 볼 수가 없었다.

"삼십육 일."

베넷이 작은 소리로 말했다.

"그게 언젠데?"

잠시 침묵이 흘렀다.

"내일이면 삼십칠 일째야."

나는 눈을 더 꼭 감았다. 이 일을 제대로 감당할 수 있을 것 같지가 않았다. 그리고 아직 듣지 못한 이야기가 더 있었다. 그날 밤 공원에서 베넷이 누구에 대해 웅얼거리고 있었는지, 어떻게 해서 이곳에 오게 됐는지, 어디에서 왔는지, 에반스톤에서 뭘 하고 있는지, 한 달 동안 이곳에 있어야 했던 이유는 무엇이고 왜 아직도 이곳에 남아 있는지…… 나는 아직 듣지 못했다.

마침내 눈을 떠 베넷을 찬찬히 바라보았다.

그래, 나는 그보다 열여섯 살이 많다. 하지만 그렇지 않기도 하다.

베넷은 나보다 한 살이 많다. 하지만 그렇지 않기도 하다.

베넷은 나를 똑바로 쳐다보았다.

"그래. 이상한 일이라는 거 나도 알아. 그리고 이제 두 번째의 나머지를 알게 됐지만, 네가 알고 있는 건 세 가지 가운데 아직 두 가지뿐이야."

베넷이 천장을 흘긋 올려다보았고 잠시 침묵을 지킨 뒤 다시 나를 바라보았다.

"중요한 건 나는 여기에 있어서는 안 된다는 거야, 애나. 에반스톤에 있어서는 안 돼. 1995년에 있어서는 안 돼. 너나 엠마, 매기 할머니를 알아서는 안 돼. 이 학교에 가서도 안 되고, 이 숙제를 해서도 안 되고, 너와 커피하우스에서 시간을 보내서도 안 돼."

베넷은 금방이라도 나를 어딘가로 데리고 갈 것처럼 내 손을 잡았지만, 우리는 서점을 떠나지 않았고 오히려 훨씬 가까이 다가섰다.

"나는 어디에도 머무르지 않아. 나는 그저 잠시 다녀갈 뿐이야. 관찰을 하고, 그리고 떠나지. 나는 영원히 머물지 않아."

이런 말을 듣고 어떻게 반응해야 할지 알 수가 없었다. 떠나라고 말해야 하나? 머무르라고 말해야 하나? 하지만 뭔가 적당한 대답을 생각할 겨를이 없었다. 베넷이 내 앞으로 급히 다가서서 두 손으로 내 얼굴을 잡았고, 그 바람에 내가 책장에 등을 기대는 순간 그가 격렬하게 키스를 했던 것이다. 마치 이곳에 있기를 원한다는 듯이, 나와 이렇게 오래노록 키스를 하면 방금 자신이 한 어떤 말도 결코 사실로 이루어지지 않으리라는 듯이. 나는 손에 쥐고 있던 베르베르 카펫 끈을 놓고 그의 등을 찾아 내 몸이 책장에 바싹 붙을 때까지 그를 끌어 당겼다. 그가 한 말이 전부 사실이라는 것을 아는 만큼, 또한 이곳에 속하지 않는 누군가ㅡ비행기 따위를 이용하지 않고도 훌쩍 떠날 수 있는ㅡ에 대해 이런 감정을 느낀다는 것이 말도 안 되게 멍청한 짓이라는 것을 아는 만큼. 지금은 그가 이곳에 있으니까. 그리고 나는 이 순간이 끝나지 않길 바란다는 것을 너무도 잘 알고 있으니까.

잠시 후 베넷이 몸을 빼냈다.

"정말 미안해."

"괜찮아."

나는 숨을 조절하려 애쓰며 말했다.

"아니, 괜찮지 않아. 이러려던 게 아니었는데……. 가뜩이나 복잡한 상황을 더 복잡하게 만들어서는 안 되는데."

베넷은 자리에서 일어나 손가락으로 머리카락을 정리했다.

"그만 가야겠다. 정말 미안해."

"베넷."

나는 베넷에게 애써 미소ㅡ방금 일어난 모든 일들에 눈 하나 깜짝하지 않는다는 듯한ㅡ를 지었지만 베넷은 나를 쳐다보지도 않았다.

"괜찮아, 베넷. 그러니까 가지 마."

하지만 베넷은 미처 듣지 못한 두 번째 비밀의 나머지 부분과 키스하기 직전에 했던 "나는 영원히 머무르지 않아"라는 말, 그리고 나를 남겨 둔 채 이미 문 밖으로 사라졌다.

16

"안녕, 애나. 잠깐 기다려!"

코트니가 사물함 문을 닫고 나와 함께 걷기 시작했다.

"여행 계획 다 완성했니?"

"아니, 아직."

우리는 서로 바싹 붙어 사물함 주변에 모여 있는 아이들 틈바구니를 간신히 빠져 나온 다음 다시 여유를 두고 걸었다.

"지금 하고 있는 중이야. 넌 어때, 잘돼 가고 있어?"

"웬만큼. 어젯밤에 생각해 봤는데 말이지, 아무래도 유적지 같은 곳, 그러니까…… 교육적인 장소를 추가해야 할 것 같아."

코트니가 나를 보는 모습이 마치 내가 동의하길 기다리는 것 같아 나는 고개를 끄덕여 주었다.

"그렇지만 해변은 정말 굉장해 보이더라. 난 하루 종일 모래사장 곳곳을 뒹굴면서 온몸을 지글지글 태워 버릴 거야."

"그럼 해변도 계획에 넣어야겠네."

"너도 해변에 갈 거니?"

"몇 군데."

사실 나는 아직도 뭘 해야 할지 몰랐다. 지난 화요일에 서점에서 두 칸으로 나누어 작성하기 시작한 목록을 어젯밤에 완성하려 했지만, 다녀만 갈 뿐 결코 머무르지는 않는 어떤 시간 여행자 때문에 밤새도록 거의 제정신이 아닌 상태로 보냈다. 머릿속에서 쉽게 지워지지 않을 것 같은 눈동자와, 두 발자국 이상은 절대 멀어지고 싶지 않은 몸과, 내가 원하는 곳이면 어디든 생각하는 순간 데려다 줄 수 있는 재주를 지닌 굉장하고 아름다운 한 소년 때문에. 1995년 현재 이곳에 있어서는 안 되지만, 자신이 존재하고 싶은 곳은 여기 말고 세상 어디에도 없다는 듯, 자신이 키스하고 싶은 사람은 나 외에 세상 누구도 없다는 듯 어젯밤 서점 바닥에 앉아 내게 키스를 했던 바로 그 소년 때문에. 아직 해야 할 말이 한 가지 더 남아 있는 비밀의 소년 때문에.

"어디 어디 갈 건데?"

우리가 500달러 여행 상품권을 사이에 둔 경쟁자라는 사실을 까맣게 잊은 듯 코트니가 천진난만하게 물었다.

나는 다시 복도로 몸을 돌려 무슨 말을 할지 생각하려 했다.

"가려고 생각해 놓은 곳은 많은데……."

나는 말을 꺼내 놓고는 또 다시 무슨 말을 하려고 했는지 잊어버렸다. 베넷이 약간 부스스하지만 귀엽고도 멋있는 모습으로 아르고타 선생님의 교실 앞 사물함에 기대어 있었기 때문이다. 나를 기다리고 있었던 게 분명하다. 내 심장은 최신형 동력 장치를 달아 놓은 듯 심하게 두근거렸지만, 코트니와 걸음걸이를 맞추려 애썼다.

"뭐? 유적지를? 내 그럴 줄 알았다니까. 너도 유적지를 생각하고 있었구나. 그럼 난 어떻게……."

그다음부터는 코트니가 무슨 말을 했는지 하나도 들리지 않았고, 마침내 베넷 앞에 다가갔을 때 우뚝 걸음을 멈추었다. 하지만 심장은 그 어느 때보다 빠르게 뛰고 있었다.

"안녕."

베넷이 놀라울 만큼 황홀한 미소를 던지며 인사를 했다. 나는 베넷을 보게 되어 말할 수 없이 행복하다는 표정을 감추려 애썼고, 그러는 동안 내 옆에 있는 코트니는 눈에 들어오지도 않았다.

"안녕."

자연스럽게 잘했어. 그런데 손은 왜 이렇게 떨리는 거지.

코트니는 여전히 내 옆에 있었고, 이처럼 강렬한 기운이 어디에서 비롯되는 건지 살피려는 듯 주위를 두리번거렸다. 그리고 살짝 엷고 묘한 미소를 입술에 띠며 우리 둘 사이를 번갈아 쳐다보았다.

"오…… 이 재미있는 상황은 뭐지."

코트니는 놀리는 듯한 투로 "그럼 난 이만 실례"라고 말하면서 교실로 향했다.

"좀 걸을까?"

베넷이 물었다.

나는 교실 문 주변과 교실 안을 기웃거렸다.

"곧 있으면 스페인어 수업 시작해."

"알아. 가자."

베넷은 문 밖의 건물 옆으로 나를 데리고 나가 무성하게 자란 식물들과 관목으로 가려진 오솔길로 향했다. 멀리서 수업 종이 울리는 소리가 들렸다. 우리는 산등성이 꼭대기 근처 수풀로 이어진 경사면을 따라 올라가다가 커다란 나무 앞에서 멈추었다. 베넷이 먼저 앉은 뒤 옆 자리의 땅을 손바닥으로 탁탁 쳤다. 일단 자리에 앉고 나자 우리가 어디에 와 있는지 정확히 알 수 있었다. 바닥부터 천장까지 유리로 이루어진 식당을 못 알아볼 리가 없었다. 이곳에서 우리가 늘 앉던 테이블이 똑똑히 보였다.

"저기, 다시 한 번 미안하다고 말하고 싶었어…… 어젯밤 일에 대해."

베넷은 돌멩이 하나를 주워 손가락 사이에 끼우고 초조하게 만지작거리다가, 이윽고 지금까지 그의 얼굴에서 한 번도 본 적 없는 슬픈 표정으로 나를 바라보았다.

"실은…… 아주 여러 번 너에게 키스하고 싶었어."

가까이 다가가면 어젯밤 같은 일이 다시 한 번 이루어질지 모른다고 기대하며 나는 그에게로 가까이 몸을 기울였다. 하지만 베넷은 한숨을 쉬면서 뒤로 물러나 나무 둥치에 기댔다.

"나는 참아야 한다고 스스로에게 다짐했어. 무언가를 시작한다는 건 너한테 옳지 않은 일이라는 걸 알고 있었으니까. 일을 복잡하게 만들고 싶지 않았어. 이해하지? 너한테 전부 털어놓고 네 감정을 스스로 결정하게 하고 싶었어. 나에 대해서 말이야."

"내 감정이 어떤지 잘 알고 있어."

나는 조금 전 베넷이 우리 사이에 벌여 놓은 간격을 메우며 용감한 표정을 지어 보이면서 말했다.

"하지만 지금 상황에서는 나머지 이야기를 모두 말하는 게 좋을 것 같은데…… 그래야 내가 결정할 수 있을 테니까 말이야."

나는 이야기를 들을 준비가 되어 있다는 것을 알리기 위해 베넷에게 격려의 미소를 지어 보였다. 그 이야기가 어떤 여자아이와 관련되어 있다는 것도 알고 있었지만, 그럼에도 불구하고 얼마든지 들을 준비가 되어 있었다. 한 달도 더 지났지만, 공원에서 베넷을 발견한 그날 밤, 벤치 위에서 앞뒤로 몸을 흔들며 '그녀를 찾아야 한다'고 웅얼거리던 그의 모습을 잊었을 리가 없다. 누군가 사라졌으며, 자신의 잘못 때문이라고 커피하우스에서 말하던 그의 모습을 결코 잊을 수가 없다.

"누나를 잃어버렸어."

내 눈이 점점 휘둥그레졌다.

"브룩 누나하고 나는 콘서트에 자주 가. 뭐랄까, 우리가 늘 해 오던 취미 같은 일이지."

브룩이라. 세상에, 매기 할머니의 벽난로 선반에 놓인 액자 속 사진에서 어린 남동생을 안고 있던, 앞머리를 가지런히 자른 검은색 머리카락의 작은 소녀를 생각조차 하지 않았다니. 그 소녀가 베넷의 누나였구나. 지금 두 살, 아니 열아홉 살인.

"콘서트에 가는 건 우리의 제일 좋은 취미가 됐어. 나는 좋아하는 밴드를 검색해서 내가 이동할 수 있는 가장 초기 콘서트를 찾았지. 맞아, 브룩 누나는 언제나 나하고 같이 이동을 했어."

베넷은 힘겹게 이야기를 이어 나갔다. 내 목숨을 구하기 위해 때마침 서점으로 돌아오게 된 과정이며, 1995년 이곳은 실제로 자신이 속한 곳이 아니라는 사실을 말했던 것은, 아마도 가장 하기 힘든 말을 꺼내기 위한 일종의 준비 운동인 것 같았다. 브룩은 그만큼 중요한 존재였던 것이다.

"내가 살아온 생애 안에서만 이동할 수 있다고 했던 말, 기억 나?"

나는 불안하게 웃음을 토했다.

"그럼. 아직 잊어버리지 않았어."

"그래, 더 앞으로 이동하려 해도 소용없어. 눈을 감고 그 시대를 그려 보고, 흐음…… 여러 가지 노력을 해 봐도 아무 일도 일어나지 않아. 그런데 브룩 누나는 내가 태어나기 전 열렸던 어떤 콘서트에 데려가 주길 바랐고, 내가 그렇게 해 줄 거라고 확신했어. 완전히 실험적이었지. 둘 중 누구도 이 일이 성공할 거라고는 전혀 기대하지 않았어."

베넷은 당시를 떠올리며 미소를 지었다.

"우리는 손을 잡고 눈을 감았어. 그리고 1994년의 어느 날과 장소를 떠올렸지. 그런데……."

"그리로 갔어?"

"응. 하지만 겨우 몇 분만 있다가 왔어. 나는 잠깐 동안 그곳에 있었지만 금방 사라질 수밖에 없었어. 다시 샌프란시스코로 밀려나고 만 거야."

"밀려났다고?"

베넷은 그런 건 견뎌야 하는 사소한 불편이라는 듯 어깨를 으쓱해 보였다.

"나는 대체로 내가 이동하는 장소와 시간을 완벽하게 통제하지만, 한계를 넘어설 경우 마치 시간이 모든 것을 바로잡는 것 같아. 그럴 땐 내가 있어야 할 곳으로 되돌려 보내지지."

"하지만 브룩과 함께 그곳을 이동했다면서, 왜 너만 밀려나고 브룩은 그러지 않았지?"

"난 1994년에 존재하지 않았기 때문에 머물 수 없었던 거야."

나는 나머지 이야기를 기다리며 베넷을 빤히 쳐다보았다.

"브룩 누나는 그 시간에 존재했고. 누나는 1993년에 태어났거든."

"와우. 정말이야?"

내가 물었고 베넷은 고개를 끄덕였다.

"브룩을 어디로 데리고 갔는데?"

"1994년 3월 10일. 시카고 경기장."

베넷은 내 눈을 들여다보며 물었다.

"어디서 본 날짜 같지 않아?"

그런 것 같았다. 3월 10일. 작년. 작년 3월 10일이라. 하지만 베넷이 뭘 말하려는 것인지 감이 잡히지 않았다.

"그 티켓."

베넷이 말을 이었다.

"네 게시판에 꽂힌 펄 잼 공연 티켓. 특별히 웅장하거나 뭐 그런 공연은 아니었어. 브룩 누나는 단지 그들이 「Ten」이나 「Vs」 같은 앨범에 수록된 음악을 연주하는 모습이 보고 싶었던 거야."

"말도 안 돼."

나는 베넷이 2층의 내 방에서 그 티켓을 보고 했던 말을 똑같이 반복했다.

"나도 거기 갔었어, 엠마랑. 우리도 거기에 있었다고."

"아마 나보다 오래 있었던 것 같아. 난 티셔츠를 살 정도의 시간도 없었거든."

베넷을 따라 웃어야 할 것 같았지만, 여전히 믿기지 않는다는 표정으로 그를 빤히 쳐다보았다.

"브룩을 어떻게 데리고 올 건데?"

"아직은 전혀 모르겠어. 처음엔 할 수 있는 한 최대한 과거—1995년 3월 6일—로 돌아가면 브룩 누나가 그때까지 알아서 지내고 있을 거라고, 매기 할머니 집에서 날 기다리고 있을 거라고 생각했어. 하지만 누나는 없었고 한 번도 그 집에 온 적이 없었어. 그래서 지금은 이렇게 상황을 두고 보는 수밖에 달리 방법이 없어. 누나가 다행히 1995년 3월까지 '따라잡아서' 내가 이곳에 있는 걸 알게 되든지, 시간이 모든 걸 바로 잡아서 누나를 2012년으로 되돌려 놓든지…… 그것도 아니면 지금과 그때 사이 어딘가에 있을지 알 수 없는 일이야."

"세상에, 브룩은 굉장히 두렵겠구나."

나는 브룩이 시간 속에서 길을 잃고 쉴 곳을 찾아 거리를 헤매는 모습을 상상했다.

"나는 브룩 누나를 알아. 확실히 처음엔 조금 당황했을 거야. 하지만 누나는 꽤 많은 돈을 가지고 있어. 충분히 생활하고도 남을 만큼 넉넉히. 누나는 잘 지내고 있을 거라고 생각해. 하지만 엄마가 이만저만 걱정을 하는 게 아니야. 어휴, 나한테 엄청 화가 나 있어. 어쩌면 내 실수를 통해 엄마가 옳고 나는 이 작은 재주를 다룰 수 없다는 것이 증명됐는지 모르지."

나는 무슨 말을 해야 할지 몰랐다.

"어쨌든 나는 완전히 얼이 빠져서 혼자 집으로 돌아왔고, 엄마에게 한동안 시간이 걸릴지도 모르겠다고 말해야 했어. 그러자 엄마는 브룩 누나를 찾을 때까지 이곳으로 다시 돌아가라고 고집했어. 내가 몇 주 이상 머물러야 할지도 모른다고 설명하자, 엄마는 집안 식구들에게 적당히 둘러대고 아빠와 함께 에반스톤에 오게 했지. 엄마가 옛날에 다니던 학교에 나를 입학시키기 위해서 말이야."

베넷의 목소리에서 비통함이 느껴졌다.

"그래서 이곳에 오게 됐고, 상황을 확인하기 위해 가끔씩 집으로 돌아가."

편두통. 몸부림. '나는 그녀를 찾아야 해. 이대로 떠날 수 없어'라며 중얼거리던 말들. 이제야 비로소 그 모든 것이 이해가 됐다.

"그럼 그때 샌프란시스코에서 돌아온 거였구나."

"응. 처음 이 주 동안은 내 의지와 관계없이 여러 시간을 들락거렸어. 어느 순간 에반스톤에서 사라져서 2012년의 내 침실에 다시 나타났고, 눈을 감으면 강제로 다시 이곳으로 돌아오곤 했지. 실은 네가 매기 할머니 댁에 왔던 날 밤에도 막 이곳으로 돌아오던 참이었어. 그래서 널 내쫓았던 거야. 금세 또 2012년으로 밀려날지 모른다고 생각했거든. 하지만 아니었지. 죽을 것처럼 아팠지만 나는 계속 이곳에 있었고 이후로 다시는 2012년으로 밀려나지 않았어."

매기 할머니 댁을 방문했던 날이 떠올랐다. 베넷의 방 곳곳에 나뒹굴던 커피 잔과 물병들, 매기 할머니의 거실에서 나를 노려보던 베넷의 눈빛이 떠올랐다. 내가 자신의 집에서 자신의 할머니와 이야기를 나누고, 자신과 자신의 두 살짜리 누나가 함께 찍은 사진을 보고 있었으니 그처럼 이상하게 행동한 것도 무리가 아니었다. 나를 내쫓을 만도 했다.

"그래서 넌 브룩 누나가 돌아올 때까지 이곳에 혼자 있는 거구나."

베넷이 고개를 끄덕였다. 나는 속이 울렁거렸다. 하지만 베넷이 처음 그의 비밀을 털어놓았을 때, 그가 이곳에 머물 수 없는 이유도 같이 듣게 되리라는 것은 처음부터 알고 있었다. 단지 마음 한쪽에서 줄곧 무시하려 했을 뿐.

"이제 수업 들어가야겠다."

베넷이 내 손을 잡았고 나는 무의식적으로 눈을 감았다. 하지만 우리는 움직이지 않았다. 차가운 바람이 내 얼굴을 스칠 때, 베넷이 "애나" 하고 내 이름을 불렀다. 나는 다시 눈을 떠 나를 바라보고 있는 베넷의 눈을 보았다.

"우리는 서로 모르는 게 좋았을 뻔했어. 물론 나는 우리가 알고 지내길 원하지만, 그러기에는 너에게 위험이 너무 많아. 네가 이해할 수 있는 정도보다 훨씬 많이."

나는 고개를 끄덕인 것 같았다. 잘은 모르겠지만 베넷이 손을 뻗어 내 눈꺼풀을 살며시 감겨 주는 것을 느꼈다. 베넷이 다시 내 손을 잡았고, 그 순간 위장이 뒤틀리는 느낌이 들었다.

내가 눈을 떴을 때, 우리는 무성하게 자란 관목이 늘어선 오솔길 위에 서 있었고 나는 위장이 뒤틀리는 것 같아 괴로웠다. 베넷이 자신의 백팩을 열어 짭짤한 크래커 봉지를 꺼냈고, 나는 얼른 그것을 조금씩 베어 물기 시작했다. 곧이어 베넷이 물병을 꺼내 뚜껑을 열고 한 번에 전부 들이켰다. 그런 다음 자신의 가방 안에 빈 물병을 넣고 나를 데리고 문을 지나 복도로 들어섰다. 그는 시간 이동을 하기 전 우리가 서 있던 바로 그 자리에 멈춰 섰다. 교실 안을 살짝 엿보았더니 코트니가 자기 자리에 앉으려 하고 있었다.

"자, 이제 넌 내 비밀을 모두 알게 됐어."

나는 고개를 끄덕이고 복도 주변을 둘러보았다. 우리는 돌아온 것이다.

"저기, 그 일에 대해 생각해 보겠다고 약속해 줘. 응? 그리고 나한테 더 많은 질문을 해 줘."

질문이라. 질문이라면 무궁무진했다. 지금 나한테 필요한 건 베넷과 단둘이 있는 시간뿐이었다. 그가 나에게 닥칠 '위험'이 너무 많다는 것을 고려해야 한다고 말했을 때, 과연 그 말이 무슨 의미인지 이해할 수 있을 때까지 굳이 어딘가에 갈 필요 없이, 그가 이야기를 중단할 이유 없이 그와 단둘이 있을 수 있는 시간 말이다.

베넷이 교실에 들어가려고 몸을 돌렸을 때 내가 그의 팔을 잡았다.

"저기, 우리 또 언제 이야기할 수 있어?"

나는 언제쯤 그와 마주칠 수 있을지 궁리하느라 주말을 온통 빈둥대며 허비하고 싶지 않았다.

"곧."

베넷이 미소를 지어보였다. 그러고는 교실 안으로 향했고, 나도 베넷을 따라 들어갔다. 골똘히 생각에 잠긴 채, 그러면서도 여전히 교실 안의 세세한 풍경들을 눈여겨보면서. 아르고타 선생님은 늘 같은 자리인 교실 앞 선생님의 탁자에 몸을 기대고 서 있었다. 알렉스는 새하얀 치아를 드러내며 벌써 내 맞은편 자리에 앉아 있었다. 제일 앞 줄 첫 번째 자리에 앉은 코트니는 베넷과 나를 향해 의미심장한 시선을 흘긋 던졌고, 수업 종이 울리자 나에게 살짝 윙크를 했다.

"소문 들었어?"

엠마가 테이블에 자신의 쟁반을 쓱 밀어 넣고 자리에 앉으면서 물었다. 대니얼은 머리카락을 휘날리며 몸을 돌려 엠마를 보았다.

"소문이 있었어?"

대니얼의 눈동자가 어찌나 커지던지 이러다 툭 튀어나와 테이블 위를 데굴데굴 굴러갈 것 같았다.

"누구 소문?"

"애나랑……"

엠마가 장난스럽게 목소리를 높이며 말했다.

"베넷……."

"너희, 우리가 나무 아래에 앉아 있었던 거 가지고 수군대려는 거면 난 이만 가겠어."

나는 의자에 등을 기대고 앉아 사과를 베어 물었다. 정말이지 '뒷담화'의 주인공 따위 되고 싶지 않았지만 시간 이동이라느니, 다른 시간으로 밀려났다느니, 열아홉 살 누나가 시간 속에 갇혔다느니 하는 것 말고 다른 생각을 할 수 있어 그나마 다행이었다.

나는 자리에서 몸을 돌려, 배식을 받기 위해 기다리는 줄에서 빠져나와 콜라를 따르는 베넷을 발견했다. 엠마가 내 시선을 따라가더니 나에게 음흉한 미소를 보냈다.

"아이들이 하는 말 들었어. 베넷이 오기 전에 아이들이 뭐라고들 말하는지 알고 싶지 않아?"

"아니. 전혀."

나는 관심 없다는 표정을 지었다. 그게 사실이니까.

"그게 좋긴 하지."

엠마는 노래라도 시작할 것처럼 카랑카랑한 목소리에 더욱 힘을 주어 말했다.

"알 게 뭐야."

나는 엠마의 말에 대꾸하며 사과를 한 번 더 베어 물었다.

"베넷은 할머니하고 같이 산다며."

대니얼이 이야기를 꺼내자 나는 씹던 동작을 멈추었다. 엠마와 내가 고개를 돌려 대니얼을 보았다. 그리고 잠시 후 엠마가 다시 나를 보았다.

"그래?"

엠마가 코를 찡그렸다. 이 새로운 소식이 마음에 들지 않은 건지, 아니면 다른 사람이 자기보다 먼저 소식을 접했다는 사실에 짜증이 나는 건지 알 수 없었다.

나는 대니얼을 향해 고개를 돌렸다.

"그걸 어떻게 알았어?"

나는 이렇게 물은 뒤 이내 입을 닫고는 다분히 방어적인 태도를 감춰야겠다 싶어 억지로 활짝 웃어보였다.

"줄리아 셰퍼드가 말해 줬어."

"아, 줄리아가?"

무심한 듯 가벼운 어조로 말했지만, 순전히 그렇게 들리도록 무진 애를 쓴 덕분이었다. 나는 이 화제에 별로 관심이 없다는 것을 강조하기 위해 사과를 한 입 더 베어 물면서 말했다.

"줄리아는 어떻게 알았는데?"

대니얼이 기도하듯 손바닥을 모으고는 고개를 숙여 손가락에 대고 말했다.

"도넛에는 비밀이 없사옵니다."

대니얼이 웃으면서 샌드위치를 베어 물었다.

"맞네."

"그래서, 베넷은 할머니랑 같이 사는 거야?"

엠마가 물었다. 나는 얼굴에 묻은 짜증스런 흔적들을 모두 지워 내고 차분하고 안정된 목소리로 대수롭지 않다는 듯 말했다.

"응, 할머니 성함이 매기야. 베넷이 돌봐 드리고 있어."

"어머, 착해라."

대니얼이 말했고, 나는 고마워서 활짝 웃어 보였다.

"부모님은 어디에 계시는데?"

엠마가 식당 맞은편에 있는 베넷을 쳐다보며 작게 속삭였다.

"지금쯤은 부모님이 오셔야 하는 거 아니야?"

문득 그가 부모님에 대해 어떻게 이야기를 꾸몄는지 아는 게 없다는 것을 깨닫자, 엠마가 이 화제를 그만 중단하길 바랐다. 부모님이 유럽에 있다는 말을 듣긴 했지만, 그건 그분들이 실제로 계신 곳이 어디인지 알기 전이었다. 베넷이 학교에 가족 사항을 어떻게 기재했는지 모르겠지만, 비상 연락처로 2012년에 살고 있는 사람들의 연락처를 남겨 둘 리는 만무했다.

나는 다시 의자에서 몸을 비틀어 베넷이 우리를 향해 곧바로 다가오는 모습을 보았다.

"베넷한테 물어봐."

내가 베넷 쪽을 가리키며 말했다. 그가 적당히 대답해 주겠지.

"안녕."

베넷이 자신의 쟁반을 테이블에 올려놓으며 인사했다.

"안녕."

엠마와 대니얼이 동시에 지나치게 호들갑을 떨며 인사했다. 그렇지만 이 친구들은 베넷이 두어 번 음식을 입에 넣은 후 질문을 시작할 정도로 최소한의 예의는 갖추고 있었다. 이윽고 엠마가 대니얼을 향해 눈썹을 치켜 올렸다.

오호, 이제 게임 시작이로군.

"그런데 베넷."

대니얼이 테이블 위에 팔을 올려놓으며 말을 꺼냈다.

"너, 할머니하고 같이 산다며?"

베넷은 대니얼이 자신의 사생활을 알고 있다는 사실에도 전혀 동요하는 기색 없이 콜라를 한 모금 마신 뒤 고개를 끄덕였다.

"부모님이 유럽에 계시거든. 그래서 부모님이 안 계시는 동안 할머니하고 같이 살고 있어."

"그렇구나."

엠마가 말했다.

"사실 난 네가 우리 학교에 한 달만 있다가 갈 줄 알았어. 너희 부모님이 유럽에 더 오래 머물거나 뭐 그러기로 결정하신 거니?"

"응. 그래서 지금은 내가 이곳에 얼마 동안 있게 될지 나도 잘 몰라."

나는 브룩을 생각했다. 브룩이 어디에 있을지, 지금 뭘 하고 있을지 궁금했다. 이기적인 마음이지만, 브룩이 아주 즐거운 시간을 보내느라 2012년으로 서둘러 돌아가지 않길 바랐다.

"아빠가 제네바에서 대형 프로젝트를 준비하고 있거든."

베넷이 말했다. 나는 미소를 지으며 베넷을 향해 눈을 흘겼고, 베넷은 나에게 윙크를 했다. 모두들 제네바가 얼마나 아름다운 곳인지 이야기했다.

"그나저나."

내가 처음으로 대화를 중단시키며 입을 열었다.

"우리 경매 파티 준비는 잘 돼 가고 있어?"

오호, 바로 이거였어. 베넷과 나는 의자에 등을 기대고 앉아, 엠마와 대니얼이 잔뜩 들뜬 목소리로 '진짜 멋있을 거야, 완전 최고 최고' 등의 감동에 겨워 최상급 감탄사를 남발하며 정신없이 떠드는 모습을 지켜보았다. 두 친구가 이야기를 하는 동안 베넷은 연신 곁눈으로 나를 바라보았다. 내가 무슨 생각을 하고 있는지 알아내려는 것 같았는데, 아마도 그건 불가능한 일일 터였다. 나도 내가 무슨 생각을 하고 있는지 모르니까. 언젠가 불현듯 알게 될 날이 올 거라 믿지만, 지금 아는 건 단 하나, 그가 마치 이곳에 속한 사람처럼 바로 이 자리에 앉아 있다는 사실뿐이었다.

수업 종이 울리자 엠마와 대니얼이 일어나 쓰레기통으로 향하기 시작했고, 가는 동안에도 하던 이야기는 그칠 줄을 몰랐다. 베넷과 나는 그들을 뒤따랐고, 베넷이 나에게 속삭이느라 그의 팔이 내 팔에 살짝 스쳤다.

"저기, 너 내일 뭐 할 거야?"

엠마와 대니얼이 그 즉시 이야기를 멈추었다는 것을 베넷은 알아차리지 못한 것 같았다.

"내일? 밤에?"

"아니. 내일 하루 종일."

베넷이 나에게 미소를 지으며 말을 이었다.

"내가 너무 무리하게 구는 거 아닌가?"

내일은 경기가 없었다. 그리고 베넷이 무리하게 굴다니, 천만에 말씀. 그런 건 생각할 필요도 없었다. 나는 환하게 웃었다.

"아니. 아, 그러니까 내 말은 내일 별 다른 계획 없다고."

"좋았어. 내일 여덟 시에 차로 데리러 가도 될까?"

"아침 여덟 시?"

"응."

대니얼은 몰래 키득키득 웃었고 엠마는 팔꿈치로 대니얼을 쿡쿡 찔렀다.

"어디 갈 건데?"

"깜짝 선물."

나는 다시 환하게 웃었다. 아닌가, 아까부터 계속 웃고 있었나. 아, 몰라몰라. 그걸 내가 어떻게 알겠어.

"아, 그리고 운동복 입어."

"왜?"

"미안하지만 깜짝 선물을 위한 준비야."

베넷이 엠마를 옆으로 살짝 밀고, 쓰레기통 안에 쓰레기를 던져 넣은 다음 도넛을 향해 성큼성큼 걸어갔다. 베넷이 식당에서 사라질 때까지 아무도 말을 하지 않았다.

그때 엠마가 나에게 돌아서더니 까악 소리를 지르는 것이었다.

"어머, 쟤 정말 귀엽다!"

"그러게 말이야. 근데 운동복은 왜 입으라는 거야?"

대니얼이 물었다. 엠마가 쟁반을 비우고 허리에 한 손을 얹으며 말했다.

"뻔한 거 아니겠니? 베넷이 애나를 차로 트랙까지 데려다주고, 애나한테 신 나게 운동이나 시키려는 거지. 자기는 관중석에 앉아서 편안하게 지켜보고 있고."

엠마는 자기가 한 농담에 배꼽이 빠져라 웃어 댔다.

"그만하시지!"

나는 엠마의 어깨를 찰싹 때렸지만, 나도 따라서 크게 웃었다.

"어머, 베넷 정말 귀엽다."

대니얼이 말했다.

"그러니깐."

엠마도 맞장구쳤다.

"내가 죽 지켜봤는데 말이지."

엠마가 마치 영국 정보국 첩보원이라도 된 듯 말했다.

"아무래도 저 남자 애, 점점 마음에 든다."

"더구나 할머니를 돌봐 드린다니, 정말 착하지 않니."

대니얼이 덧붙였다. 엠마가 방금 뭔가 생각났다는 듯 나를 보며 말했다.

"와! 내일 우리 둘 다 데이트가 있네? 일요일 아침, 커피하우스에서 만나. 서로 데이트를 비교해 보자고."

17

정각 오전 8시에 파란색 SUV 승용차가 집 앞 진입로에 들어섰다. 나는 창문을 탁 닫고 계단을 뛰어 내려갔다. 과연 베넷이 날 어디로 데리고 갈지, 한 백 번은 생각했을 것이다. 마법처럼 파리로 이동하면 얼마나 근사할까 기대하면서도, 운동복이 필요할 만한 장소가 어디일지 궁리하며 밤새도록 지도를 꼼꼼히 들여다보았다. 스위스 알프스 산맥? 마추픽추? 보르네오 섬? 어딜 가든 상관은 없지만, 운동복을 입으라는 건 꽤 당황스러웠다.

나보다 먼저 현관에 도착한 아빠가 베넷에게 문을 열어 주었고, 베넷과 악수를 하면서 나무라는 눈빛으로 나를 보았다. 아빠는 내가 이따가 집에 돌아오면 베넷을 정식으로 소개하지 않은 것을 꾸짖으려고 벌써부터 단단히 벼르고 있는 것 같았다. 아빠는 베넷에게 운전 조심해라, 귀가 시간에 늦지 않게 나를 집에 데려다 줘야 한다 등의 잔소리를 했고, 우리가 문을 향해 걸어갈 때 나를 바라보며 입 모양으로 저녁 식사라고 말했다. 나는 고개를 끄덕이고 문을 닫았다.

"네 차야?"

베넷은 신형 지프 그랜드 체로키의 문을 열고 내가 차에 타기를 기다렸다. 내 이럴 줄 알았지. 내가 아는 우리 학교의 모든 아이들처럼 베넷도 고등학생치고 굉장히 근사한 차를 몰고 올 줄 알았다니까.

"매기 할머니 차야."

차 내부는 먼지 하나 없이 깨끗했고 새 차 특유의 냄새가 났다. 내가 타자 베넷은 문을 닫고 차를 돌아서 운전석을 향해 갔다. 그리고 운전석에 올라탄 뒤 시동을 걸었다. 차가 그르렁 소리를 내기 시작했다.

"준비됐어?"

아직 진입로를 출발하기 전에 베넷이 물었다. 베넷은 가죽 의자에 등을 기대고 앉아 고개를 한쪽으로 기울이며 나를 보았고, 나도 뭔가를 알아낼 수 있을까 싶어 베넷의 얼굴을 가만히 들여다보았다.

"물론이지. 그런데 우리 어디 가는 거야?"

"드라이브."

베넷이 찰칵 소리를 내며 안전벨트를 맨 뒤 나를 보고 활짝 웃었다.

"드라이브? 어디까지?"

"편도로 세 시간 조금 넘게."

베넷이 어깨 뒤를 돌아보며 진입로를 빠져나왔다.

"정확히 어딜…… 가는 건데?"

베넷이 눈썹을 치켜 올리며 험악한 표정을 지었다.

"아직 비밀이거든."

"내가 뭐 가져갈 건 없어?"

베넷은 나를 머리끝부터 발끝까지 죽 훑어보았다. 나는 긴팔 운동복과 운동화, 그리고 양털 소재의 지퍼 달린 겉옷 차림이었다. 모두 베넷이 지시한 그대로였다.

"없어. 완벽해."

"알겠어. 그런데 왜 그렇게 멀리 드라이브를 하는 거야? 굳이, 그러니까 내 말은……."

나는 마치 시간 이동을 위한 일반적인 신호를 알고 있다는 듯 눈을 감고 손을 마주 잡는 특유의 몸짓을 하며 말했다.

"와, 벌써 응석받이가 다 됐구나!"

베넷은 에반스톤을 빠져나와, 주와 주 사이의 도로를 찾아 북쪽으로 향했다.

"첫째, 드라이브를 하면 이야기할 시간이 많잖아. 둘째, 나는 이곳에 온 이후 에반스톤 밖으로 나가 본 적이 없어. 셋째, 음, 너를 위해서 뭔가 평범한 걸 해 보고 싶었어."

"평범한 거?"

"그러니까, 별난 내 재주와 아무 관련이 없는 것."

나는 자세를 바로 잡고 앉아 실망한 기색을 보이지 않으려 애썼다.

우리는 이야기를 하고 음악을 들으며 드라이브를 했고, 세 시간 이십 분 후에 데빌스 레이크Devil's Lake 주립 공원에서 멈추었다. 이곳에 올 줄 알았다. 베넷이 어떤 정보를 주어서가 아니라 오는 길에 표지판을 보았다. 베넷이 주차장에 차를 세웠고, 우리는 밖으로 나와 자동차 뒤편으로 갔다. 베넷이 찰칵 소리를 내며 뒷문을 열었다. 안에는 뭔가가 잔뜩 들어 빵빵한 두 개의 백팩이 있었는데, 나는 백팩 바깥쪽 고리에 달려 있는 네오프렌 벨트, 벨크로 접착포, 반짝거리는 금속 장비들을 보고 당황해서 나도 모르게 뒷걸음을 쳤다.

"이게 뭐야?"

내가 백팩 하나를 가리키며 물었다.

"백팩이잖아, 애나."

"그래, 그런 것 같아. 알려 줘서 고마워. 그런데 용도가 뭐냐고."

"네 거야."

"안에 뭐가 들었어?"

"음, 네가 먹을 점심 식사. 그리고 신발. 그리고 몸을 묶는 장비. 그 밖의 장비는 내가 가지고 있어."

"장비라니……."

"밧줄, 고리……."

"날 죽여서 묻으려고 여기까지 데리고 온 거였어?"

"그럴 리가. 너도 아주 좋아할 거야. 날 믿어."

"대체 내가 뭘 좋아할 거라는 거야?"

"암벽 등반."

나는 낙하산 타기, 번지 점프, 암벽 등반처럼 땅에서 두 발을 떼야 하는 운동은 최선을 다해 피하는 편이라고 차마 말할 수가 없어서, 특별히 용기를 내 과감하게 도전을 받아들이자고 생각했다. 베넷은 마치 오랜 친구 대하듯 내 등을 툭 쳤다.

"넌 운동선수잖아. 틀림없이 무척 좋아할 거야."

그러고는 내 양 어깨를 잡고 나를 돌려 세운 다음 내 등에 백팩을 메게 도와주었다. 그리고 또 하나의 백팩을 자신의 어깨에 메고 끈을 바짝 잡아당긴 다음 자동차 뒷문을 닫았다. 내 손을 잡고 산길로 이끄는 그의 모습이 무척이나 쾌활해서, 센 강변에서 카페오레를 마시려는 기대가 무너져 실망하는 기색을 보이지 않으려 애썼다.

우리는 평화로운 산길을 말없이 걸었다. 1킬로미터쯤 갔을까, 베넷이 '완벽하다'고 여긴 장소에 도착했다. 내가 보기에는 그저 굉장히 높은 암벽일 뿐이었다. 그리고 내가 착각한 게 아니라면 우리는 이곳을 오를 참이었다.

"여기에 있어."

베넷은 이렇게 말하고 우리의 백팩 두 개를 열어 장비를 추리기 시작했다. 나는 베넷이 신발을 갈아 신고 허리에 두꺼운 벨트를 맨 다음, 둘둘 말린 밧줄을 어깨 너머로 던지는 모습을 지켜보았다.

"금방 돌아올게."

그러고는 별로 힘들지 않은 것처럼 깎아지른 듯한 바위 표면 위를 밧줄을 타고 올라갔다. 몇 분 후 베넷의 모습은 보이지 않았고, 나는 그가 이곳에 나를 버려두고 가 버린 게 아닌가 하는 생각이 들기 시작했다.

"잘 올라갔어?"

내가 소리쳤다. 바위 위에서 베넷의 얼굴이 불쑥 나타났다.

"물론이지. 곧 내려갈게. 뒤로 물러나 있어."

내가 베넷의 지시대로, 아마 그가 의도한 것보다 몇 발자국 더 뒤로 물러났을 때, 바위 위에서 하얗고 두꺼운 밧줄 두 개가 내려오더니 내 몇 발자국 앞에 떨어졌다. 곧이어 베넷이 밧줄을 타고 깡충깡충 뛰어오듯 바위에서 미끄러져 내려왔다. 마침내 바닥에 도착한 베넷의 모습은 너무나 행복한 나머지 반짝반짝 빛이 나는 것 같았다.

"준비됐어?"

"아니."

"자, 먼저 신발부터 신어 봐."

베넷이 내 백팩에서 얇은 고무 밑창에 발끝이 뾰족하고 괴상하게 생긴 빨간색 신발 한 켤레를 꺼냈다.

"멋진걸."

나는 신발을 바닥 쪽으로 뒤집어 보았다. 완전히 새 것 같았다.

"나한테 주려고 산 거야?"

베넷이 미소를 지었다.

"작은 선물."

"내 신발 사이즈를 어떻게 알고?"

나는 신발에 발을 밀어 넣었다. 꼭 맞았다. 베넷은 어깨를 으쓱해 보이고 다시 내 백팩을 뒤지더니 역시 나를 위해 구입한 듯한, 자신의 것보다 좀 더 작은 안전벨트를 꺼냈다. 그런 다음 작은 주머니 하나를 꺼내 벨트에 고정시켰다.

"이건 네 분필 가루."

"분필 가루는 왜?"

나는 자리에서 일어섰다. 난쟁이들이 신을 법한 신발이 우스꽝스러워 보였다.

"바위에서 미끄러지지 않도록 도와줄 거야."

베넷은 이렇게 말하면서 안전벨트를 벌려 내 머리를 통과시켰다. 그리고 허리춤까지 내려 단단히 매어 준 다음 밧줄 한쪽 끝을 잡고 두 팔로 나를 감싸 안더니, 벨트 뒤쪽에 있는 무언가를 만지작거리기 시작했다. 그에게서 좋은 냄새가 났다.

나는 가파른 암벽을 올려다보았다.

"저길 올라가려면 아무리 분필 가루를 많이 묻혀도 소용이 없겠다."

"나만 따라와, 겁쟁이."

베넷이 밧줄의 다른 쪽 끝을 잡더니 무슨 금속 장치 속에 집어넣고 자신의 안전벨트에 고정시켰다.

"자일을 고정시키는 장치야. 너와 나를 연결시켜 주지."

나는 여전히 자신이 없었지만 베넷의 마지막 말에 미소를 지었다.

"지금 당장은 네가 이 장치를 신뢰하기만을 바랄 뿐이야. 그러다 보면 나를 믿게 되고, 곧 네가 떨어지지 않을 거라는 걸 알게 될 거야."

베넷은 작은 홈과 깊게 패인 틈 들이 곳곳에 나 있는 암벽 한쪽으로 나를 데리고 갔다. 그는 이곳을 훌륭한 '초보자용 암벽'이라고 불렀고, 처음 얼마 동안 내가 발과 손을 어디에 두어야 하는지 알려 주었다.

"나, 무서워."

내가 솔직히 말했다.

"무섭긴 뭐가 무섭다는 거야?"

베넷은 불안해하는 내 모습에 무척 실망하는 것 같았다.

"안심해도 돼. 무슨 일이라도 생길까 봐?"

"그게…… 나 같은 초보자는 말이지, 내가 암벽 중간쯤 올라가 있는데 네가 감쪽같이 사라져 버릴까 봐 무섭단 말이야."

"그런 일 절대 없어."

"알겠어. 하지만 다른 사람들과 달리 넌 진짜로 사라질 수 있잖아."

"안 그럴게."

어휴, 저 살인 미소에 내가 넘어가면 안 되는데……. 하지만 활짝 웃는 베넷의 미소를 보고 있으니 이상하게 안심이 됐다.

"으, 치사해."

나는 웃으면서 분필 가루가 담긴 주머니 속에 손가락을 살짝 넣은 뒤 암벽을 향해 다가갔다.

"자. 넌 무엇보다 먼저, 너와 내가 밧줄로 단단히 연결되어 있는지 확인하고 싶을 거야. 확인을 마치고 준비가 되면 '준비됐어'라고 말해."

"준비됐어, 라고?"

"응. 그럼 내가 '자일을 매'라고 말할게. 그럼 너는 자일을 맨 다음 '출발'이라고 말해."

"출발."

나는 약간 짜증을 내며 말했다.

"자, 그럼 올라가 볼까."

베넷은 아주 신이 났다. 나는 오른쪽 다리를 들어 베넷이 알려 준 홈에 발을 넣고 나머지 한쪽 발을 올린 다음 몸을 끌어 올렸다. 어쩐지 내 엉덩이가 이상한 각도로 쑥 튀어나온 것 같아 발을 디딜 만한 다른 곳을 찾아 이동했다.

"내가 그럴 줄 알았어. 타고난 암벽 등반가잖아!"

나는 다른 틈을 찾아 움켜잡았다. 마치 두 손으로 짚을 만한 적당한 곳과 두 발을 디딜 적당한 거리에 위치한 발판을 찾는, 일종의 퍼즐 같았다.

"좋았어, 잠깐 쉬자."

하지만 나는 이제 막 요령을 터득한 참이었다.

"왜?"

"아래로 떨어지는 것처럼 죽 내려가 봐."

하지만 난 절대 떨어지지 않을 건데.

"주르륵…… 내려가라고?"

"응. 바위에서 몸을 밀어내고 아래로 내려가는 거야."

나는 심호흡을 했다. 바위에서 몸을 밀어냈다. 그리고 죽 내려갔다. 몸이 뒤로 흔들릴 때 급히 숨을 들이마셨다. 아래로 축 늘어져 대롱대롱 매달렸다.

"이 느낌을 알려 주고 싶었어. 이제 됐어. 지금은 땅에서 고작 삼 미터 정도밖에 떨어져 있지 않아. 하지만 더 높이 올라가서 잡을 곳을 놓치거나 잠시 쉬어야 하는 경우 딱 이런 느낌을 갖게 될 거야. 알겠지?"

"알겠어."

기분은 상당히 이상했지만 꽤 안전한 느낌이었다.

"자, 이제 준비가 됐으면 몸을 암벽 쪽으로 움직이면서 '올라간다'고 말해."

나는 베넷의 지시대로 했다.

"자, 출발."

밑에서 베넷의 목소리가 들렸다. 나는 손과 발을 잘도 움직여 가며 적당한 자리를 찾았고, 떨어지지 않고 착착 올라가는 내 모습이 스스로도 놀라웠다. 아래는 내려다보지 않았다. 그러고 싶지도 않았다. 정상에 다다르기 위한 암호 해독 방법을 궁리하며 바위라는 퍼즐을 맞추는 데 온 정신을 집중했다. 마침내 정상에 가까워졌을 때 그곳엔 미처 기대하지 못한 찬란한 햇빛과 푸르른 하늘이 기다리고 있었다.

몸을 끌어 올려 정상에 올랐을 때, 나는 록키 발보아Rocky Balboa(실베스터 스텔론이 주연을 맡은 영화 『록키』 시리즈의 주인공. 권투 선수 - 옮긴이)처럼 허공 위로 두 팔을 날리며 춤을 추듯 주변을 뛰어다녔다.

하지만 나중에 안 사실인데, 내려가는 일이 훨씬 더 무서웠다. 베넷은 아래에서 큰 소리로 지시하면서 암벽 표면으로 향하는 요령이며 어디에 발을 디뎌야 하는지 알려 주었다.

"밧줄 잡지 마?"

나는 아래를 내려다보지 않고 소리쳤다.

"응, 잡지 말고 그냥 바위에 두 발을 붙이고 몸을 뒤로 한껏 젖혀. 느낌이 이상하겠지만, 내가 있으니까 걱정 마. 팔에 힘을 빼고."

팔이고 어디고 도무지 힘을 뺄 수 있을 것 같지가 않았다.

"떨어지면 어떻게 해?"

"안 떨어져. 애나, 밧줄을 놓아. 안 그러면 몸이 확 젖힐 거야."

나는 두 팔을 억지로 양옆에 늘어뜨렸다.

"나를 믿어."

베넷이 말했고, 나는 눈을 감고 베넷의 지시대로 했다. 앞쪽으로 발을 딛고 두 다리가 아래 지면과 수평이 되도록 하기에도 급급했지만, 그러면서도 용케 리듬을 타고 내려와 단단한 바닥에 발을 내딛었다.

"와, 굉장해!"

베넷이 두 팔로 나를 감싸 안으며 말했다.

"그래, 어땠어?"

"좋았어."

아직도 두 팔이 조금 떨리긴 했지만 기분은 최고였다.

"정말, 정말 근사했어."

"네가 좋아할 줄 알았어."

베넷이 나를 붙잡고 있던 팔을 풀어 내가 그에게서 막 벗어나려는데, 곧이어 그의 손이 내 어깨에 닿아 등 아래쪽으로 향한 다음 밧줄을 풀기 위해 안전벨트에서 잠시 멈추는 게 느껴졌다. 베넷이 어찌나 바싹 다가왔는지 그가 호흡을 할 때마다 가슴이 오르내리는 것을 느낄 수 있었다. 내 등 뒤에 묶인 매듭을 풀기 위해 그의 손가락이 부지런히 움직이는 동안 나는 그저 가만히 서 있는 수밖에 없었다. 1분쯤 뒤에 밧줄이 바닥에 떨어졌지만 베넷의 두 손은 여전히 내 안전벨트에 머물렀다. 그리고 잠시 후 허리에 베넷의 손이 닿더니 나를 끌어당겨 입을 맞추었다. 나는 아드레날린이 거세게 솟구치는 것을 느꼈다. 이윽고 베넷이 미소를 지으며 말했다.

"이제 내 차례야."

나는 간신히 대꾸했다.

"뭘?"

"자일 매는 법 배울 준비됐지?"

"정말? 내가 널 따라갈 수 있을 거라고 믿는 거야?"

"당연하지."

베넷이 뒤로 물러났다. 나에게 닿았던 그의 손이 떠나가자 벌써부터 그 손길이 그리웠다. 베넷은 금속 고리를 열어 자신의 안전벨트에서 로프를 풀고 내 안전벨트에 고정시켰다.

베넷이 암벽 위에 올라 자리를 잡고 말했다.

"올라와."

내가 대답했다.

"올라간다."

18

산등성이 꼭대기에 아홉 번째 오를 때쯤엔 팔뚝이 떨리고 있었다. 심호흡을 하고, 절벽에 튀어나온 바위 위로 몸을 끌어 올리고, 바위 표면 위로 다리를 차 올렸다. 그런 다음 몸을 일으켜 세워, 한가운데 선명하게 펼쳐진 파란 호수와 함께 수 킬로미터 멀리 펼쳐진 숲 우듬지를 둘러보았다. 그리고 경이로움과 승리감으로 가득 차 베넷을 내려다보며 미소를 지었다.

"거기 그대로 있어."

베넷이 땅에서 소리친 다음 어깨에 백팩을 멨다. 그리고 내가 밧줄을 이용해 올라오는 데 걸린 시간의 절반밖에 안 되는 시간 동안, 아무런 도구도 없이 암벽을 타고 올라왔고 정상에 올라서서 옷에 묻은 먼지를 털었다.

"배고파?"

베넷이 자리에 앉아 가방의 지퍼를 열고 비닐봉지 몇 개와 게토레이 네 병을 꺼냈다.

"네가 뭘 좋아할지 몰라서. 칠면조 고기에 스위스 치즈가 좋아, 아니면 구운 쇠고기에 체다 치즈가 좋아?"

"게토레이."

나는 앞으로 손을 내밀었다. 어찌나 목이 타는지 샛노란 게토레이 병을 보니 감격스러울 정도여서 얼른 뚜껑을 따고 벌컥벌컥 들이켰다. 곁눈으로 보니 베넷도 마찬가지였다. 그는 게토레이 한 병을 다 비운 다음 커다란 바위에 기대앉아 눈을 감았다.

바깥 공기는 여전히 서늘하지만 해가 높이 떠 있어, 바위 위는 따끈따끈했다. 암벽 등반을 하기에는 정말이지 완벽한 날이었다. 나는 베넷 옆에 앉아 칠면조 고기와 스위스 치즈가 든 샌드위치를 집었다. 그러자 갑자기 배가 몹시 고파졌고, 베넷도 그런 것 같았다. 샌드위치를 먹다 말고 몇 번인가 서로를 바라보며 미소를 짓긴 했지만, 누구도 입 한번 뻥긋하지 않고 눈 깜짝할 사이에 샌드위치를 먹어 치운 것을 보면 말이다.

"저기…… 암벽 등반 말이야."

마침내 내가 먼저 입을 열었다.

"어땠어?"

"완전 뜻밖이야."

"실망했어?"

나는 그림 같은 풍경을 다시 한 번 둘러보았다.

"천만에."

위스콘신 여행은 내 지도의 중서부 지역에 수북하게 핀을 꽂는 데에는 아무런 도움이 되지 않겠지만, 코타오와 달리 나뭇가지 사이로 비치는 햇살과 하늘을 찌를 듯한 바위의 형상들을 품은 이 숲을 둘러보고 있자니, 적어도 베넷이 없더라도 언제든 혼자 이곳에 다시 올 수 있을 것 같다는 생각이 들었다. 이미 알고 있듯, 훗날 그가 그리워질 때.

모든 사실을 알게 되었을 때, 나는 밤새 이 문제에 대해 생각했었다. 베넷은 지금으로부터 17년 후의 미래에서 왔다. 그는 생각만 하면 전 세계 어디든 갈 수 있다. 그는 누나를 잃어버렸고, 누나를 찾으면 1995년을 떠나 2012년으로 돌아가야 한다. 그리고 분명 이 모든 일들은 나에게 중요한 의미를 지닐 텐데, 아직은 어떤 의미인지 파악하지 못하고 있다. 하지만 어쨌든 그는 지금 이곳에 있고 나와 함께하길 원한다. 처음 부분을 생각하면 약간 불안한 마음이 들었지만, 나중 부분을 생각하면 혼자 미소가 지어졌다. 나는 베넷을 보았다.

베넷이 자기 앞의 바위 표면을 가볍게 톡톡 쳤다. 나는 가까이 다가가 그의 앞에 앉아 팔꿈치를 세우고 고개를 앞으로 떨구었다. 베넷이 내 어깨를 압박하자 나도 모르게 신음소리가 새어 나왔다. 근육이 기절할 것처럼 아팠다.

"있잖아, 암벽 등반은 어떻게 하게 된 거야?"

그동안 베넷에게 수도 없이 많은 질문을 던졌지만 이 질문이 가장 묻기 쉬웠다. 베넷은 양 엄지손가락으로 내 목 아래를 압박했고, 나는 근육이 풀리는 느낌이 들 때까지 압박감을 느끼며 심호흡을 했다.

"태국 남부에 크라비Krabi라는 작은 해안가 마을이 있어."

베넷의 얼굴은 볼 수 없지만 목소리에서 미소를 느낄 수 있었다.

"라일레이 비치Railay Beach는 암석층으로 유명한데, 우연히 만난 배낭여행객들이 그곳에 대해 말해 주기 전까지는 전혀 알지 못했지. 그들이 나에게 처음으로 암벽 등반을 가르쳐 주었고, 이후로 완전히 빠져버렸어."

베넷의 두 손이 규칙적인 리듬으로 천천히 내 등에 압력을 가한 뒤 다시 내 어깨 위를 눌렀다. 내가 눈을 떴을 때 마침 베넷은 손을 뻗어 내 머리카락 몇 가닥을 쥐고 자신의 손가락에 감아 돌리고 있었다. 머리카락을 손가락에서 풀어 살며시 잡아당겼다가 놓자 곱슬곱슬한 머리카락이 다시 제자리로 말려들었다.

"머리카락이 어떻게 이렇지?"

"왜? 작은 슬링키 스프링이 아무렇게나 뭉쳐진 것 같아?"

목덜미에 그의 숨결이 느껴질 만큼 베넷이 가까이 다가왔고, 샴푸의 바닐라 향은커녕 땀 냄새만 잔뜩 날 거라는 생각에 나는 얼굴을 찌푸렸다.

"지난 한 달 동안 스페인어 수업 시간에 네 뒤에 앉아서 이런 순간을 꿈꾸었어."

베넷은 다른 머리카락 몇 가닥을 잡아당겼다 다시 놓더니, 머리카락이 제 자리로 말리는 것을 보고 웃었다.

"넌 어때? 넌 어떻게 달리기를 시작한 거야?"

내가 베넷의 얼굴을 보기 위해 고개를 돌리자 베넷은 쥐고 있던 내 머리카락을 손에서 놓았다.

"어, 안 돼. 넌 하지 마."

"뭘?"

"오늘은 나머지 질문을 전부 물어보려고 결심했단 말이야. 네가 그랬잖아, 뭐든 계속 물어보라고."

나는 베넷의 가슴에 기대며 그의 어깨에 머리를 얹었다. 조용하고 고른 그의 호흡을 따라 내 머리가 오르락내리락했고, 그가 내 앞머리를 부드럽게 쓸어내릴 때 나는 한숨을 내쉬면서 그에게 더욱 깊이 빠져들었다.

"그리고 네 이야기가 내 이야기보다 훨씬 흥미진진해."

"그렇지 않아."

베넷이 다시 내 머리카락을 만지작거리는 게 느껴졌다.

"좋아."

내가 말했다.

"그럼 우리 교대로 이야기하자. 일대일로. 하지만 네가 먼저 질문이 바닥날 거라는 데 십 달러 걸게."

내가 베넷을 향해 손을 올리자 베넷이 내 손을 잡고 흔들었다.

"좋아, 내기하자."

베넷이 말했다.

"그럼 내가 먼저 한다."

내가 베넷을 보고 환하게 미소를 지으며 말했다.

"집에 있는 것 가운데 가장 그리운 게 뭐야?"

베넷은 천연덕스럽게 말했다.

"내 휴대폰."

"뭐야, 난 진지해."

나는 베넷이 웃을 줄 알았는데 베넷은 전혀 웃지 않았다.

"진짜야? 정말 전화기가 그립단 말이야?"

"그럼 내가 뭐라고 말할 줄 알았어?"

"몰라. 아마도 가족들이라고 말할 줄 알았는데."

"가족들도 그립긴 하겠지. 그렇지만 너 이십일 세기 휴대폰 본 적 없지?"

"네 전화기 어디가 그렇게 특별한데?"

"특별한 점이 아주 많지만 어떻게 설명하기가 힘들다."

"에이, 시시해."

나는 살짝 웃으면서 말했다.

"나한테 미래에 대해 말해 줄 수 없다면 질문해 봐야 소용없잖아."

"대신 다른 쓸모가 많잖아."

베넷의 손가락이 내 머리카락에서 벗어나 잠시 귀 뒤에 가닿은 뒤 쇄골 쪽으로 죽 따라 내려왔다. 그의 손가락이 내 쇄골을 따라 내려가는 동안 나는 눈을 감고 그의 호흡에 맞추어 호흡을 하려 애썼다.

"그리고 미래에 대한 건 깜짝 선물로 남겨 둬야지. 내 깜짝 선물 좋아하잖아, 안 그래?"

"그래 좋아. 네가 준비한 선물이 훨씬 많을 테니까."

나는 숨을 깊이 들이마시며 내 질문에 집중하려 애썼다.

"그래서 네 말은 뭐야, 나는 미래를 볼 수 없다는 거야? 네가 실제로 살고 있는 곳을 볼 수 없다고?"

베넷은 조용히 퀴즈 방송의 버저 소리를 냈다.

"그건 다른 질문입니다. 이번엔 내 차례예요."

"야, 베넷……."

"이거 왜 이래, 내기를 제안한 사람은 바로 너야. 한 개씩 정정당당하게 해야지. 내 차례다."

베넷이 말했다. 나는 몹시 화가 난 사람처럼 크게 숨을 내쉬었다.

"커트 코베인Kurt Cobain(미국의 록 그룹 너바나(Nirvana)의 멤버 - 옮긴이) 자살 소식 들었을 때 어디에 있었어?"

"흐음…… 우와."

꽤 오래전 일이지만 그날이 생생하게 떠올랐다.

"거의 정확히 일 년 전이네. 학교를 마치고 엠마네 집에 갔어. 우리는 엠마의 방에 틀어박혀 라디오를 듣고 있었는데, 디제이가 커트 코베인이 권총 자살을 했다고 발표하는 거야. 그래서 우리는 엠마가 가지고 있는 너바나 CD를 전부 꺼내 서로 등을 맞대고 음악을 들었지."

베넷의 손가락이 잠시 내 어깨에 머무르더니 내 팔로 미끄러져 내려왔다.

"이상한 한 주였어."

내가 말을 이었다.

"사람들은 마치 그와 가까운 사이처럼 슬프게 울었어, 그러니까…… 진심으로 눈물을 흘린 거지. 난 그 정도까지는 아니었어. 하지만 어쨌든 모두가 정말 슬퍼했어."

베넷은 엄지손가락으로 내 손등을 문질렀고, 나는 아래를 내려다보고서야 나도 똑같이 그의 손등을 문지르고 있다는 것을 알아차렸다.

"넌 어디에 있었어?"

베넷이 어깨를 으쓱하는 게 느껴졌다.

"그건 1994년에 일어난 일이잖아."

베넷의 말이 이해가 안 돼 나는 잠시 멍했다. 하지만 이내 무슨 말인지 알아들었다.

"아하."

나는 베넷의 손등을 문지르다 말고 말했다.

"그렇구나. 이거 좀 으스스한데."

"미안."

"게다가 이런 식으로 질문 하나를 날려 버리다니."

베넷은 내 한쪽 옆의 머리카락을 쓰다듬으며 목 뒤에 입을 맞추었다.

"이렇게 하자. 나 대신 너한테 질문할 기회를 줄게."

베넷이 내 귀 뒤쪽에 대고 속삭이며 장난스럽게 숨결을 불어넣었다. 나는 몸을 약간 움찔했다.

"그만해. 너 때문에 질문을 자꾸 잊어버리잖아."

"그럼 좋지. 그 십 달러 내가 갖고 싶었거든."

베넷이 다시 내 목에 입을 맞추는 바람에 내가 무슨 생각을 하고 있었는지 완전히 잊어버렸다.

"내가 네 미래의 세계로 널 데려가 줄 수 있는지 궁금해했지?"

"응."

"그건 어려울 것 같아. 엄밀히 말하면 할 수 있을 것도 같지만, 글쎄…… 아직까지 한 번도 그런 걸 해 본 적이 없어서 시도했다가 어떻게 될지 자신이 없어."

"왜? 내가 2012년에 존재하지 않거나 뭐 그럴까 봐 겁나?"

"아니, 내가 걱정하는 건 결코 그런 게 아니야. 다만, 난 내가 이미 살아온 시간 안에서만 이동할 수 있고, 넌 이 시점 이후의 삶은 아직 살아 보지 못했잖아. 그래서 네가 지금 원하는 곳은 전 세계 어디든 데리고 갈 수 있지만, 오늘 이전이나 이후로는 데리고 갈 수가 없어."

"정말?"

베넷이 내 목 안쪽에 턱을 대고 고개를 끄덕였다. 나는 그냥 지금 이대로 살 수 있을 것 같았다. 이 날, 이 시간, 이 장소를 떠나고 싶다고 생각한 적은 한 번도 없었다.

"게다가 넌 미래에 어떤 일이 일어날지 모르잖아. 모르면 모르는 채로 최대한 즐기면 돼."

베넷이 내 어깨에 입을 맞추고 말을 이었다.

"너랑 엠마는?"

"엠마?"

"응. 엠마 얘기 좀 해 봐. 너희 둘이 어떻게 친구가 됐어?"

나는 당시 기억이 떠올라 입꼬리가 올라갔다.

"웨스트레이크에 전학 온 첫날 엠마를 만났어."

말을 마치고 베넷을 보자, 그는 계속 이야기하라는 듯 눈썹을 치켜올렸다. 나는 살짝 웃음이 새어 나왔다.

"우리 엄마는 내 첫인상이 좋게 보이길 원해서, 그날 나한테 교복 스웨터를 입혀 보냈어."

나는 교복을 떠올리며 얼굴을 찡그리고 몸서리를 쳤다.

"모두들 이 촌스러운 체크무늬 교복을 갖고 있었지만, 그 옷을 입는 아이는 아무도 없었지. 엄마는 나에게 타이츠도 신기고 머리에 레이스 달린 리본까지 묶어 주었어. 그날 바깥 날씨가 사십일 도에 가까워서 나는 빨리 반바지에 티셔츠로 갈아입으면 소원이 없겠더라고. 날은 덥지 몸은 따갑지 머리는 이렇게 산발이 됐다니깐."

내가 머리 옆으로 두 손을 벌리자 베넷이 소리 내어 웃었다.

"그런데 육 교시가 끝난 후 한 여자아이—광대뼈가 튀어나오고 치아교정기까지 한—가 바로 내 앞으로 뛰어오더니 학교 끝나고 같이 놀지 않겠냐고 물어보는 거야. 엠마였어. 난 얼른 집에 가서 옷을 갈아

입고 싶은 마음이 굴뚝같았지만 그러겠다고 했어. 그렇게 해서 같이 놀게 됐고, 이후로 엠마는 나하고 가장 친한 친구가 됐지."

베넷을 돌아보고 있으니, 내일 내가 어디에서 무엇을 할지 떠올리지 않을 수 없었다. 틀림없이 엠마와 커피하우스에 앉아 오늘 일을 낱낱이 보고하고 있겠지. 암, 나는 지금 내 일생일대 최고의 데이트를 즐기고 있는 중이니까.

"네 가족들에 대해 말해 봐."

나는 주제를 바꾸어 정식으로 베넷에게 질문을 던졌다. 베넷은 한숨을 깊게 내쉬었다.

"별로 할 말이 없어. 엄마에 대해서는…… 말하기가 조금 어려워. 뉴스에서 일어난 일에 대해 엄마에게 물어보면, 대화는 결국 의사에게 가 봐야겠다는 말로 결론이 나지. 날씨에 대해 물어봐도 의사한테 가 봐야겠다고 말하고. 그래서 다시는 과학의 발달에 대해 엄마에게 묻지 않게 됐지. 보나마나 당장 의사한테 가 봐야겠다고 결론이 날 테니까 말이야. 엄마는 나에게 어딘가 문제가 있다고 생각해. 그냥 평범한 아이를 원하시는 거지."

나는 베넷의 팔을 끌어당겨 내 허리를 감싸게 하고 손가락 끝으로 그의 손을 어루만지기 시작했다. 암벽 등반 후 베넷의 양손은 건조해졌고 손금마다 분필 가루가 묻어 있었다.

"반면 아빠는 내가 마술적인 힘 같은 걸 지닌 존재라고 생각해. 내 재능을 발견한 다음부터 아빠는 잠시도 나를 가만히 놔두려 하지 않았어. 첫 해에는 1995년부터 현재까지 일어난 모든 재난을 조사해 각 사건들—그 사건이 일어나기까지 전조가 된 온갖 잡다한 사건들까지 ─ 을 기록한 엄청난 분량의 서류를 만들었어. 내가 그 시기로 이동해서 재난을 예방하도록 말이야."

"그럼 재난을 다 예방했어?"

"아니. 아까도 말했지만, 내가 아무리 그럴 수 있다 하더라도 이미 벌어진 일을 다르게 만들어선 안 된다고 생각해. 나비효과에 대해 너도 들어봤지? 사소한 한 가지 변화가 다른 일에 엄청난 영향을 미칠 수 있어. 물론 내가 그처럼 대규모의 시간 이동을 해낼 수 있을 것 같지도 않았지만."

베넷은 잠시 침묵을 지켰고, 나는 그의 가슴에 기대 이 침묵에 귀를 기울였다.

"결국 아빠는 다른 종류의 이익을 위해 내 재능을 이용할 방법을 찾았어. 정확히 말하면 아빠의 이익을 위해서 말이야."

나는 계속해서 손가락 끝으로 베넷의 손금을 매만졌다. 어쩐지 이렇게 하면 베넷이 이야기를 계속할 것 같았다.

"브룩 누나와 내가 어렸을 땐 우리 집이 그렇게 잘살지 않았어. 아파트도 있고 부족한 것 없이 갖추고는 살았지만, 엄마는 이곳 매기 할머니의 거대하고 기괴한 저택에서 약간 응석받이로 자랐던 것 같아. 아빠는 자신의 직업 ─ 시내의 한 은행에서 일했는데, 어떤 일을 했는지는 사실 잘 몰라 ─ 을 몹시 싫어했고 그래서인지 항상 기분이 좋지 않아서 두 분은 늘 다투셨지. 그러던 어느 날 아빠가 말도 안 되는 생각을 하게 됐어. 아빠는 다시 조사를 시작했는데, 이번에는 여러 회사와 그 회사 주식들이 긍정적인 궤도로 접어드는 시기에 초점을 맞추었어."

"뭐라고?"

나는 베넷의 손금을 쓰다듬다 말고 몸을 일으켜 그를 바라보았다.

"설마 도와 드린 건 아니지."

"아니, 도와 드렸어. 나는 아빠가 나열한 각 날짜로 이동했어. 각 회사에서 주요 사건이 일어나기 일주일 전쯤으로. 도착을 하면 주식에 관한 정보를 편지에 써서 아빠에게 보냈어. 그러면 아빠가 주식을 사고 얼마 후 주식은 급등을 했지. 물론 주식을 팔 시기를 알려 주기 위해 다시 과거로 돌아가 아빠에게 또 편지를 써야 했어."

"그거 불법 아니야?"

"엄밀히 말하면 그렇다고 볼 수 없어. 내부자 거래법에 따르면 미공개 정보를 기반으로 주식을 사거나 팔아서는 안 된다고 되어 있지. 하지만 우리가 이용한 정보는 언제나 공개된 것이었어."

나는 베넷에게 믿을 수 없다는 표정을 지어 보였다.

"그래, 어떻게 보면 불법 행위가 맞아. 하지만 그렇게라도 한 덕분에 나는 부모님한테 시달리지 않을 수 있었어…… 적어도 최근까지는. 브룩 누나하고 나는 함께 여행하면서 원하는 공연을 마음껏 관람했어. 엄마는 꿈꾸던 화려한 삶을 얻었고, 아빠는 엄마에게 그런 삶을 제공하고 있다고 생각하게 됐어. 모두가 행복했고, 누구도 다치지 않았지."

"너희 아빠는 꽤 많은 돈을 벌었겠구나."

"음, 경제라는 게 좋을 때도 있고 나쁠 때도 많지만, 어디에 투자해야 하는지만 정확히 알면……."

"그럼 넌 돈을 많이 벌 수 있었겠네?"

내가 물었다.

"그렇지. 수백만 달러까지도 벌어 봤어."

"수백만 달러?"

"그게, 작정하고 돈을 번 건 아니었어."

"물론 그러셨겠지."

나는 웃으면서 말했다.

"네가 작정하지 않아서 그 정도였겠지."

베넷은 우연한 시간 여행자였고, 또한 우연한 백만장자였다.

"그건 그렇고, 어떻게 이 돈에 접근한 거야?"

"그건 다음 질문으로 넘어가야겠는걸."

"알아."

베넷은 고개를 가로저었지만, 곧 나에게 졌다는 듯 미소를 지었다.

"현금. 이 특별한 여행을 위해 1995년 이전에 발행된 엄청나게 많은 양의 현금을 매기 할머니 집에 있는 내 방에 숨겨 두었어."

"브룩도 가지고 있고?"

"브룩 누나의 백팩에도 현금이 가득 들어 있었지."

베넷이 내 손에서 자신의 손을 빼내 내가 그를 똑바로 볼 수 있도록 내 턱을 잡았다. 그러고는 내 코에 입을 맞추었다.

"그렇게 된 거야. 이제 내 이야기는 끝. 다음은 네 차례야."

나는 베넷에게 등을 기대고 앉는 것이 좋긴 했지만, 그의 얼굴을 보려면 목을 돌려야 해서 몹시 힘들었다. 그래서 몸을 일으켜 베넷과 마주 보고 반듯하게 앉았다. 그리고 책상다리를 하고 바싹 다가가 그의 다리 위에 무릎을 올려놓았다.

"안녕."

"안녕."

베넷이 미소를 지었지만, 그의 얼굴은 장난기 어린 표정에서 진지한 표정으로 바뀌었다.

"있잖아…… 지난번에 내가 한 말, 농담으로 한 거 아니야. 내가 이곳에 있다는 사실……."

베넷의 목소리가 차츰 잦아들더니 한동안 말이 없었다.

"물론 그 사실이 나보다 너한테 더 충격이겠지만."

나는 이야기가 무겁게 흐르는 것이 싫어서 조금 전에 그가 낸 퀴즈 방송의 버저 소리를 흉내 내며 말했다.

"표현을 질문 형태로 바꿔 주십시오."

"이 모든 일들이 너에게 어떤 의미가 있는지 이해하겠어?"

"아니."

나는 이 문제에 관심을 가져야 한다는 것을 알고 있었지만, 지금은 그러고 싶지 않았다. 베넷이 뭘 할 수 있는지, 어디로 갈 수 있는지, 언제쯤 떠날지 생각하고 싶지 않았다. 어쨌든 지금 이 순간만큼은 우리 두 사람이 같은 장소, 같은 시간에 함께 있으니까. 지금 나는 오직 그에게 키스를 하고 싶을 뿐이었다. 베넷은 두 손으로 내 허리를 감쌌다.

"이거 마치 우리 아빠의 전 세계 사건 목록과도 같아. 나는 과거로 이동해 여러 가지 사소한 일들을 바꾸어 결과를 달라지게 만들 수 있고, 그래도 내 삶은 조금도 달라지지 않을 거야. 하지만 다른 사람들 삶은 달라지겠지. 어쩌면 더 나아질 수도 있어. 어쩌면 더 힘들어질 수도 있고. 내가 지금 현재 이곳에 너와 함께 있다는 것 자체가 곧 변화를 의미해. 내가 달라지는 게 아니라 네가 달라지는 거지. 넌 나와 마찬가지로 내가 포함되지 않는 미래, 2012년에 존재하는 거야. 내가 속하지 않는 1995년 이곳에서 나를 아는 것만으로도······."

"재미있겠다."

나는 베넷의 말을 가로막았다.

"네 삶이 송두리째 바뀔 거야."

"어쩌면 더 나은 쪽으로."

"어쩌면. 하지만 그렇지 않을 수도 있어."

"하지만 베넷, 난 이미 널 알고 있어. 그런데 이제 와서 어떤 선택의 여지가 있겠어?"

"그 첫날―그날 너에게 전부 다 이야기하려고 했지―너희 집에서 내가 했던 말을 명심해. 하지만 먼저 너에게 선택하게 하겠어."

나는 베넷의 목을 감싸 안고 그에게 키스를 했다.

"좋아. 내가 어떤 선택을 할 수 있는지 들어 보자."

베넷이 급히 숨을 들이마신 뒤 말했다.

"첫 번째 선택. 나는 브룩 누나가 돌아와 다시 집에 갈 수 있을 때까지 다시 낯선 전학생으로 돌아가 모두와 거리를 두고 지내는 거야. 너하고 나는 복도에서 인사도 할 수 있고, 가끔은 살며시 눈길을 주고받을 수도 있겠지. 비밀을 공유하는 사람들처럼 말이야. 하지만 그게 전부야. 이 순간부터 네 삶은 조금도 달라지지 않을 거야."

"그럴 순 없어."

나는 그에게 다시 키스를 했다.

"다른 선택은 뭐야?"

베넷이 미소를 지었다.

"두 번째 선택. 나는 이곳에서 너하고 함께 시간을 보내는 거야. 우리는 평범한 사람들처럼 어울려 다니는 한편, 평범하지 않은 사람들처럼 전 세계를 여행하겠지. 브룩 누나가 돌아오면 나는 집으로 돌아가겠지만 곧 다시 이곳으로 오면 돼. 아마 네가 나한테 싫증을 느낄 때까지 계속 이곳으로 오게 될 거야."

베넷은 내 표정을 더 잘 보기 위해 몸을 뒤로 뺐다. 지금까지는 상당히 수월하게만 생각했는데 베넷이 이 문제에 대해 진지하게 생각해 보라고 적극적으로 나오자, 문득 이것이 얼마나 엄청난 결정인지 알 수 있었다. 두 가지의 미래. 안전하지만 너무나 잘 알고 있는 지루한 일상과, 모험으로 가득 차 있지만 끊임없이 불확실한 상황과 맞닥뜨려야 하는 삶. 베넷은 나를 세계 곳곳으로 데리고 갈 테지만 언젠가는 떠날 것이다. 우리는 함께 할 때도 있지만 헤어져 지낼 시간도 있을 테고, 수마일뿐 아니라 20년 가까이 떨어져 지내게 될 것이다.

이성은 참으로 매력 없게도 안전한 길을 선택하라고 나에게 온몸으로 말하고 있었다. 하지만 베넷의 눈을 바라보는 순간, 왜인지는 모르겠지만 내 결정에 확신이 생겼다. 그렇지만 이해해야 할 부분이 한 가지 더 있었다.

"잘 이해 안 되는 게 있는데. 왜 네 생활을 포기하면서까지 나하고 함께 있으려는 거야?"

"그건……."

베넷이 말을 멈추었다. 그리고 한 차례 숨을 쉰 다음 처음부터 다시 시작하듯 말했다.

"나는 네 모험심이 좋았어. 그리고 네가 한 번도 가 보지 못한 곳에 너를 데리고 가면 재미있을 거라고 생각했어. 하지만 지금은 다른 이유가 더 있어. 이제 난 널 알고 싶어졌어."

베넷의 말에 또다시 가슴이 두근거려, 나는 눈을 감고 심호흡을 했다. 다시 눈을 떴을 때 베넷은 아직도 나를 바라보고 있었다.

"너, 전에는 이런 상황에 대해 정말 터무니없는 생각이라고 말하지 않았니?"

베넷이 숨죽여 웃었다.

"맞아. 그랬던 것 같아."

"있지, 네 말이 옳았어."

"그러게 내가 뭐랬어."

"그렇지만 나, 두 번째를 선택할 거야."

"정말이야?"

"응."

베넷이 얼굴 가득 환하게 웃음을 지었고, 곧이어 나를 꼭 끌어안으며 따뜻하고 달콤하게, 영원히 끝나지 않을 것처럼 오랫동안 내게 키스를 했다. 그때 나는 알았다. 내가 원하는 것이 바로 이것이라는 것을.

베넷에 대해 더 이상 의심의 여지가 없으므로, 이제는 그를 저녁 식사에 초대해야겠다고 생각했다. 이번엔 진심이었다.

우리는 집으로 돌아오는 내내 계속해서 질문을 주고받았다. 그리고 그의 차가 집 근처에 다다랐을 때 나는 불가능한 일을 해낸 것 같은 기분이 들었다. 내가 정말로 베넷 쿠퍼를 알게 된 것이다. 베넷이 주차장에 지프차를 세울 때, 나는 집을 올려다보며 가슴이 조여드는 느낌이 들었다. 거의 열한 시간을 함께 있었는데도 아직 베넷과 헤어질 준비가 되어 있지 않았다.

베넷이 차의 시동을 끄고 나에게 키스를 하기 위해 몸을 기울였지만, 나는 팔을 뻗어 그의 입술에 손가락을 가져다 댔다.

"잠깐. 한 가지 더 물어보고 싶은 게 있어."

베넷은 나에게 몸을 더 기울이려다 멈추고 내가 계속해서 말하길 기다렸다.

"웨스트레이크에 전학 온 첫날, 왜 노스웨스턴 대학교 트랙에서 나를 지켜보고 있었어?"

"또 물어보는 거야?"

베넷이 운전석에 기대앉았다.

"그래, 뭐. 네가 아직 대답을 안 했잖아."

"했는데. 학교 식당에서 엠마가 나한테 질문 공세를 퍼붓던 날, 네가 무슨 말을 하는 건지 이해할 수 없었어. 그리고 지금도 네가 무슨 말을 하는지 잘 모르겠어."

"그럼 정말 너 아니었어?"

"저기, 애나. 넌 이제 나에 대해 알 건 다 알고 있거든. 그리고 지금 다시 한 번 말하겠는데, 그날 난 거기 없었어. 노스웨스턴 대학교엔 아직 가 본 적도 없는걸. 더구나 영하 일 도도 안되는 추운 날씨에, 그것도 아침 여섯 시 삼십 분에 그런 곳에 있을 리가 없잖아. 네가 뭔가 잘못 봤겠지. 틀림없이 나는 아니야."

베넷이 가볍게 웃었고, 나는 그의 말을 믿고 싶었다. 그가 하는 모든 말과 그가 짓는 모든 표정이 그래야 한다고 말하고 있었다. 그리고 어쨌든 베넷의 말이 옳았다. 이제 그에 대한 모든 것을 다 알고 있는 마당에 그가 나에게 거짓말을 할 이유가 없지 않은가.

"전에도 한 번—사실은 여러 번—이 질문에 대답해 주었는데, 또 물어보다니."

나는 우리의 편안한 질의응답 시간으로 돌아갈 준비를 하고, 미소를 띠며 다음 질문을 생각했다.

"좋아, 그럼 전 세계에서 네가 가장 좋아하는 장소는 어디야?"

베넷은 입이 귀까지 걸릴 정도로 활짝 웃고, 눈동자를 반짝반짝 빛내며 입을 열었다.

"이건 쉽네. 베르나차Vernazza. 이탈리아 북서쪽 해안 지역 친퀘테레Cinque Terre에 있는 작은 어촌 마을이야. 기차를 타야 갈 수 있어. 음, 어쨌든 대부분의 사람들은 그래. 작지만 굉장한 마을이지. 좁은 길마다 조약돌이 깔려 있고, 색색의 보트들이 항구에 늘어서 있어. 밝은 색으로 칠해진 작은 집들이 비탈에 똑바로 줄지어 있지. 정말 장관이야."

베넷의 눈동자가 내 입술로 향했다. 그가 앞으로 몸을 숙였고, 이번엔 나도 눈을 감고 베넷의 입술을 기다렸다.

"너도 정말 마음에 들 거야."

베넷이 말했다. 키스를 하는 동안 그 작은 마을과 그곳에 있는 우리 둘의 모습이 생생하게 떠올랐다.

"다녀왔습니다!"

거실에 들어서자마자 대충 아무 방향에나 대고 큰 소리로 인사를 한 다음, 약간 멍하고 피곤한 상태로 계단을 오르기 시작했다. 팔뚝은 쑤시고 엉덩이는 아픈 데다, 작은 요정이 신을 것처럼 생긴 새 신발 때문에 발에는 물집이 잡혔다. 얼른 샤워를 마치고 침대에 누워 베넷이 내 곁에 있다는 사실 말고는 아무것도 생각하지 않은 채 잠 속으로 곯아떨어지고 싶은 심정이었다.

"애니, 이리로 와 보렴."

그때 아빠가 나를 불렀고, 나는 몸을 돌려 무거운 다리를 끌고서 아빠의 목소리가 들리는 방향으로 향했다. 모퉁이를 돌아 막 주방으로 들어서려는데, 엄마와 아빠가 식탁을 밀며 의자에서 일어나 나를 향해 다가오기 시작했다.

드디어 올 것이 오는 건가.

"무슨 일이야?"

나는 이렇게 물으면서, 엄마 아빠가 알지도 못하는 남자아이와 하루 온종일 쏘다닌 것에 대해 일장 연설을 들을 준비를 하며 마음을 단단히 먹었다. 그런데 나를 향해 다가오는 엄마를 보니 울고 있었다.

"왜 그래?"

나는 엄마와 아빠 사이를 번갈아 쳐다보며 다시 물었다.

"무슨 일 있어?"

"저스틴이……."

엄마가 나를 와락 끌어안았지만 나는 몸부림을 치며 엄마 품에서 벗어났다.

"무슨 말이야? 저스틴이 왜?"

엄마가 다시 눈물을 흘리는 바람에 아빠가 대신 말을 시작했다.

"애나야, 저스틴이 교통사고가 났단다. 아마 오늘 아침 일찍 사고가 난 모양인데, 우리는 한 시간 전에야 알았지 뭐니."

"교통사고라고? 정말이야?"

엄마는 뺨 위로 흐르는 눈물을 서둘러 닦으면서 마음을 추스르려 애썼다.

"우리도 자세한 내용은 아직 잘 몰라. 저스틴이 시내로 들어가는 길이었는데 어떤 사람이 빨간불일 때 달려든 모양이야. 저스틴 부모님은 지금 병원에 계셔. 틀림없이 저스틴이 널 보고 싶어 할 것 같아서, 다 같이 저스틴에게 가려고 네가 집에 올 때까지 기다리고 있었어."

"저스틴이 왜 시내에 가려고 했대? 걘 자동차도 없잖아."

그때 한 가지 생각이 머리를 스쳤다.

"세상에. 저스틴은 엠마하고 같이 있었어."

19

아빠가 운전을 했고 엄마는 조수석에, 나는 뒷좌석에 앉았다. 마지막 25킬러미터를 가는 동안에는 아무도 한 마디도 하지 않았다.

엠마가 시내에 갈 때 늘 이용하던 길과 같은 길을 가고 있어서, 나는 창문 밖을 유심히 살펴보며 혹시 사고로 인한 화재의 흔적이 남아 있는지 찾아보았다. 아니면 깨진 강화유리 조각이든지 혹은 빨간색 플라스틱 미등 조각이든지. 저스틴과 엠마가 데이트를 하다 위험에 처한 장소가 어디인지 알 수 있는 흔적이 있지 않을까 하고 사방을 둘러보았다. 하지만 아무것도 찾을 수 없었다.

마침내 병원에 도착했을 때 아빠는 우리를 정문 앞에 내려 주고 주차장을 찾아갔다. 엄마와 나는 곧 저스틴의 부모님이 계신 곳을 확인했다. 우리가 대기실에 들어서자 저스틴의 부모님은 눈이 온통 빨갛게 충혈되고 부은 채로 우리에게 와 주어 고맙다는 인사를 했다. 저스틴의 어머니인 라일리 아주머니가 사고 당시 상황을 설명했는데 나는 아주머니 바로 옆에 서 있으면서도 관련된 내용만 걸러서 들었다. 나머지 말들은 한 귀로 들어왔다가 한 귀로 빠져나갔다.

2시쯤 사고가 났다. 두 아이는 4시 30분이 되어서야 이곳 병원으로

실려 왔다. 아이들이 병원에 실려 오자마자 여자아이의 부모님이 도
착했는데, 여자아이의 상태가 훨씬 심각해서 그들이 빨리 도착한 것
은 무척 다행이었다. 아이들은 7층 중환자실에 있다. 여자아이는 지금
수술실에서 나왔는데 여전히 상태가 심각한 것으로 보인다. 저스틴은
괜찮을 것 같은데, 그래도 혹시 모르니 밤새 지켜보려 한다.

내가 지금 의자에 앉아 있는 것을 보니, 어딘가 앉을 곳을 찾았었나
보다. 나는 엄마ー엄마의 동작이 슬로모션으로 움직이는 것처럼 보
였다ー가 라일리 아주머니를 끌어당겨 아주머니의 귀에 대고 뭐라고
속삭이는 모습을 보았다.

"누구라고? 엠마가 누군데?"라고 말할 때 라일리 아주머니의 목소
리가 한 옥타브 높아졌다. 모르는 사람들이 고개를 돌려 아주머니 쪽
을 보았는데, 내 생각에 어떤 이유에서든 토요일 밤에 응급실 앞에 앉
아 있다는 사실을 잠시 잊게 해 주는 작은 소란에 안도하는 것 같았다.

"오늘 저스틴하고 같이 있었던 여자아이 말이야. 그 아이가 엠마야,
애나하고 제일 친한 학교 친구."

저스틴, 엠마. 그리고 저스틴. 엠마와 저스틴. 숨을 쉴 수가 없었다.
어떻게 이런 일이 일어날 수가 있지.

엄마는 내가 듣지 못하도록 소리를 죽이며 조용조용 라일리 아주머
니와 이야기했다. 상관없었다. 어차피 모두가 나와 아주 멀리 떨어져
있는 것 같았으니까. 몇 분 뒤, 엄마가 일어나 내 옆자리로 다가왔다.

"우리 딸."

엄마가 작은 원 모양으로 내 등을 문질렀다. 내가 잘 잠들 수 있도록
엄마가 내 등에 보이지 않는 이 무늬를 그려 넣은 지도 몇 년이 지났

지만, 엄마의 손길은 여전히 익숙했다.

"저스틴은 괜찮아질 거래. 하지만 상대방 차가 운전석하고 충돌을 해서 엠마가 정면으로 충격을 받았대. 저스틴 부모님은 저스틴과 데이트한 아이가 누군지 알아보려 했지만 아무도 알려 주는 사람이 없었다는구나. 엠마의 부모님은 아마 오후 내내 중환자실에서 엠마 곁에 계셨을 테고. 이곳이 노스웨스턴 메모리얼 병원이라면 내가 어떻게 도움이 돼 볼 텐데, 여긴……."

엄마의 목소리에 속상한 마음이 묻어났다. 엄마는 아무런 도움이 되지 못하는 것을 안타까워했다.

"여기 있어. 엄마는 위에 올라가서 뭔가 도움이 될 만한 일이 있나 찾아볼게."

우리가 집을 나선 후로 나는 한 마디도 하지 못하다가 이제야 겨우 목소리가 나왔다.

"싫어."

나는 일어서서 말을 이었다.

"나도 같이 가."

새하얀 시트 속에 누워 있는 엠마는 금방이라도 부서질 것처럼 작고 약해 보였다. 엠마의 눈은 감겨 있었는데, 눈 밑 피부ㅡ엠마의 트레이드마크인 광대뼈까지 죽ㅡ가 검게 얼룩진 채 툭 불거졌다. 얼굴 왼쪽에 붉은색 반점들이 얼룩덜룩 나 있는 것으로 보아ㅡ엠마의 부모님이 내가 엠마를 볼 수 있도록 준비시키면서 설명한 것처럼ㅡ의사들이 피부에 박힌 유리 조각을 빼내야 했다는 것을 알 수 있었다. 코에는 투명한 플라스틱 튜브가 달려 있었는데, 엠마가 지금 자기 모습을 보았다면, 다른 부위의 어떤 큰 상처보다도 이 튜브 때문에 가장 열받았을 것이다.

겉으로 심각해 보이는 상처들은 오히려 그만큼 손을 쓰기가 쉬웠다. 눈에 보이지 않는 부위의 상처가 훨씬 심각했다. 사고 충격으로 비장이 파열되어 제거해야 했으며, 수술 팀이 내출혈의 원인을 찾는 데만 두 시간이 걸렸다. 경미한 두개골 골절도 있었는데, 병원 측 말로는 저절로 치유되겠지만 자칫 영구적인 뇌 손상이 생길 가능성이 있는지 MRI 검사를 통해 확인할 필요가 있다고 했다. 내상이 치료되고 나면 왼쪽 어깨의 재건 수술을 받아야 할 것이다. 갈비뼈 세 개가 부러졌지만 적어도 폐를 찌르지는 않았다. 의사들은 마지막 내용에 대해 '바람직한 현상'이라고 평가했다.

엠마의 차와 충돌한 상대편 차는 그들이 교차로 중앙에 막 도착했을 때 시속 80킬로미터로 달리고 있었다. 엠마의 어머니 앳킨스 아주머니는 "상대편 차가 엠마 차의 옆구리를 들이받았다"고 말했다. 그래서 엠마는 차가 오고 있는 것을 전혀 알지 못했을 거라고 했다. 그랬을 거다, 나도 엠마가 절대로 알지 못했을 거라고 확신했다.

나는 침대 위의 엠마 옆에 앉아 엠마를 살며시 안고서 아직도 분필 가루가 잔뜩 묻어 있는 데다 손톱 밑에 흙까지 낀 내 손으로, 완벽하게 매니큐어가 칠해진 엠마의 손을 잡았다. 사고는 2시경에 일어났다. 내가 베넷에게 기대고 그를 끌어안고 키스하고 웃는 사이에 나와 가장 친한 친구는 금속과 유리에 온몸이 찢기고 다쳤고, 구급차에 실려 병원으로 이송되었다. 그리고 곧바로 장기와 뼈를 다시 맞추기 위해 온

몸이 절개되고 해체되어야 했다. 이 모든 사실을 나는 여섯 시간이나 지난 뒤 알게 됐고, 그로부터 한 시간 뒤에야 병원에 도착했으며, 한 시간이 더 지나서야 병실에 와서 엠마의 손을 잡았다. 사고 발생으로 부터 여덟 시간이나 지난 후에서야.

온갖 기계에서 들리는 '윙윙, 탁탁, 삑삑' 하는 소리가 작은 병실 안을 가득 메웠다. 생각 같아서는 이 기계들의 플러그를 하나씩 뽑아 버리고 엠마에게 평화로운 고요를 안겨 주고 싶었다. 하지만 이 기계들이 없으면 그나마 엠마가 이곳에 누워 숨 쉴 수도 없다는 사실을 떠올리고는 짜증을 내는 대신 음악 소리라고 생각하기로 했다. 탁 – 삑. 탁 – 삑 – 윙. 탁 – 삑.

우리는 그렇게 앉아 있었다. 엠마는 말을 할 수 없어 입을 다물었고, 나는 무슨 말을 해야 할지 몰라 침묵을 지켰다. 엠마에게 무슨 말이든 해야 할 것 같았다. 내가 여기에 있다는 것을 알리기 위해서. 하지만 뭔가 말하려고 입을 열 때마다 도무지 입 밖으로 말이 나오지 않았다.

그때 병실 문이 열리는 소리에 나는 기겁을 하고 놀랐다. 저스틴이 환자복을 입고 서 있었다. 곳곳에 멍이 들고 붕대에 친친 감긴 데다, 목은 파란색 플라스틱 보조기에 단단히 감겨 고개를 움직이지도 못했다. 마구 엉클어진 머리카락에는 피처럼 보이는 무언가가 얼룩덜룩 묻어 있었다. 손목에는 깁스를 했다.

"저스틴."

나는 엠마의 손을 시트 위에 내려놓고 저스틴에게 달려갔다. 그러다 저스틴을 아프게 할까 봐 걸음을 뚝 멈추었는데, 고맙게도 저스틴이 먼저 팔을 뻗어 나를 안아 주었다. 그의 얼굴과 몸에 난 상처들은 그렇게 깊어 보이지 않았지만, 그 상처들 때문에 마치 바닥에 한 번 떨어져 깨졌다가 다시 조각조각 맞춘 도자기 인형처럼 보였다. 그것도 접착제 자국이 아직 마르지 않은.

"너 괜찮아?"

나는 비교적 다친 데가 덜한 것 같은 저스틴의 팔 부위를 잡았다. 그런데 저스틴은 '흡' 하고 숨을 급히 들이마시더니 마치 뜨거운 곳에 데기라도 한 듯 흠칫 놀랐다.

"아, 미안."

"괜찮아."

저스틴이 말했다. 그리고 엉거주춤한 자세로 대충 나를 껴안았다.

"엠마는 어때?"

나는 고개를 저었다.

저스틴은 무슨 의미인지 알아듣고 시무룩한 표정으로 병실을 둘러본 뒤 엠마에게 시선을 던졌다. 우리 둘 다 같은 생각을 하고 있다는 확신이 들었다. 저스틴은 괜찮지만 엠마는 그렇지 않다는……. 저스틴은 힘겹게 걸어가 조금 전에 내가 앉아 있던 침대에 앉았다. 그리고 엠마의 손을 잡고 엄지손가락으로 손등을 쓰다듬었다.

"엠마, 얼른 집에 가서 네 일기장에 나에 대해 써야지."

저스틴이 말했다. 나는 저스틴이 엠마에게 미소 짓는 것을 보고, 엠마도 미소로 답을 하는지 보려고 엠마의 얼굴을 살펴보았다. 하지만 엠마는 아무런 반응도 보여 주지 않았다. 엠마는 너무 멀리 있었다. 하지만 그건 저스틴이 엠마와 이야기하는 데 조금도 장애가 되지 않았다.

"굉장한 농담들을 많이 준비했단 말이야. 같이 시사 문제에 대해 이야기하려고 오늘 아침엔 신문도 읽었어. 네가 무척 좋아했을 거야. 그러니까 이제 눈 좀 뜨고 날 봐."

그런 다음 저스틴은 자신의 가슴을 흘긋 보면서 말을 이었다.

"나한테 있는 제일 좋은 스웨터도 입었단 말이야."

저스틴은 엠마를 향해 계속 미소를 지어 보이고, 이야기를 했다. 내가 해야 했지만 못했던 그 일들을 말이다.

"CD를 한 장 찾고 있었어."

저스틴은 여전히 엠마를 보고 있었지만, 나는 나에게 하는 말이라는 것을 알고 침대 맞은편에 앉아 엠마의 다른 손을 잡았다. 저스틴의 얼굴이 일그러졌다.

"우리가 좋아하는 이 영국 인디 밴드에 대해 이야기 하고 있었는데, 엠마가 바닥에 떨어진 CD 보관함을 찾아 달라고 부탁했어."

작년에 내가 엠마의 생일 선물로 준 꽃분홍색 스웨이드 CD보관함을 떠올리자 속이 울렁거렸다. 나는 엠마의 모든 CD를 항상 그 보관함에 넣어 주었다. 나는 그 보관함의 CD를 전부 빼서 엠마가 늘 그랬듯, 조수석 앞 사물함과 바닥에 늘어놓았어야 했다. 아니, 애초에 그 보관함을 선물하지 말았어야 했다.

"엠마는 나한테 건네받은 보관함을 열어 CD를 한 장 한 장 넘기기 시작했고, 그러다가……."

저스틴의 목소리가 잦아들었다. 나는 엠마의 손을 꽉 쥐었다. 우리가 함께 하는 이 침묵으로 익히 짐작하고 있던 내용이 분명하게 밝혀진 이상 다른 할 말이 없었다. 엠마는 조심해서 운전하지 않았다. 사고는 엠마의 과실에 의한 것이었다. 그리고 엠마는 내 선물을 들고 있다가 상대편 차와 충돌했다. 이 사실만으로 내가 죄책감을 느낄 필요는 없었지만 어쩐지 모두가 내 책임인 것 같았다.

그때 누군가 병실 문을 노크했고, 우리가 대답하기도 전에 문이 열렸다. 간호사가 문 안으로 살짝 고개를 들이밀었다.

"미안, 얘들아. 이제 그만 병실에서 나와야 할 것 같은데."

간호사의 목소리가 어찌나 크던지 기계 소리를 잠재울 정도였다.

"원래는 너희를 병실에 들여보내면 안 되게 되어 있단다."

우리가 자기에게 따지려 들 거라고 생각했는지 간호사는 이렇게 덧붙였다.

"가족만 들어올 수 있어."

우리도 알고 있었다. 엄마는 짧디짧은 10분의 시간을 우리에게 주기 위해 연줄이란 연줄은 총동원했기 때문에 세 번이나 이렇게 말했다.

나는 엠마의 손을 다시 한 번 꼭 쥔 다음 손을 뻗어, 꿰매지 않은 엠마의 광대뼈를 손가락으로 어루만진 뒤 엠마의 귀에 대고 속삭였다.

"내일 다시 올게."

그리고 문으로 다가가 저스틴을 기다렸다.

저스틴은 손으로 엠마의 머리카락을 쓸어 넘기고 이마에 입을 맞추었다.

"나도 내일 올게."

그리고 일어서서 삭막한 무균실을 둘러보았다.

"내일은 음악을 좀 가지고 올게. 아마 도움이 될 거야."

처음엔 저스틴의 이 말이 쉴 새 없이 삑삑대는 기계음을 잠재우는데 도움이 될 거라는 의미인 줄 알았다. 그런데 저스틴이 엠마를 바라보는 모습을 지켜보면서, 지금 엠마가 있는 곳이 어디든 예전 엠마의 모습으로 돌아가는 데 도움이 될 거라는 의미인지도 모른다는 생각이 들었다.

일요일에 엠마는 전날보다 더 호전된 것 같지는 않았지만 병실은 한결 경쾌해졌다. 엄청나게 많은 양의 싱싱한 꽃다발이 살균된 병실 표면을 뒤덮었고, 빈 벽마다 카드들이 테이프로 부착되었으며, 화려한 글씨체로 '빨리 회복되길'이라고 적힌 풍선들이 작은 창문 옆 모퉁이를 장식했다.

"딱 십 분이야."

중환자실 간호사가 우리에게 단호하게 말했다.

"부모님이 점심 식사를 마치고 돌아올 때까지만 환자 곁에 있는 거다. 원래는 병실에 들어오면 안 돼."

간호사는 누가 보는 사람이 없는지 확인하기 위해 뒤를 돌아본 다음 커튼을 치고 문을 닫았다.

저스틴은 아직 퇴원하지 않았지만, 대신 라일리 아주머니가 저스틴의 부탁으로 엄청나게 큰 휴대용 CD플레이어와 CD 몇 장을 가지고 왔다. 이제 저스틴은 엠마의 침대 옆으로 돌아와 모니터들이 늘어선 벽에 플러그를 꽂고 CD의 케이스를 열었다. 한눈에 봐도 수채화로 그린 소용돌이무늬의 케이스는 아니었지만, 저스틴이 직접 여러 곡을 녹음해 만든 CD 가운데 하나라는 것을 알 수 있었다. 저스틴이 재생 버튼을 누르자 기계 소음들이 금세 사라졌고, 규칙적으로 들리던 '웅—틱—삑' 소리는 약한 배경음이 되어 음악을 위한 반주처럼 들렸다. 나는 침대에 누워 있는 엠마의 옆에 앉아 그녀를 바라보았다. 어제 저스틴이 그랬던 것처럼 엠마와 이야기를 할 수 있길 바랐지만 입을 열 때마다 어색한 기분이 들었다. 저스틴이 나를 지켜보고 있었다.

"잠시 자리를 비켜 줄까?"

하지만 그건 날 더 난처하게 만들 것 같았다. 엠마에게 말을 하는 게 어색할 이유는 아무것도 없는데, 여전히 나는 아무 말도 할 수 없을 것 같았다.

"아니."

내가 말했다. 저스틴은 침대 반대편으로 가서 엠마의 다른 손을 잡았고, 우리는 그냥 그렇게 앉아 있었다. 10분이 지나고 20분이 지났지만 간호사는 우리를 쫓아내기 위해 병실에 들르지 않았고, 덕분에 우리는 둘 다 그대로 앉아 있을 수 있었다. 나는 엠마의 가슴이 오르내리는 것을 지켜보며 침묵을 지켰다. 저스틴은 모니터 위에 깜박이는 빨간 불빛에 넋을 놓고 바라보며 역시 침묵을 지켰다. 확실히 음악이 있으니 이 끔찍한 병실이 덜 삭막하게 느껴졌다. 하지만 음악이 할 수 있는 일이란 그게 전부였다. 엠마는 여전히 아주 멀리 있었다.

엠마의 부모님이 돌아왔고 나는 저스틴을 건너다보았다. 저스틴은 30분 전에 퇴원을 허락받아 그의 부모님이 바로 아래층에서 퇴원 수속을 밟고 있었다. 저스틴은 몹시 피곤해 보였고 간신히 눈만 뜨고 있는 것 같았다.

"바람 좀 쐴래?"

내가 물었고, 저스틴은 잠깐 생각을 해 본 뒤 마침내 고개를 끄덕였다. 나는 나중에 엠마의 병실로 들어올 구실을 만들기 위해 그곳에 소지품을 모두 두고 나왔다. 복도에 나오자 저스틴이 벽에 몸을 기댔다.

"기분이 엉망이야."

저스틴은 꿰맨 사실을 까맣게 잊은 채 이마를 문지르기 시작했다.

"우악, 제기랄."

나는 저스틴을 엘리베이터로 안내했다.

"오늘은 이만 집에 가는 게 좋겠어, 저스틴. 가서 푹 쉬고 몸이 좀 나아지면 내일 다시 와."

엠마가 내일은 퇴원하게 될 거라고 말할 수 있다면 좋으련만, 그러지 못할 거라는 사실을 우리 둘 모두 잘 알고 있었다.

엘리베이터가 우리를 1층에 내려 주었고, 우리는 표지판을 따라 마당으로 향했다. 잠시 주변을 걸었는데 얼어 죽을 것처럼 춥고 바람도 강한데다 우리에게 필요한 바람을 쐬는 데에는 잠깐이면 충분했기 때문에, 다시 안으로 들어가 저스틴의 부모님을 찾기로 했다. 병원 접수대는 쉽게 찾을 수 있었다. 저스틴의 부모님은 아직 그곳에 앉아 사무원이 퇴원 서류를 마무리하는 것을 기다리고 있었다. 라일리 아주머니가 퇴원 수속을 마치려면 제법 시간이 걸릴 거라고 말해 우리는 매점을 찾아갔다.

매점에 앉아 지금까지 먹어 본 것 중 최악의 커피를 마시고, 오래돼서 쿰쿰한 냄새가 나는 도넛을 깨작거리며 먹다가 마침내 내가 먼저 입을 열었다.

"저기…… 너하고 엠마 말이야."

저스틴이 죄책감을 느끼는 듯한 미소를 지으며 나를 바라보았다.

"왜?"

"아무것도 아니야."

저스틴은 도넛을 조금 떼어 먹은 다음 창문 밖을 응시했다.

"정말 미안해. 너한테 진작 우리 얘기를 했어야 했는데. 너한테는 비밀로 하고 싶지 않았어, 애나. 하지만 어쩐지 상황이 그냥 좀…… 그랬어. 너하고 평생 친구로 지내 왔는데, 그리고……."

저스틴의 목소리가 차츰 작아졌다. 그는 다시 커피를 한 모금 마신 다음 나를 똑바로 쳐다보며 말을 이었다.

"어쨌든 너한테 말을 했어야 했어."

"그러게. 나한테 말하지 그랬어."

나는 저스틴에게 화나지 않았다는 것을 알려 주고 싶어서 미소를 지어 보였다.

"괜찮아, 정말이야. 엠마가 벌써 말했어. 그리고 그렇지 않더라도 넌 내 친구잖아. 엠마도 내 친구고. 이건 좋은 일이야."

"그럼 우리가 사귀는 거 찬성이야?"

두 사람의 이름을 함께 떠올릴 때면 여전히 머릿속에 물음표가 그려졌지만, 그런 말은 하지 않기로 했다.

"물론이지. 열렬히, 대찬성이야."

우리 둘 다 테이블을 내려다보았다. 저스틴은 손가락 끝으로 포마이카 테이블의 무늬를 따라 그리기 시작했고, 나는 도넛 부스러기를 한곳에 모아 작게 쌓아 올렸다.

"데이트한 얘기 좀 해 봐. 틀림없이 잘돼 가고 있었겠지, 사고가 나기 전까지는……."

나는 마지막 말을 당장 주워 담고 싶었지만, 저스틴은 신경 쓰지 않는 눈치였다.

"정말 좋았어. 한 번은 같이 저녁을 먹었고, 또 한 번은 커피를 마셨어. 그런 것도 좋았지만, 엠마네 집에서 그냥 같이 있는 것도 재미있었어. 엠마의 방과 엠마의 물건들을 구경했어. 그냥 빈둥거리기도 하고."

저스틴은 내 뒤편 창문 밖을 내다봤다.

"우리는 아주 놀라운 이야기를 했는데……."

저스틴은 목소리를 낮추었지만 입가에 엷게 미소를 띠고 있었다.

"어떤 이야기?"

저스틴이 고개를 저으며 다시 나를 보았다.

"아무것도 아니야……. 그건 그렇고, 엠마는 정말 굉장한 아이야."

나는 턱을 괴고 저스틴에게 미소를 지었다.

"너 엠마를 정말 좋아하는구나?"

내 물음에 저스틴이 고개를 끄덕였다. 그리고 등을 기대고 앉아 팔짱을 꼈다.

"맞아. 인정해. 나도 이럴 줄 몰랐고, 어제까지만 해도 전혀 확신이 없었어. 그런데, 맞아. 지금은 확실히 인정할 수 있어. 엠마는 뭐랄까 나에게 뜻밖의 선물인 것 같아."

엠마도 저스틴에 대해 같은 감정인지 모르겠지만, 확실히 저스틴은 엠마에게 푹 빠져 있었다. 그러고 보니, 어떤 남자애들은 그냥 친구일 뿐인 여자애한테 CD를 만들어 주기도 하는 것 같았다.

"엠마는 나에게도 뜻밖의 선물이었는걸."

나는 이렇게 말했고, 어제 바위에서 엠마의 광대뼈와 치아 교정기, 그녀가 곱슬머리 전학생에게 베푼 친절을 설명하며 베넷에게 했던 말을 나도 모르게 되풀이하고 있었다. 그리고는 엠마의 모습을 떠올리며 미소를 지었다. 아니, 정확히 말해 어제까지의 모습이라고 해야겠지. 광대뼈는 여전하지만 치아 교정기는 더 이상 착용하지 않는. 다리에 대고 있는 저 꼴사나운 지지대 따위도 없는. 그냥 아주 멋지고 재미있고 매력적이며, 만나는 사람들—심지어 나처럼 운동밖에 모르는 따분한 애도, 저스틴 같은 회의론자도—을 전부 자기편으로 만들어 버리는 원래의 엠마 모습을. 그때 문득 저스틴과 내가 똑같이 슬픈 표정으로 서로를 보고 있다는 것을 깨달았다. 이렇게 슬프게 엠마에 대해 이야기하면서 우리가 지금 여기에서 뭘 하고 있는 건가, 하며 둘 다 의아해하고 있는 것 같았다.

저스틴이 먼저 어색한 침묵을 깼다.

"저기 있잖아아……."

저스틴은 말을 길게 늘어뜨렸다.

"밝은 얘기 하는 게 어떨까. 어제 데이트 어땠어?"

저스틴의 질문이 어제 일을 떠올리게 했고, 베넷과 내가 바위 위에 웅크리고 앉아 질문과 이야기와 키스와 분필 가루를 주고받았던 것이 생각나서 나도 모르게 활짝 웃음이 지어졌다. 하지만 이내 죄책감에 사로잡혔다. 엠마가 지금 나보다 여섯 층 위에서 의식도 없이 누워 있는데 차마 미소를 짓고 있을 수가 없었다.

"좋았어."

나는 암벽 등반을 하게 된 과정, 정상에 올라 전경을 바라보았을 때의 감동을 최대한 절제하며 이야기했다. 베넷과 내가 서로 어떤 식으로 질문을 주고받았는지 말해 주었고, 음악과 달리기와 여행과 서로의 가족들에 대해 이야기했다고 말해 주었다. 그러다가 별안간 한 가지 생각이 머리를 스쳤다. 어제 계획에 따르면 지금은 병원의 삭막한 매점에서 저스틴과 이야기할 때가 아니었다. 예정대로라면 커피하우스에서 엠마와 서로의 데이트에 대해 수나를 떨기로 되어 있었다. 나는 입을 다물고 저스틴 너머 매점 한구석에 있는 자판기에 시선을 고정시켰다.

"즐거웠겠구나."

저스틴의 목소리가 들렸는데, 그 목소리가 조용하고 아득하게 느껴졌다. 우리 둘 다 반대 방향을 멍하니 바라보았고, 한동안 누구도 다시 입을 열지 않았다.

"너희 엄마가 너 데리러 몇 시에 오신다고 했어?"

마침내 저스틴이 물었다.

"여섯 시."

내가 손목시계를 내려다보며 말했다. 겨우 3시였다.

"난 가서 우리 부모님을 찾아야겠는데, 네가 괜찮으면 너하고 여기에 함께 있다가 부모님 차로 너희 집에 데려다주고 싶어. 너 혼자 여기에 두고 가고 싶지 않아."

저스틴은 진심으로 말했지만 몹시 지쳐 보였다. 눈도 제대로 붙이지 못하고 줄곧 깨어 있느라 기운이 다 빠진 게 분명했다.

"난 괜찮아. 엠마와 단둘이 있는 시간을 갖는 것도 좋을 것 같아."

저스틴이 나를 가만히 쳐다보았다.

"그래. 네가 괜찮다면야."

저스틴은 테이블 너머로 손을 내밀어 위로의 의미로 내 손을 꼭 쥐었다. 나는 저스틴에게 희미하게 미소를 지었다.

"난 정말 괜찮아."

거짓말이었지만 저스틴에게 이렇게 말을 하고 나니 정말로 기운이 생기는 것 같았다. 하지만 그 말은 내가 아니라 순전히 저스틴을 위해 한 말이었다. 저스틴이 이렇게 피곤하고 힘들어 보이지 않았다면, 정말 하고 싶은 말을 했을 것이다. 우리가 여기 이렇게 앉아 있으니, 예전의 네 모습—나에게 음악을 만들어 주고 나를 웃게 해 준 편안한 내 친구이며, 내가 무엇이든 이야기할 수 있는 단 한 사람—그대로인 것 같다고. 지금 내가 원하는 것은 단 하나, 네가 나를 꼭 안고 모든 게 다 잘될 거라고 말해 주는 거라고, 네가 그렇게 해 준다면 정말로 네 말을 믿을 것 같다고, 지금 당장 나는 그렇게 말하고 싶었다.

20

저스틴이 집으로 가고 난 뒤 대니얼이 병원에 들렀는데, 우리 둘은 엠마의 병실에 다시 잠입하려다 붙잡히고 말았다. 하지만 간호사가 우리를 막 내쫓으려 할 때, 마침 엠마의 엄마가 오셔서 우리를 병실에 들어가게 해 달라고 간호사를 설득했다. 그러나 대니얼은 결국 얼마 못 가 집으로 돌아가야 했다. 10분이 지나도록 병실로 가는 내내 걸음 조차 제대로 옮기지 못했고, 그 바람에 결국 엠마의 엄마가 대니얼의 어깨를 감싸고 다독이며 내일 다시 오는 게 어떻겠냐고 말해야 했던 것이다. 대니얼은 어쨌든 내일 학교에 갈 마음이 없었던 터라 내일 아침에 다시 오겠다고 말했다.

엠마의 엄마와 나는 창밖을 바라보며 사소한 잡담으로 세 시간을 함께 보냈다. 이윽고 시계가 6시를 가리키자 어찌나 마음이 놓였는지 모른다. 나는 기진맥진한 채 엠마의 이마에 입을 맞추었고, 엠마의 엄마에게 포옹을 하며 인사했다.

엄마를 만나기 위해 대기실로 향하는데 저쪽 엘리베이터에서 '띵' 하는 소리가 들렸다. 나는 모퉁이를 돌다가 누군가와 정면으로 부딪쳤고, 둘 다 중얼중얼 사과를 하며 뒤로 물러난 뒤에야 서로 상대방이 누군지 알아차렸다.

"여기 있었구나."

베넷이 말했고 그와 동시에 나도 입을 열었다.

"네가 여기 웬일이야?"

"너 찾으러 왔지."

베넷의 얼굴이 걱정으로 잔뜩 찡그러졌다.

"왜 나한테 엠마 일 말하지 않았어?"

나는 대답할 말이 없었다. 어쩌면 베넷에게 전화를 걸어 이 일을 말하고 싶은 생각이 들었어야 했는지도 모른다. 하지만 머릿속에는 아무 생각도 나지 않았다. 베넷이 나를 끌어당기며 괜찮은지 물어봤지만 나는 어깨만 으쓱해 보일 뿐 아무 말도 할 수 없었다. 그저 베넷의 가슴에 대고 고개를 끄덕일 뿐이었다.

지금이야말로 울어야 할 때라고 생각했다. 울기에 적당한 때가 있다면 바로 지금―그의 머리 아래에 내 머리를 묻고, 내 등에 그의 손길을 느끼며 이렇게 그에게 폭 안겨 있을 때―일 테지만 나는 울 수가 없었다. 대신 엠마의 몸에 연결된 여러 개의 고무관과 기계들, 꿰맨 자국들, 의사들, 그리고 엠마가 의식이 회복되고 나면 견뎌야 할 재활 치료에 대해 이야기했다. 엠마의 모습이 너무나 끔찍해 내가 모르는 사람 같다고 말했고, 이런 말을 하는 것이 가슴 아프다고 말했다.

엘리베이터에서 다시 '떵' 하는 소리가 났고, 이번에는 엄마가 나왔다. 엄마는 딱 한 번 보았을 뿐인데다, 화요일 밤 가족 저녁 식사 때도 내가 전혀 언급한 적 없는 남자아이 품에 옹송그리며 안겨 있는 모습을 보고 깜짝 놀라는 것 같았다.

"어머, 애나."

"안녕, 엄마."

나는 초조하게 말했다.

"베넷 기억하지……? 지난번 밤에…… 서점에서."

엄마는 고개를 끄덕이고 손을 내밀었다.

"그래. 안녕, 베넷."

엄마가 베넷과 악수를 하며 베넷을 빤히 쳐다보았다. 나는 엄마가 특유의 미소를, 누구라도 단번에 엄마를 좋아하게 만들어 버릴 엄마의 '간호사 미소'를 베넷에게 보여 주길 기다렸지만 엄마는 그러지 않았다. 엄마의 표정에는 냉랭한 기색도 없었지만 따뜻한 느낌도 없었다. 엄마가 마침내 베넷의 손을 놓아 주자 베넷은 조금 안심하는 것 같았다. 엄마는 이제 베넷에게서 돌아서서 나를 마주 봤다.

"엠마는 어때?"

나는 어깨를 으쓱해 보이며 말했다.

"똑같아. 지금은 엠마의 엄마가 병실에 계셔."

"난 엠마를 보러 가야겠다. 뭐 도와줄 일이 있는지도 알아보고. 같이 들어갈래?"

그 병실에 다시 들어가는 건 생각도 하고 싶지 않았다.

"난 오늘 내내 여기 있었어. 엄마, 나…… 베넷한테 집에 데려다 달라고 해도 될까?"

엄마는 몸을 홱 돌려 다시 베넷을 향했다. 베넷을 위아래로 훑어보는 엄마의 표정에는 걱정하는 기색이 역력했다.

"너 운전 잘하니?"

"네, 잘해요. 아주 조심해서 하는 편이에요."

엄마가 여전히 걱정하는 눈치여서 베넷이 덧붙여 말했다.

"오늘은 특히 더 조심할게요."

"밖에 바람이 많이 불어."

"천천히 운전할게요, 그린 아주머니."

"그렇다면 좋아."

엄마가 나를 엄마 쪽으로 당겨 꼭 끌어안고는 이마에 입을 맞추었다.

"이따 집에서 보자, 애나."

하지만 엄마는 엠마의 병실로 향하지 않고 잠시 그 자리에서 머뭇거렸다.

"있잖니, 베넷. 애나 아빠가 그러는데, 애나가 저녁 식사에 널 초대해 우리한테 소개하기로 했다는구나. 혹시 애나가 벌써 널 초대했니?"

베넷이 나를 한 번 쳐다본 다음 엄마를 보고 말했다.

"아직이요, 그린 아주머니. 하지만 초대해 주신다면……."

"화요일 어떠니?"

"화요일이요?"

베넷이 나를 보았다. 나는 손으로 얼굴을 가렸다.

"화요일 좋아요."

베넷이 말하는 소리가 들렸다.

"그래, 잘됐구나. 그럼 그때 보자."

엄마가 다시 한 번 내 이마에 입을 맞춘 뒤 몸을 돌려 복도를 향해 사라져 갔다. 엘리베이터에 오르자 베넷이 나를 빤히 보았다.

"저녁 식사 하러 와."

베넷이 고개를 끄덕이며 말했다.

"화요일에 갈게."

"집에 오게 해서 미안해."

"아니, 괜찮아. 나 가족 식사 좋아해."

엘리베이터가 멈추었고, 우리는 손을 잡고 주차장으로 향했다.

"사실 마지막으로 가족들과 식사한 지가 언제인지 기억도 안 나. 우린 그런 걸 썩 좋아하지 않거든."

"우리는 화요일마다 같이 저녁 식사를 해. 아빠하고 나는 서점 문을 일찍 닫고 집에 오고, 엄마도 그날은 절대 근무 시간을 야간으로 정하지 않아. 엄마는 일주일에 하루 저녁은 다 같이 식사를 해야 한다고 주장하는데 그날이 화요일이야."

나는 베넷이 자동차 문을 열어 주어 차에 올라탔다. 다시 우리 단둘이 이 지프차에 있게 됐다. 바로 어젯밤 정확히 이 시간에 우리가 함께 있었던 것처럼. 하지만 지금 우리는 어제와 반대 방향으로 달리고 있었고, 어제처럼 웃지도, 콘솔 박스를 가로지르며 서로 주먹으로 토닥거리지도 않았다. 질문 주고받기 게임도 하지 않았다.

"너 괜찮아?"

베넷이 낮은 목소리로 계속 물었고, 그때마다 나는 어영부영 고개를 끄덕였다.

베넷이 제한 속도보다 훨씬 천천히 달리는지, 신호등도 교통 표지판도 슬로 모션으로 흐릿하게 지나가는 것 같았다. 엄마가 베넷에게 지나치게 겁을 준 게 틀림없었다. 아니, 어쩌면 내가 그렇게 느끼는지도 몰랐다. 세상의 모든 것들이 느릿느릿 움직이고 있는 것 같다고.

"엠마와 저스틴뿐이었어."

마침내 내가 조수석 창문으로 얼굴을 돌리며 입을 열었다.

"저스틴은 부모님이 그곳에 도착하시기 전까지 네 시간 동안 혼자 병실에 누워 있었어. 엠마는 두 시간 동안 혼자 있었고."

나는 손가락으로 창문에 무엇인가를 그리며 어둠 속을 빤히 내다보았다.

"그 사실이 왜 이렇게 나를 괴롭히는지 모르겠지만, 엠마와 저스틴이 각각 다른 병실에서 낯선 사람들에 둘러싸여 있는 모습이 자꾸만 떠올라. 그래, 사고가 날 수도 있다 쳐. 그렇다 하더라도 네 부모님이라면 틀림없이 밖에서 기다리셨을 거야. 그런데 어쩜 그렇게 오랜 시간 동안 그 아이들만 덩그러니 내버려 둘 수가 있지?"

"엠마와 저스틴은 모두가 오고 있다는 걸 알고 있었을 거야."

"그랬을까?"

내가 묻자, 베넷이 콘솔 박스 너머로 손을 뻗어 내 손을 잡았다. 우리는 잠시 침묵을 지켰고, 마침내 나는 마음속 깊이 생각하고 있던 말을 꺼냈다.

"난 그곳에 없었어."

베넷이 나를 건너다보았다.

"나는 여덟 시간이 지나서야 병원에 도착했어."

"괜찮아, 애나. 넌 네가 할 수 있는 한 가장 빨리 병원에 도착했어."

베넷이 내 손을 꼭 쥐었다. 무슨 말을 한들 내 기분이 나아질 리 없겠지만, 그가 손을 꼭 잡아 주니 이상하게 마음이 편해졌다. 나는 콘솔 박스 위에 놓인 우리의 깍지 낀 손가락—어제의 등반으로 베넷의 손톱은 여전히 지저분했다—을 내려다보며, 그의 가슴에 행복하게 몸을 기댄 채 그의 손바닥에 새겨진 손금을 매만지던 기억이 떠올랐다. 그 손이 얼마나 대단한 능력을 발휘하는지 이따금 잊어버릴 정도로 베넷의 손은 부척이나 평범하게 느껴졌다.

"어머, 세상에."

나는 그의 손에서 내 손을 빼내며 말했다.

"차 좀 세워 봐."

"왜 그래? 무슨 일인데?"

"세워, 차."

나는 고개를 저으며 내가 너무 바보 같다고 생각했다. 왜 진작 이 생각을 못했지?

베넷은 주택가로 향한 뒤 주차장에 차를 세웠다. 베넷이 차의 앞 유리를 응시하고 있었는데 그 순간, 나는 미처 생각하지 못했다 하더라도 베넷은 틀림없이 이 생각을 했으리라는 것을 깨달았다. 심지어 베넷은 내가 지금 뭘 물어보려고 하는지도 정확히 알고 있을 것이다. 나는 베넷 쿠퍼가 가진 능력에 대해 잠시 잊을 수 있을지 몰라도, 그는 결코 잊어버릴 수 없을 테니까.

"예전으로 되돌려 줘."

나는 의자에서 몸을 돌려 베넷을 향했다.

"베넷, 부탁이야. 다시 돌려 줘. 날짜를 거꾸로 돌려 달란 말이야."

"못 해."

베넷은 나를 보려고도 하지 않았다.

"할 수 있잖아. 이 일을 바로잡을 수 있잖아. 사고가 나기 전으로 돌아가 줘. 엠마가 운전을 못 하게 하면 되잖아. 우리가 이 일을 해결하면 되잖아! 베넷?"

베넷은 조수석에서 떨고 있는 나를 놔둔 채 자동차 밖으로 나와 문을 쾅 닫았다. 베넷이 주먹으로 자동차 보닛을 세게 내려쳤고, 그의 표정이 헤드라이트 불빛에 고스란히 드러났다. 나는 차에서 내렸고, 베넷은 주변을 서성거리다가 나에게 등을 돌리고 차 앞에 기대섰다. 그의 어깨가 위아래로 들썩이고 있었다. 그런 부탁을 한 것을 후회하는 게 맞겠지만, 나는 후회하지 않았다.

잠시 후 베넷이 다시 자동차로 돌아와 문을 열고 차에 탔다. 아까보다 차분해졌지만 여전히 분노로 온몸을 떨고 있었다. 베넷은 손가락 관절이 하얘질 정도로 핸들을 꽉 붙잡았다.

"다시는 나한테 그런 부탁 하지 마."

"그래, 나도 네가 말한 규칙들 충분히 이해해."

나는 '네가 말한'이라는 말을 강조하면서 베넷이 내 말의 요점을 알아듣길 바랐다.

"네가 말한 나비 효과라는 거, 미래에 영향을 미친다는 네 미신들…… 무슨 말인지 알고 있다고."

"나비 효과는 '내가' 한 말이 아니야. 그건 하나의 현상이고, 미신과는 아무런 관계가 없는 카오스 이론의 주요 개념이야. 복잡한 체계의 한 부분에서 일어난 작은 변화가 다른 어딘가에서 커다란 영향력을 미칠 수 있다는 개념……. 그리고 나는 지금껏 이런 문제에는 관여하지 않았어, 애나."

"좋아, 무슨 말인지 알겠어. 그렇지만 약간은 변화를 줄 수 있잖아,

안 그래? 아주 사소한 부분에 영향을 미치는 건 괜찮지 않아? 이 일이랑 네가 너희 부모님을 위해서 하는 일이랑 뭐가 다르겠어? 지난 금요일 스페인어 시간 전에 네가 어떻게 했지? 하마터면 나에게 끔찍한 일이 벌어질 수도 있었던 그날 밤 서점에서는 또 어땠지? 잘못하면 내 목숨이 끝났을 수도 있었지만 네가 개입한 덕분에 난 무사했어. 그리고 봐……"

나는 두 팔을 양옆으로 벌려 자동차 주변을 가리켰다.

"끔찍한 일은 아무것도 일어나지 않았잖아. 우리는 여전히 이곳에 있을 거야. 나비 효과인지 뭔지 하는 혼란은 일어나지 않을 거라고."

"그렇게 단순한 일이 아니야. 결국엔 어떤 일로든 부메랑이 되어 돌아오고 말 거야. 나는 그런 일을 절대로 반복할 수 없어."

나는 나를 돌아보길 바라며 베넷을 바라보았고, 마침내 그가 나를 향해 고개를 돌렸다.

"할 수 없는 거야, 안 하는 거야?"

"안 하는 거야."

"왜?"

"그래. 사실 지금까지 해 온, 시간을 되돌리는 일들도 해서는 안 되는 거였어, 애나. 하지만 그 일들은 지금과는 사정이 달라. 나는 보통 오 분, 한 시간 뒤로 이동했지 꼬박 하루를 되돌리지는 않았어. 강도가 칼로 너를 위협하거나 서점을 털려는 것 자체를 막은 게 아니야. 단지 그 상황에서 너를 빼내고, 경찰이 조금 더 일찍 그곳에 도착하게 했을 뿐이야. 그리고 그날 학교에서도 우리는 변함없이 수업에 들어갔고 그 시간에 아무 일도 일어나지 않았어. 그때 한 일들은 모두 아주 사소한 변화들이었어. 그런데 자동차 사고를 완전히 없던 일로 해 달라고? 그건 중요한 사건을 통째로 지워 버리는 일이야."

"미안하지만 난 뭐가 다른지 잘 모르겠어."

"뭐? 우리 아빠하고 똑같은 말을 하는구나."

베넷은 아랫입술을 꽉 깨물고 몸을 돌려 창문 밖을 바라보았다.

"생각해 봐. 이건 파멸에 이르는 길이야. 어떤 무고한 사람에게 일어난 불미스러운 일에 영향을 미치는 것만으로 끝나는 게 아니야. 이일을 시작하면 지금까지 추락한 모든 비행기들을 이륙하지 못하게 되돌리는 것도, 모든 자연 재해에 대해 조기 경보 시스템 노릇을 하는 것도 전부 내가 해야 하는 날이 오겠지. 그러다 보면 결국, 이전에 일어난 비극을 막기 위해 내가 바꾼 것들로 인해 그보다 훨씬 심각한 대재앙이 일어나고 말겠지. 이건 사소한 하나의 능력이야. 이 능력 때문에 내가 주변 모든 일에 관여해야 한다고 생각하지 않아. 나는 그저 지켜볼 뿐이야. 미래를 바꾸지 않아. 더 이상은 안 돼. 지금 이곳에서 지내는 것만으로도 이미 내 모든 규칙을 어기고 있다고."

"정해진 규칙은 아니잖아, 네가 만들어 놓은 규칙이지. 그리고 네 규칙이 다 옳다고 어떻게 장담해? 어쩌면 그 규칙들을 시험해 봐야 할지도 모르잖아."

"그건 안 돼."

베넷이 나를 노려보았다.

"시험이라는 말이 나와서 말인데, 애나. 예전에 어떤 여자아이를 위해 규칙을 시험한 적이 있었어. 결과는 썩 좋지 않았지. 그 여자아이에게 말이야."

베넷의 말이 맞다고 생각했지만 나는 여전히 물러서지 않았다. 그럴 수가 없었다. 내 가장 친한 친구가 만신창이가 되고, 수술을 받고, 몸의 일부분을 잃고, 찢어진 부분을 꿰맨 채로 시간을 보내게 할 수는 없다. 아무리 엠마의 운전이 형편없다 하더라도, 그녀에게는 창창한 미래가 있었다.

"이건 나하고 관계된 일이 아니야. 너도 역시 관계없고."

베넷이 슬픈 눈빛으로 나를 보았다. 나는 그가 엠마를, 그리고 나를 돕고 싶어 한다는 것을 알고 있었다. 비록 그는 그렇게 생각하지 않을지 몰라도, 나는 그가 영웅이 되고 싶어 한다는 것을 알고 있었다.

"이건 나만의 일이 아니야, 애나. 모두에게 영향을 미칠 수 있는 일이야. 나는 할 수 없어. 미안하지만 너무 위험한 일이야."

"그래도 생각은 해 볼 거지?"

나는 베넷에게 희미하게 미소를 지었다. 베넷도 나에게 미소를 지어 주길 바랐지만 베넷은 그러지 않았다. 베넷은 거칠게 차를 몰아 유턴을 했다.

"아니. 다시는 이런 부탁 하지 마."

21

"여행 계획서, 포르 파보르(por favor, 부탁합니다)"

아이들이 여행 계획서를 제출할 때 나는 그들이 어떻게 작성했는지 보기 위해 몸을 돌려 계획서들을 살폈다. 래미네이트로 표지를 만든 것도 있고, 스프링으로 제본한 것도 있었다. 내 것─난 스테이플로 고정시킬 계획이었다─은 그저 노트 몇 장을 찢어 손으로 대충 끼적이기만 한 상태였는데, 여행 서적 사이에 꽂힌 채 아직도 백팩에 쑤셔 박혀 있었다. 어차피 오늘은 제출하지 않을 생각이었다. 가만 보니 나 말고도 과제를 안 낸 아이들이 더 있는 것 같았다.

베넷의 의자는 비어 있었다. 어젯밤 베넷이 집 앞에 데려다 주었을 때, 나는 차에서 내려 잘 가라는 인사도 없이 차 문을 쾅 닫은 후, 뒤도 안 돌아보고 집으로 들어갔다. 그렇게 일단 베넷의 시야에서 사라진 후 주방 창문 사이로 1분쯤 밖을 내다보았는데, 베넷은 핸들 위로 엎드려 있다가 손으로 핸들을 내려치고는 쌩하니 진입로를 빠져나갔다.

오늘 아르고타 선생님은 설명만 하고 대화 연습은 시키지 않았다. 수업을 마치는 종이 울렸을 때, 나는 교실에 남아 아이들이 모두 빠져나가길 기다렸다. 그런 다음 자리에서 일어나 교탁 앞으로 가서 선생님이 나를 올려다보길 기다렸다.

"여행 계획은 잘돼 가고 있나요, 세뇨리타 그린?"

선생님은 교탁에 쌓인 과제들을 손으로 톡톡 치면서 물었다.

"마음에 드실 거예요, 세뇨르. 아직 완성은 안 됐지만요."

선생님이 실망스러운 표정으로 나를 볼 줄 알았는데, 오히려 이해한다는 듯한 미소를 지으며 일어나서 교탁 앞쪽으로 걸어 나왔다. 나는 토요일 엠마의 자동차 사고에 대해 말했고(선생님도 이미 알고 있었다), 지난 월요일 서점에서 있었던 강도 사건을 상기시켰으며(선생님은 유감이라는 표정을 지었다), 핑계를 대는 건 아니지만 굉장히 이상한 한 주를 보냈다고 강조했다(선생님도 동의했다).

"곧 일등을 발표할 겁니다. 목요일까지는 제출할 수 있겠어요?"

선생님이 물었다. 나는 고개를 끄덕였다.

"시간이 더 필요하면 알려 주십시오. 그럼 일등을 다음 주에 발표할 테니까요."

"그라시아스Gracias (감사합니다)"

나는 선생님에게 인사를 하고 천천히 교실을 빠져나와 도넛으로 가서 사물함에 내 책들을 넣고 식당으로 갔다. 그리고 텅 빈 우리의 테이블을 한 번 쳐다보고, 배가 고프지 않다는 결론을 내렸다.

엄마가 병원에 나를 내려 주었다. 나는 내 백팩을 끌고 엠마의 병실로 가서 의자에 자리를 잡고 앉아 여행 계획 과제를 시작했다. 30분후 간호사가 엠마의 차트를 확인하러 왔다. 간호사는 동정 어린 미소를 지으며 나를 본 뒤 병실을 나갔다.

침대 위를 보았다. 침대에 가만히 누워 있는 엠마의 모습은 저 멀리에 혼자 고립된 사람처럼 보여, 나는 여행 안내서『론리 플래닛:유카탄 반도Yucatan(멕시코 남동부의 반도 - 옮긴이)』편을 들고 침대 위 엠마의 곁에 앉았다. 책을 펼쳐 '달콤한 해변들'과 '말 많은 밤 문화'와 '바나나 잎에 싸 서서히 삶은 돼지고기'를 읽었다. 그런 다음 쇼핑 정보를 읽었다. 흠, 이거 엠마가 무지 좋아하는 건데.

나는 엠마에게 말을 걸기 시작했는데, 처음엔 그냥 작게 속삭이기만 했다.

"여기 굉장한 것 같아, 엠마. 들어 봐. '스페인으로부터 도입된 줄 세공 기술이 빛을 발하는 정교한 은 장신구, 마호가니 나무로 조각한 훌륭한 모형 갈레온(15~17세기 스페인 대형 범선 - 옮긴이), 물을 뜰 수 있을 정도로 촘촘하게 짠 파나마모자……. 쇼핑객들은 유카탄 반도에서 볼 수 있는 수공예품들을 감상하느라 시간 가는 줄 모를 것이다', 정말 끝내줄 것 같지 않니?"

나는 엠마의 고요한 얼굴을 내려다보며 엠마가 어떻게든 반응을 보여 주길 기다렸다. 이번엔 좀 더 크게 말했다.

"그거 알아? 넌 모자가 참 잘 어울려. 아르고타 선생님의 여행 과제에서 내가 일등하면, 멕시코에 가서 네 모자를 하나 사 올게."

나는 여행 안내서를 다시 들여다보았다.

"와, 이것도 사 와야겠다. 멕시코 사람들은 세계에서 제일 좋은 해먹을 만든대."

나는 엠마를 내려다보며 말을 이었다.

"모자 대신 해먹을 사도 좋을 것 같아. 네 생각은 어때? 모자가 좋아, 해먹이 좋아?"

나는 반응을 기다렸다. 아무 반응이라도 해 주길 바랐다. 하지만 아무런 움직임도 없었다.

"에이, 알았어. 그냥 둘 다 사 줄게."

다시 책으로 시선을 돌려 엠마가 좋아할 만한 페이지를 찾았다. 엠마에게 '유명한 요리' 편을 막 읽어 주려는데 페이지 위에 물방울 같은 게 뚝 떨어졌다. 또 하나, 그리고 또 하나. 나는 손으로 내 얼굴을 만져 보고 뺨이 젖어 있다는 것을 알았다. 눈물이 자꾸만 주르륵 흘러내려 도무지 멈출 생각을 하지 않았다. 눈물은 책 위로, 침대 시트 위로, 그리고 엠마의 손 위로 뚝뚝 떨어졌다. 엠마의 얼굴과 엠마의 몸에 꽂힌 고무관들을 보자 가슴이 조여 오는 것만 같았다.

"미안해, 엠마."

나는 엠마의 몸에서 꿰매거나 내상을 입지 않은 유일한 부분으로 알고 있는 오른팔 위에 엎드려 속삭이다가, 엠마가 이곳에 이렇게 누워 있어서는 안 된다는 생각에 마침내 소리 내어 울고 말았다. 엠마는 사소한 실수를 하나 했을 뿐이다. 그 작은 움직임 하나가 모든 것을 바꿔놓았다. 그날 딱 한 가지라도 달라졌다면 지금 우리가 이곳에 있었을까? 만약 엠마와 저스틴이 극장이나 쇼핑몰 같은 곳에 가기로 했다면 어땠을까? 만약 그들이 10분만 일찍 출발했다면 어땠을까? 아니면 10분 늦게 출발했거나? 아니면 엠마가 출발하기 전에 CD를 한 장만 가져왔다면? 진입로를 나오기 전에 CD를 꺼냈다면? 만약 신호등에 빨간불이 들어왔을 때마다 엠마가 확실히 멈추었다가 천천히 출발했다면 어땠을까? 만약 상대편 차량 운전자가 뭔가를 깜박 잊어버려서 집으로 되돌아갔다가 3분 후에 출발했다면 어땠을까? 만약 내가 엠마에게 CD들을 그 빌어먹을 보관함에 넣으라고 고집부리지 않았더라면 어땠을까? 만약, 만약, 만약, 만약, 만약 그랬다면 어땠을까? 뭐가 됐든 상황이 아주 약간 — 정말 사소한 딱 한 가지라도 — 만 달랐더라면 엠마와 나는 어제 커피하우스에서 카페라테를 마시고 서로의 데이트를 비교하면서 수다를 떨었을 텐데.

베넷이 그 사소한 한 가지를 바꾸어 놓아야 한다. 이 상황을 바로잡을 수 있는 사람은 베넷뿐인데, 그는 그것을 몹시 두려워했다.

나는 엠마의 뺨에 입을 맞추었다.

"이만 가 봐야 해, 엠마."

그리고 엠마의 귀에 대고 속삭였다.

"꼭 다시 올게. 가서 이 문제를 해결하고 상황을 바로 잡을게. 다 끝나고 나면 넌 아무것도 기억하지 못할 거야."

22

베넷의 집 앞에 차를 세운 엄마는 감동받은 표정으로 나를 보았다.

"와우, 근사한 유적지인걸."

"베넷 할머니 집이야."

나는 이렇게 말하면서 베넷의 아빠가 '운 좋게' 주식을 매매해 구입한 집도 분명히 이처럼 인상적일 거라고 확신했다.

"이따가 집에서 봐, 엄마. 데려다 줘서 고마워. 아빠한테도 오늘 일하는 시간 바꿔 줘서 고맙다고 전해 줘."

나는 자동차 문을 닫은 다음, 보도는 염화칼슘을 뿌리지 않아 조금 미끄러워 보였기 때문에 눈이 덮인 잔디를 가로질러 갔다. 그리고 베넷의 집 문을 두드렸다.

베넷이 문을 열자마자 내가 불쑥 말했다.

"오후에 엠마한테 갔다 왔어."

베넷이 불안한 표정으로 집안을 돌아보더니 마침내 나를 현관 안으로 데리고 들어가며 문을 닫았다.

"엠마는 좀 어때?"

걱정스러운 말투로 물어봐 주다니, 이렇게 친절하실 데가.

"똑같아. 위독해. 어제하고 마찬가지야."

"시간이 걸리는 일이야, 애나. 조금 지나면 나아질 거야."

"네가 어떻게 알아? 네가 미래에 가서 엠마가 비장 없이도 행복하게 사는 걸 보고 오기라도 했어?"

"엄밀히 말해 사람한테 비장이 꼭 필요한 건 아니야."

"내가 지금 그런 말 하는 게 아니잖아."

"나도 알아."

"어떻게 그럴 수가 있어? 네가 이 상황을 해결할 수 있다는 걸 알면서 어떻게 시도조차 안 하고 있을 수 있어?"

베넷이 내 팔을 꽉 붙잡고 나를 문 밖으로 끌고 나갔다.

"아야, 아파."

베넷이 팔에 주고 있던 힘을 풀었다.

"어떻게 그럴 수가 있냐고?"

베넷이 엿듣는 사람이 없는지 주위를 살피며 작은 목소리로 말했다.

"지금 장난해? 나도 이 일 때문에 죽겠단 말이야, 애나. 나도 뭐든 해 보고 싶지만 ─ 진심이야 ─ 만에 하나 아무것도 바꿀 수 없으면 어떻게 해? 상황이 오히려 더 나빠지면 어떻게 하냐고. 내가 아무리 애를 써도, 그래도 사고가 나면 어떻게 하지? 해서는 안 되는 일을 했다가 결국 엠마의 인생이 더 엉망이 되면 어떻게 해? 아니면 내 인생이 엉망이 되면? 네 인생이 엉망이 되면, 그땐 어떻게 하지?"

"나도 몰라! 그걸 누가 알겠어! 하지만 상황을 해결할 수 있는 능력을 가지고도 어떻게 그걸 써먹지 않을 수가 있어? 그래, 네가 과거를 되돌리려 애썼는데도, 그래도 사고가 일어나 엠마는 병원에 누워 있고 달라진 건 아무것도 없을지 몰라. 하지만 적어도 네가 시도는 해 봤다는 걸 알게 되지 않겠어…….”

“내 말이 바로 그거야! 이 일은 내가 해서는 안 되는 일이야. 공정해야 한다, 타당해야 한다고 말하려는 게 아니라, 만일 이 일이…….”

“‘일어나기로 되어 있었던 일’이라느니, 말도 안 되는 말을 하기만 해 봐. 이 일은 절대로 일어나서는 안 되는 일이었어. 엠마가 그곳에 누워 있어서는 안 된단 말이야.”

“네가 어떻게 알지?”

“뭐라고?”

“그 사고가 일어나서는 안 되는 거였다는 걸 네가 어떻게 아냐고.”

베넷이 물었다. 나는 너무 화가 나서 얼굴이 빨개지는 것을 느꼈다.

“생각해 봐. 이런 일이 일어나길 바라는 사람은 아무도 없어. 그렇지만 일어나 버렸어. 어쩌면 엠마는 병원에 입원한 뒤 깨어나기로 되어 있는지 모르지. 어쩌면 몸이 회복되고 물리치료를 받으면서, 온통 분홍빛이었던 인생에서 생전 처음으로 중요한 무언가를 위해 싸우기로 되어 있는지도 몰라. 어쩌면 엠마는 이 일을 통해 더욱 천천히 운전해야 한다는 걸 배우도록 되어 있는지도 모른다고.”

나는 베넷을 노려보았다. 계단으로 향하려는데 베넷이 다시 내 팔을 잡았다.

“애나, 이런 일이 일어나서 잘됐다는 말을 하는 게 아니야. 이 일이 벌어진 것에 찬성한다는 말이 아니라고. 이미 벌어진 일이라는 걸 말한 것뿐이야. 그리고 일어나기로 되어 있던 일이든 아니든, 할 수 있다는 이유만으로 이 상황을 바꾸는 건 내가 판단할 일이 아니란 말이야.”

전에도 그에게서 이런 말을 들은 적이 있었지만 이번에는 왠지 목소리가 달랐다.

"잠깐. 혹시 너 이미 봤니?"

나는 베넷을 빤히 쳐다보며 말했다.

"너 미래에 가서 엠마를 보고 온 거지, 베넷? 엠마가 회복돼? 진짜 그렇게 되는 거야?"

베넷이 고개를 저었다. 내 팔을 잡은 그의 손이 느슨해지는 것을 느꼈고, 그가 뭐라고 대답해야 할지 모르겠다는 듯 나를 가만히 쳐다보는 바람에, 내 생각이 맞는 건지 아닌지 알 수가 없었다. 그리고 나는 베넷이 엠마의 미래를 보고 왔든 그렇지 않든, 엠마를 저 시끄러운 기계들로 둘러싸인 살균 침대 위에 누워 있게 할 수는 없었다. 그저 이 모든 일이 엠마를 신중한 운전자 혹은 더 나은 인간으로 성장시키기 위한 어떤 거대한 계획의 일부일지 모른다는 이유만으로.

나는 다른 방도를 취했다.

"있잖아, 베넷. 사고 자체를 바꿔 달라고는 하지 않을게. 그냥 우리를 과거로 돌려놓아 줘."

나는 잠시 말을 멈추고 머릿속으로 숫자를 계산한 뒤 다시 말을 이었다.

"사십육 시간 뒤로."

다시 내 손목시계를 보며 말했다.

"이 문제에 대해 이야기 하느라 이렇게 추운 바깥에서 한 시간을 더서 있어야 한다면 사십칠 시간이 되겠지."

"그것 역시 신처럼 행동하는 거야."

베넷이 말했다. 나는 팔짱을 끼었다. 주변이 고요한 가운데 우리는 서로 총을 겨누고 있는 사람들처럼 누가 먼저 입을 열지 신경전을 벌이고 있었다. 눈싸움 최종 결승전에 오른 사람들이라고 해야 할까.

"난 이만 가서 숙제해야 해."

나는 계단을 내려갔고, 이번에는 베넷이 나를 보내 주었다. 거의 제일 아래 계단을 밟을 때쯤 베넷의 목소리가 들렸다.

"애나."

나는 계단을 내려가다 말고 멈추어 급하게 몸을 돌렸다.

"왜?"

"그 정도로는 안 돼."

"무슨 말이야? 뭐가 안 된다는 거야?"

"사십육 시간으로는 안 돼. 그 정도로는 충분하지 않아."

나는 물속에 오래 잠겨 있다 밖으로 나와 처음으로 깊이 숨을 쉬는 사람처럼 가슴이 가벼워지는 것을 느꼈다. 베넷은 줄곧 이 문제를 생각하고 있었던 것이다. 아니, 생각만 한 게 아니라 어떻게 해야 할지 방법을 찾고 있었던 것이다.

베넷의 입에서 신음 소리가 새어 나왔고, 나는 그 의미를 알 수 있었다. 베넷은 이제 곧 자신이 원하지 않는 어떤 일을 할 참이었다. 내가 그 자리에 선 채 베넷의 다음 행동을 기다리는 사이 몇 분이 흘렀다. 그리고 마침내 베넷이 입을 열었다.

"안으로 들어와. 보여 주고 싶은 게 있어."

23

베넷의 방은 지난번에 왔을 때보다 깨끗해 보였다. 책상은 깔끔하게 정돈되어 있었고, 펜이 수북하게 꽂힌 머그컵과 교과서 외에는 아무것도 놓여 있지 않았다. 베넷은 나달나달해진 빨간 공책을 손에 쥐고 공책에 둘러져 있던 고무 밴드를 풀었다. 그리고 침대 위에 앉아 공책의 거의 마지막 장을 펼치면서 나에게 옆에 앉으라고 손짓했다. 공책은 잉크로 빽빽하게 뒤덮여 있었다. 나는 공책 가까이 고개를 숙여 그 안에 적힌 여러 날짜와 시간, 수학 기호, 양쪽 페이지에 가득 적어 놓은 복합 방정식 들을 눈여겨보았다.

"아주 정확해야 해."

도대체 얼마나 오랜 시간을 들여 이 작업을 했을까? 밤을 새웠을까? 하루 종일 머리를 굴렸을까?

"우리가 도착할 완벽한 시점을 찾아야 하거든."

베넷이 공책의 계산들을 가리켰다.

"아까 말한 것처럼 사십육 시간으로는 부족해. 사십육 시간 전이면 우리가 토요일 두 시에 가 있게 되는데, 그 시간에 우리는 집에서 자동차로 세 시간 정도 떨어진 위스콘신에 있었어."

베넷이 공책을 가득 메운 시간표를 가리켰다.

"우리가 같이 있었던 때여야 해. 그리고 이동 중이던 때는 안 되기 때문에 차 안에 있던 시간으로는 돌아갈 수 없어. 따라서 오전으로, 다시 말해 내가 너를 태우러 갔던 바로 그 순간으로 돌아가야 해."

"좋아. 가자."

나는 똑바로 앉아 두 손을 펴서 무릎 위에 올렸지만, 베넷은 내 손을 잡지 않았다.

"서두르지 마. 급하긴. 아직 할 말이 더 남았어."

베넷이 공책을 넘겼다.

"잘 들어. 또 다른 우리가 살고 있는 시간으로 도착하는 즉시 그들 모습은 사라지게 될 거야. 그렇기 때문에 너희 집 진입로에서 후진 기어를 넣기 전, 정확히 그 시점으로 돌아가야 해."

그날 아침을 떠올렸다. 우리가 얼마 동안 차에 있었더라? 몇 초에 불과했을 텐데. 안전벨트를 매고, 내가 어디에 갈 건지 물어봤던 딱 그 정도의 시간. 그런 다음 출발을 했지. 베넷이 공책의 한 부분을 짚으며 말을 이었다.

"따라서 내 생각에 우리는 여덟 시 칠 분쯤으로 돌아가야 해."

"알겠어."

이번에는 베넷을 재촉하지 않았다.

"그런데 이번 일은 절대로 망치면 안 돼."

베넷이 내 옆에서 자세를 바로 하고 앉아 말했다.

"그래서 먼저 테스트를 하고 싶어. 먼저 오 분 뒤로 돌아가 내 침실 밖 복도에 도착해 보자. 우리는 조금 전 내가 침실 문을 열 때쯤으로 돌아갈 테고, 그 시점의 우리 모습은 사라지게 될 거야."

베넷이 책상으로 다가가 크래커가 들어 있는 작은 샌드위치 가방을 가지고 돌아왔다. 그리고 그것을 침대 위에 올려놓았다.

"네 거야. 돌아왔을 때 너한테 필요할지 모르니까."

"고마워."

나는 일어나 베넷에게 손을 내밀었다. 이번에는 베넷이 내 손을 잡았다.

"테스트를 한다고 해서 진짜로 이렇게 할 거라는 의미는 아니야."

베넷이 말했다.

"내가 과연 이 일을 해낼 수 있을지 아직 자신 없으니까."

"알겠어."

"준비됐어?"

나는 고개를 끄덕였다.

"눈 감아."

베넷이 말했다.

나는 눈을 감았다.

다시 눈을 떴을 때, 나는 복도에서 베넷 어머니의 고등학교 졸업 사진 앞에 있었다. 왼쪽을 보니 베넷이 있었는데, 그는 불안한 표정으로 매기 할머니 사진을 바라보고 있었다.

"괜찮아?"

베넷이 물었다.

"응."

배 속이 부글거렸지만 그런 것은 깊이 생각할 사이도 없이, 베넷이 한 손으로는 내 손을 잡고 다른 손으로는 침실의 문손잡이를 돌렸다. 그리고 침실 안을 들여다본 다음, 문을 열어 나를 안으로 밀어 넣었다. 침실은 비어 있었다.

나는 배를 움켜잡고 곧바로 침대로 향했지만 크래커가 들어 있던 가방은 그곳에 없었다.

"크래커는 어디 있지?"

"이런, 깜박했네."

베넷이 방안을 가로질러 자신의 백팩 안에 손을 집어넣은 뒤 작은 가방을 들고 돌아왔다.

"흠, 어쨌든 시간 이동이 제대로 이루어지고 있다는 걸 확인했어."

나는 이해가 안 됐다.

"그래? 어떻게?"

"침대 위에 크래커가 없잖아. 아직 크래커를 옮겨 놓지 않았을 때였으니까."

"우와, 그러네."

나는 베넷의 침대 위에 토하지 않길 바라면서 크래커를 집어 천천히 먹기 시작했다.

베넷이 다시 방을 가로질러 바닥에 놓인 두 개의 빨간색 백팩을 집었다. 밧줄과 고리가 달려 있고, 신발과 샌드위치, 플라스틱 게토레이 병이 담겨 있던 어제의 그 백팩과 똑같은 것이었다. 오늘은 이 백팩이 한결 가벼워 보였다.

"잠깐 여기 있을 수 있지? 바로 돌아올게."

베넷이 방을 나서더니 잠시 후 묵직해 보이는 꾸러미를 가지고 돌아왔다. 크래커가 가득 들어 있는 비닐봉지도 있었다. 두 병의 스타벅스 프라푸치노와 두 병의 물도.

베넷은 책상으로 가 맨 위 서랍에서 무언가를 꺼내더니 캐비닛으로 향했다. 그런 다음 사진 앨범, 스크랩북, 웨스트레이크의 오래된 졸업 앨범, 사진을 아무렇게나 넣어 둔 상자 등 캐비닛 안에 있는 물건들을 전부 꺼내 높이 쌓아 올렸다. 캐비닛이 텅 비자, 베넷은 안으로 깊숙이 손을 집어넣어 지폐 뭉치를 꺼냈다.

"이게 다 얼마야?"

내가 물었다. 베넷은 무척 진지했다.

"각각 천 달러씩이야. 만에 하나 우리가 헤어질 경우에 대비한 거지. 자, 여기."

지폐 꾸러미가 내 백팩 안으로 툭 하고 떨어졌다. 베넷이 물건들을 다시 캐비닛 안에 넣는 동안 나는 브룩과 현금이 들어 있는 그녀의 백팩에 대해 생각했다.

"너하고 브룩도 시간을 되돌린 적 있었어?"

베넷이 고개를 저었다.

"아니. 하지만 브룩 누나도 시도를 안 해 본 건 아니야."

베넷은 책과 사진들을 다시 캐비닛 안에 넣으며 말했다.

"누나가 역사 기말시험을 망치는 바람에 거의 졸업을 못 할 뻔한 적이 있었거든. 그 무렵 담배 피우는 걸 아빠한테 들키기까지 했지. 게다가 스티브라는 아주 나쁜 자식이 무도회 파트너였고."

베넷이 문을 닫고 책상으로 돌아왔다.

"세상에, 지금 생각해 보니 너하고 누나는 공통점이 굉장히 많은 것 같네. 나중에 두 사람이 만나면 어떤 일이 벌어질지 벌써부터 겁난다."

그런 생각을 하니 얼굴 표정이 환해지는 게 느껴졌다.

"내가 브룩을 만날 수 있을까?"

베넷이 어깨를 으쓱해 보였다.

"물론이지. 누나가 집에 오면 이곳에 데려와 너를 만나게 해 줄게. 어차피 우린 매기 할머니를 뵈러 늘 이곳에 오니까."

"정말? 매기 할머니를 뵈러 이곳에 다시 온다고?"

"응. 언제든지."

베넷은 이렇게 말한 후 그의 어깨로 나를 쿡 찌르며 말을 이었다.

"무례하게 들릴지 모르지만, 이 이야기는 나중에 해야 할 것 같은데? 누나의 역사 시험이랑 나머지 것들을 전부 바꾸어 놓은 다음에?"

베넷이 장난스럽게 미소를 지어 보였다.

"그럼. 물론이야."

"고마워."

베넷은 다시 우리 일로 돌아갔다.

"우리는 오전 여덟 시 칠 분에 너희 집 관목 숲 바로 옆에 도착할 거야. 내 신호를 기다렸다가 자동차로 달려와."

"알겠어."

베넷이 나에게 내 백팩을 주었다. 내가 어깨에 백팩을 메는 동안 베넷도 자신의 어깨에 백팩을 멨다.

"아, 그리고 내 손을 놓아선 안 돼. 물론 손을 잡고 있으면 신속하게 움직이기가 힘들겠지만 말이야. 무슨 일이 있더라도 우리는 반드시 함께 있어야 해."

베넷의 말을 들으니 암벽 등반 데이트를 하던 날이 떠올랐다. 그때 베넷은 자일을 고정시키는 장비를 보여 주면서 그것이 나와 그를 연결해 줄 거라고 말했었다.

베넷이 내 손을 잡았다. 나는 베넷의 눈을 똑바로 쳐다보았다, 베넷이 이렇게 겁먹은 모습을 한 번도 본 적이 없었다.

"베넷?"

"응?"

"토요일 이후에 일어난 일들을 전부…… 기억할 수 있을까?"

드라이브를 하며 느꼈던 설렘, 암벽을 탈 때 짜릿했던 흥분, 정상에서 바라본 경관…… 어느 것 하나 잊고 싶지 않았다. 데이트를 마치고 우리 집 앞 진입로에 도착했을 때, 마침내 베넷을 알게 된 것 같다고 느낀 그 순간을 기억하고 싶었다.

"두 가지 경우를 모두 기억하게 될 거야."

나는 베넷의 말을 가로막았다.

"하지만 어떻게 그래? 지난번 서점에 강도가 침입했을 때, 네가 나갔다 돌아오기 전 일은 하나도 기억이 안 나는걸."

"그땐 네가 나하고 함께 이동하지 않았으니까. 이번엔 너도 나처럼 두 가지 경우를 모두 기억할 거야. 자, 이제 눈 감아."

하지만 나는 눈을 감을 수가 없었다. 나는 이제 점점 불안해졌다. 그의 두 손을 잡고 있는 내 두 손이 떨리는 것을 베넷도 틀림없이 느꼈을 것이다.

"넌 우리가 이렇게 해야 한다는 확신이 들어?"

내가 물었다.

"지금 장난하냐?"

그가 헉 소리를 내며 어처구니없다는 표정으로 나를 보았다.

"아니, 확신하지 않아. 난 지금 운명을 시험하고 있는 거야. 시간을 가지고 장난을 치는 거라고."

나는 아랫입술을 깨물며 엠마를 떠올렸고, 그러자 다시금 확신이 생겼다.

"고마워."

내가 말했다. 부족한 감은 있지만 그만하면 충분했다. 베넷은 여느 때보다 내 손을 더 꽉 잡았다.

"눈 감아."

눈을 떴을 때 제법 익숙한 우리 집 옆 뜰의 광경이 눈에 들어왔다. 내가 이곳에 있다는 사실이 좀처럼 실감 나지 않았지만, 벗겨진 노란색 페인트를 보니 베넷이 계획한 장소에 도착했음을 알 수 있었다. 아마도 우리 머리 위의 창문 뒤편에서는 아빠가 자리에 앉아 커피를 마시며 《선 타임스》신문을 읽고 있을 터였다.

"준비됐어?"

베넷이 물었다. 나는 고개를 끄덕였다.

"가자!"

우리는 마치 7월 4일 독립 기념일에 열리는 조금 희한한 행사의 '이인삼각 경기'와 '계란 던지기'를 섞어 놓은 게임에 참여한 것처럼 손을 붙잡고 서로를 끌어당기며 숲을 지나 진입로를 향해 달렸다.

자동차는 비어 있었다. 우리가 해낸 거다. 막 안도의 웃음을 지으려는데, 갑자기 차가 진입로 쪽으로 후진하면서 속도를 내려 하고 있었다. 베넷이 나를 자기 옆으로 끌어당겼다. 우리는 함께 자동차 문손잡이를 당겼지만, 손잡이가 들썩일 뿐 아무 일도 일어나지 않았다. 베넷이 낮은 목소리로 구시렁대며 말했다.

"잠겼어!"

나는 아빠가 이 광경을 보고 있을 거라는 생각에 바짝 긴장하며 주방 창문을 올려다보았지만 다행히 아무도 없었다.

베넷과 나는 자동차가 진입로 끝에 다다를 때까지 함께 달리다가, 자동차가 길 건너로 굴러가 눈이 쌓인 곳에서 속도를 줄이며 미끄러진 다음 나무에 부딪치는 광경을 지켜보았다. 얼음 위에서 바퀴가 헛돌고 있었다.

다시 창문을 올려다보니 이번엔 아빠가 창가에 서서 우리를 지켜보고 있었다. 아빠는 내 시야에서 사라졌지만, 곧 현관문을 활짝 열며 다시 모습을 드러냈다.

"대체 이게 무슨 일이야······?"

아빠가 잔디를 가로질러 달려와 우리 앞에서 멈추었다. 베넷과 나는 잡고 있던 손을 놓았다.

"대체 무슨 일이야?"

아빠가 되풀이해 말했다.

"안녕, 아빠."

"애니?"

아빠가 나와 베넷을 번갈아 바라보았고, 나는 지금 베넷의 계획과 완전히 다른 상황이 벌어지고 있다는 사실을 떠올려야 했다. 원래대로라면 우리 세 사람은 현관 입구에 서 있고, 아빠는 베넷과 악수를 하면서 나에게 베넷을 저녁 식사에 초대하라고 말해야 했다. 그런데 지금 우리는 길 한가운데에 서 있는 것이다.

"아빠, 화요일 저녁 식사에 베넷 초대할게, 괜찮지?"

나는 이렇게 말한 뒤 크게 소리 내어 배꼽을 잡고 웃기 시작했는데 이러다간 도무지 웃음이 멈출 것 같지가 같았다. 아빠는 완전히 정신 나간 사람 쳐다보듯 나를 쳐다보았다. 베넷은 내 쪽은 아예 보려고도 하지 않았다.

"그린 아저씨, 혹시 가느다란 쇠 같은 거 있으세요?"

베넷의 말에 나는 더 자지러지게 웃었고, 베넷도 웃음을 참으며 태연한 척하느라 애쓰고 있다는 것을 알 수 있었다. 아빠는 양손을 오므려 운전석 창문에 대고 안을 들여다보았다.

"도대체 어떻게 후진하는 차에다 열쇠를 꽂은 거냐?"

아빠의 질문에 베넷이 뭐라고 대답할지 짐작할 수 없었지만, 어쨌든 이 수수께끼 같은 상황 덕분에 아빠는 내가 집에서 나올 때와 완전히 다른 옷을 입고 백팩까지 메고 있다는 사실을 전혀 눈치 채지 못했다. 나는 또 웃기 시작했다.

"제가 차 시동을 걸고 있었는데…… 타이어에 펑크가 난 것 같은 느낌이 들더라고요. 그래서 제가…… 아니, 우리가 문을 열고 확인하러 나온 사이에 차가 후진을 한 것 같아요. 그리고 어쩌다 차 문이 닫히면서…… 자동적으로 잠긴 것 같아요."

베넷이 아빠 쪽으로 몸을 구부리며 말을 이었다.

"아무래도 오늘 제가 좀 예민한가 봐요, 아저씨."

아빠가 베넷을 응시한 후 나에게 의심의 눈초리를 던졌다. 나는 너무 심하게 웃음이 나서, 베넷까지 정신 나간 사람으로 만들지 않기 위해 자동차 뒤로 돌아가야 했다. 베넷은 나보다 훨씬 잘 해내고 있었다. 나는 숨을 고르려고 SUV 차량 뒤에 기대고 섰다가 뒷유리를 통해 안을 들여다보고는 헉하는 소리를 내고 말았다.

지난번 베넷이 데빌스 레이크 주립공원 주차장에서 자동차 뒷문을 열었을 때, 그 안에 등산 장비로 가득 채워진 빨간색 백팩 두 개가 있는 것을 본 기억이 났다. 그 백팩은 지금 우리의 등에 메여 있고, 창문 너머로 차 뒷좌석에 밧줄과 색색의 금속 등반 장비들이 쌓여 있는 것이 보였다. 두 개의 안전벨트도 있었다. 음식과 네 병의 게토레이가 담긴 비닐봉지가 있었고 맨 위에는 베넷이 나에게 사준 새 신발도 있었다. 우리는 과거로 돌아왔고, 모든 장비들이 52시간 전 바로 그 자리에 고스란히 놓여 있었다.

어떤 것들은 이렇게 변함없이 그대로였지만, 이제 곧 오늘 하루가 완전히 달라질 참이었다.

24

견인차가 도착하는 데 45분, 자동차 문 여는 데 2분, 베넷이 서류에 사인을 하고 기사가 더 이상 그를 놀리지 않도록 하는 데 20분이 걸렸지만, 다행히 우리에게는 시간이 충분했다. 하지만 이 모든 일을 마치고 마침내 엠마의 집을 향해 차를 몰기 시작했을 때, 우리 둘 다 약간의 현기증을 느낀 것 같았다.

베넷은 지금까지 한 번도 해 본 적 없는 일을 시도하게 됐고, 나는 그 일을 위해 그와 함께하고 있었다. 베넷은 여전히 시간이라는 검은 손이 우리를 잡아채 본래 우리가 속한 곳으로 되돌릴까 두려워하고 있었다. 그 사실을 알면서도 나로서는 지금 이 순간에 빠져들지 않을 수 없었다. 만약 복통이 일었다 해도 전혀 알아차리지 못했을 거다.

"머리는 좀 어때?"

내가 물었다. 베넷이 손끝으로 머리를 문지르며 말했다.

"아주 멀쩡해. 사실 두통은 생각나지도 않았어."

"어쩌면 네가 생각했던 것처럼 아드레날린 때문인지도 몰라."

우리는 엠마의 집에 도착해 그녀의 사브 자동차가 진입로에 서 있는 것을 발견했다. 깨진 유리는 없었다. 미등도 멀쩡했다. 찌그러진 부분도 없었다. 핏자국도 없었다.

"엠마가 집에 있어! 이제 엠마는 괜찮아!"

나는 자동차 밖으로 튀어나와 곧장 현관을 향해 달려갔다. 엠마가 문을 열자 그녀를 와락 끌어안았다. 엠마는 목욕 가운과 슬리퍼 차림에, 머리카락은 포니테일로 높게 묶었고, 화장기 없는 맨 얼굴이었다. 완벽했다. 덕분에 긁힌 상처나 진보라색 멍 자국이 전혀 없는 매끄럽고 깨끗한 엠마의 피부를 볼 수 있었다. 내 뒤쪽 현관에 베넷이 서 있는 것을 알아채자 엠마는 꽥 소리를 질렀다.

"야, 너 미쳤어?"

엠마가 나에게 떨어져서 목욕 가운을 단단히 여몄다.

"근데 여긴 왜 온 거야?"

나는 뭐라고 대답해야 할지 몰랐다. 시간을 되돌리는 일에만 몰두한 나머지, 일단 엠마의 집에 도착하고 나면 뭘 해야 할지 아무런 계획도 세우지 않았던 것이다.

"그게……."

내가 입을 열기 시작했다. 그리고 내 뒤에서 고개를 숙이고 코트의 단추를 만지작거리고 있는 베넷을 가리켰다.

"우리 오늘 데이트 해. 너도 오늘 저스틴하고 데이트 한다며. 그래서, 저…… 너희랑 우리랑 같이 더블데이트를 하면 어떨까 해서."

"더블데이트?"

"응. 재미있을 것 같지 않니!"

"재미라고?"

나는 베넷을 보며 말했다.

"우리끼리 잠깐 얘기 좀 하고 싶은데."

베넷이 고개를 끄덕인 뒤 차로 돌아갔고, 그 몇 초 사이에 나는 즉석에서 둘러댈 말을 만들었다. 나는 다시 엠마를 향해 돌아서며 말했다.

"사실은 나 지금 조금 떨려, 엠마. 왠지 너희가 같이 있어 주면 한결 마음이 놓일 것 같아. 너하고 저스틴하고 말이야."

"내가 꼭 그럴 필요까지야……."

"그럴 필요 있어! 제발 부탁이야. 그냥 우리랑 같이 가 줘. 재미있을 거야."

나는 되풀이해 말했다.

"좋아. 저스틴이 지금 우리 집으로 오고 있을 거야. 저스틴한테 열한 시까지 커피하우스로 오라고 할게. 거기에서 만나."

엠마가 문을 닫으려고 했다. 나는 진입로에 세워진 사브 자동차를 돌아보며, 오늘 무슨 일이 있어도 저 차를 저 자리에 단단히 붙잡아 놓으리라 결심했다.

내가 문 안쪽에 발을 넣고 있어서 문이 닫히지 않았다.

"저기, 베넷한테 운전하라고 하자. 베넷 차가 더 넓고 근사해."

넓고 근사하다고? 이거 완전히 우리 엄마 말투잖아. 나는 문 밖으로 발을 빼고 정문 입구의 계단을 내려오기 시작했다.

"한 시간 반 뒤에 데리러 올게."

내가 뒤를 돌아보며 큰소리로 말했다.

"저스틴한테 커피하우스로 오라고 해."

나는 엠마가 무척 건강해 보인다는 생각에 폴짝폴짝 뛰다시피 진입로를 내려왔다. 그리고 베넷이 자동차 앞 유리를 통해 내 모습을 지켜보고 있는 것을 의식하면서, 그가 스스로를 꽤나 자랑스럽게 여길 거라고 생각했다.

엠마가 저스틴을 만나기 위해 커피하우스로 들어가 있는 동안 베넷과 나는 차 안에서 기다리고 있었다. 엠마가 커피하우스 안에서 유리 너머의 우리를 가리켰고, 우리는 둘 다 살짝 손을 흔들었다. 저스틴은 우리가 있는 것을 보고 어리둥절한 표정을 지었지만, 어쨌든 엠마와 마찬가지로 완벽하게 건강했고 한 군데도 다친 곳이 없었다. 목 보조기도 없었다. 상처도 없었다. 차를 향해 다가오는 저스틴의 모습은 충돌 사고와 연관 지어 생각할 수 없을 만큼 무척 튼튼해 보였다.

"계속 침착해야 해."

베넷이 나에게 상기시켰다. 베넷이 그렇게 말해 주었으니 망정이지, 하마터면 자동차 밖으로 뛰쳐나가 저스틴을 와락 끌어안을 뻔했다. 모두가 안전벨트를 매자 베넷이 말했다.

"저기, 우린 너희 계획을 방해하고 싶지 않아. 그래서 말인데, 오늘 계획이 뭐야?"

저스틴이 대답했다.

"우린 오늘 시내에 있는 레코드점을 살펴보려고 했어."

엠마가 덧붙였다.

"미술관에도 갈까 했지."

"완벽한데."

베넷이 말했다.

"음악과 미술이라 이거지."

나는 뒷좌석으로 몸을 돌려 두 사람에게 활짝 웃어 주면서, 그들이 서로 어색한 시선을 주고받는 것을 바라보았다. 내가 다시 몸을 돌려 앞을 향했을 때, 베넷이 고가 철도역 근처에 차를 세웠다.

"우리, 고가 철도를 이용하면 어떨까?"

"고가 철도?"

엠마가 물었다.

"응. 환경에도 좋잖아."

"환경?"

엠마가 선로와 선로를 잇는 지저분한 계단을 향해 코를 찡그리며 미심쩍은 듯 물었다.

"난 별로. 그냥 차로 이동하자. 그게 훨씬 편하잖아. 괜찮은 주차장들을 알고 있어."

"철도가 훨씬 재미있을 거야."

베넷은 이렇게 말하고 자동차 밖으로 나와, 엠마가 무슨 말을 할 겨를도 주지 않고 얼른 문을 닫아 버렸다. 우리도 모두 밖으로 나왔고, 나는 베넷의 손을 잡고 소리를 죽이며 웃었다. 엠마가 이렇게 꼼짝 못하는 모습은 여태 한 번도 본 적이 없었다.

우리는 제일 먼저, 저스틴이 역사상 가장 놀라운 레코드점이라고 여기는 레클리스 레코드점으로 향했다. 처음엔 각자 다른 방향으로 뿔뿔이 흩어졌다가, 다음엔 커플끼리 다시 모였고, 그다음엔 커플이 아닌 사람들끼리 둘씩 다녔다. 저스틴과 나는 스카ska(1960년대 전후 자메이카에서 발생한 음악 스타일로 레게의 원형 – 옮긴이) 음악을 찾아다녔고, 베넷과 엠마는 클래식 록 코너에서 밴드들에 대해 수다를 떨었다.

"있잖아."

저스틴이 작은 소리로 말했다. 저스틴은 주위를 살피며 베넷과 엠마가 우리의 말소리가 들리지 않을 만큼 떨어져 있는지 확인했다.

"정말 미안……."

저스틴은 레코드점 저쪽을 손으로 가리키며 말했다. "너한테 엠마하고 내 이야기 안 한 거. 너한테 비밀로 하고 싶지는 않았는데…… 말하기가 그냥 좀…… 그렇더라고. 우린 어릴 때부터 죽 알고 지낸 사이고, 그리고…… 아무튼 너한테 말했어야 했어."

나는 저스틴이 병원 매점에서 거의 똑같이 말한 것을 떠올리며 미소를 지었다.

"괜찮아, 저스틴. 엠마가 이미 말했어. 정말 잘됐어. 너희 둘이 사귀게 돼서 기뻐."

저스틴이 어깨로 나를 툭 쳤다.

"역시 멋지다니까. 고마워. 그런 의미에서 이따가 봐서 우리 단둘이 있을 시간을 줄 수 있겠지? 네 남자친구 베넷 때문에 어색한데다, 오늘을 위해 준비한 것들을 다 잊어버리게 생겼어. 재미있는 농담을 외워 왔거든. 아, 그리고 이 스웨터 어때?"

나는 까치발로 서서 저스틴의 머리를 헝클어뜨렸다.

"완벽하다, 완벽해."

저스틴이 미소를 지었다. 나는 저스틴의 얼굴이 확 붉어져 주근깨가 사라지는 모습을 바라보았다.

우리는 상점들을 여기저기 돌아다니면서 남은 오후 시간을 보냈다. 붐비는 레스토랑에서 점심을 먹었고, 오후 2시 ─ 사고가 난 시간 ─ 쯤엔 베넷이 가장 안전하다고 생각하는 장소인 미술관 3층에 가 있었다. 시간은 잘 흘러갔다. 우리는 고가 철도를 타고 에반스톤 역으로 가, 그곳에서 다시 베넷의 차에 우르르 올라 탄 다음, 아직 아무도 집에 가려고 하지 않았기 때문에 가까운 영화관으로 가서 아무거나 제일 먼저 시작하는 영화를 보기로 했다. 우리가 본 영화는 〈당신이 잠든 사이에〉였는데, 남자가 고가 철도의 선로 위에 떨어져 몇 주 동안 혼수상태로 지낸다는 내용만 놓고 본다면 결코 현명한 선택은 아닌 것 같았다.

베넷이 우리 집 진입로에 차를 세운 시간은 밤 10시였다. 우리가 지난번 '원래' 데이트에서 돌아온 시간보다 두 시간이 늦었다. 나는 엄마와 아빠가 저스틴에 관한 소식을 알리기 위해 주방 식탁에 앉아 있는 모습을 상상하며 잠시 차 안에서 머뭇거렸다.

"나하고 같이 들어가지 않을래? 모든 것이 달라졌다는 것—너도 알다시피—을 확인하기 위해서 말이야."

베넷은 고개를 끄덕였고 우리는 집안으로 향했다. 조용했다. 엄마와 아빠가 식탁에 없다는 것을 대번에 알 수 있었고, 나는 안도의 한숨을 내쉬었다. 어두운 주방을 지나 소리가 나는 거실 쪽으로 베넷을 안내했다. 우리는 모퉁이를 돌아 부모님이 운동복 차림으로 소파 위에 바싹 붙어앉아 영화를 보는 모습을 발견했다. 벽난로에서는 불이 타오르고 있었다.

"왔니."

엄마와 아빠가 동시에 말했다. 엄마는 나를 배려하는 의미로 아빠를 바라보며 다 알고 있다는 듯한 미소를 던졌다.

"아빠가 엄마한테 자동차 얘기했구나."

내가 아빠에게 말했다. 나는 미소를 지으며 베넷을 건너다보았다. 베넷은 손으로 눈을 가렸다.

"화요일 저녁 식사에 무사히 올 수 있겠니, 베넷?"

엄마가 환하게 미소―엄마 특유의 간호사 미소―를 지으며 베넷을 올려다보았고, 엄마가 그런 미소를 지을 때면 누구나 그렇듯 베넷의 마음도 스르르 녹아들었다.

"왜냐하면…… 있잖니, 너만 편하다면 우리 차로 널 데리고 오는 게 더 좋을 것 같아서 말이야."

엄마가 다시 아빠를 보며 말을 이었다.

"열쇠 챙겨야지, 기어 넣어야지, 잠금장치 신경 써야지…… 그런 것들이 전부 얼마나 복잡한지 우리도 잘 알고 있단다."

엄마가 소리 내어 웃었고 나도 따라서 웃지 않을 수 없었다. 아빠는 엄마의 어깨에 얼굴을 묻고 웃느라 거의 뒤로 넘어갔다.

"아, 아까는 정말 최악이었어요."

베넷은 여전히 손으로 얼굴을 가린 채 말했다. 그리고 이제 눈만 빼꼼 보이도록 손을 살짝 내리고는 우리 세 사람을 따라 크게 소리 내어 웃었다.

"괜찮다, 베넷. 여기 있는 우리도 다 마찬가지야."

아빠가 말했다.

"오, 이제 우린 베넷이 절대로 만회할 수 없는 최대의 약점을 잡은 건가."

베넷이 우리 세 식구를 보면서 미소를 지었다.

"제일 큰 약점이죠."

우리가 두 번째 버전의 오늘을 시작한 이후 처음으로, 베넷은 비로소 긴장을 풀고 오늘 아침 8시 8분에 일어난 일들을 진실이라고 받아들이기 시작하는 것 같았다. 시간을 되돌리기로 한 우리의 계획은 성공이었다. 엠마와 저스틴은 안전했다. 나쁜 일은 전혀 일어나지 않았다. 그리고 베넷은 그가 생각한 것보다 훨씬 많은 것들을 할 수 있었다.

25

"나는 아주 굉장한 한 주를 보냈습니다!"

수업 종이 울리고 모두들 자리에 앉자 아르고타 선생님이 말했다. 베넷과 나는 서로를 바라보며 환하게 웃었다. 어떤 일이 아르고타 선생님을 그토록 '굉장하게' 만들었는지 모르겠지만, 아무리 그래도 우리보다 더 굉장할 수는 없었을 거다.

"나는 스무 개의 다양한 경로로 멕시코를 여행하는 매우 독특한 기회를 가졌습니다. 아주 신나는 경험이었어요! 모두가 정말 환상적이었습니다!"

선생님은 교탁 주변을 천천히 오갔고, 우리는 완전히 집중해서 선생님을 빤히 쳐다보았다.

"하지만 그 가운데 세 개가……."

선생님이 말을 이었다.

"세 개의 여행이 가장 돋보였습니다. 이 세 개의 여행 계획들을 여러분과 함께 읽어 보고, 오늘 누가 이것을 가지고 갈지 결정하기 위해 여러분의 도움을 받고 싶습니다."

선생님은 재킷 주머니에 손을 넣어 종이 한 장을 꺼내 들었다.

"이 오백 달러 여행 상품권을 말이지요."

선생님은 접혀 있는 종이를 탁탁 펼친 뒤 상품권을 자석으로 화이트보드 위에 고정시켰다. 나는 몸을 돌려 다시 한 번 슬쩍 베넷을 훔쳐보았다.

처음에는 베넷과 함께 여행 계획을 세우는 것이 반칙이 아닐까 하는 생각도 했지만, 그렇지 않다는 것을 스스로에게 납득시키는 데는 미소 한 번과 카페라테 한 잔이면 충분했다. 우리가 엠마를 위해 시간을 되돌리는 계획을 성공적으로 완수한 다음 날인 일요일 오후에 베넷은 내가 일하는 시간에 서점에 나타났고, 우리는 책장에서 책들을 꺼내 늘 앉던 바닥에 앉아 큰 소리로 내용을 읽었다. 그리고 네 시간 뒤 두 개의 우회로로 여행 일정을 짰는데, 우리가 함께 과제를 했다는 것을 아르고타 선생님이 전혀 알아차리지 못할 만큼 각각 경로가 달랐지만 딱 한 군데, 작은 해변 도시 라파스만은 서로 겹치게 했다.

아르고타 선생님이 전등을 끄고 프로젝터를 켜자, 스크린이 환해지면서 화려한 멕시코 지도가 펼쳐졌다. 경로는 노란색 마커로 표시되어 있고, 여행 일정에 적혀 있는 각각의 목적지는 지도 위에 원문자로 표시되어 있었다. 내 지도가 아니었다. 베넷의 지도도 아니었다.

"첫 번째 계획은 코트니 브레슬린이 제출한 것입니다."

내륙은 완전히 비껴간 채 멕시코의 주변 경로만 노란색 선으로 빙 둘러쳐져 있었다.

"이 계획을 통해 여러분은 유난히 긴 겨울이 세뇨리타 브레슬린을 괴롭히고 있다는 걸 알 수 있을 거예요. 브레슬린 양은 상당히 많은 시간을 해변에서 보내려고 계획하고 있지요."

교실 안에 있는 모든 아이들이 웃음을 터뜨렸다.

"언뜻 보면 이 계획은 많은 장소를 놓치고 있는 것 같습니다. 그렇지만 내가 이 계획을 선택한 이유 ― 몇 군데 유명한 관광지들이 포함되어 있기도 하지만 ― 는 브레슬린 양이 숨은 보석 같은 대단히 아름다운 해변을 발견했기 때문이에요."

선생님은 브레슬린의 지도를 교실 앞 화이트보드에 부착했다.

"나는 이 지도를 호라 데 플라야Hora de Playa(해변의 시간)라고 부르겠습니다."

선생님이 리모컨 단추를 다시 누르자 이번에는 내 지도가 나타났다. 내 어깨가 바짝 긴장되는 것을 느꼈다.

"세뇨리타 그린은 두 종류 ― 해변과 유적지 ― 를 조금씩 섞어 계획을 세웠는데, 자신의 속도에 맞추어 균형을 잘 이루었어요. 흔히 사람들은 여행을 계획할 때 아주 많은 장소를 포함시키려고 하지요. 한 군데도 놓치지 않으려고 지나치게 애를 쓰는 바람에 과도한 일정에 시달리곤 합니다. 제 생각에는, 그런 식으로 여행을 하면 오히려 많은 장소들을 제대로 못 보고 지나치게 되는 것 같습니다. 나는 선택한 세 가지 여행 계획서가 모두 마음에 드는데, 세 경우 모두 관광지를 무리하게 포함시키지 않았기 때문이에요. 세 사람 모두 의외의 경험을 위한 시간을 남겨 두었습니다. 즉흥적으로 결정할 수 있는 여지를 남겨둔 거지요. 세뇨리타 그린의 여행은 공격적이면서도 미지의 경험을 위한 여지를 남겼어요. 충동적으로 움직일 수 있는 여지를 말이에요!"

선생님은 교실 앞으로 향했다.

"저는 이 계획을 라 아벤투라La Adventura(모험)라고 부르겠어요!"

아트레비다Atrevida(대담한). 선생님이 '대담한'이라는 말을 생략해, 나 혼자 속으로 덧붙였다.

"라 아벤투라 아트레비다."

"우리의 마지막 여행 계획은 세뇨르 알렉스 카마리안의 것입니다."

알렉스와 나는 동시에 서로를 훔쳐보다 둘 다 흠칫 놀랐다.

"세뇨르 카마리안은 고고학과 마야 문명에 관심이 있습니다. 카마리안은 관광 명소를 완전히 배제시켰습니다. 이 학생은 비행기로 칸쿤Cancun(멕시코의 해양 도시이며 휴양지 - 옮긴이)에 도착하지만 최대한 빨리 이곳을 벗어납니다. 그리고 선생님이 가장 좋아하는 장소 가운데 한 곳인 코훈리치Kohunlich 유적지를 발견한 유일한 학생입니다. 코훈리치는 멕시코 인근 국가들 가운데 벨리즈Beliz(멕시코 남쪽에 위치한 국가 - 옮긴이)에 비교적 많은 영향력을 전한 곳입니다."

선생님은 알렉스를 향해 말을 이었다.

"'짖는 원숭이'들이 나오는 해 질 녘에 가세요. 분위기가 으스스하면서도 판타스티코fantastico(환상적인)합니다."

선생님은 다시 교실 앞으로 걸어가 알렉스의 지도를 화이트보드에 부착했다.

"엘 카미노 메노스 비아하도El Camino Menos Viajado."

'적게 이동하는 길이라.'

선생님은 교실을 빙 돌아 전등을 켰다.

"여러분에게 해 줄 말이 있습니다. 나는 내 나름대로 이 과제를 즐겁게 살펴보았습니다. 여러분은 제가 정말 좋아하는 장소를 발견하기도 했고, 한 번도 들어 본 적 없는 곳을 찾기도 했습니다. 굉장히 깊은 인상을 받았고 그 덕분에 지금 나는 고향이 무척 그립습니다."

선생님은 한숨을 내쉰 뒤 다시 미소를 지으며 말을 이었다.

"자, 그래서 여러분은 누가 일등인지 알고 싶나요?"

난 이미 알고 있었다. 보나마나 알렉스가 일등일 것이다. 내 여행 일
정에는 짖는 녀석이든 안 짖는 녀석이든, 어쨌든 원숭이가 없으니까.

아르고타 선생님은 교실 앞을 왔다 갔다 서성거리며 긴장감을 고조
시켰다.

"세 가지 모두 대단히 훌륭한 여행이었지만, 속도를 가장 잘 조절하
면서 가장 균형 잡힌 계획을 세운 여행이 하나 있었습니다. 만약 제가
처음으로 멕시코를 여행한다면 이 일정을 선택해서 따라갈 겁니다."

선생님은 화이트보드로 향하더니 세 개의 지도 앞에서 극적으로 손
짓을 해보였다.

"일등은 바로……."

선생님은 벽에서 내 지도를 떼어 높이 들어 올리며 말했다.

"라 아벤투라!"

반 아이들이 박수를 쳤고 때마침 종이 울렸다. 나는 얼떨떨한 상태
로 상을 받기 위해 아르고타 선생님의 책상으로 걸어갔다. 베넷이 나
를 지나치며 이따가 복도에서 만나자고 말했다.

"무차스 그라시아스Muchas gracias(정말 감사합니다), 아르고타 선생님."

나는 선생님에게 여행 상품권을 받으며 고맙다고 인사했다. 둘 중
누가 더 자랑스러운지 모를 정도로 아르고타 선생님은 무척 뿌듯해
했다.

"당연히 일등이 될 만했어요."

선생님은 진심 어린 표정으로 나를 보았다. 그런 다음 뭔가 할 말이 더 있지만 학생들이 모두 나갈 때까지는 공개적으로 말할 수 없다는 듯, 손가락을 들어 잠시 기다리라는 표시를 하고 교실 문을 향해 고갯짓을 했다. 나는 베넷이 문 밖에 서서 기다리고 있을 것을 생각하니 조바심이 나서 안절부절못했다.

"세뇨리타 그린, 아는지 모르겠지만 선생님은 여름 교환 학생 프로그램을 운영하고 있어요."

마침내 선생님과 나만 남게 되자 선생님이 말했다. 나는 고개를 끄덕였다.

"음, 올해는 다른 해보다 지원 가능 인원을 늘렸지만, 예전보다 지원자가 많지 않아요. 다소 촉박한 일정인 건 알지만 아직 자리가 남아 있어요."

내가 아무런 반응을 보이지 않자 선생님이 침묵을 메웠다.

"혹시 그린 양이 관심이 있다면……."

여름 계획 같은 건 생각도 해 보지 않았다. 그러고 보니 베넷이 전학 온 후로는 하루하루를 생각하기에 급급했다.

아르고타 선생님은 책상 서랍을 열어 반짝이는 노란색 서류철을 꺼내 나에게 건네주었다.

"정말 엄청난 기회예요. 멕시코에서 십 주 동안 훌륭한 현지인 가족과 함께 보내게 될 거예요. 자, 이걸 가지고 집에 가서 부모님과 상의해 봐요."

나는 서류철을 받았다. 몇 달 전이었다면 일생일대 최고의 기회라고 생각했을 테지만 원한다면 전 세계 어디든 갈 수 있는 지금, 고작

한 군데 정도로는 썩 구미가 당기지 않았다.

"고맙습니다. 저를 고려해 주시다니 정말 영광이에요."

나는 더 들어갈 수 없을 정도로 꽉 들어 찬 백팩의 지퍼를 열어 서류철을 쑤셔 넣었다.

"생각해 볼게요."

"좋아요. 멕시코 현지 가족들은 교환 학생이 안 올 수도 있다고 알고 있기 때문에, 어느 쪽으로 결정하든 그들이 준비할 시간을 주어야 해요. 그러니까 최대한 빨리―늦어도 오월 말까지―나에게 서류를 보내 주세요. 아무래도 지금 시점에 지원자가 더 있을 것 같지 않으니 그린 양이 원한다면 무조건 갈 수 있어요."

"알겠습니다. 다시 한 번 감사합니다."

나는 문을 향해 빠른 걸음으로 내달렸다. 모퉁이를 돌자 베넷이 내 어깨 위에 팔을 올렸다.

"드디어 해냈어!"

베넷이 미소를 지었다. 복도로 걸어가면서 베넷이 나를 끌어당기는 바람에 내 몸이 균형을 잃고 베넷에게 살짝 기대었다.

"자, 이제 그 여행권 가지고 어디로 갈 거야?"

"당연히 멕시코지. 뜻밖의 경험을 위한 시간까지 준비된 완벽하고 균형이 잘 잡힌 일정을 허비하는 건 애석한 일 아니겠어."

나는 아르고타 선생님의 억양을 흉내 내어 말한 뒤 가볍게 히죽히죽 웃으면서 베넷을 올려다보았다.

"어쩌다 내가 이렇게 뜻밖의 일들을 좋아하는 사람이 됐나 몰라."

"그러게 말이야."

베넷이 말했다.

"선생님도 인정할 만큼."

1995년 5월

26

    나는 『릭 스티브스의 최고의 이탈리아 1995』 책 사이에 책갈피를 꽂고, 박물관과 자갈이 깔린 거리와 젤라또를 상상하며 전등을 껐다. 베넷이 나를 태국에 데리고 가고, 자신의 비밀 중 첫 번째를 말하고, 나에게 엽서를 건넨 지 거의 한 달이 지났다. 베넷은 다음에 이탈리아로 데려다 주겠다고 약속했지만, 엠마를 위해 시간을 되돌린 후로는 관광을 위해서조차 자신의 능력을 사용하길 꺼려 하고 있었다. 나는 베넷에게 부탁은 하지 않았지만—그저 베넷이 이곳에 있고, 베넷에 대한 모든 것을 평범한 일인 양 여기며 지낼 수 있는 것만으로도 충분히 좋았으니까—혹시 또 모르는 일이라 이탈리아 일상 회화를 공부하고 있었다.

    눈을 감고 베넷을 생각하며 막 잠이 들려는데, 불현듯 뭔가 이상한 느낌이 들었다. 무언가의 무게로 인해 내 몸이 침대 가장자리 쪽으로 쏠리는 느낌이었다.

"안녕."

어떤 목소리가 내 귀에 대고 속삭였다.

"나야."

눈꺼풀이 번쩍 떠졌고 너무 놀라서 하마터면 입 밖으로 비명이 터져 나올 뻔했다.

"쉬잇"

그 목소리가 다시 소리를 냈고, 말을 하지 못하도록 한 손으로 내 입을 막았다. 심장이 마구 뛰었고 공포로 두 눈이 휘둥그레졌다. 한참 동안 눈을 깜박거리고 난 후에야 비로소 어둠 속에서 목소리 주인의 형체를 알아볼 수 있었다.

"나야. 괜찮아."

내가 사정없이 뛰는 심장을 가라앉히려 애쓰는 동안 베넷이 되풀이해 말했다.

"괜찮아, 애나. 나라니까."

"여기어 워 아는 어아?"

여전히 그의 손바닥이 내 입을 막고 있어서 가뜩이나 낮게 속삭인 말이 알아들을 수 없는 소리가 되어 흘러나왔다.

"뭐라고 하는 거야?"

그가 숨죽여 웃으면서 내 입에서 손을 뗐다.

"여기에서 뭐 하는 거냐고."

내가 이번에는 또박또박 되풀이해 말하면서 똑바로 앉아 주먹으로 그의 팔을 쳤다.

"너 때문에 무서워 돌아가시는 줄 알았잖아."

베넷은 여전히 웃음을 참으려 애썼다.

"미안. 문을 두드리려고 했는데……."

그가 자신의 손목시계를 두드리며 말했다.

"너희 엄마가 날 무척 좋아하시긴 하지만, 학교 가는 전날 밤 열한
시 삼십 분에 방문하는 건 환영하지 않으실 것 같아서."

그제야 심장 박동이 조금 차분해지는 것 같았다. 나는 허리까지 이
불을 당겨 더 단단히 감싸 안았다.

"무슨 일 있는 건 아니지?"

"그럼, 아무 일 없어. 미안해. 겁을 주려는 건 아니었어. 그냥 침대에
누워 있었는데, 네가 너무 보고 싶어서 도저히 내일 아침까지 기다릴
수 없을 것 같더라고. 그래서 일어나서 옷을 갈아입은 다음, 네 방을
상상했고 휙, 이리로 온 거야."

"휙?"

"휙. 그런데 너 아직 안 잔 거야?"

"막 자려던 참이었어."

나는 다시 베게에 머리를 얹고 한숨을 쉬었다.

초대도 하지 않았는데 내 침실에 ─ 휙 ─ 나타난 그를 어떻게 생각해
야 할지 몰랐다. 베넷은 이불을 거의 내 턱까지 끌어올려 잘 덮어 주었
다. 창밖의 보름달만 간신히 침실을 비출 뿐이어서 방 안은 꽤 어두웠
지만, 베넷은 내 표정을 똑똑히 알아보았다.

"저기…… 너 화났니?"

나는 고개를 저었다.

"아니, 전혀."

"하지만 조금은 화났지?"

나는 코를 찡그리며 말했다.

"응, 아마도."

"미안해. 이렇게 갑자기 나타나려던 건 아니었어. 이만 갈게."

막상 베넷이 간다고 하니 서운했다. 그리고 이렇게 허둥대는 모습이 몹시 사랑스러워서, 그가 막 일어서려는 순간 손을 뻗어 그의 팔을 잡았다.

"가지 마."

내가 말했다.

"정말이야, 괜찮아. 내일 보면 되지."

베넷이 내 이마에 가볍게 입을 맞추며 속삭였을 뿐인데, 내 가슴은 다시 사정없이 뛰기 시작했다. 하지만 이번에는 결코 무서워서 그런게 아니었다. 5분 전까지만 해도 나 역시 베넷이 보고 싶었다. 그런데지금 그가 여기 내 방에, 그것도 내 침대 위에 달빛을 받으며 앉아 있는 것이다.

"정말이야. 나 화 안 났어."

나는 나도 모르게 베넷의 팔을 잡아당겨 내 침대 위에 눕혔고, 베넷은 조금 놀란 표정으로 내 옆에 아무렇게나 널브러졌다. 나는 베넷의 가슴 위에 엎드려 그를 내려다보며 미소를 지었다. 내 베개 위에 누운 그의 모습이 무척 사랑스러워 보였다.

"가지 마."

베넷은 잠시 나를 바라보다가 손으로 내 목덜미를 찾더니 여느 때보다 더 격렬한 키스를 했다. 제법 두툼한 이불이 여전히 우리 사이를 가로막고 있었지만, 그의 몸에서 열기가 퍼지는 것을 느낄 수 있었다. 내 입술과 목과 가슴, 그의 입술이 닿는 모든 곳에서 강렬함이 느껴졌다. 족히 5분 동안 그에게 푹 빠져들어 키스를 했고, 손가락으로 그의 셔츠 속의 등을 쓰다듬었다. 그가 나를 꼭 끌어안을 때마다 팽팽하게 긴장된 그의 등 근육을 느낄 수 있었다. 하지만 갑자기 내가 어디 있는지 깨닫고 정신을 차렸다. 나는 베넷에게서 조금 떨어져 침실 문을 훔쳐보았다.

"괜찮아."

베넷이 내 귀에 대고 속삭였고 목에서 그의 숨결이 느껴졌다.

"그건 걱정하지 마."

나는 조금 더 베넷을 밀어냈다.

"우리 부모님이……."

"그건 걱정 마."

베넷이 되풀이해 말했다. 몇 분 동안 나는 베넷이 이끄는 대로 따랐고 주체할 수 없을 만큼 그에게 빠져들었다. 하지만 오랫동안 문을 신경 쓰지 않기란 어려웠다. 나는 다시 문을 훔쳐보았고, 베넷은 그런 내 마음을 눈치챘다.

베넷은 동작을 멈추고 거친 숨을 내쉬며 나에게 환하게 미소를 지어 보였다. 내 얼굴 위로 헝클어진 머리카락을 옆으로 쓸어 넘기고 내 볼을 어루만지며 말했다.

"나 알지? 베넷이야. 설사 부모님이 들어오신다고 해도, 난 그냥…… 사라졌다가 오 분 전으로 돌아가면 돼."

베넷이 점점 짓궂은 표정으로 미소를 지었다.

"그럼 부모님은 전혀 모르실 거야. 물론 너도 전혀 기억이 없을 테고. 그럼 넌 조금 전에 그랬던 것처럼 다시 날 침대 위로 쓰러뜨릴 수 있고, 우리는 이렇게 함께 있을 수 있어."

베넷이 씨익 웃으며 말을 이었다.

"처음부터 다시."

나는 방문에서 눈길을 거두고 다시 그에게 가까이 고개를 숙여 키스를 했다. 그러다 문득 이런 생각이 들었다. 이 생각이 어디에서 비롯됐는지, 하필 왜 지금 이런 생각이 들었는지, 어째서 진작 물어볼 생각을 못 했는지 모르겠지만, 지금 이 질문을 꼭 해야겠다는 충동이 일었다. 나는 베넷에게서 떨어져 그를 내려다보았다.

"너 솔직히 지금까지 나한테 이렇게 한 적 한 번도 없었어?"

나는 미소를 머금은 채 얼굴은 잔뜩 찡그리고 물었다.

"시간을 되돌린 적 말이야. 네가 시간을 되돌렸지만 난 전혀 눈치채지 못한 적 없었어?"

베넷의 미소가 순식간에 사라졌다.

"베넷?"

베넷은 아무 말도 하지 않았다. 그는 머리를 내 베개에 깊숙이 파묻었다.

"한 번 있었어."

그의 거친 한숨과 함께 흘러 나왔다. 베넷을 쏘아보며 그가 좀 더 말을 하길 기다리는 동안, 뱃속에 단단한 응어리가 생기는 기분이 들었다. 베넷은 더 이상 아무 말도 하지 않았다. 그냥 그대로 누운 채 내 다음 말을 기다리고 있었다.

"언제?"

나는 일어나 앉아 이불로 내 몸을 꽁꽁 둘러 싼 뒤 베넷의 답을 기다렸다. 베넷이 나를 마주 보았다.

"그날 밤 기억 나? 네가 매기 할머니 집에 와서 내가 아주 무례하게 대한 날."

나는 고개를 끄덕였다.

"내가 사과하기 위해 서점에 갔고, 함께 커피를 마시러 나갔지."

나는 다시 고개를 끄덕였다.

"그리고 걸어서 너희 집에 데려다 주었어."

나는 연신 고개를 끄덕였다. 그래, 나는 그 일들을 모두 기억했다. 나는 내가 기억 못하는 부분을 알고 싶었다.

"그날 너한테 키스했어."

"나한테 키스를 했다고?"

그랬다면 내가 기억 못 할 리가 없는데.

이제 베넷이 고개를 끄덕였다. 나는 멍하니 그를 쳐다볼 뿐 아무것도 할 수 없었다. 도대체 말이 안 되는 일이었으니까. 그날 밤 베넷이 내게 키스해 주기를 간절히 바랐지만, 그는 키스는커녕 '이번에 무슨 일이 일어났든 다시는 그러지 않을 거야'라는 다소 엉뚱한 소리만 하고 갔다. 그땐 그 말이 무슨 의미인지 몰랐는데 이젠 알 것 같았다. 그는 나에게 키스를 했던 거다. 그래서 그랬던 거다.

"나에겐 벅찬 일이었어. 네가 어떻게 생각할지도 두려웠고……."

베넷이 얼굴을 찡그리며 말을 이었다.

"그날 네게 키스를 했어. 집으로 가서야 내가 무슨 짓을 했는지 깨달았지. 그래서 다시 시간을 되돌렸어. 원래 의도했던 대로 말이야. 그리고 걸어서 너를 집으로 데려다 주고 작별 인사를 했어."

그리고 나는 거리에 서서 어리둥절한 채 추위에 떨며 그가 사라지는 것을 지켜보았고, 내가 뭔가 잘못을 한 것 같다고 생각했다. 그날 이후 꼬박 하루 동안, 나에게 조금도 관심이 없는 것 같은 이 아이에게 왜 자꾸만 끌리는지 이해하지 못한 채로.

나는 더 이상 그를 볼 수가 없어서, 침대 머리맡에 몸을 기대고 눈을 감은 뒤 관자놀이를 문질렀다. 다시 눈을 떴을 때 베넷이 진심으로 미안해하는 표정으로 나를 보고 있었다. 나는 눈을 더 꽉 감아 버렸다.

"언제 그랬어?"

내가 물었다.

"네가 돌아간 정확한 때를 알고 싶어."

베넷은 자기 자신과 마주치는 위험을 감수할 수 없었을 테고, 그날 밤 우리는 잠시도 떨어져 있을 틈이 없었다. 아, 이제야 그날 일이 전부 떠올랐다. 나는 그에게 사람을 사라지게 하는 능력이라도 있는 거냐며 엉뚱한 농담을 지껄였고, 그는 화장실로 갔었다. 그러고 보니 그가 완전히 다른 사람이 되어 나온 것 같다고 생각했던 게 기억났다. 그런데 세상에, 그는 정말로 달라져서 나왔던 거다.

"그럼, 그때 화장실."

내가 말했다. 베넷이 고개를 끄덕였다. 나는 화가 나서 씩씩대며 말했다.

"나한테 말하려고도 안 했지?"

"그럴 이유가 없었어. 하지만 지금 말하고 있잖아."

베넷이 말했고, 나는 잔뜩 화가 나서 그를 노려보았다.

"있잖아, 애나. 이런 일로 네 기분을 상하게 하고 싶지 않아. 이미 다 지난 일이잖아……."

"그래서 나한테 거짓말을 한 거니? 내 기분을 보호해 주려고?"

베넷이 조용히 하라는 표시로 손가락을 입에 댔다.

"너한테 거짓말하지 않았어. 그냥 말을 안 했던 거지. 그건 엄연히 다른 거야."

"나한텐 같아."

"목소리 낮춰, 애나. 너희 부모님이 들어오시면 어떻게 하려고."

"우리 부모님? 네가 왜 우리 부모님을 신경 써? 넌 그냥 사라질 거잖아. 그럼 나 혼자 이 방에 남아 엄마 아빠에게 설명하기 위해 무슨 구실이든 둘러대겠지. 내가 왜 소리를 질렀는지. 그것도 나 혼자 있는 침실에서."

어쨌든 나는 목소리를 낮추었고, 계속해서 말을 이었다.

"아니다, 차라리 그냥 네가 시간을 되돌리는 편이 더 낫겠네. 그럼 이런 이야기 또 하지 않아도 될 거 아니야."

"그건 하지 않을 거야."

베넷은 단어 하나하나에 의미를 담은 듯 한 번에 한 단어씩 또박또박 발음했다.

"왜 어때서? 완벽하잖아. 그냥 밖으로 나갔다가 십 분 전으로 돌아와 처음부터 다시 시작하면 되겠네. 그럼 난 이번에 그랬던 것처럼 널 붙잡고 키스를 하겠지. 어차피 난 '이번'이 있었는지도 알지 못할 테니까."

눈물이 솟구치기 시작했다. 나는 차오르는 눈물을 눈 속 어딘가에 가두어 놓고 온 힘을 다해 참았다. 지금 내가 울어 버리면 베넷은 내가 슬퍼한다고 생각할 것이다. 하지만 나는 슬픈 게 아니었다. 나는 몹시 화가 나 있었다. 이 눈물은 주먹으로 벽을 쳐서 구멍을 내고 싶을 정도로 분노에 사로잡혔을 때나 흐를 만한 뜨거운 눈물이었다.

"애나."

베넷이 차분한 목소리로 말했다.

"딱 한 번 그랬어. 그 이후로 다시는 그러지 않았어. 너에게 모든 걸 이야기하기로 결심한 후로는 한 번도 그런 적 없어. 너와 함께하기로 마음을 정한 후부터는 다시는 그러지 않았단 말이야."

나는 고개를 끄덕였다.

"그래, 알았어. 네가 결심한 후로는 안 그랬단 말이지."

나는 지난 몇 주 전을 떠올렸다. 매일 스페인어 교실로 들어갈 때마다, 그날 밤 이후로 왜 그가 더 이상 나를 보려 하지 않는지 궁금해했었다. 나를 싫어하는 것 같은 누군가에게 왜 그토록 강하게 끌리는지 의아하기까지 했다.

"네가 시간을 되돌린 그날 밤, 물론 시간을 되돌리기 전에도 나는 너와 함께하겠다고 결심했었어. 지금 이런 말을 해 봐야 아무 소용도 없겠지만, 안 그래?"

방 안은 조용했다. 나는 베넷을 빤히 쳐다보았다. 베넷은 침대보를 내려다보고 있었다. 마침내 그가 말했다.

"내가 잘못했어. 딱 한 번 그랬어. 그 뒤로 다시는 그러지 않았어. 앞으로도 절대 그러지 않을 거야."

내 표정이 누그러지는 게 느껴졌지만, 그의 말에 넘어가지 않았다는 것을 보여 주기 위해 입을 꼭 다물었다. 그리고 빌어먹을 이 눈물을 계속 가두어 놓기 위해.

"이제 그만 가 줘야겠어."

"뭐라고?"

"그만 가라고. 지금. 부탁이야."

나는 의도적으로, 두 달 전 베넷이 그의 집에서 나를 내쫓았을 때와 똑같은 단어, 똑같은 말투를 사용했다.

"그러지 마…… 애나."

"넌 위선자야."

나는 눈을 감았다. 잠시 그대로 있는 동안 내 몸이 떨리는 것 외에 아무런 움직임도 느껴지지 않았다. 아까 했던 말들 외에 아무런 말도 생각나지 않았고, 그 말들이 아직도 방 안의 공간을 가득 메우고 있었다. 눈을 떠 베넷에게 굳은 표정으로 말했다.

"가 버려, 휙."

침대를 내리 누르던 그의 무게가 사라지자 매트리스가 다시 올라오는 것이 느껴졌다. 베넷이 갔을 거라고 예상하며 눈을 떴지만, 그는 아직 그곳에 서 있었다. 눈을 감고 있는 베넷의 표정이 슬퍼 보였지만, 나는 움직이지도 말을 하지도 않았다. 베넷의 몸이 점점 투명하게 사라지는 동안 벽에 붙여 둔 지도가 유난히 선명해지는 것을 지켜볼 뿐이었다.

27

5월이어도 아침에는 여전히 추웠지만 이제는 장갑과 모직 양말, 비니 없이 가벼운 차림으로 달릴 수 있었다. 나는 하마터면 은색 머리를 포니테일로 묶고 반바지에 얇은 티셔츠를 입은 남자를 그냥 지나칠 뻔했지만, 그가 나에게 다정하게 손을 흔들어 준 덕분에 미소로 답할 수 있었다. 푸르고 화창한 아름다운 날이었지만, 어둡고 화난 내 기분을 풀어 주기에는 역부족이었다. 그래서 땅을 디딜 때마다 두 발에 지나치게 힘을 가했고, 계속해서 발을 학대하는 바람에 트랙에 도착하기도 전에 정강이가 타는 것 같은 통증을 느껴야 했다. 아무래도 제대로 분노를 표출하지 못하고 발에게 화풀이한 대가를 하루 종일 톡톡히 치를 것 같았다.

스페인어 교실에 도착했을 때 베넷이 그의 책상에, 그러니까 평소 그가 있던 바로 그 자리에 앉아 있는 모습을 발견했다. 내가 통로를 따라 그가 있는 방향으로 걸어가자 베넷은 내 눈을 뚫어져라 쳐다보았다. 나는 싸늘한 표정으로 내 자리에 앉았다.

몇 분 후에 누군가가 내 어깨를 톡톡 두드리는 것을 느꼈다. 마침 아르고타 선생님이 교실 앞에서 등을 돌리고 칠판에 동사변화를 적고 있어서, 나는 등 뒤로 손을 내밀어 뒤에서 건넨 쪽지를 받았다.

'얘기 좀 해.'

나는 쪽지를 구겨서 베넷이 앉아 있는 쪽 바닥으로 던졌다. 곧 아르고타 선생님이 학생들을 향해 돌아섰고, 우리는 이후 10분 동안 무리를 지어 각종 동사변화를 이용한 대화를 연습했다. 이번에는 선생님이 칠판에 부정사 형태를 쓰기 위해 돌아섰고, 다시 한 번 내 어깨에 가벼운 두드림이 느껴졌다.

베넷이 꼬깃꼬깃 접혀진 종이를 다시 나에게 쑥 내밀었다.

'정말 미안해. 다시는 그런 일 없을 거야.'

나는 주머니에 쪽지를 찔러 넣고 내 자리에서 일어선 다음, 교실 앞으로 걸어가 고리에 걸린 화장실 이용 패스를 들어올렸다. 그리고 안전지대인 도넛을 지나 화장실까지 전속력으로 달려 차가운 물을 얼굴에 뿌렸다. 이제 베넷을 보긴 봤는데, 내 속에서 끓고 있는 이 화를 어떻게 드러내야 할지 알 수가 없었다. 화를 내기에는 베넷에게 너무나 끌리고 있었고, 그에 대해 알고 있는 모든 것에 완전히 사로잡혀 있었다. 그가 왜 그랬는지 이해하고 싶고, 그의 행동이 나에게 왜 그토록 상처가 됐는지 말하고 싶고, 그가 미안하다고 한 말을 믿고 싶었다. 그래서 그에게 더 이상 이렇게 화를 낼 필요가 없길 바랐다.

한참 동안 거울을 응시했다. 거울에 비친 얼굴이 흐릿해지고 점점 변해서 더 이상 내가 아는 얼굴이 아닌 것처럼 보일 때까지 가만히 들여다보았다. 그런 다음 심호흡을 하고 다시 거울을 바라본 뒤 기운을 차렸다. 그리고 다시 교실로 향하면서 베넷에게 하고 싶은 말을 연습했다.

그러나 정작 수업이 끝났을 땐 베넷을 만나 마음속으로 생각해 둔 말을 꺼낼 틈이 없었다. 함께 복도로 나갔지만, 나가자마자 베넷은 도넛의 규칙을 무시한 채 식당으로 향하는 배고픈 아이들의 행렬을 거슬러 반대 방향으로 나를 데리고 갔다. 그러고는 안뜰로 이어지는 이중문을 밀어 열고 그 자리에 우뚝 멈추어 섰다. 그러나 날이 화창해 거의 모든 아이들이 밖에 나와 있어서 조용한 장소를 찾을 수가 없었다.

우리는 복도를 향해 돌아서서 둘 다 아무 말 없이 조용한 구석 자리를 찾았다.

"이쪽으로 갈까?"

베넷은 마치 나에게 선택권이 있다는 듯 말하고는 아이들 무리를 헤치며 나를 끌고 가, 마침내 학교의 또다른 사물함 앞에 도착했다. 베넷은 422번 사물함 앞에서 멈춰 섰는데, 그것이 베넷의 사물함이라는 것을 처음 알았다. 베넷이 자물쇠의 번호를 맞춘 뒤 찰칵하는 소리와 함께 금속 걸쇠를 들어 올렸다. 사진이며 일정표를 덕지덕지 붙이고 책과 껌통을 아무렇게나 집어넣은 내 사물함과 달리 베넷의 사물함은 텅 비어 있었다. 매기 할머니 댁에 있는 그의 방처럼 특징이 없는 것은 물론, 다분히 기능적이고 임시적이었다.

베넷은 우리의 가방을 사물함 안에 던져 넣고 문을 탁 닫았다.

"우리 여기에서 벗어나는 게 어떨까?"

베넷이 내 두 손을 잡고 텅 빈 복도를 살피며 우리 둘밖에 없는 것을 확인했다. 미처 상황을 파악하기도 전에 위장이 꼬이고 뒤틀리는 것 같은, 여전히 익숙하지 않은 감각이 느껴졌다. 계속 눈을 감고 숨을 들이쉬다가, 잠시 후 주변의 냄새와 서로를 부르는 듯한 새들의 지저

귐을 듣고서야 우리가 도넛에 있는 게 아니라는 것을 알아챘다.

눈을 떴다.

몸을 돌려 풍경을 천천히 살펴보았다. 이른 아침이지만 작은 항구는 벌써 따뜻했다. 삼면이 언덕으로 둘러싸이고 나머지 한 면은 탁 트인 바다가 보이는 이곳에는, 내 주변으로 온통 노란색, 파란색, 붉은색 등 원색의 향연이 펼쳐져 있었다. 지붕 꼭대기에 녹색 십자가가 달린 교회가 보였다. 비탈에는 밝은 색으로 페인트칠된 집들이 주르륵 서 있었고, 이 집들은 가파른 산중턱에 만들어진 구불구불한 계단을 사이에 두고 양쪽으로 나뉘어 있었다. 커피와 아침 식사를 위해 밖으로 나오기에는 아직 이른 시간이라 마을 주민들은 잠들어 있는 듯했다. 부두에 있는 몇몇 어부들을 제외하면 이 작고 아름다운 마을에 우리 둘뿐이었다.

내가 바닥을 내려다보며 미소를 지어서 베넷은 나의 웃는 모습을 볼 수 없었다. 베넷은 그런 보답을 받을 자격이 없었다. 불가능에 가까운 이 순간만큼이나 그는 공평하지 못한 행동을 한 것이다.

"좋아."

내가 독기를 가득 품은 목소리로 말했다.

"내가 졌어. 대체 지금 어디에 와 있는 거지?"

"아무 데나 조용한 곳."

베넷은 색색의 어선들이 빽빽하게 들어 찬 항구를 지나, 바다를 향해 둥근 바위들이 마치 부두처럼 쌓여 있는 곳으로 나를 데리고 갔다. 해변에 다다르자 베넷은 평평한 바위 위로 올라갔고, 나도 바위들을 넘어 베넷을 따라갔다. 마침내 베넷은 두 개의 거대한 바위 사이 한 가운데에 놓인 작은 바위 위에 자리를 잡고 앉았다. 벤치로 삼기에는 다소 좁았지만 우리 둘이 바싹 당겨 앉으면 앉을 수 있을 정도는 됐다. 베넷이 곁눈질로 나를 보았다. 그의 얼굴이 내 옆에서 기대에 찬 미소를 보내고 있었다.

"아직도 화났어?"

나는 그를 안아 줄지 바위에서 밀어 버릴지 아직 결정하지 못한 상태였다.

"그래, 베넷. 나 아직 화났어. 넌 일을 망칠 때마다 나를 섬으로 데리고 올 거니? 더구나 나한테 허락도 안 구했잖아."

"난 단지 이야기할 수 있는 조용한 장소를 찾았을 뿐이야. 그리고 이곳은 섬이 아니야. 어촌이지."

생각보다 베넷이 훨씬 비참해 보였다.

"여긴 베르나차야."

나는 눈을 감고 내 흉곽을 두드리는 심장 소리 대신 바위에 부딪히는 파도 소리에 귀를 기울였다. 베르나차. 이탈리아.

"정말 미안해."

베넷이 미안하다는 말을 얼마나 많이 했는지 이제는 셀 수도 없을 지경이었다. 베넷은 내 턱을 잡고 억지로 그를 바라보게 했지만, 나는 고개를 돌렸다.

"너한테 말했어야 했어."

"네가 미리 말하지 않았다고 이러는 게 아니야."

나는 바위를 내려다보며 다시 생각을 가다듬었다. 나한테 말하지 않은 건 용서할 수 있었다. 왜 말을 하지 않았는지 대충은 이해할 수 있었다. 내가 넘어갈 수 없는 건, 베넷이 처음부터 내 자유 의지를 빼앗았다는 것이다.

"그럼 왜 그러는 건데?"

"넌 사람들의 삶을 바꿀 수 있는 힘을 지니고 있어, 베넷. 유치하고 낭만적인 의미로 하는 말이 아니야. 넌 말 그대로 내 일상을 바꿀 수 있지. 그날 밤, 넌 나에게 아무런 선택의 기회도 주지 않은 채 내 일상을 바꾸었는데, 그래서는 안 되는 거였어."

"너 역시 엠마에게 선택의 기회를 준 건 아니었잖아. 저스틴에게도 마찬가지고."

베넷이 말했다.

"우리는 그들의 삶을 바꾸었고, 내가 기억하기로 우리 역시 그들에게 먼저 허락을 구하지는 않았어."

"그건 완전히 다른 문제야."

"아니, 다르지 않아."

베넷이 설명했다.

"그 친구들이 각자 그날 아침 눈을 뜬 시간부터 과속 차량에 치여 사고가 나기 전까지, 그들에게 어떤 일이 있었는지 우리는 전혀 모르잖아. 둘 중 한 사람이 뭔가 아주 중요한 행동이나 말을 했을지도 모르는데, 우리는 그것까지 완전히 지워 버렸어. 모든 걸 바꾸어 놓았다고. 하지만 우린 옳은 일을 하고 있는 거라고 생각했기 때문에 그렇게 했지. 우리는 그 친구들을 고통으로부터 보호하고 싶었기 때문에 그렇게 한 거란 말이야. 내가 너한테 말하지 않은 이유도 이것과 다르지 않았어."

"심지어 나는 시간을 되돌리는 걸 고려해 달라고 사정까지 해야 했지. 그런데도 상황을 바꾸려고 하지 않은 건 왜 그런 거지, 응? 무엇 때문에? 네가 말하는 그 규칙이란 거, 너한테 편리할 때만 적용하는 거 아니니?"

"난 널 지켜 주려고 그랬어."

"넌 날 지켜 줄 수 없어. 항상 그럴 수는 없잖아."

"알아, 그렇겠지. 하지만 난 할 수 있어. 할 거야. 그러기 위해 너한테 거짓말을 해야 하는 한이 있더라도."

나는 베넷을 볼 수가 없었다. 그래서 대신 작은 파도를 바라보았고, 파도가 바위에 부딪혔다가 다시 밀려가는 모습을 지켜보았다.

"네가 날 지켜 주는 거 원하지 않아, 베넷. 그런 식의 보호는 내가 원하는 게 아니야. 네가 특별하다는 이유만으로 내 경험을 선택하는 문제까지 관여해도 되는 건 아니야. 내가 알아야 할 것과 몰라야 할 것을 네 마음대로 결정할 수는 없다고. 내가 뭘 느끼고 뭘 느끼지 말아야 할지도 마찬가지야. 삶은 그런 식으로 작동하는 게 아니야."

"이봐, 애나. 내가 그날 밤 상황을 바꾸었을 땐 지금과는 사정이 달랐어. 그 무렵 난 모든 사람들과 최대한 거리를 유지하려 애쓰고 있었어. 사람들과 가까워지고 싶지 않았다고."

나는 베넷을 쏘아보았다.

"물론 지금은 아니야."

베넷이 분명하게 상황을 정리하며 이렇게 말했다. 이후로 우리는 한참 동안 말이 없다가 그가 말을 이었다.

"그때 이후로는 한 번도 그런 적 없어. 앞으로도 절대 그런 일 없을 거야."

베넷이 나를 똑바로 쳐다보았다. 베넷이 진심으로 하는 말이라는 것을 알 수 있었지만—그리고 이런 상황이 끝나길 얼마나 바라는지도 알 수 있었지만—그가 선을 넘었다는 사실이, 특히나 전혀 상상도 하지 못한 부분에서 선을 넘었다는 사실이 나에게 얼마나 큰 상처가 됐는지 그는 여전히 이해하지 못하는 것 같았다.

"너하고 함께할지 말지 선택하라고 나한테 말했던 거 기억 나?"

내가 물었다.

"그날 넌 나에게 네 비밀을 모두 털어놓았고, 그럼에도 불구하고 너와 함께 하길 원하는지 결정하라고 했어."

베넷이 바다를 향해 얼굴을 돌리며 고개를 끄덕였다.

"그건 나한테 아주 많은 의미가 있었어. 네가 나에게 선택을 하게 했다는 사실 말이야. 그렇기 때문에 네가 나를 위한다면서 어떻게 그런 선택을 할 수 있었는지 도무지 이해하기가 힘들어."

"내가 실수했어."

"그리고……."

나는 말을 꺼내긴 했지만, 다음 단어들이 목구멍 깊숙한 곳에 갇혀 빠져나오지 못하는 것 같아 말을 잇기가 힘들었다.

"그 바람에 우리는 삼 주라는 시간을 잃고 말았어. 우리는 삼 주 더 빨리 함께 지낼 수 있었다고."

베넷은 한숨을 내쉬며 모든 것이 분명하게 이해가 됐다는 듯한 표정으로 고개를 떨어뜨렸다. 그는 나에게 중요한 것뿐만 아니라, '우리'에게 중요한 것을 앗아 갔던 것이다. 베넷이 다시 사과했을 때 마침내 지금까지 기다려 온 후회 가득한 목소리를 들을 수 있었고, 그가 두 팔로 나를 감싸서 꼭 끌어안자 비로소 화가 누그러지기 시작했다.

"다신 그러지 않을게."

"그래."

나는 안타까운 표정으로 고개를 끄덕이며 말했다. 그리고 베넷이 내 눈을 볼 수 있도록 그의 품에서 조금 벗어나 말을 이었다.

"있잖아, 베넷. 어쨌든 난 내 인생에서 일어나는 사건들을 네가 바꿀 수 있다는 사실, 괜찮다고 생각해. 좀 특이하긴 하지만 말이야."

나는 베넷에게 엷게 미소를 지어 보였는데, 그에게 화가 난 이후 처음으로 보인 진심 어린 미소였다.

"하지만 이건 내 인생이야. 다음에 어떤 일을 맞이할지 결정할 사람은 오직 나뿐이야."

나는 손을 내밀었다.

"알겠지?"

"알겠어."

베넷이 대답한 뒤 내 손을 잡고 악수를 했다.

"자, 이제 섬인지 어촌인지 이 주변을 소개해 줄래?"

베르나차는 베넷이 묘사한 그대로였다. 우리는 항구를 벗어나 커다란 조약돌이 깔린 길 위로 걸었다. 아직 영업을 시작하지 않은 작은 상점들이 늘어서 있는 좁은 골목을 따라 마을의 중심지처럼 보이는 곳으로 향했다. 베넷은 줄무늬 차양 위로 이탈리아 국기가 걸린 문을 향해 걸어간 다음, 나를 위해 문을 열어 주었다. 안으로 들어갈 때 문에

서 딸랑딸랑 하는 종소리가 들리는 바람에 잠시 우리 집 서점에 들어온 것 같은 착각을 했다. 빵집 구석구석에 가득 배인 달콤하고 따뜻한 빵 냄새를 맡고서야 이곳이 서점이 아니라는 것을 깨달았다.

계산대 뒤에서 여자가 여유로운 몸짓으로 롤빵을 진열장 유리 안의 접시 위에 조심스럽게 쌓은 뒤 우리를 올려다보았다.

"부온 조르노Buon giorno(안녕하세요)."

"부온 조르노."

베넷이 인사했다.

"카푸치니, 페르 파보레Cappuccini, per favore(카푸치노 주세요)."

베넷이 손가락 두 개를 들어 보였고, 여자는 커다란 에스프레소 기계 뒤에 마련된 자리로 갔다. 창문 근처에 엽서가 진열된 선반이 내 시선을 사로잡았다. 나는 그곳으로 가서 선반을 돌리며 베르나차와 우리가 지나쳐 온 인근 마을들의 화려한 사진을 구경했다. 베넷이 나를 지켜보고 있는 게 느껴졌다. 몸을 돌리자 마침 베넷이 계산대 위에 놓인 유리병을 가리키고 있었다. 여자는 초콜릿에 적신 비스코티 두 개를 꺼내 밝은 청색 접시 위에 올렸다. 베넷은 유려한 글씨체로 '6/£1,000'이라고 적힌 표지판 아래에 서서 나를 가리키며 말했다.

"여기에 엽서 여섯 장도 추가해 주시겠어요, 페르 파보레?"

"육천 리라입니다, 손님."

여자가 말했다.

"이걸 잠시 빌려도 될까요?"

베넷이 묻는 소리가 들렸는데 뭘 빌리겠다는 건지는 알 수 없었다. 베넷은 비스코티를 반듯하게 올린 커피 잔 두 개를 들고 엉덩이로 문을 밀어 밖으로 나갔다.

"마음에 드는 걸로 여섯 장 골라봐. 다 고르면 바깥 테이블에서 커피 마시자."

베넷이 문을 닫자 또다시 종소리가 울렸다.

테이블에 도착했을 때, 베넷은 샛노란 파라솔 아래 놓인 의자에 등을 기대고 앉아 커피를 마시고 있었다. 내가 베넷의 옆에 놓인 의자에 앉자, 베넷이 엽서 더미를 손으로 가리키며 말했다.

"엽서 좀 보여 줘."

나는 베넷에게 보여 주기 위해 유리가 깔린 테이블 위로 엽서를 펼쳤다.

"하나 골라."

베넷이 말했다.

"아무거나?"

"아무거나. 하나 골라서 나 줘."

나는 항구에 작은 어선들이 늘어서 있는 엽서를 골라 베넷에게 건넸다. 우리가 이곳에 도착했을 때 내가 제일 처음 본 광경이었다. 베넷은 푸른색 작은 접시들 가운데 하나의 테두리 밑에서 펜 두 자루를 꺼내 한 자루를 나에게 주었다.

"이제 네 걸로 하나 더 골라 봐. 내가 너한테 엽서를 쓸 테니까 너도 나한테 써 줘."

베넷은 마치 뭘 숨기려는 사람처럼 엽서 위에 엎드려 글을 쓰기 시작했다. 나는 내 엽서 위의 작은 보트들을 내려다보면서, 별안간 한 가지 생각이 머리를 스쳤다. 베넷이 계속 머무르지 않는다는 것. 언젠가는, 어쩌면 곧 우리는 지금처럼 이렇게 함께하지 못할 수도 있다는 것. 그리고 이 엽서들은 서로를 가장 그리워할 때 우리가 의지하게 될 유형의 물건이 되리라는 것. 그렇게 생각하자 애정을 담뿍 담아 표현해야 한다는 압박감이 밀려들기 시작해, 편지를 적기 전에 먼저 생각을 가다듬었다.

베넷에게,

나는 아주 오랫동안 내가 아는 세계 바깥에, 안전하고 평범한 삶의 바깥에 무엇이 있는지 보길 꿈꿨어. 그리고 지금 난 태어나 처음으로 집에서 제일 멀리 떨어진—'평범한 삶'에서 최대한 멀리 떨어진—어느 작은 어촌에 와 있어. 그리고 그 사실만큼 놀라운 건, 확실한 한 가지를 알게 됐다는 거야. 네가 이렇게 내 곁에 앉아 있지 않다면 아무리 아름다운 곳이라 할지라도 나에게 아무런 의미가 없다는 걸 말이야. 넌 나를 어디든 데리고 갈 수 있어. 아무 데도 가지 않을 수도 있지. 하지만 이 세상 어디든 네가 있는 곳이라면, 그곳이 바로 내가 머물고 싶은 곳이야.

나는 여기까지 쓰고는 잠시 망설이며 베넷을 건너다본 뒤 계속해서 다음 말을 쓰기 시작했다. '사랑을 담아'라는 말이 과할 수도 있겠다는 생각이 들었지만, 어쩐지 이 말이 가슴에 가득 넘쳐서 얼른 종이 위에 옮겨지길 기다리는 것만 같았다. 그래서 그냥 쓰기로 했다.

사랑을 담아, 애나

나는 겁이 나서 마음이 바뀌기 전에 베넷에게 슬며시 엽서를 건넸다. 그리고 베넷이 편지를 다 쓰고 사진이 위로 오도록 뒤집어 나에게 내미는 모습을 지켜보았다. 우리는 각자의 엽서를 집어 들고 동시에 읽었다.

애나,

너에게 말하지 않은 거 정말 미안해. 하지만 다시는 그런 일 없을 거라고 약속해. 이제부터 네 미래에 대한 권리는 항상 너에게 있을 거야.

사랑을 담아, 베넷

어쨌든 베넷도 엽서에 '사랑'이라는 단어를 썼다. 나는 베넷의 글씨가 안 보이도록 다시 엽서를 뒤집고 애써 미소를 지으며 말했다.

"고마워."

베넷은 나를 만족시키지 못했다는 건 알겠지만 어떻게 했어야 하는지 모르겠다는 듯 어리둥절한 표정으로 나를 보았다. 내가 비스코티를 집어 한 입 먹는 모습을 그가 지켜보고 있다는 것을 알 수 있었다.

"왜 그래?"

베넷이 물었다.

"아무것도 아니야."

"아니, 너 실망했잖아."

나는 어깨를 으쓱해 보이고는 입에 든 비스코티를 삼켰다.

"엽서 내용 한번 참…… 시시하다."

나는 너그러운 표정으로 베넷을 건너다보았다.

"그리고 자꾸 미안하다고 할 필요 없어."

지금쯤은 베넷이 나에 대해 잘 알 거라고 생각했다. 일단 결정하고 나면 뒤를 돌아보지 않는다는 것을.

"이게 네가 정말 하고 싶은 말이야?"

"아니."

베넷이 말했다.

"내가 무슨 말을 하고 싶은지 정확히 알고 있어. 하지만 그 말을 굳이 엽서에 쓸 필요는 없잖아."

"좋아, 그럼 들어 주지."

"좋아. 자, 그럼 시작한다."

베넷이 서사시라도 낭독할 기세로 심호흡을 했다.

"음, 너는…… 너는 정말 대단해, 애나. 그리고 나는 세계를 여행하려는 네 열정이 정말 좋지만, 솔직히 말하면 완전히 이해한다고 할 수는 없을 것 같아. 네가 그토록 간절히 벗어나고 싶어 하는 이 '평범한' 생활을 보면서, 나는 네가 왜 이 생활을 지루하다거나 빤하다고 생각하는지 이해가 안 돼. 너에게는 너를 사랑하는 친구들과, 네 행복을 위해서라면 어떤 희생도 감수할 가족이 있잖아. 내가 한 번도 가져 본 적 없고 늘 원해 왔던 안정된 생활이 네게 있잖아. 어쩌면 난 너에게 내가 가장 잘 아는 세계를 접하게 해 주었는지 모르지만, 너와 네 가족은 지도에도 없는 세계를 내게 보여 주었어.

내가 이곳에 있는 동안 우리는 둘 다 원하는 삶을 살겠지. 넌 과감한 모험을 하고, 난 아무것도 하지 않은 채로도 완벽하게 만족할 수 있어. 그리고 더 중요한 건, 우리가 함께 있다는 사실이야."

"자, 네 엽서야. 지금 한 말 전부 여기에 적어 줘."

나는 새 엽서를 베넷에게 건네며 미소를 지었지만, 반은 농담이었다. 베넷은 내 말에 아랑곳하지 않고 계속해서 말을 이었다.

"너 없는 삶으로 다시 돌아갈 수 없을 것 같아."

그 말을 듣는 순간 나는 멍한 표정으로 베넷의 얼굴을 쳐다보았다.

"무슨 뜻이야?"

"무슨 말이냐면…… 난 너한테 완전히 빠졌어. 그래서 요즘 이런 생각이 들어. 만약 내가 여길 떠나지 않으면 어떨까…… 하고 말이야."

바로 조금 전까지 가슴 속 깊이 원하던 이 말이 그의 입을 통해 나오다니. 엽서에서 이 말을 볼 수 있길 그토록 바랐으면서, 이렇게 큰소리로 거침없이 하는 말을 듣게 될 줄은 꿈에도 생각하지 못했다.

베넷이 나를 사랑한다. 베넷이 나와 함께 있길 원한다.

이 생각들을 어떻게 해석해야 할지 도무지 모르겠지만, 내 모든 희망이 온몸의 혈관을 통해 한껏 솟구쳐 머리가 어지러울 지경이었다. 아마 내가 베넷을 계속 멍하게 쳐다보고 있었던 모양이다.

"어때, 괜찮아?"

"어떤 게?"

베넷이 미소를 지었다.

"음…… 아마도, 둘 다."

"응."

나는 뭐라고 대꾸를 해야 할지 모르겠지만 어쨌든 대꾸를 해야 할 것 같아, 그 자리에 가만히 앉아 고개를 끄덕였다. 그리고 내 속마음을 말하는 것보다 좀 더 편안한 방법을 선택했다.

"얼마나 오래 머무를 건데?"

"졸업할 때까지?"

나는 베넷이 나에게 처음 키스하던 날 밤 서점에서 했던 말—"나는 결코 머물지 않아"—을 다시 떠올렸고, 그도 지금 내 눈에 담긴 믿지 못하겠다는 마음을 읽었을 것이라고 확신했다.

"네가 그럴 수 있을 줄은 생각 못 했어."

베넷이 어깨를 으쓱해 보였다.

"나도 생각 못 했어. 하지만 음…… 지금까지도 이렇게 오래 이곳에 있었잖아."

"브룩 누나는 어쩌고?"

"누나가 집을 찾아와서 내가 더 이상 이곳에 있을 핑계가 없게 되면 매기 할머니한테 내가 필요하고 또 너하고 함께 이곳에 머무르고 싶다고 가족에게 말할 거야. 가족에게 너에 대해 이야기할 거야……."

"세상에, 너 정말 너희 부모님이 흔쾌히 허락하실 거라고 생각해? 크게 화내시지 않을까?"

베넷은 고개를 가로 저으면서도 입으로는 "물론 그렇겠지"라고 말했다. 그러고는 갑자기 환하게 웃음을 지어 보였다.

머릿속에서 베넷의 말이 맴돌면서 내 얼굴이 환해지는 것을 느꼈다.

'난 너한테 완전히 빠졌어. 만약 내가 여길 떠나지 않으면 어떨까?'

아, 베넷이 나와 함께 하길 원한다.

"화요일 저녁 식사에 자주 와야 할 거야. 괜찮겠어?"

내가 말했다.

"여행도 많이 하게 될 텐데. 너도 괜찮겠어?"

베넷이 말했다. 그런 다음 그는 엽서들 너머로 몸을 기울이고 카푸치노 잔을 옆으로 치운 다음 두 손으로 내 얼굴을 감쌌다. 그와의 깊은 입맞춤은 우리가 함께할 미래에 대한 새로운 약속의 표시겠지만, 일단 바로 지금 우리가 공유하고 있는 강렬한 감정에 온몸 구석구석의 신경이 애태우듯 간지러운 느낌 말고는 아무것도 느낄 수 없었다.

우리는 그날 해변 마을 친퀘테레Cinque Terre에서 하루 종일 시간을 보냈다. 그리고 그날 밤도 그곳에서 함께 보냈다.

28

이탈리아의 작은 마을 베르나차에 핀을 꽂고 뒤로 물러섰다. 새로 꽂은 핀이 동남아시아와 일리노이 주 사이를 좁혀 놓은 모양을 흐뭇하게 바라보았다.

베넷의 타고난 재주 덕분에 밤새 밖에 있었다는 것을 부모님에게 들키지 않고 무사히 집에 돌아올 수 있었다. 보통 때라면…… 글쎄, 과연 어떻게 됐을지 확신할 수는 없지만 대략 이랬을 것으로 짐작된다. 다음 날 당연히 학교에 갈 수 없었을 테고, 일하러 서점에 나가지도 못했을 거다. 잘하면 저녁 식사 시간에도 집에 도착하지 못했을 수도 있다. 엄마 아빠는 걱정을 하다가 어느 순간 탈진해 버렸을지도 모른다. 경찰에 수도 없이 전화를 했을 테고, 이웃 사람들은 나를 찾느라 손전등을 들고 거리 구석구석을 돌아다녔겠지. 심지어 전봇대마다 나를 찾는 전단지가 붙어 있을지도 모른다. 하지만 우리가 이탈리아로 떠난 지 22시간 후, 베넷이 자신의 사물함 앞 바로 그 자리—전날 우리가 다툰 후 잠시 서로 손을 잡고 눈을 감으며 복도를 벗어난 곳—로 나를 데리고 왔을 때, 실제로 우리가 그곳을 비운 시간은 채 1분도 되지 않았고, 내가 없어졌다는 것을 눈치챈 사람이 아무도 없었기 때문에 나를 걱정하는 사람 또한 없었다.

정지된 스물두 시간이 내가 사랑하는 이들에게 얼마나 끔찍했을지 잘 알면서도, 나는 그 시간들을 조금도 후회하지 않았다. 그동안 베넷 과 나는 베르나차에서 몬테로소를 잇는 산길의 가파른 계단을 올라갔 다. 다섯 개 마을을 연결하는 산길 가운데 가장 가파른 그 길은 올리브 과수원과 포도밭 사이로 구불구불 이어졌다. 험난한 오르막길과 좁은 오솔길을 지나야 했지만, 마침내 현실 세계라고 믿기 어려울 만큼 대 단히 아름다운 마을과 지중해의 풍경들이 펼쳐져 힘들었던 등반을 모 두 보상받을 수 있었다.

우리는 몬테로소에서 오후를 보냈고, 관광객들에게 시달리느라 평 화로운 베르나차가 그리워질 때쯤 작은 보트 한 척을 빌려 출발했던 장소로 되돌아갔다. 보트가 파도 위를 넘실대며 푸른 바다를 재빨리 가로지를 때, 나는 한가로이 베넷의 가슴에 기대어 구름을 올려다보 며 미소를 짓고 있었다. 부두에 도착하기 직전에 베넷은 나를 감싸 안 고 앞으로 몸을 숙이며 내 귀에 대고 속삭였다.

"오늘 밤 같이 있자."

돌이켜 생각해 보니 나는 조금도 망설이지 않고 선뜻 대답을 했던 것 같다. 공황 상태에 빠져 이곳저곳에 전화를 걸 부모님, 전봇대마다 붙어 있을 전단지들, 경찰들, 구석구석 나를 찾으러 다닐 이웃 사람들 을 떠올렸어야 옳았겠지만, 그 순간엔 아무 생각도 나지 않았다. 나는 집으로 돌아가는 대신 이기적이게도, 산비탈에 아늑하게 자리 잡은 작은 펜션에서 베넷의 품에 안겨 토스카나의 태양이 만 위로 떠오르 는 광경을 바라보았다.

357

29

삑삑 울어 대는 날카로운 기계음이 방 안을 가득 메웠고, 나는 10분이라도 더 자기 위해 무의식적으로 침대 옆 탁자에 놓인 디지털시계를 손바닥으로 세게 내려쳤다. 포근한 이불 속으로 죄책감이 스멀스멀 기어들어와 내 옆에 찰싹 달라붙고 나서야 마침내 포기하고 눈을 떴다. 탁 소리가 나도록 두 발을 바닥에 딛고서 정신력으로 무장을 한 뒤, 캄캄한 어둠 속에서 벽장을 향해 넘어지지 않도록 더듬더듬 팔을 뻗었다.

10분 뒤, 귀에 꽂은 이어폰을 통해 크게 울리는 음악을 들으며 늘 돌던 모퉁이를 돌았고, 늘 만나던 은발의 포니테일 남자를 만난 후, 마침내 스펀지처럼 푹신한 트랙에 도착했다. 골똘히 생각에 잠긴 채 이어폰에서 흐르는 후렴을 따라 부르며 달리다가, 문득 관중석에서 뭔가 움직이는 것을 포착했다. 가만히 살펴보니 베넷이 벤치에 앉아 있었다. 그 첫날과 똑같은 검은색 파카를 입고 똑같이 엷은 미소를 짓고서. 이번에 나는 망설이지 않았다. 몸을 돌려 초록색 잔디 한가운데를 지나 그를 향해 손을 흔들며 다가갔다. 그리고 시멘트 계단을 한 번에 두 개씩 올라갔다.

"그거 알아? 너 완전 스토커 같아."

마침내 목소리가 들릴 정도의 거리에 도착했을 때 내가 숨을 헐떡이며 신이 나서 말했다.

"내가 그럴 줄 알았다니까."

베넷이 일어나 트랙 주변을 두리번거린 뒤 계단을 내려와 나에게 다가왔다.

"안녕. 너한테 입 맞추고 싶지만, 나 지금 완전히 땀투성이야."

나는 베넷의 옆에 서서 티셔츠 소매 단을 올려 이마의 땀을 닦았다.

"그런데 여기에서 뭐해? 그 재킷은 또 뭐고? 있잖니, 지금 기온이 십팔 도는 넘었을걸."

"이런, 세상에. 너 나를 아는구나. 애나, 너…… 나를 알아?"

"그럼. 으음……. 내가 널 몰라야 하니?"

베넷은 입술을 깨물면서 손가락 끝으로 관자놀이를 문질렀고, 나는 뭔가 문제가 생겼다는 생각이 들기 시작했다.

"돌아오려고 했어."

베넷의 목소리는 날카로웠고 눈동자는 공포에 휩싸인 듯 휘둥그레졌다.

"그런데 돌아올 수가 없었어. 오늘 며칠이지?"

"화요일이야. 오월이고……."

나는 잠시 생각한 뒤 말을 이었다.

"십육 일일걸, 아마."

그리고 대부분의 사람들에게는 자연스럽지만 베넷에게는 그렇지 않을 수도 있는 사실을 덧붙여 말해 주었다.

"1995년이고. 베넷, 무섭게 왜 그래. 무슨 일이야?"

"이런 세상에. 내가 아직 이곳에 있구나."

베넷이 낮은 목소리로 다시 말했다. 그러고는 같은 말을 반복했다.

"내가 아직 이곳에 있어."

실제로 그는 내 앞에 있었고, 그래서 나는 고개를 끄덕였다. 나는 뒤로 한 걸음 물러나 상황을 파악하려 애쓰는 그의 모습을 지켜보았다.

"애나, 정말 미안해. 그날 이후로…… 너에게 돌아오려고 얼마나 애썼는지 몰라."

원, 세상에. 점점 모를 소리만 하고 있으니.

"무슨 말이야? 언제 이후?"

"애나, 내 말 잘 들어. 중요한 이야기야. 브룩 누나가 집에 있어. 그에게…… 아니, 나에게 브룩 누나가 집에 있다고 말해 줘. 그리고 너에게 보여 달라고 말해……."

하지만 내가 다음 말을 하기도 전에 베넷은 사라지고 없었다.

"뭘 말이야? 너한테 뭘 보여 달라고 하라는 거야?"

나는 간청하듯 말했다. 하지만 그가 언제, 어디에서 왔으며 도대체 나에게 뭘 보여 주어야 한다는 건지 전혀 이해하지 못한 상태로 서서 허공에 대고 이야기하고 있었다. 베넷이 아직 이곳에 있을지도 모른다는 생각에 그를 찾아 관중석 주변을 샅샅이 살펴보았지만 그가 없다는 사실만 확인했을 뿐이다. 조금 전 그의 몸이 사라지면서 완전히 자취를 감춘 것이다.

전속력을 다해 관중석에서 내려와 교정을 지나 다시 거리를 향해 달렸다. 브룩이 집에 있다 이거지. 얼마나 빨리 달렸는지 길가의 나무

들이 온통 흐릿하게 보였다. 신호등 앞에서 겨우 멈추어, 자신의 의지와 상관없이 희미해져 가는 그의 모습을 떠올리지 않으려 애썼다. 심장이 어찌나 빨리 뛰는지, 매기 할머니 댁 현관 앞에 다다를 즈음엔 이러다 심장이 터져 버리는 건 아닐까 하는 생각이 들었다. 현관에 도착해 문을 세게 두드렸다. 그리고 몸을 굽히고 호흡을 가다듬으려 애쓰면서 베넷이 문을 열어 주길 기다렸다.

"애나 아니니."

얼굴이 벌겋게 상기된 채 땀에 흠뻑 젖은 내 모습에 매기 할머니는 크게 놀랐다. "오랜만이구나"라는 말에서 내가 이렇게 이른 시간에 찾아올 줄은 꿈에도 생각하지 못했다는 기색이 역력했다.

"안녕하세요, 매기 할머니."

나는 숨을 헐떡이며 말했다.

"죄송해요. 이른 시간이라는 건 알지만, 베넷 있나요?"

매기 할머니는 문을 활짝 열고 나를 안으로 들어오게 했다.

"아직 학교에 가지 않았을 거다. 올라가 보렴."

"고맙습니다."

나는 이렇게 말하고 쏜살같이 할머니를 지나쳐 계단을 올라간 뒤 복도를 달려 베넷의 방문 앞에 섰다. 문을 두드리고 기척이 있는지 귀를 기울여 보았다. 아무 소리도 들리지 않자 나는 공황 상태에 빠지기 시작했다. 그는 이곳으로 돌아오려고 무척이나 노력했다고 말했다. 그가 벌써 가 버렸으면 어떻게 하지? 바로 그때 베넷이 젖은 머리에 운동복 차림으로 미소를 지으며 방문을 활짝 열었다. 나는 급하게 숨을 들이쉬었다. 베넷은 여전히 이곳에 있었다.

나는 베넷의 목을 끌어안았다. 그의 샴푸 냄새를 맡고 피부의 온기를 느끼고 나니 비로소 안심이 됐다.

"애나, 왜 이러는 거야?"

베넷은 밝게 말했지만, 아직도 그를 꽉 끌어안고 있는 것을 보며 내가 이곳에 온 다른 이유가 있다는 것을 알아챈 것 같았다.

"괜찮아?"

나는 뒤로 물러서서 말했다.

"이상한 일이 있었어."

베넷이 나를 끌어당기고 문을 닫았다. 지난번 그의 침대에 앉아 시간을 하루 뒤로 이동해 달라고 부탁한 후로 이곳은 처음이었다. 그때가 불과 한 달 전이었는데, 왠지 몇 년은 지난 것 같았다.

"트랙에서 널 봤는데, 삼월 그때하고 똑같았어."

"또야? 내가 늘 말하지만, 난 절대로……."

"베넷, 난 분명히 봤어. 또 다른…… 너를."

이 소식을 지금보다는 더 진지하게 전하고 싶었지만, 적어도 베넷은 내 말에 완전히 집중하고 있었다.

"네가 또 트랙에 와 있었어. 이번엔 내가 너한테 말을 걸었는데, 네가 날 알고 있었어. 그리고 내가 널 알고 있다는 사실에 깜짝 놀랐어."

"정말이야?"

나는 눈을 동그랗게 뜨고 고개를 끄덕여 내 말이 사실이라는 것을 보여주었다.

"내가 뭐라고 했는데? 정확히, 내가 정확히 뭐라고 말했어?"

"날짜를 물어봤고, 내가 말해 주니까 네가 깜짝 놀랐어. 그러고는 깨닫더라고, 네가……."

나는 손을 뻗어 베넷의 가슴에 얹으며 말했다

"네가 아직 이곳에 있다는 걸."

베넷은 혼란스러운 듯 눈살을 찌푸리고 이마를 찡그리며 나를 빤히 쳐다보았다.

"그리고 브룩이 집에 있다고 너한테 전해 달랬어."

"뭐라고?"

나는 고개를 끄덕였다.

"네가 그렇게 말했어."

베넷은 마치 시계가 가리키는 시각이 이 혼란을 해결해 줄 거라고 생각하는 듯 자신의 손목시계를 들여다보았다.

"누나가 집에 있단 말이지?"

베넷은 특별히 누구에게랄 것 없이 이렇게 물었다. 나는 고개를 끄덕였다.

"또 있어."

이 말에 베넷은 다시 한 번 바짝 주의를 기울였다.

"'그날 이후' 줄곧 이곳으로 돌아오려고 노력했대. 그리고 뭔가를 보여 달라고 네게 말하라고 했는데, 그게 뭔지는 알려 주지 않았어. 넌 마치 일어나는 일을 막을 수 없다는 듯, 할 말을 다 하지 못한 채 사라져 버렸어."

나는 '통제할 수 없는 듯'이라고 말하고 싶었지만 차마 그렇게는 말하지 못했다.

베넷은 방을 둘러보고, 창밖을 내다보고, 나를 제외한 모든 것을 살펴보았다.

"베넷, 왜 그러는 거야?"

나는 베넷이 무슨 말이든 아무 말이나 해주길, 그래서 나를 좀 안심시켜 주길 바라며 두 주먹으로 양쪽 허벅지를 꾹 눌렀다.

"나도 모르겠어."

30

지역 육상 경기 대회를 마친 후 아빠는 우리를 집으로 데려다 주었다. 이번에 나는 3200미터 경주에서 최고 기록을 올려 주(州) 결승전 진출이 확실해졌다. 집에 가는 길에 차 뒷좌석에서 베넷이 중얼거리며 말했다.

"가시는 길에 저희 집에 좀 내려 주시겠어요, 그린 아저씨?"

베넷은 마치 로봇 같은 말투로 말했는데, 내가 또 다른 베넷과 이야기를 나누었다는 사실에 큰 충격을 받은 후로 줄곧 그랬다.

도대체 무슨 일인지 알 수가 없었다. 내가 알고 있는 사실은 브룩이 집에 돌아왔다는 것과 베넷은 아직 이곳에 있다는 것, 그리고 베넷이 나에게 보여 주어야 할 무언가가 있다는 것뿐이었다. 이번 주 내내 베넷은 내가 뭘 물어보면 억지로 미소를 지으며 단답형으로 대답하고는 이내 다시 생각에 빠져들었다. 베넷은 혼자 앉아 생각을 하느라 이번 주만 해도 벌써 두 번이나 나를 바람맞혔고, 오늘 밤에도 엠마와 저스틴과 함께 영화 보기로 한 약속을 과연 지킬 수 있을지 알 수 없었다.

"일곱 시에 데리러 갈게."

베넷이 나를 보지도 않고 말했다. 나는 그가 차에서 내려 매기 할머니 댁 현관 안으로 사라지는 모습을 지켜보았다.

적어도 한 가지는 확실하게 알 수 있었다.

문을 열고 들어갔을 때 막 두 번째 전화벨이 울리고 있었다. 수화기 너머로 엠마의 목소리가 울렸고, 나는 "안녕"이라는 말만 간신히 뱉을 수 있었다.

"우리 쇼핑할 건데. 시내에서. 내가 네 시 반에 데리러 갈게."

나는 신고 있는 신발과 아직도 가슴에 붙어 있는 번호표를 내려다보았다.

"오늘은 안 되겠어, 엠마. 나 대회 마치고 지금 막 집에 들어왔거든."

그렇기도 하지만, 실은 오늘 다른 일이 이미 계획되어 있다는 말을 덧붙이고 싶었다. 오늘 오후는 베넷과 나의 상황을 제자리로 돌려놓을 방법을 궁리하며 보낼 것이다.

그리고 무엇보다 시내라든지 "널 데리러 갈게" 같은 말만 들어도, 엠마가 온 얼굴에 상처를 입고 온몸에 튜브와 바늘 같은 생소한 장치들을 꽂은 채 무균실에 누워 있는 끔찍한 장면들이 떠올랐다. 나는 전화기 너머로 엠마가 입술을 삐죽 내미는 모습을 생생하게 떠올릴 수 있었지만, 그런 상상은 오히려 내 결심을 더욱 굳힐 뿐이었다.

"나 오늘 쇼핑 안 할 거야, 엠마."

"애나, 애나 그린. 다음 주말이 경매 파티란 말이야. 너 뭐 입으려고 그래?"

"너한테 좀 빌리지 뭐. 매년 그랬잖아."

엠마는 어떻게 나 같은 애랑 제일 친한 친구가 됐는지 도무지 이해할 수 없다는 듯 혀를 끌끌 찼다.

"좋아, 그럼 내 드레스 고르는 거나 좀 도와줘. 난 반짝거리고 화려한 새 드레스가 필요하거든."

"나 오늘은 정말 그럴 기분 아니야……."

"애나, 제발."

엠마가 전화기에 대고 징징거렸다.

"네 조언이 필요하단 말이야."

그럴 리가. 하지만 나는 시계를 보며 한숨을 내쉬었다.

"어머, 고마워. 애나!"

엠마가 불쑥 말을 내뱉었다.

"내가 네 시 반까지 갈게, 준비하고 있어!"

엠마는 마지막 말을 다 끝내기가 무섭게 찰칵 소리를 내며 전화기를 내려놓았다.

"이따가 엠마랑 쇼핑하겠구나."

아빠의 목소리에 나는 몸을 확 돌렸다. 아빠가 옆에 서 있는 줄 미처 알지 못했다.

"아마 그럴 것 같아."

"그렇다면……."

아빠는 지갑에서 신용 카드를 꺼내 주면서 말했다.

"여기. 이제 드레스 빌리지 않아도 되겠구나."

우리는 차를 타고 시내로 향했고—엠마는 쉴 새 없이 수다를 떨었고, 나는 아무 말 없이 손가락 마디가 하얘질 정도로 손잡이를 꼭 붙

들었다—미시간 대로에서 쇼핑을 하며 화창한 토요일 오후를 보냈다. 엠마는 경매 파티에 입고 갈 짙은 오렌지색의 우아한 드레스를 골랐는데, 엠마의 올리브색 피부에 아주 잘 어울렸다. 나는 더 단순하고 몸에 딱 붙는 검은색 드레스를 골랐는데, 엠마의 옷장에 있는 그 어떤 드레스보다 나에게 훨씬 잘 어울렸다. 나는 이리저리 몸을 돌리며 세 방향에 비치된 거울로 내 모습을 확인하면서, 문득 베넷이 나를 데리고 데이트를 즐기는 학생들, 학교 직원들과 직원의 배우자들, 엄마와 아빠들 곁을 지나가는 모습을 상상했다. 하지만 시어스 타워 99층의 스카이덱 전망대를 돌고 있을 때는 외면하고 싶은 생각이 밀려들어 가슴이 조여 오는 것 같았다. 다음 주 토요일에 베넷이 이곳에 없으면 어쩌지?

언젠가 원래의 집으로 가야 할 테지만, 다시 이곳으로 돌아와 졸업할 때까지 머무를 거라고 했던 베넷의 말이 떠올랐다. 하지만 돌아오지 않으면 어쩌지? 2주 전 베넷이 베르나차에서 했던 말—결국 내가 떠나지 않는다면 어떨까—을 믿고 싶지만, 그 말은 5일 전 트랙에서 들은 말—그날 이후로 너에게 돌아가려고 얼마나 애썼는지 몰라—과 줄곧 맞서고 있었다.

네 시간 뒤 엠마는 양손에 쇼핑백 두 개를 추가하고 나서야, 돈을 더 쓰기 전에 얼른 집으로 돌아가야겠다고 결정했다. 차를 향해 걸어가는데, 엠마가 한 가지 생각을 떠올렸다.

"맞다, 애나!"

주차장 건물이 울리도록 "꺄악" 하는 엠마의 외침에 나는 화들짝 놀랐다.

"나랑 우리 집에 같이 가자. 오늘 밤 우리의 더블데이트를 위해 내가 널 예쁘게 꾸며 줄게. 어울리는 옷도 골라 주고, 머리도 예쁘게 만져 주고, 화장도 해 줄게. 가자! 재미있겠지?"

재미라고? 전에도 엠마의 계획에 말려든 적이 있었는데…… 헉, 나라면 그런 짓에 도저히 재미라는 말을 붙이진 못할 것 같았다.

차 트렁크에 짐을 싣고 사브 자동차에 몸을 싣고 음악을 틀었을 때, 엠마가 나를 돌아보며 말했다.

"내가 널 완벽하게 꾸며 주겠어!"

엠마와 나는 그날 오후 내내 데이트 준비를 했다. 엠마는 나에게 이 옷 저 옷을 입혀 보고, 챙 넓은 모자도 씌워 보고, 벨트도 매 보았으며, 머리카락을 꼬기도 하고, 차분히 빗어 내리기도 했다. 그렇게 해서 드디어 두 팔을 번쩍 들어 올리며 완벽하게 마무리됐다는 것을 알린 뒤, 침실의 전신 거울을 볼 수 있도록 내 어깨를 잡고 뒤로 돌려 세웠다.

"짜잔!"

내가 거울 앞에 섰을 때 엠마가 크게 외쳤다. 와, 내 모습이 정말 예뻐 보인다는 것을 인정하지 않을 수 없었다. 엠마는 머리핀으로 내 까만 곱슬머리를 틀어 올렸고, 몇 가닥은 옆으로 늘어뜨려 얼굴 옆선을 따라 흘러내리게 했다. 화장이 진한 감이 있었지만, 엠마가 색색의 화장품으로 아주 훌륭하게 솜씨를 발휘한 덕분에 삐에로처럼 보이지는 않았다. 나는 발─하이힐을 신은 바람에 실은 거의 까치발로 서 있었다─을 흘긋 내려다보았다. 몸에 딱 붙는 짧은 치마를 돋보이게 해 줄 검은색 타이츠를 신고 있었다. 꼭 맞는 면 소재의 셔츠는 평소 내가 입는 스타일보다 목이 훨씬 깊게 파여서 나는 뭔가를 가려야 하는 사람처럼 가슴 앞으로 팔짱을 꼈다.

"오, 그럼 안 돼지."

엠마는 내 팔을 양옆으로 내려놓고 그 위치에서 움직이지 못하게 했다.

"어머, 굉장히 근사해 보여."

나는 한숨을 쉬었지만 팔에 실린 긴장이 풀리는 것을 느꼈다.

"정말?"

"진짜라니까."

엠마가 창가로 다가가 밖을 내다보았다.

"이 남자들이 어디쯤 오고 있나? 이십 분 뒤에나 오려나."

여전히 선 채로 거울에 비친 내 모습을 바라보고 있는데 가슴이 두근거리기 시작했다. 베넷이 오지 않으면 어쩌지? 이미 떠나고 없으면 어쩌지?

"애나, 정말 아름다워!"

엠마가 다시 한 번 말했다.

"오호. 곧 너한테 똑같은 말을 해 줄 사람이 오는 것 같은데."

나는 얼른 엠마 옆으로 달려가 창문에 얼굴을 바싹 갖다 대고는, 베넷과 저스틴이 차에서 내려 현관으로 걸어오는 모습을 지켜보았다. 지금껏 나도 모르게 숨을 죽이고 있었는지 그제야 간신히 숨을 토해 냈다.

"어머, 어머, 어머……. 쟤들 좀 봐. 우리 남자친구들 왜 이렇게 귀여운 거니."

엠마는 대충 저스틴이 오는 방향에다 대고 키스를 날리더니 내 손을 잡고 계단으로 나를 이끌었다.

"빨리 내려와."

엠마는 흥분해서 어쩔 줄 모르겠다는 듯 현관을 향해 달려 내려갔고, 문을 열어 남자아이들을 맞았을 때 엠마의 말투는 여느 때보다 훨씬 다정했다. 그런 엠마를 보고 있으니 나도 모르게 미소가 지어졌다. 어쩌면 남자아이들이 정말 귀여웠기 때문에 미소가 지어졌는지도 모른다. 아니, 어쩌면 하이힐을 신고, 엄마가 허락하는 것보다 훨씬 짧은 치마를 입고, 마릴린 맨슨보다 훨씬 진하게 아이라이너를 그려 넣었음에도 불구하고 지금 이 순간, 지난 일주일 내내 느꼈던 그 어떤 것보다 훨씬 정상적인 기분이 들었기 때문인지도 모른다.

베넷도 나와 똑같은 기분을 느낀 게 틀림없었다. 나를 보자마자 곧바로 찬사를 늘어놓기 시작했고 자신이 바로 이곳─정말로 이곳에─에 있다는 것을 증명하려는 듯, 그리고 브룩이 집에 있다는 사실을 알게 된 후 처음으로, 그에게 가장 중요한 사람은 바로 나이고, 그가 있어야 할 장소는 이곳 외에 어디에도 없다는 듯 나를 꼭 끌어안은 것을 보면.

우리가 극장에 도착한 뒤 베넷은 내 어깨에 팔을 얹고, 저스틴과 엠마는 손을 잡고 나란히 안으로 들어갔다. 팝콘을 사기 위해 줄을 서서 기다리는 동안 저스틴은 마치 오빠 같은 말투로 오늘 밤 정말 근사해 보인다고 나에게 말했다. 엠마는 자기 남자친구 빼앗지 말라고 나에게 엄포를 놓았고, 베넷은 장난스럽게 엠마에게 팔짱을 끼면서 대신 자기랑 데이트하자고 말하며 엄청나게 큰 팝콘을 들고서 엠마를 데리고 극장 안으로 들어갔다.

그날 밤 우리는 그렇게 시간을 보냈다. 넷이 뭉쳐서 몰려다니기도 하고, 베넷과 나 단둘이 시간을 보내기도 하면서. 모든 것이 지극히 평범하게 느껴졌다. 그러니까, 그럭저럭 평범한 척하는 식의 평범함이 아니라 '베넷이 마침내 상황을 해결할 방법을 발견했구나. 그가 정말로 원하는 삶은 여전히 이것ー안전하고 심심하고 지극히 평범한 삶ー이구나' 하는 생각이 들 만큼 편안한 진짜 평범함 말이다.

나는 베넷의 어깨에 기대어 팝콘 한 움큼을 쥐고 스크린을 보면서 또 다른 베넷과는 만난 적도 없는 것처럼, 그날 이후 우리 둘 다 아무것도 통제할 수 없다는 사실을 깨닫지 못한 것처럼 행동할 수 있어 행복했다. 우리의 과감한 여행은 한창 진행 중이었고 우리에게 더블데이트, 버터가 듬뿍 든 팝콘, 트위즐러가 세상에서 제일 중요한 듯했다. 그렇게 시간은 쏜살같이 지나갔다.

베넷이 저스틴과 엠마를 각각 집에 내려다 주고 우리 집으로 차를 돌렸을 때, 나는 벌써 집에 가야 한다는 생각에 마음이 울적해졌다. 평범한 오늘 밤을 이렇게 끝내고 싶지 않았다. 베넷이 언제고 떠날지 모른다거나, 언제쯤 돌아올까 하는 생각 따위는 하고 싶지 않았다. 베넷이 생각에 너무 깊이 골몰한 나머지 내일 아침 눈을 떴을 때 오늘 밤 얼마나 즐거웠는지 까맣게 잊지 않길 간절히 바랐다.

"너 괜찮아?"

나는 손을 뻗어 베넷의 팔을 만졌다.

"괜찮지 않아. 나하고 이야기 좀 할 수 있을까?"

베넷은 두 블록쯤 더 이동한 뒤 사무실 건물에 딸린 작은 주차장에 차를 세우고 시동을 껐다. 헤드라이트가 꺼졌고, 우리 둘은 딱히 볼 것 없는 자동차 앞 풍경을 말없이 응시하며 앉아 있었다.

마침내 베넷이 좌석에서 몸을 돌려 나를 바라보았다.

"베르나차에서 내가 한 말은 진심이었어."

베넷의 목소리는 낮고 흔들림이 없었으며, 그의 눈빛은 슬프고 아득했다. 나는 '그렇지만'이라는 말이 나올 거라고 예상했다. 하지만 그 말이 나오지 않아, 내가 대신 빈 칸을 채웠다.

"그렇지만 여기 머무를 수는 없는 거지?"

베넷이 한숨을 내쉬었다.

"모르겠어, 애나. 그건 나도 전혀 알 수 없는 영역이야. 전엔 한 번도 이런 일이 없었거든."

베넷의 시선은 나를 지나 창문 밖 어둠을 응시했다.

"나에게 뭘 보여 주려고 했어, 베넷?"

베넷이 고개를 저었다.

"나도 그게 뭘까 알아내려고 고심했어. 내 생각에 그가 말하려고 한 건 딱 하나뿐인데, 지금으로서는 너에게 보여 줄 수 없는 거야."

"왜?"

"왜냐하면…… 그건 내 방에 있거든. 2012년 샌프란시스코의 진짜 내 방에. 그걸 지금 여기로 가지고 오는 건 좋은 생각이 아닌 것 같고, 너를 미래로 데리고 가는 건 터무니없는 일이라는 걸 잘 알아."

"하지만 지난번 트랙에서 네가 그랬어. 너한테 뭔가를 보여 달라고 말하라고. 그러니까 난 그게 무엇이든지 꼭 봐야겠어. 보여 주는 게 너에게도 좋을 거라고 생각해, 베넷."

베넷은 입술을 꼭 깨물었다.

"차라리 그것에 대해 그냥 말로 해 주는 게 좋겠어."

"아니, 넌 나에게 보여 줘야 해. 네가 그렇게 말했으니까."

나는 콘솔 박스로 손을 뻗어 베넷의 두 손을 잡았다.

"그리고 네 방도 보고 싶어."

"그건 절대로 안 돼."

베넷이 내 손에서 자신의 손을 빼내 핸들을 잡았다. 그리고 내 눈을 들여다보았다.

"너한테 말했지, 애나. 네가 원하는 곳이라면 세상 어디든 데리고 갈 수 있지만, 정확히 지금 이 시간과 날짜보다 이전이나 이후로는 데리고 갈 수 없다고. 넌 네 자신의 미래를 볼 수 없어."

"아니, 난 네 현재를 볼 거야. 너처럼 나도 그냥 관찰만 할 거야."

"난 널 미래로 데리고 가서는 안 돼."

"누가 그래?"

"내가."

"네가 잘못 아는 거면?"

"내가 잘못 아는 게 아니면?"

"자동차 사고도 넌 없던 일로 되돌려서는 안 된다고 생각했어. 하지만 결국 모든 일이 아주 잘 끝났잖아. 그러니까 봐 봐. 넌 나에게 뭔가를 보여 주어야 해. 더구나 네가 가야 한다면…… 어떤 이유로 네가 반드시 가야만 한다면……."

나는 문득 말문이 막혔다. 말을 맺을 수가 없었다.

"난 네가 있는 곳이 어디인지 반드시 알아야겠어."

베넷은 한참 동안 나를 빤히 쳐다보았다. 그가 무슨 생각을 하고 있는지 알 수가 없었다.

"부탁이야."

내가 간청했다.

"단 몇 분만. 그냥 내가 봐야 하는 것만 보여 주고, 곧바로 이리 데리고 오면 되잖아."

베넷은 눈을 감았다. 차 안은 완벽하게 적막이 흘렀고, 나는 좌석에 앉아 베넷을 바라보았다. 몇 분이 흘렀을까. 마침내 베넷이 시동을 끄고 자동차 열쇠를 빼내 청바지 주머니에 넣었다. 나는 그에게 두 손을 내밀었다. 그리고 눈을 감고 베넷의 목소리를 들었다.

"딱 오 분만이야."

31

"다 왔어."

나는 눈을 떴다. 우리는 통유리로 된 곡선의 벽 앞에 서 있었고 방 안은 어두웠지만, 저 아래 도시를 내려다볼 수 있었다. 수평선을 가로질러 검은 해안선까지 펼쳐진 반짝이는 빛들이 한눈에 들어왔다.

"와, 여기가 네 방이야?"

이 경관을 놓치고 싶지 않았지만 몸을 돌려 주변을 찬찬히 둘러보았다. 매기 할머니 댁에 있는 방과 마찬가지로 이 방도 사람이 살고 있는 방 같지가 않았다. 지나치게 깨끗했고 개성이라고는 찾아볼 수 없었다. 하지만 액자에 끼운 미술 작품 한 점이 눈에 띄었다. 베넷의 침대는 깔끔하게 정돈되어 있었고, 유리와 금속으로 만들어진 커다란 책상 위에는 검은색과 은색으로 이루어진 스크린과 11시 6분을 알리는 디지털시계가 놓여 있었다.

"오늘 며칠이야?"

"2012년 5월 27일."

나는 17년을 훌쩍 뛰어 넘어 베넷의 진짜 침실에 와 있는 것이다. 베넷의 책상으로 다가가 액자에 끼인 하나뿐인 사진을 발견했다. 매기 할머니의 어깨 위로 팔을 두른 베넷의 사진이었다. 두 사람 모두 미소를 짓고 있었다. 베넷이 어려 보인다는 사실에 잠시 당혹스러웠지만, 정말로 충격을 준 건 완전히 딴사람 같은 매기 할머니의 모습이었다. 매기 할머니는 무척 나이 들고 연약해 보였으며, 1995년의 모습은 어디에서도 찾아볼 수 없었다. 베넷이 나에게서 사진을 뺏어 들어 책상 위에 뒤집어 놓았다. 그의 표정에서 이 사진을 찍은 지 얼마 후에 할머니가 돌아가셨다는 것을 짐작할 수 있었다.

다시 방을 둘러보았다. 내 방─벽마다 등번호와 사진이 잔뜩 붙어 있고, 선반에는 CD와 트로피가 즐비하게 늘어서 있는─을 떠올리며 베넷의 방에는 그에 대한 물건이 별로 없다는 사실을 깨달았다. 바로 그때 침대 옆 탁자에 유리로 만들어진 커다란 통 하나가 눈에 띄었고, 나는 그 안에 무엇이 있는지 확실히 알 것 같았다. 베넷만의 개성을 알 수 있는 무언가가 담겨 있는 게 분명했다.

나는 침대 끝에 걸터앉아 그 통에서 티켓을 한 장 한 장 꺼내기 시작했다. 1997년 캔자스시티에서 열린 U2 공연, 1996년 롤라팔루자 Lollapalooza(미국 일리노이 주 시카고에서 매년 열리는 음악 축제 - 옮긴이)에서 열린 레드 핫 칠리 페퍼스 공연, 2004년 UC - 데이비스에서 열린 픽시스 공연, 1998년 뉴욕 파라마운트에서 열린 레니 크라비츠 공연, 1996년 오사카에서 열린 스매싱 펌킨스 공연, 1994년 L.A.에서 열린 반 헤일런 공연, 2000년 클리블랜드에서 열린 에릭 클랩튼 공연, 그리고 생전 처음 들어 보는 밴드의 이름이 찍힌 수많은 티켓들. 아마도 1995년 이후에 연주를 시작한 밴드들인 것 같았다. 이 외에도 통 안에는 아직 수백 장의 티켓들이 더 들어 있었다.

고개를 드니 베넷이 책상에서 제일 큰 서랍 맨 안쪽 깊숙한 곳을 뒤지고 있었다. 나는 그가 나무 상자 하나를 꺼내 뚜껑을 여는 모습을 지켜보았다. 잠시 후 베넷이 종이 한 장을 들고 나에게 다가왔다.

"그게 뭐야?"

내가 물었다.

"편지."

나는 티켓을 다시 통 안에 집어넣었다.

"나에게 편지를 보여 주려고 한 걸까?"

"그런 것 같아."

베넷은 나를 보더니 용기를 내려면 심호흡이 필요하다는 듯 숨을 깊이 들이쉬었다.

"작년에 친구들과 공원을 돌아다니고 있는데, 어떤 여자가 나에게 다가왔어."

베넷은 머뭇거렸지만 나는 계속 그를 바라보았다. 그러다 문득 그의 얼굴에 긴장이 풀리더니 이제는 나에게 아주 익숙한 특유의 미소를 지었다.

"아주 아름다운 여자였어. 이렇게 큰 갈색 눈동자에 숱 많은 검은색 곱슬머리였지. 여자는 나에게 잠시 단둘이 이야기할 수 있겠냐고 물어보더니, 이 편지를 주었어."

베넷은 편지를 반듯하게 펴서 나에게 내밀었다.

"뭐라고 쓰여 있는데?"

"네가 읽어 봐야 해."

"난 읽고 싶지 않아."

나는 편지를 밀어내고 눈길을 돌렸다. 이곳에 데려와 달라고, 나에게 보여 주기로 한 것을 보여 달라고 그렇게 간청해 놓고는, 막상 와 보니 내가 정말로 원한 건 그게 아니었다는 것을 알 수 있었다. 에반스톤으로 돌아가고 싶었다. 다시 돌아가 모든 것이 평범한 척하고 싶었다.

베넷이 다시 나에게 편지를 들이밀었다.

"이젠 네가 모든 사실을 알아야 해."

내 얼굴이 일그러지는 게 느껴졌다.

"난 이미 모든 걸 알고 있는 줄 알았는데. 그게 아니었어, 베넷?"

"그렇지 않아. 부탁이야, 편지를 읽어 봐."

나는 고개를 떨어뜨리고 편지를 읽었다.

2011년 10월 4일

베넷에게,

너무 많은 말을 하게 될까 봐, 그리고 한때 나에게 알려 준 당신의 규칙을 조금이라도 어기게 될까 봐 걱정됩니다. 아무쪼록 내가 최대한 신중하게 단어를 선택해 이 편지를 쓰길 바랍니다. 인젠가는 당신이 나의 방문과 이 편지에 대해 충분히 이해할 날이 오겠지요. 그러니 당분간은 그저 내 말을 믿는 수밖에 도리가 없을 거예요.

지난 17년이라는 시간은 나에게 행복하고 견고한 삶을 선사해 주었습니다. 내가 바랐던 과감한 모험은 아니었지만 나는 행복했습니다. 그럼에도 불구하고 언젠가 당신이 두 개의 길 가운데 하나를 선택하게 했던 일, 그리고 왜 그랬는지 내 의지와 달리 — 아마 당신의 의지와도 달랐으리라 생각하는데 ― 잘못된 선택 속에 갇히게 된 일을 결코 잊지 못하고 있습니다. 그건 내 선택이 아니었어요. 당신에게 이 편지를 전하는 건 내 일생에서 가장 위험하고 가장 겁나는 일이지만, 내가 선택한 길이 어디로 이어졌을지 나는 꼭 알아야겠습니다.

우리는 곧 만나게 될 거예요. 그리고 당신은 영원히 날 떠나겠지요. 하지만 나는 내 삶을 바로잡을 수 있을 거라고 생각합니다. 이번엔 반드시 다른 결정을 내려야 해요. 나 자신을 위해 내 인생을 살아야 한다고 내게 말해 주세요, 당신을 위해서가 아니라 나를 위해 살아야 한다고요. 당신이 돌아오길 기다리지 말라고 말해 주세요. 그렇게 해 주신다면 모든 것이 달라질 거라고 생각합니다.

사랑을 담아, 애나

나는 항상 대문자 A를 커다란 소문자 a처럼 보이게 ― 뾰족하기보다 둥글게 ― 서명했다. 아마 2011년에도 여전히 그런 식으로 서명을 하나 보다.

"이 편지…… 내가 보낸 거야?"

베넷이 고개를 끄덕였다.

"와우. 그러니까, 미래의…… 내가?"

베넷 쿠퍼 외에는 누구에게라도 아주 괴상하게 들렸을 말일 테지만, 베넷은 완벽하게 이해한다는 듯 고개를 끄덕였다.

"이 편지를 얼마나 오랫동안 가지고 있었어?"

나는 이렇게 묻고는 숨을 들이쉬어야 한다고 스스로에게 상기시켰다. 베넷은 날짜에 손가락을 짚었다.

"작년 시월쯤부터."

베넷이 이렇게 말했을 때 그의 목소리에서 왠지 죄책감이 느껴졌다.

"그럼 네가 이 편지를 읽은 건…… 에반스톤에 오기 전이었구나."

"여러 번 읽었어."

나는 베넷이 고개를 끄덕이는 것을 바라보면서, 그를 처음 본 날 학교 식당에서 마주친 일을 떠올렸다. 내 이름을 말하자 그의 안색이 창백해졌지. 그때 베넷은 이미 나를 알고 있었던 거다. 5개월 전에. 16년 뒤에도.

베넷이 두 손으로 내 팔을 잡았다. 다행이었다. 안 그래도 무척 불안해하고 있었으니까.

"네가 이해해 줘야 해, 애나. 내가 에반스톤에 간 건 브룩 누나를 찾기 위해서였어. 정말이야. 며칠이면 누나를 찾아 집에 돌아올 수 있을 거라고 생각했어. 웨스트레이크에 간 것도 단지 그리로 가겠다고 부모님과 약속했기 때문이었어. 그날 학교 식당에서 내 기분이 어땠을지넌 상상도 못 할 거야. 네 이름을 듣고, 네 머리카락과 네 눈동자를 보고, 네가 그 사람이라는 걸 알았을 때 내 마음이 어땠을지 짐작이 돼? 네가 바로 그 애나라는 걸 알았을 때 내 기분을 상상할 수 있겠어?"

베넷은 편지를 가리키며 말을 이었다.

"네가 바로 이 편지를 쓴 애나였다는 걸, 오 개월 전인 2011년 어느 날 어느 공원에서 마주친 그 사람이 바로 너였다는 걸, 그리고 전혀 가고 싶지 않았던 1995년의 어느 고등학교 식당에 네가 있다는 걸 알았을 때 내 마음이 어땠을지 이해할 수 있겠어?"

그의 목소리가 갈라졌다.

"처음엔 널 피하려고 했어. 아마 그렇게 계속 피해야 했을 거야. 처음 몇 주 동안 내 머릿속에는 이 생각만 계속 맴돌았고, 도대체 내가 뭘 어떻게 해야 좋을지 알 수가 없었어. 너에게 이런 삶을 만들어 주고 싶지 않았어."

베넷은 편지를 내려다보며 말했다.

"너에게 상처를 주고 싶지 않았어."

그때 문득 어떤 생각이 머리를 스쳤다. 왜 지금까지 깨닫지 못했는지 모르겠지만 이 생각은 엄연한 사실이고 결코 피할 수 없는 현실이 됐다. 베넷은 돌아오지 않는다. 그는 머무르지 않는다. 우리는 17년, 아니 그 이상, 어쩌면 영원히 서로 떨어져 지내게 될 것이다.

우리는 곧 만나게 될 거예요. 그리고 당신은 영원히 날 떠나겠지요.

그리고 그는 죽 그 사실을 알고 있었다.

"어떻게 나한테 말을 안 할 수가 있어?"

베넷은 한참 동안 말없이 바닥만 내려다보았다.

"모르겠어. 멈출 수 있을 거라고 생각했어."

마침내 베넷이 입을 열었다.

"계속해서 이 시기로, 그리고 에반스톤으로 돌아갈 때마다, 내 안에서 힘 같은 게 길러지는 느낌이었어. 한 장소에 오랫동안 머무를 수 있는 방법을 스스로 터득한 것 같았어. 편지에는 내가 그곳에 얼마나 있었는지에 대해서는 전혀 언급이 없어. 그냥 내가 영원히 떠났다고만 되어 있을 뿐이지. 하지만 나는 그곳으로 돌아가 계속 머무를 거라고 생각했어. 떠나지 않을 거라고…….”

베넷의 목소리가 잦아들었고, 그가 고개를 들어 나를 보았을 때 두 눈은 후회로 가득 차 있었다.

“그런데 지난주에 네가 트랙에서 또 다른 나를 보았다는 말을 듣고, 결국 상황을 바로잡지 못했다는 걸 알게 됐어.”

“그래도 나한테 말했어야지.”

나는 간신히 입을 열었다. 베넷은 여전히 자신의 능력을 확신했고, 여전히 나에게 거짓말을 하고 있었으며, 그래야 나를 괴로움으로부터 지켜 줄 거라고 생각하고 있었다. 하지만 그는 나를 지켜 줄 수 없었다. 결정을 내려야 하는 사람은 바로 나였다. 어쩌면 이 상황을 바로잡는 법을 아는 사람도 나일지 모른다.

“내가 달리 어떻게 해야 하지?”

내가 물었고 베넷이 분명하게 말해 주기를, 도중에 내가 놓쳐 버린 좀 더 정확한 시간 이동 시점 — 이 모든 일들을 논리적으로 만들어 줄 무언가를 — 을 내게 가르쳐 주기를 기다렸다. 다음에 정확히 무슨 일이 일어날지 알려 주고, 모든 일이 다 잘될 거라고 안심시켜 주길 기다렸다.

하지만 베넷은 바닥에 깔린 러그로 다시 시선을 옮기며 말했다.

“모르겠어.”

지난번 베넷이 기대를 저버렸을 땐 절대로 울지 않으려고 온 힘을 다해 애썼지만, 이번엔 눈물이 흐르든 말든 개의치 않았다. 도저히 눈물을 참을 수가 없었고, 참으려는 노력조차 하지 않은 채 뜨거운 분노의 눈물이 흐르도록 내버려 두었다.

베넷이 실제로 통제력을 잃었기 때문에, 그리고 사실상 스스로 그것을 인정하고 있기 때문에 울었고, 그가 지금까지 내내 이 편지를 지녀 왔으며, 아무것도 숨기지 않았다고 맹세했으면서 순전히 나를 위한다는 이유로 이 사실을 숨겨 왔기 때문에 울었다.

하지만 무엇보다 나는 그녀 때문에 울었다. 일리노이 주 에반스톤의 눈이 펑펑 내리던 어느 날 한 여인의 인생을 바꾸어 놓은, 더벅머리에 연푸른색 눈동자의 소년을 20년 가까이 그리워하며 지낸 서른한 살의 나 때문에 울었다.

우리의 운명을 간결하게 설명하고 그가 머무를 수 없다는 사실을 분명하게 밝힌 이 편지를 어떻게 나에게 언급하지 않을 수 있었을까? 이 사실을 이미 알고 있었다는 것을 어떻게 귀띔조차 하지 않을 수 있었을까?

"어떻게 그럴 수가……."

나는 말을 꺼내긴 했지만 마저 끝낼 수가 없었다. 하지만 말을 끝내야 했다, 그러지 않으면 베넷이 어떤 생각을 할지 너무나 잘 알고 있었다. 베넷은 자신이 내 인생을 망쳤다고 생각할 것이다. 애초에 나와 함께해서는 안 되는 거였다고. 처음 기회가 있었을 때 떠났어야 했다고. 지난 몇 달의 시간을 처음부터 다시 시작해야 한다고. 그리고 그가 그런 생각을 하게 두기에는, 나는 그를 너무나 많이 사랑했다.

이제 나는 눈물을 닦았다. 그리고 둘 중 누군가 다른 말을 더 꺼내

기도 전에 복부의 근육이 쥐어짜듯 뒤틀리는 바람에 나는 몸을 구부리고 팔을 뻗어서 베넷의 이불을 움켜쥐었다. 배 속에서 불이 나는 것 같았다. 움직일 수도 말을 할 수도 없었지만, 베넷이 내 이름을 외치는 소리가 들렸고 나를 향해 손을 뻗는 것을 느꼈다. 모든 것이 아득하게 느껴졌고 모든 소리가 먹먹하게 들렸다. 초점이 맞지 않는 카메라 렌즈를 통해 보는 것처럼 베넷의 얼굴이 흐릿하고 일그러져 보였다. 위장이 어찌나 심하게 꼬이고 뒤틀리는 느낌이 드는지, 다시 몸을 구부려야 했고, 나도 모르게 비명을 질렀다.

그리고 어둠과 침묵이 이어졌다.

32

얼굴은 온통 땀에 젖었고 주위에 가죽 냄새가 진동을 했다. 다리를 뻗고 좌석에서 몸을 가눌 때에도 피부에 닿는 것은 가죽 느낌뿐이었다. 눈을 떴다.

캄캄한 주차장이었다. 다시 에반스톤으로 돌아왔고, 베넷의 지프차에는 이제 나 혼자뿐이었다.

"안 돼……."

다른 말이 떠오르지 않아서 유일하게 할 수 있는 이 말만 겨우 되풀이했다.

"안 돼. 안 돼. 안 돼!"

주위를 둘러보다 덜컥 겁이 나서 팔다리를 허우적거렸다. 운전석에 시선을 고정시키고 베넷이 마법처럼 나타나 주길 기다렸지만, 베넷은 결코 나타나지 않았고 제자리에 꽂혀 있어야 할 열쇠도 보이지 않았다. 베넷이 운전석에 앉아 있을 때 청바지 주머니에 열쇠를 찔러 넣던 모습이 떠올랐다.

계기판의 디지털시계에 11시 11분이라고 되어 있었다. 결국 나는 겨우 5분 동안 미래에 가 있었던 것이다.

이제야 그날 밤 공원에서 베넷이 어떤 느낌이었을지 알 것 같았다. 자신의 의지와 상관없이 밀려나는 건 결코 유쾌한 여행이라고 할 수 없었다. 나는 똑바로 앉을 수도, 제대로 숨을 고를 수도 없었다. 가쁜 숨을 쉬면서 공황 상태에 빠지지 않도록 애쓰는 것 외에는 달리 할 수 있는 것이 없었다. 다시 위장이 뒤틀리기 시작했는데, 이번엔 정도가 훨씬 심했다. 차 내부를 둘러보았지만, 지나치게 깨끗한 차 안에는 속을 게워 낼 만한 것이 아무것—하다못해 바닥에 널브러진 종이컵조차—도 없어서 나는 손으로 입을 막고 좌석에 기댔다.

숨 쉬고. 멈추고. 숨 쉬고. 멈추고.

아무래도 속을 게워 내야 할 것 같았다. 그런 다음 큰 컵으로 물 한 잔을 들이켜야 할 것 같았다.

숨 쉬고. 멈추고.

자동차 문의 걸쇠를 향해 손을 뻗어 내 쪽으로 막 잡아당기려고 했을 때 계기판 위에 작게 불빛이 반짝이는 것이 눈에 들어왔다. 차에 경보 장치가 설치된 것이다. 내가 문을 열고 나가는 순간 이 불빛은 꺼지고 경보 장치가 작동하겠지. 하지만 위장이 단단한 공처럼 뭉쳐지는 느낌이 들었고 입에서는 금속의 비린 맛이 느껴졌다. 문을 활짝 열자 사정없이 울려 대는 경보음이 시멘트 위에서 꽥꽥대는 내 구역질 소리를 덮어 버렸다.

더 이상 게워 낼 것이 없을 만큼 다 토해 낸 후 소매로 입을 닦았고, 그사이에도 계속해서 울어 대는 경보음을 들으며 나에게 열쇠가 없다는 사실을 다시 한 번 떠올렸다. 길 건너편 집에 불이 켜지는 것을 보고, 누군가 경찰을 부르기 전에 어서 이곳을 벗어나야겠다는 생각이 들었다. 그리고 기적적으로 열쇠가 나타나 주길 바라며, 마지막으로 다시 한 번 차 안을 샅샅이 뒤졌다.

나는 집에서 상당히 멀리 떨어진 곳에 있었지만, 지금 옷차림으로 낼 수 있는 가장 빠른 속도로 우리 동네를 향해 달리기 시작했다. 평소 속도로는 15분이면 집에 도착했을 테지만, 엠마가 골라 준 딱 붙는 치마와 통굽 구두 때문에 거의 걷다시피 30분을 가야 했다. 게다가 연신 걸음을 멈추어 베넷의 지프차를 돌아보는 바람에 걸음은 더 느려졌다. 아직도 내 마음 한쪽에서는 베넷이 금방이라도 차를 몰고 올지 모른다고 기대하고 있었다. 그러면 우리는 어두운 이 길에 서서 편지에 대해 이야기하다가 다투겠지만, 베넷이 돌아온 것만으로도 너무나 기뻐 나는 결국 그를 용서할 것이다.

하지만 베넷의 지프차는 끝내 돌아오지 않았다.

겨우 집에 도착해 터벅터벅 계단을 밟고 올라가 현관 안으로 들어갔다. 살금살금 주방을 지나려 했지만 아빠가 나를 발견했다.

"영화 재미있었니?"

아빠는 창문 틈으로 살짝 밖을 내다보며 자동차를 찾았다.

"베넷은 어디 있어? 왜 너를 데려다 주지 않았니?"

나는 지금 내 몰골이 어떨지 상상도 하고 싶지 않았다. 보나마나 두 눈은 눈물로 얼룩진 채 퉁퉁 부어 있고, 온몸은 땀에 젖어 녹초가 되어 있을 테니까.

"커피하우스에서 얘기하다가 헤어졌어."

거짓말.

아빠는 딱 붙는 내 치마를 내려다보고, 곱슬곱슬 컬을 넣은 머리 모양을 올려다본 다음, 난생 처음 보는 딱딱하게 굳은 표정으로 나를 빤히 쳐다보았다. 그러더니 눈을 가늘게 뜨고 나를 유심히 살폈다.

"네 꼴이 이게 뭐냐. 무슨 일 있었니, 애나? 바른대로 말하는 게 좋을 거다."

바른대로. 극장에 있었어. 그런 다음 샌프란시스코에 갔지. 베넷이 모은 콘서트 티켓들을 봤고, 잠시 행복했어. 하지만 별안간 몹시 화가 났어. 그리고 주차장에서 먹은 것을 다 토했고, 지금 집이야. 하지만 나는 머릿속에서 제일 처음 떠오르는 대로 말했다.

"우리 좀 싸웠어. 베넷은 내가 어디에 있는지 몰라. 미안해, 아빠."

내 뺨 위로 또다시 눈물이 흘러내리고 있었다.

"저녁 내내 너무 끔찍했어."

"괜찮니?"

아빠가 누그러진 표정으로 물었다. 나는 그렇지 않다고 말하려 했지만 아무 말도 나오지 않았다. 아빠가 나를 끌어당겨 꼭 안아 주었고, 나는 아빠의 어깨에 얼굴을 파묻고 흐느껴 울었다. 마침내 눈물이 멈추었다.

"다음에 서점에 갈 땐 아빠한테 전화해서 데리러 와 달라고 해, 알겠지?"

"응. 미안해."

"괜찮아. 아침에 일어나면 다 괜찮아져."

아빠가 내 등을 토닥였고, 나는 계단으로 향했다.

"애니."

나는 몸을 돌려 아빠를 보았다.

"기분이 나아지지 않으면 아빠한테 오렴. 알겠니?"

나는 미소를 짓고 터벅터벅 계단을 올랐다. 내 방은 아침에 나설 때 모습 그대로였다. 오늘 아침 쇼핑하러 가기 전에 산더미처럼 쌓여 있는 저 옷들을 세탁하려고 했는데. 교과서며 공책들은 책상 위에 뒤죽박죽 아무렇게나 쌓여 있었다. 침대는 여전히 정돈되지 않은 채였고.

이럴 수는 없어.

창가로 다가가 혹시나 베넷의 차가 진입로로 들어오지 않을까 기대하며 아래를 내려다보았다. 베넷이 편지를 손에 쥐고 자신의 침대에 걸터앉아 나를 보던 모습이 떠올랐다. 생전 처음 누군가가 자신의 눈앞에서 사라져 가는 광경을 속수무책으로 지켜보던 그 모습이.

편지.

학교 식당에서 내 이름을 듣던 날, 베넷은 내가 누군지 정확하게 알고 있었다. 우리가 이곳에서 함께하리라는 사실도 알고 있었다. 이곳을 떠나 다시는 돌아오지 않으리라는 사실도 알고 있었다. 베넷은 모든 것을 알고 있었고, 나는 아무것도 알지 못했다.

그러다 문득, 베넷이 에반스톤에 온 이후 처음 한 달 동안 일어난 모든 일들이 이해가 됐다. 베넷은 이곳에 머물 계획이 없었기 때문에 누구든 만나고 싶지 않았고, 결국 우리가 헤어질 거라는 사실을 알았기 때문에 나와 가까워지고 싶지 않았던 것이다. 하지만 그는 나에게 선택권을 주었다. 그날 우리가 암벽 등반을 마치고 정상에 앉았을 때 베넷이 했던 말이 똑똑히 기억났다.

'넌 나와 마찬가지로 내가 포함되지 않는 미래, 2012년에 존재하는 거야. 나를 아는 것만으로도…… 네 삶이 송두리째 바뀔 거야.'

베넷은 그가 이곳에 있는 잠시 동안만 그와 함께할지 아닐지를 선택하게 한 게 아니었다. 그는 내가 2012년의 바로 그 애나가 되기를 원하는지 그렇지 않은지를 선택하게 했던 것이다. 그가 비탄에 빠뜨린 열여섯 살 여자아이, 어른이 되어서도 그를 잊지 못하는 바로 그 애나 말이다.

나는 그녀의 편지를, 아니 내 편지를 떠올렸다.

나는 잘못된 선택 속에 갇히게 되었습니다.
당신은 영원히 날 떠나겠지요.
이번엔 반드시 다른 결정을 내려야 해요.
그렇게 해 주신다면 모든 것이 달라질 거라고 생각합니다.

이 말들이 무슨 의미인지 알 수가 없었다. 도대체 어떤 결정을 내려야 한다는 것일까? 뭐가 달라져야 한다는 거지?

구름 한 점 없는 하늘 아래 고요하고 어두운 거리를 보름달과 무수히 많은 별들이 비추고 있었다. 나는 방을 가로질러 지도 앞에 서서 손가락으로 일리노이 주의 에반스톤을 어루만졌다. 그런 다음 손가락을 왼쪽으로 죽 이동해 캘리포니아 주의 샌프란시스코라고 표시된 장소에서 멈추었다. 우리가 이만큼만 떨어져 있다면 얼마나 좋을까. 하지만 우리는 그렇지 않았다. 우리 사이에는 이만큼의 거리와 17년이라는 시간이 존재했다.

상자에서 핀 하나를 꺼낸 뒤 샌프란시스코가 있는 곳을 멍하니 쳐다보았다. 핀을 손가락 사이에 끼우고 빙글 돌렸다. 혹시 머릿속에 한 장소를 그리다 보면, 그곳을 바라고 또 바라다 보면 나도 그곳으로 갈 수 있지 않을까. 나는 핀의 빨간 플라스틱 꼭지를 입술에 댄 뒤, 마치 베넷의 재주가 나에게도 있는 것처럼 두 눈을 꼭 감고 지금 내 방에서 사라져 베넷의 방으로 이동하려고 해 보았다. 베넷의 방 창문에서 바라본 풍경과 티켓이 가득 담긴 통과 책상과 침대를 상상했고, 눈을 더 꼭 감고 머릿속에 방 안의 모습을 가득 채우며 "2012년 5월 21일. 2012년 5월 21일" 하고 작은 소리로 수없이 되풀이했다.

한참 뒤에 눈을 떴지만, 나는 여전히 이곳에 있었다. 애처로운 작은 핀을 손에 든 채, 세계 지도 앞에 서서, 두 뺨 위로 눈물을 흘리며.

샌프란시스코에 찍혀 있는 점을 물끄러미 바라보았다. 핀이 지도 위에 꽂힐 때 '톡' 하고 짧고 서글픈 소리가 났다.

33

나는 깜짝 놀라 일어나 앉아 침대 옆 탁자에 놓인 시계를 들여다보았다. 10시 22분. 그럼 지금 아침이야? 내가 언제 침대에 누웠지? 어떻게 잠이 들었을까? 그제야 모든 일이 생각났다. 나는 다시 이곳으로 돌아왔고, 베넷은 아주 가 버렸다는 것이.

운동복을 걸쳐 입고 아래층으로 내려가, 오늘은 하루 종일 집에서 잠을 좀 자야 하지 않겠냐는 엄마의 걱정도, 운동을 하려면 밥을 먹어야 한다는 엄마의 잔소리도, 무엇보다 일요일인데 왜 훈련을 가야 하느냐는 엄마의 질문 공세도 모두 들은 척 만 척하고 밖으로 뛰쳐나왔다. 훈련을 하러 가지 않았다. 나는 어딘가로 달리고 있었다.

우리 집에서 네 블록 떨어진 매기 할머니 댁 앞에 도착했을 때, 진입로에 베넷의 차가 없다는 사실을 깨닫자 위장이 뒤집어지는 듯한 느낌이 들었다. 이러다 다시 토하지 않을까 걱정이 되었지만 얼른 현관을 향해 뛰어 올라가 초인종을 눌렀다.

아무 대답이 없었다. 다시 초인종을 누르고 기다렸다.

뭔가 움직이는 기색을 찾아보려고 속이 비치는 얇은 커튼 너머로 거실을 들여다보았지만 아무런 기척도 없었다. 아무도 없었다. 소리도 들리지 않았다. 매기 할머니는 어디에 계시지? 나는 창문에 등을 기대고 서서 두 손에 얼굴을 묻었다. 이제 어떻게 해야 하지?

머리에 어떤 좋은 생각도 떠오르지 않아, 대신 발이 시키는 대로 움직이기로 했다. 내 두 발은 주차장으로 향하라고 단호히게 일렀다. 베넷을 마지막으로 본 장소이며 베넷이 있어야 할 장소였다. 아니, 정확히 말하면 그가 있어 주길 바라는 장소라고 해야 맞을 것이다. 나는 이곳에, 내가 사는 이 마을에 그가 있어 주길 바랐다.

달리는 동안 시멘트 바닥을 성큼성큼 밟는 내 걸음걸이가 뻣뻣하고 어색하게 느껴졌지만, 풍경은 빠르게 지나가 눈에 들어오는 모든 것들이 실제와 전혀 다르게 보였다. 태양은 내가 지나치는 집들 위로 따뜻한 빛을 던졌고, 인도와 푸른 잔디 사이에 울타리처럼 피어난 장미 덤불과 튤립들을 더욱 화려하게 만들었다. 지금 주변의 공기가 너무 습하고 따뜻해서, 폐가 따끔거리도록 차가운 공기를 마실 때와는 달리 베개에 코를 묻고 숨을 쉬는 기분이었다. 이대로 나를 완전히 질식시킬 것만 같았다.

3킬로미터쯤 더 가 어제 그 건물 주차장에 도착해서야 완전히 걸음을 멈추었다. 그런데 베넷의 차가 없었다. 어쩌면 이 모든 것이 한낱 꿈에 불과했는지 모른다는 생각이 잠시 들었다. 하지만 그때, 뜨거운 햇볕을 받아 색이 변한 듯, 한 번에 알아보기는 어렵지만 누군가 토해 놓은 것 같은 얼룩이 눈에 들어왔다. 저게 진짜인지만 확인하면 그걸로 끝일 것 같았다.

눈물이 왈칵 쏟아지려 했지만 꾹 참고 왔던 길을 되돌아갔다. 어디에도 갈 데가 없어서 다시 매기 할머니 댁을 향해 달렸다. 베넷이 어디에 있는지, 아니 적어도 그의 차가 어디에 있는지만이라도 알 수 있는 사람은 그나마 매기 할머니뿐이었다.

불과 몇 분 전에 지나쳤던 똑같은 집들과 똑같은 차들을 지나 똑같은 길을 거슬러 달려갔다. 저 앞에 그린우드 방향을 가리키는 도로 표지판이 눈에 띄었다. 나는 좀 더 속도를 냈고, 바로 그때 베넷의 지프차가 이쪽으로 다가오는 것이 보였다. 차는 우회전 깜빡이를 켜더니 모퉁이를 돌아 내 시야에서 사라져갔다.

나는 급히 모퉁이를 돌았고, 때마침 베넷의 차가 진입로에 들어서는 광경을 보았다. 베넷이 돌아왔다. 내 다리는 나조차 알지 못했던 무서운 속도를 내고 있었다. 역시 그가 돌아올 줄 알았다.

"베넷!"

나는 그의 이름을 외치고 자동차 뒤쪽 창문을 손바닥으로 두드리며 운전석을 향해 재빨리 돌았다.

"베넷!"

천천히 차 문이 열렸고, 나는 매기 할머니가 시멘트 바닥 위에 두 발을 대고 조심스럽게 차에서 내리는 모습을 지켜보았다.

"안됐지만 베넷이 없구나."

매기 할머니의 목소리는 부드러웠고 절제되어 있었다. 나는 매기 할머니에게 가까이 다가가 차의 조수석과 뒷좌석을 살펴보았다. 아무도 없었다.

"어디에 있나요? 매기 할머니, 베넷은 어디에 있나요?"

할머니가 차 문을 닫는 바람에 더 이상 안을 볼 수가 없었다. 할머니의 은발은 햇빛을 받아 반짝였고, 얼굴은 찌푸려졌으며 눈동자─베넷의 눈동자와 같은 — 는 뭐라고 꼬집어 말할 순 없지만 내 눈을 들여다보며 무언가를 찾고 있는 듯했다.

"너도 정말 모르고 있는 거니?"

할머니가 물었다. 완전히 사실은 아니지만 나는 고개를 저었다. 나는 베넷이 어디에 있는지 알고 있었다. 할머니에게 말할 수도 있지만, 할머니는 내 말을 결코 믿지 않을 것이다.

할머니는 팔로 내 어깨를 감싸고 현관으로 나를 데리고 들어갔다.

"들어오너라. 이야기 좀 하자꾸나."

나는 후들거리는 다리로 할머니를 따라 계단 위를 올라갔다. 집 안으로 들어간 뒤 할머니가 옷장 안에 코트와 지갑을 정리하는 동안 거실에서 기다렸다. 그런 다음 할머니를 따라 주방으로 들어가 그녀가 진열장에서 찻잔 두 개를 꺼내고 주전자에 물을 채우는 것을 보며 어색하게 침묵을 지키고 있었다.

할머니는 뒤를 돌아, 문틀에 기대서서 발가락 끝으로 바닥을 문지르거나 몸을 꼼지락거리며 조바심 내는 내 모습을 바라보았다.

"긴장 풀고 자리에 앉으렴."

매기 할머니는 식탁의 의자를 가리킨 뒤 다시 찻잔으로 시선을 돌렸다. 나는 자리에 앉았다.

할머니에게 뭐라고 말해야 할지 생각해 내야 했지만, 그냥 주방을 둘러보며 새하얀 찬장과 검은색 화강암으로 만들어진 조리대 상판, 창틀 위에 놓인 꽃병들을 눈여겨보았다. 이윽고 내 시선은 주방 창문에 부착된 스테인드글라스에 머물렀다. 창문으로 들어온 햇살은 산의 풍경을 묘사한 색색의 스테인드글라스를 통과하며 오렌지색, 파란색,

초록색 빛줄기로 바뀌었고, 주방을 가로지르며 기다란 흔적을 남긴 뒤 하얀 식탁 위에 멈추었다.

"우리 딸이 고등학교 때 만들어 준 거란다."

매기 할머니가 주방을 가로질러 오면서 말했다. 나는 뭐라고 말해야 할지 몰라 어쨌든 아름답다고 말하려 했지만, 할머니는 내가 대꾸할 틈을 주지 않고 바로 말을 이었다.

"나는 창문을 통해 빛이 들어오는 모양이 그렇게 좋을 수가 없단다. 이 다채로운 색깔들 좀 보렴. 숨이 멎을 것처럼 황홀하지 않니."

할머니가 내 앞에 찻잔을 내려놓을 때, 푸른색 빛 한 줄기가 그 옆을 꿈틀거리며 지나갔다.

"방금 경찰서에서 오는 길이란다."

할머니가 의자에 앉으며 말했다.

"경찰이 어젯밤 주차장에서 베넷의 텅 빈 자동차를 발견했다는구나. 경보음이 계속 울려 대는 바람에 동네 사람 하나가 경찰에 신고를 했다는구나."

할머니는 찻잔을 입에 가져다 대고 한 모금 마셨다.

"아, 그래요?"

할머니는 찻잔 너머로 나에게 미심쩍다는 눈빛을 던졌다.

"어젯밤 같이 있었던 거 아니었니?"

나는 찻잔을 향해 손을 뻗었지만 손이 너무 떨려서 받침만 잡고 내 쪽으로 살짝 끌어당겼다.

"네, 같이 있었어요. 친구들과 영화를 보러 갔어요. 그 주차장에 차를 세워 두고요."

나는 할머니를 보면서 말을 이었다.

"그러다가 둘이 좀 다퉈서 저는 집으로 갔고, 그 이후로 베넷을 보지 못했어요."

내 귀에는 애써 연습한 말처럼 어색하게 들렸지만, 또박또박 사실을 전달해 할머니의 의심을 차단할 수 있길 바랐다.

"그럼 넌 베넷이 어디로 갔는지 모르는 거니?"

나는 고개를 저었지만 이번에도 사실이 아니었다. 베넷이 어디로 갔는지 알고 있지만, 할머니는 내 말을 결코 믿지 않을 테니 말이다.

"흐음, 세 들어 사는 노스웨스턴 학생 한 명을 찾으려고 이렇게 시간을 보낼 줄은 몰랐구나. 생판 남을 찾기 위해 내가 왜 이런 고생을 해야 하는 거니, 안 그러냐?"

할머니는 씁쓸하게 말했지만 진심이 담기지 않은 듯한 말투를 듣고, 매기 할머니 역시 베넷을 걱정하고 있다는 것을 알 수 있었다. 나는 식탁 아래에 손을 숨기고, 마음을 안정시키기 위해 두 손을 꼭 맞잡았다.

"제일 재미있는 일은, 경찰이 차를 찾았을 때 나한테 전화를 했다는 거란다."

할머니 얼굴의 주름이 근심과 혼란으로 더욱 깊어 보였다.

"경찰에서 왜 하필 나한테 전화를 했는지 알겠니?"

나는 나도 모르게 얼굴이 일그러지는 것을 느끼며 이렇게 대답했다.

"아니요."

"첫째, 내가 그 아이의 차 주인으로 등록되어 있기 때문이란다. 두 번째는 웨스트레이크 아카데미—베넷이 그 고등학교에 다니나 보더구나—에 따르면 내가 그 아이의 할머니로 기록되어 있기 때문이지."

매기 할머니는 천천히 차를 한 모금 더 마신 뒤, 식탁에 팔을 내려놓았다.

"내가 그 아이를 노스웨스턴 대학생으로 알고 있었다는 거, 너도 알 거다. 또 내가 그 아이의 할머니가 아니라는 것도 잘 알고 있을 거야."

나는 찻잔을 다시 입에 가져다 댔지만, 한 모금 막 입에 댔을 때 여전히 혀를 델 정도로 뜨겁다는 것을 확인하고 다시 식탁에 내려놓았다. 매기 할머니는 차의 온도가 적당한 듯 크게 한 모금 마셨다.

"베넷이 왜 나에 대해 거짓말을 했는지 혹시 알고 있니, 애나?"

침착하자. 심호흡을 하고. 델 정도로 뜨거운 차를 한 모금 마시자.

"그 아이가 왜 나를 자기 할머니라고 기록했을까?"

마음 같아서는 "할머니가 베넷의 할머니니까요"라고 말하고, 베넷이 이 마을에 찾아온 첫날부터 지난 석 달간의 모든 일들을 낱낱이 이야기하고 싶었다. 하지만 벽난로 선반에 놓인 사진 속의 남자아기와 손님용 침실 중 한 곳에서 세 들어 사는 그 남학생이 같은 사람이라는 말은 도저히 할 수가 없었다.

"모르겠어요, 매기 할머니."

할머니의 표정에는 변화가 없었다.

"모르겠어요."

그렇게 말하면 정말 그렇게 될 것처럼 나는 반복해서 말했다. 매기 할머니는 두 눈으로 나를 빤히 쳐다보았고, 나는 죄책감에 속이 뒤집히는 것 같았다. 할머니가 깊은 한숨을 내쉬었다.

"어떻게 해야 좋을지 정말 모르겠구나. 경찰은 이십사 시간이 지나도 그 아이가 돌아오지 않으면 실종 신고를 내라는데. 뭐든 아는 게 있으면 나에게 말해야 한다, 애나. 부탁이야."

나는 찻잔을 내려다본 뒤 한 모금 마셨다.

"우리 집에서 지내는 동안 그 아이가 한 말들이 모두 거짓이었단다. 나는 그 아이가 좋았지만, 지금 보니 그 아이에 대해 전혀 아는 게 없지 뭐니. 아는 게 하나도 없었어."

매기 할머니는 내 눈을 똑바로 쳐다보며 말을 이었다.

"하지만 어쩐지 너는 뭔가 알고 있을 것 같구나."

물론 할머니 말이 옳았다. 나는 알고 있었다. 그리고 지금 당장 할머니에게 모든 사실을 털어놓고 싶은 마음이 굴뚝같았다. 베넷이 어떤 아이인지 할머니에게 알려 드리고 싶었다. 내가 베넷에 대해 알고 있는 유일한 사람이라는 사실이 넌더리가 났다. 그리고 무엇보다 할머니가 베넷에게 실망하지 않길 바랐다. 베넷의 진짜 모습을 알고 그가 할머니를 위해 어떻게 했는지 안다면, 할머니는 틀림없이 베넷을 다시 좋아할 것이다.

나는 지금부터 4년 후에 할머니가 알츠하이머병에 걸리게 될 거라고 알려 드리고 싶었다. 2000년도까지 증세가 서서히 나빠지다가 그때부터 갑자기 악화되어 결코 늦춰지지 않을 거라고 알려 드리고 싶었다. 2001년이 되면 세세한 것들과 사소한 사건들을 더 많이 잊어버리기 시작할 거라고. 공과금을 지불하는 방법도 잊어버릴 테고, 어디에 투자했는지도 잊어버릴 테고, 너무 늦기 전에 도와줄 만한 사람을 찾아 도움을 요청해야 한다는 것도 잊어버릴 거라고. 2002년에는 더 이상 혼자서는 거동도 불편하실 거라고. 가족을 기억하지도 못할 거라고. 할머니의 딸이자 베넷의 엄마는, 여러 가지 이유로 너무 멀리 떨어져 있게 되어 할머니의 병세를 호전시키기는 어려울 거라고. 그러다 베넷이 여덟 살이 되는 해에 마침내 돌아가시게 될 거라고 알려 드리고 싶었다.

하지만 5년 뒤에 베넷은 다시 1995년으로 돌아오기 시작할 거다. 1996년으로, 2000년으로, 2003년으로. 그리고 언제부턴가는 브룩도 데리고 오기 시작할 거다. 두 사람은 단지 할머니의 목소리를 듣기 위해 기부를 요청하는 학생인 척 할머니 집의 문을 두드릴지 모른다. 할머니가 위독할 땐 한밤중에 나타나 주방을 청소하고 공과금도 지불할 거다. 할머니가 낮에 약속이 있어 집을 비울 때면, 베넷은 마당의 잔디를 깎고 브룩은 새 꽃을 심을 테지. 집 주변에 있는 엉뚱한 장소에 현금을 숨겨 두기도 할 거다. 할머니는 혼란스러워하겠지만, 결국 찾아낼 것이라는 사실을 잘 아니까. 그러다 때가 되면 베넷은 매기 할머니에게 자신의 비밀을 모두 털어놓으리라. 비록 할머니는 아주 잠시 동안밖에 기억을 못하겠지만, 마지막으로 눈을 감을 땐 베넷의 재주가 없었다면 말년이 크게 달라졌으리라는 것을 알게 되시지 않을까.

"애나?"

매기 할머니가 부르는 소리에 생각은 이쯤에서 중단됐다.

"경찰이 베넷을 찾게 해서는 안 돼요."

목소리가 목에 걸렸고, 더 많은 말을 하고 싶었지만 그러지 않았다. 할머니의 눈이 호기심으로 휘둥그레졌다.

"왜 안 된다는 거지? 제발 나에게 말해 주렴. 네가 알고 있는 게 뭐니, 애나?"

나는 할머니의 시선을 똑바로 받으며 할머니를 쳐다보았다. 그리고 마침내 식탁 위에 가득 펼쳐진 다채로운 빛을 향해 시선을 돌렸다. 뭘 아느냐고? 그래, 최소한 내가 대답할 수 있는 질문이긴 하다. 어느 정도는. 나는 손가락 끝으로 식탁의 푸른색 무늬를 문지르며 말했다.

"베넷을 어떻게 찾아야 할지는 실은 저도 몰라요. 하지만 베넷이 안전하다는 건 알아요."

나는 속삭이는 듯한 목소리로 이야기를 시작했다.

"베넷은 샌프란시스코로 돌아간 것 같아요. 떠나고 싶지 않았겠지만 어쩔 수 없었을 거예요. 베넷은 할머니에게 거짓말 하고 싶지 않았을 거고요. 할머니에게 상처를 주고 싶지 않았을 거예요."

"베넷은 어떤 아이니?"

지난 두 달 동안 단 한 번도 베넷의 비밀을 누설하고 싶은 적이 없었는데—가족에게도, 가장 친한 친구에게도—, 이곳에 앉아 매기 할머니의 슬픈 눈빛을 보고 있으니, 내가 베넷에 대해 아는 모든 것을 할머니에게 알려 드리고 싶었다. 하지만 그건 내가 할 일이 아니라는 사실을 되새겼다.

"말씀 드릴 수 없어요, 매기 할머니. 베넷은 저랑 친해지고도 한참후에야 비밀을 털어놓았고 마침내 모든 사실을 알았을 때, 전 아무에게도 말하지 않겠다고 약속했어요. 지금 당장 아무 말씀도 드릴 수 없어서 저도 답답해 죽겠어요. 하지만 이건 제 이야기가 아니라 베넷의 이야기잖아요. 분명히 말씀 드릴 수 있는 건 베넷은 나쁜 아이가 아니라는 거예요."

나는 "베넷은 할머니를 사랑해요"라고 덧붙이고 싶었지만 그런 말까지는 하지 않기로 했다.

"베넷이 돌아오면 본인이 직접 말해야 할 거예요."

할머니는 앞으로 몸을 숙이며 말했다.

"그럼 언제쯤 돌아올까?"

다른 질문에는 베넷과의 약속 때문에 대답하지 못했지만, 이번 질문은 나도 진짜 모르는 일이라서 대답할 수 없었다.

"몰라요. 하지만 언젠가는 돌아올 거라고 제게 말했고, 전 그 말을 믿을 수밖에 없어요."

나는 그 자리에 가만히 앉아 할머니를 지켜보면서 할머니의 다음 말을 기다렸다. 어쩐지 토할 것 같은 기분이 들었다.

"그럼 경찰한테는 뭐라고 말해야 하지?"

나는 얼른 생각이 떠올랐다.

"집에 돌아오는 길에 위급한 일이 생겼다고 하면 어떨까요. 병이 난 거죠…… 베넷의 가족 중 한 명한테. 마침 친구가 베넷을 공항까지 데려다 주었고, 그래서 주차장에 차를 두고 간 거예요. 그리고 지금 베넷에게 전화를 해 봤는데 다행히 상황이 괜찮아졌다고요. 베넷은……."

나는 감정을 억누르고 말을 끝까지 마치기 위해 심호흡을 했다.

"베넷은 가족들과 샌프란시스코에 있는 거예요."

"나보고 거짓말을 하라는 거니, 경찰한테?"

"거짓말 아니에요. 베넷은 샌프란시스코에 있어요. 경찰한테 그렇게 말씀하시든지, 아무 말씀 하지 마시고 실종 신고를 내서 경찰이 베넷을 찾게 하시든지 그건 할머니 마음대로 하세요. 하지만 경찰은 베넷을 찾을 수 없을 거예요."

"만일 베넷이 돌아오면……."

내가 분명하게 말했다.

"베넷이 돌아오면, 제가 제일 처음 그 사실을 알게 될 거예요. 그러고 나면 반드시 두 번째로 할머니께 알려 드릴게요. 그리고 베넷에게 반드시 모든 사실을 할머니께 말씀 드리라고 할게요. 괜찮으시죠?"

할머니는 몇 차례 고개를 끄덕이며 내 해결 방안에 대해 생각했다.

"그 아이 물건들은 다 어떻게 해야 하지? 차는 어떻게 해야 할까?"

글쎄, 차를 어떻게 하면 좋을까. 베넷은 자신의 SUV가 매기 할머니의 차라고 말했다. 상황을 놓고 보면 어쨌든 베넷의 말이 맞았다.

"베넷은 할머니를 위해 차를 구입했을 거예요."

할머니는 이마를 찌푸리며 또다시 나를 빤히 쳐다보았다.

"설마, 그 아이가 뭐하러 그랬겠니? 새 차를 사 줄 만큼 나를 잘 알지도 못하는데."

나는 할머니에게 미소를 지으며 한숨을 내쉬었다.

"그렇지 않아요. 베넷은 할머니를 잘 알고 있어요. 물론 좀처럼 이해하시기 어려운 일이라는 건 저도 알지만……."

목소리가 잦아들면서 마지막 말이 내 마음속에 메아리쳤고, 지난밤 샌프란시스코에서 읽은 편지 속의 말을 나도 모르게 반복하고 있었다. 지금부터 17년 뒤 베넷에게 전할 편지에 적혀 있는 말. 베넷을 이해시키기 위해 공들여 쓴 말을. 어쩌면 그 말이 매기 할머니도 이해시킬 수 있을지 몰랐다.

"언젠가……."

내가 말했다.

"언젠가 전부 이해하시게 될 거예요. 지금은 그냥 제 말을 믿으셔야 해요."

34

나는 코타오에서 우리의 첫 데이트를 즐기고 돌아온 뒤 베넷이 입었던 커다란 윗옷을 입고 침대 발치에 기대앉아, 오늘 밤 경매 파티에서 입으려고 산 검은색 실크 드레스를 한 시간째 멍하니 쳐다보고 있었다. 처음 이 드레스를 사서 내 옷장에 걸어 놓았을 땐, 마치 내가 잠든 사이에 동화책 속 새와 쥐 들이 한 땀 한 땀 공들여 만들었다고 해도 믿을 정도로 굉장해 보였다.

하지만 오늘 밤은 내가 이곳으로 떠밀려 온 지 일주일째 되는 날이었다. '그날' 이후 딱 일주일. 그리고 이 드레스는 내 지도와 네 개의 핀, 모래를 담은 비닐봉지, 여섯 장의 엽서와 함께 더 이상 쓸모없는 또 하나의 물건이 되었다. 이것들만 보면 베넷이 생각나서 견딜 수가 없었다.

노크 소리가 들렸지만 나는 여전히 옷만 멍하니 올려다보고 있었다. 누군가 올 거라고 예상은 했지만, 동전 던지기에서 진 사람이 엄마인지 아빠인지는 알 수 없었다.

"들어와."

내가 어물어물 말했다.

엠마?

나는 바닥에 앉은 채 방에 들어온 엠마를 올려다보았다. 엠마는 바닥에 닿을 만큼 길고 어깨 끈이 없는, 내가 골라 준 짙은 오렌지색 드레스를 입고 있었는데, 탈의실에서 처음 입었을 때처럼 굉장히 매력적으로 보였다. 머리카락은 뒤로 넘겨 목덜미 근처에서 야무지게 땋아 내렸고 몇 가닥은 빼내어 얼굴선을 따라 흘러내리게 했다.

"와, 정말 아름다워."

"고마워."

엠마는 바닥의 내 옆에 자리를 잡고 침대 발판에 기대 앉아 나에게 손을 뻗었다. 나는 곁눈질로 엠마를 보았다.

"옷 구겨져."

"괜찮아."

곱슬곱슬한 머리카락, 빨갛게 충혈된 눈, 레깅스―엠마한테는 끔찍한 패션일 게 분명한―차림에 페디큐어를 바르지 않은 발가락. 엠마는 머리끝부터 발끝까지 내 모습을 죽 훑어보았다.

"여긴 웬일이야, 엠마?"

엠마가 살짝 힘을 주어 내 손을 잡았다.

"미안해. 네가 혼자 있고 싶어 할 거라는 거 알지만, 너희 엄마가 나를 이 방으로 올려 보내셨어."

나는 엠마에게서 고개를 돌리고 눈동자를 굴렸다. 엄마와 아빠는 둘 다 이 빌어먹을 파티인지 뭔지 때문에 일주일 내내 나를 괴롭혔고, 나는 안 가겠다고 딱 부러지게 말했다. 무슨 일이 있어도 파티에 가지 않겠다고. 그런데 세상에, 엠마를 지원 세력으로 포섭해 내 방에 보냈다고? 이건 너무 잔인하잖아.

"나도 네가 괜찮은지 확인하고 싶었고."

"난 괜찮아."

엠마가 믿을 수 없다는 듯 나를 본 다음, 옷장에 걸려 있는 드레스를 빤히 쳐다보았다.

"네가 저 옷 입은 모습을 본 사람이 나 말고 아무도 없다니, 정말 안타깝다. 너 정말 예뻤는데."

난 저 드레스만 보면 구역질이 날 것 같은데.

"고마워."

몇 분쯤 지났을까, 우리는 아무 말 없이 앉아 있었다. 나는 카펫을 내려다보면서, 엠마는 나와 저 드레스를 번갈아 쳐다보면서.

"내 생각은 바뀌지 않을 거야."

마침내 내가 말했다.

"알아. 하지만 최소한, 음…… 한 십오 분은 여기 있어야 해. 그래야 너희 엄마가 내가 엄청 애쓰고 있다고 생각하실 테니까."

엠마는 나를 돌아보며 미소를 짓고는 자신의 어깨로 내 어깨를 툭 쳤다.

"괜찮지?"

나는 엠마에게 서글픈 미소를 지어 보였다.

"고마워."

엠마는 나를 이해했다. 엠마는 처음부터 나를 이해해 주었다. 지난 일요일, 나는 매기 할머니 댁을 나서자마자 곧바로 엠마의 집으로 달려갔고, 엠마의 집 현관 앞에서 쓰러졌다. 엠마는 나를 자기 방으로 데려갔고, 나에게 티슈를 건네며 몇 시간 동안 내 이야기를 들어 주었으며, 내가 지어낸 이야기를 전부 믿어 주었다. 베넷의 가족 가운데 누군가 아프다. 우리가 영화관을 나선 직후 베넷은 야간 비행기 편으로 샌프란시스코에 가야 했다. 베넷은 자신이 언제 올지 혹은 돌아오긴 할지 확실하게 알지 못했고, 너희와 작별 인사를 할 시간조차 갖지 못한 것을 안타깝게 생각했다. 베넷은 우리를 그리워할 거다.

다음 날 나는 몇몇 사람들에게 같은 이야기를 했고, 이 이야기가 도넛 주변에 퍼지길 기다렸다. 그리고 정말로 순식간에 그렇게 됐다. 곧 모두가 베넷이 집으로 돌아간 이유를 알게 되었고, 그것이 순전히 거짓말이라는 것을 아는 사람은 나뿐이었다.

나는 지난 6개월 동안 손꼽아 기다려 온 파티에 참석하기 위해 머리부터 발끝까지 한껏 꾸미고 무척이나 행복해하는 나의 가장 친한 친구를 바라보았다. 오늘 밤 파티는 내가 꼭 가야 하는 자리겠지. 엠마와 대니얼이 어떻게 파티를 도왔는지 보기 위해, 엄마와 아빠가 춤추는 모습을 보기 위해, 턱시도를 입은 저스틴의 모습을 보기 위해서라도 파티에 가야겠지. 하지만 도무지 발길이 떨어지지 않았고, 가서 행복한 척할 자신이 없었다. 베넷 없이는 그럴 자신이 없었다. 아직은 그렇게 되지 않았다.

"나한테 화났어? 오늘 밤 내가 파티에 안 가서?"

엠마는 고개를 저으며 말했다.

"아니. 화 안 났어. 그냥……."

나는 엠마를 보면서 엠마가 말을 계속하길 기다렸지만 엠마는 아무 말도 하지 않았다. 엠마는 바닥을 내려다보면서 카펫에서 풀려 나온

실 한 오라기를 손가락에 돌돌 감고 있었다.

"그냥 뭐?"

내가 물었다.

"아무것도 아니야."

"그냥 뭔데?"

나는 반복해서 물었다. 엠마는 심호흡을 한 번 하고는 한숨을 내쉬며 털어놓았다.

"그냥 난 네가 그리워, 그뿐이야. 네가 베넷을 보고 싶어 하는 거 알아. 우리 모두 베넷이 보고 싶어. 하지만…… 난 무엇보다 네가 몹시 그리워."

나는 애써 희미하게 웃음을 지어 보였다.

"나 지금 여기에 있거든."

"아니, 지금 여기 있는 너 말고."

나는 엠마를 보았고, 엠마의 말이 맞다는 것을 알았다. 트랙에서 또 다른 베넷을 만나고, 그가 내게 이곳으로 돌아오려 애써 왔다고 말한 이후로, 나는 그 전의 나와 정확히 반대로 움직이고 있었다. 다시 말해, 원래의 나는 서서히 사라지고 있었던 것이다.

엠마는 카펫의 실오라기를 만지작거리다가 말고 나를 빤히 쳐다보았다.

"있잖아, 애나. 넌 내 가장 친한 친구고, 난 너의 아주 많은 부분을 사랑해. 나를 웃게 만들어 주는 너를 사랑해. 음악과 책을 좋아하는 너를 사랑해. 세계를 여행하고 싶어 하는 너를 사랑하고, 달리기에 깊이 몰두하는 너를 사랑해……. 하지만 내가 너의 어떤 면을 가장 사랑하는지 아니? 우리가 친구가 된 순간부터 줄곧 너의 어떤 면을 가장 사랑했는지 알아?"

나는 엠마를 바라보며 다음 말을 기다렸다.

"넌 내가 아는 사람들 중에 가장 강한 사람이야. 넌 독립적인 사람이고, 남들이 어떻게 생각하든 휘둘리지 않고 네 직관을 믿는 사람이고…… 언제나 강단이 있는 사람이야. 난 너의 그런 면이 늘 부러웠어. 만일 저스틴이 이 지역을 떠나고 이곳에 있는 나를 떠난다면, 나는 몇 날 며칠을 울기만 하면서 시체처럼 아무것도 할 수 없을 거야. 그런데……."

엠마는 이런 말까지 할 생각은 아니었다는 듯 얼버무렸다.

그런데 뭐? 나한테 뭘 더 기대한 거지? 내가 이렇게 약해 빠졌을 줄 몰랐다는 거야?

"그런데 네 그 강단은 다 어디로 갔지?"

엠마는 잠시 나를 빤히 쳐다보더니 팔을 뻗어 다시 내 손을 잡았다.

"그래, 이제 겨우 일주일밖에 안 됐다는 거 알아. 난 그냥……."

엠마는 내 손을 자신의 얼굴 가까이 가져가 손등에 입을 맞추었다.

"난 그냥 내 친구가 다시 돌아왔으면 좋겠어."

나는 엠마를 보았다. 엠마에게 전부 다 털어놓을 수 있다면 얼마나 좋을까. 엠마에게 돌아가고 싶었고, 내 평범한 일상─엄마와 아빠, 달리기와 여행 서적─으로 돌아가고 싶었다. 그렇지만 도저히 내 마음을 무겁게 짓누르는 이 비밀들과 맞설 강단을 찾을 자신이 없었다.

엠마가 나를 놓아 주지 않아, 우리는 파티가 시작될 때까지 시간이 가길 기다리며 15분 동안 그대로 앉아 있었다.

"이만 가야겠다. VIP 손님들을 맞이해야 해."

엠마가 일어나 드레스의 구겨진 부분을 폈다. 그런 다음 거울을 들여다보며 머리 모양을 확인하고 손가락 끝으로 눈가를 톡톡 두드렸다.

"미안해, 엠마."

엠마는 문손잡이를 향해 팔을 뻗으려다가 다시 뒤돌아 나에게 키스를 날린 후 방 밖으로 나갔다. 소리는 들리지 않았지만 계단 아래에서 엠마와 저스틴, 그리고 우리 부모님이 다 같이 낮은 목소리로 이야기를 나누는 장면이 그려졌다. 나는 창가로 가서 저스틴과 엠마가 자동차로 향하는 모습을 엿보았다. 저스틴이 막 자동차 문을 열려다 위를 올려다보며 나를 발견하고는 아쉬운 표정으로 살짝 손을 흔들었다. 곧이어 두 사람은 차를 타고 떠났다.

뒤이어 엄마와 아빠도 밖으로 나와 그들에게 잘 가라고 큰소리로 인사한 다음, 2층에 있는 나에게 정말 괜찮은 거냐고 물어본 뒤 집을 나섰다. 나는 보도를 내려다보며 베넷이 나에게 처음 키스했던 장소를 응시했다. 비록 지금은 그가 키스를 했다는 기억조차 희미하지만…… 길 건너의 나무를 보았다. 우리의 시간 이동이 계획했던 대로 정확한 시간을 맞추지 못해, 베넷의 차가 저쪽까지 후진하다가 멈추었지. 간간이 약간의 허점은 있었지만 그는 언제나 중심을 잃지 않았다. 다시 돌아올 수 있다면 지금도 그럴 테지.

그리고 이런 생각이 머리를 스쳤다. 지금쯤 베넷이 이곳에 와 있지 않을까 하는. 하지만 베넷은 틀렸고 편지가 옳았다. 베넷은 돌아오지 않을 것이다. 베넷은 그의 의지와 달리, 그리고 무엇보다 내 의지와 달리, 그곳에서 벗어나지 못할 것이다. 내가 다른 결정을 내리지 않는 한. 그러나 나는 편지의 그 말이 무슨 의미인지 알 수 없었다.

나는 창문을 열어 놓은 채 지도를 향해 다가갔다. 그 앞에 서서 지도를 찬찬히 들여다본 다음, 손을 뻗어 손가락 끝으로 여덟 개의 작고 빨간 핀 사이를 움직이며 보이지 않는 선을 그렸고, 이 선들을 연결하는 무늬들을 만들어 냈다. 그런 다음 손가락을 에반스톤으로 가져와 처음 시작했던 지역인 네 군데, 스프링필드, 미네소타, 미시건, 인디애나를 중심으로 작은 동그라미를 그렸다. 그러고 나서 샌프란시스코에 손가락을 대고 코타오까지 죽 잇다가 베르나차로 돌아가 위스콘신으로 넘어간 다음, 다시 샌프란시스코로 돌아오는 훨씬 큰 동그라미를 그렸다. 지도 위에 더 많은 점을 만들어야 한다. 그러기로 하지 않았던가.

상자에 손을 넣어 핀 하나를 꺼냈다. 그것을 가만히 바라보다가 지도로 눈을 돌렸다. 파리에 핀을 꽂았다. 핀을 하나 더 꺼냈다. 다시 지도를 찬찬히 들여다보았다. 마드리드에 핀을 꽂았다. 뒤로 물러서서 지도의 달라진 모양을 흥미롭게 여기며 지도를 자세히 들여다본 다음, 먼지 쌓인 상자에 다시 손을 뻗었다. 시드니에 빨간 핀을 꽂았다. 이제 상자를 쥐고 손바닥 위로 뒤집어엎었다. 흩어진 핀 몇 개가 손바닥을 찌르는 게 느껴졌다.

도쿄에 핀을 꽂았다. 티베트. 오클랜드. 더블린. 코스타리카. 상파울루. 프라하. 로스앤젤레스.

핀을 집어 지도 위에 꽂고, 핀을 집어 지도에 꽂는 똑같은 동작을 계속해서 반복하고 있었다. 결코 가지 못할 장소들이라도 지도가 핀으로 뒤덮일 때까지, 플라스틱 상자가 나처럼 텅 빌 때까지.

1995년 6월

35

지난주는 몹시 슬펐다. 이번 주는 마구 화가 났다. 편지에 대해 아무런 말도 하지 않은 베넷에게 화가 났고, 그가 더 이상 이곳에 없을 것처럼 여기는 친구들 때문에 화가 났지만, 무엇보다 완전히 방심해 버린 나 자신 — 그래서 이 모든 것들을 너무나 당연하게 받아들이고 있는 나 자신 — 에게 화가 났다.

아르고타 선생님이 "¡프락티케모스 라 콘베르사시옹!Practiquemos la conversacion(회화 연습합시다)"이라고 발표한 뒤 책상 사이를 지나가면서 연습 상대를 정해 주고 카드를 나누어 주는 동안 나는 주먹을 단단히 쥐었다. 선생님이 나를 가리켰다. 그런 다음 알렉스를 가리켰다. 나는 눈알을 굴리면서 내 책상을 알렉스를 향해 돌렸다.

"¡올라(Hola, 안녕)!"

알렉스가 미소를 지으며 말했다.

"토요일에 어디 있었어? 우리 다 너 찾았는데."

오늘이 목요일인데 얘는 왜 이제 와서 토요일 일을 묻는 거야. 나는 어깨를 으쓱해 보였다.

"요즘 주 대항 결승전 훈련 중이야."

"토요일 밤에도?"

"아니, 알렉스. 매일 아침. 난 요즘 매일 아침 연습하거든. 심지어 일요일에도."

나는 마지막 말을 뱉기 전에 벌써 내 말투에 당황했지만 사과는 하지 않았다. 게다가 수업 내내 알렉스에게 이런 태도로 이야기했다. 솔직히 지금 상태로는 알렉스가 거북해하는 모습을 봐야 기분이 나아질 것 같았기 때문이다.

"그건 그렇고, 대화 카드 가지고 있지?"

알렉스는 작은 소리로 뭐라고 중얼거리더니, 책상에서 카드를 집어 들고 먼저 읽었다.

"와, 오늘 주제 아주 괜찮은데."

알렉스가 크게 소리 내어 읽었다.

"파트너 1, 마드리드 최고급 레스토랑에서 웨이터/웨이트리스로 일하기 위해 면접 중. 파트너 2, 레스토랑 주인."

가만있어 봐, 여기 주먹으로 칠 거 뭐 없나.

"그렇게 나쁜 주제는 아니다, 그렇지?"

알렉스는 내가 목제 책상 양옆을 꽉 쥐고 있는 것도 모르고 혼자 아주 신이 났다.

"너 웨이터 할 거야, 주인 할 거야?"

"아무것도 안 해."

나는 의자를 뒤로 밀고 교실 문을 향해 뛰어갔다. 교과서는 책상 위에 그대로 펼쳐 두고 내 백팩도 교실 바닥에 내버려 둔 채. 알렉스와 저 빌어먹을 대화 카드인지 뭔지를 팽개치고. 외국인 특유의 말투에 걱정과 불만이 가득 배인 목소리로 뒤에서 내 이름을 부르는 아르고타 선생님을 남겨 둔 채. 하지만 나는 멈출 수가 없었다. 뒤를 돌아볼 수도 없었다. 마구 달려 도넛을 통과하고 사물함을 지나다가 대니얼과 정면으로 마주쳤다.

대니얼은 일렬로 늘어선 사물함에 부딪혀 넘어졌고, 그 바람에 대니얼이 쥐고 있던 화장실 이용 패스가 바닥을 가로질러 미끄러졌다.

"어머, 깜짝이야······!"

나는 눈에서 흐르는 눈물을 닦으며 대니얼이 자리에서 일어서는 것을 도왔다.

"대니얼, 정말 미안해."

대니얼은 무슨 말을 하려다 내가 울고 있다는 것을 알아챘다.

"애나? 괜찮아?"

"여길 나가야겠어."

내가 말했다.

"애나!"

대니얼이 뒤에서 내 이름을 불렀지만, 나는 이미 현관을 빠져나와 내 마음을 달래 줄 유일한 장소를 향해 달려가고 있었다.

이곳에서는 베넷을 볼 수 있었다. 내가 원하는 방식으로는 아니지만, 지금 상황에서 내가 할 수 있는 유일한 방식으로. 벽난로 위에 진열된 액자의 아기 사진 속에, 평일 오전 11시 20분에 찾아온 나를 보고도 아무 질문 없이 차를 만들어 주는 매기 할머니 눈동자 속에 베넷이 있었다.

416

우리는 각자의 찻잔으로 차를 마셨다. 우리는 무슨 말이든 해 보려 했지만 딱히 떠오르는 말이 없었다. 할머니는 묻고 싶은 것이 많았고 나 역시 대답할 말이 많았지만, 할머니는 내가 대답하지 않으리라는 것을 알기에 마음속의 많은 물음들을 겉으로 꺼내지 못했다. 우리는 도자기 찻잔이 차받침에 내려앉는 소리만 이따금 들릴 뿐인 무거운 침묵 속에 갇혀 그 자리에 가만히 앉아 있었다.

마침내 매기 할머니가 침묵을 깼다.

"지난주부터 그 아이 방을 치우기 시작했단다. 그 아이가 올 때까지 당분간 그 아이 짐을 다락에 치워 두어야 할 것 같아서……."

할머니의 목소리가 잦아들었고 나는 살짝 미소를 지었다. 할머니가 베넷이 돌아올 거라고 생각한 게 내심 고마웠다.

"혹시……."

할머니는 말을 계속할지 말지 내 표정을 보고 결정하려는 듯 내 얼굴을 살피며 말을 꺼냈다.

"혹시 네가 그 아이 짐을 보관하면 어떻겠니? 그 아이가 돌아올 때 까지."

나는 고개를 끄덕였다. 그리고 더 이상 할 말이 없어서 컵을 들고 계단을 올라가, 베넷의 엄마가 아이였고 매기 할머니가 젊은 부인이었을 때 찍은 사진들이 장식된 복도를 지나서 한때 그가 자기 방이라고 불렀던 마호가니 가구들이 가득한 방에 들어갔다.

"차를 좀 더 가져다주마."

매기 할머니는 거의 가득 차 있는 내 찻잔을 들고 밖으로 나가, 방 안에 나 혼자 있게 해 주었다.

창문 아래 벽 가까이에 상자 몇 개가 쌓여 있는 것을 제외하면, 방은 예전 모습 그대로였다. 옷장 문을 열고 안을 들여다보았다. 베넷이 입은 것을 한 번도 본 적 없는 몇 벌의 옷들과 함께 그의 교복이 걸려 있었다. 손이 쉽게 닿는 위치에 그의 모직 코트가 걸려 있었다. 32도가 넘는 더운 날씨였지만 나는 그의 코트를 걸치고 옷깃에 코를 묻고 그의 냄새를 들이마셨다.

옷장 문을 닫고 책상으로 향했다. 책상 위에는 아무것 — 연필 한 자루, 사진 한 장조차—도 없었다. 나무 의자에 앉아 맨 위 서랍을 열었다. 그리고 바로 그곳에서 그의 흔적을 발견했다. 서랍의 물건들을 하나하나 차례대로 꺼내 책상 위에 쌓았다. 그의 웨스트레이크 학생증, 내 빨간 핀 가운데 하나, 코타오에서 가지고 온 새 엽서 한 장, 베르나 차에서 내가 그에게 쓴 엽서, 노란색 몽당연필, 고리, 열쇠 하나.

다른 물건들을 옆으로 밀쳐내고 열쇠를 쥐고 장식장으로 향했다. 재빨리 장식장 문을 열어 저 안쪽 구석의 황금색 작은 열쇠 구멍이 보일 때까지 사진 앨범과 옛날 졸업 앨범들을 꺼내 옆에 수북이 쌓았다. 그리고 열쇠를 넣고 돌려 문을 잡아당겼다. 문 안에는 고무줄로 묶인 100달러 지폐 뭉치, 20달러 지폐 뭉치들이 수북하게 쌓여 있었다.

수북이 쌓인 돈 뭉치 위에서 베넷의 공책을 발견하고, 엠마를 위해 시간 이동을 구상할 때 그가 이 공책을 어떤 식으로 이용했는지 떠올렸다. 공책을 손에 들고 죽 훑어보았다. 페이지마다 시간표와 시간 환산을 위한 수학 공식들, 역사적 사건을 기록한 도표들, 달러 기호와 함께 여러 분야의 회사 이름들이 빽빽하게 채워져 있었다. 그리고 마침내 베넷이 얼마 전 나에게 보여 준 페이지를 발견했다. 엠마가 시카고로 차를 몰지 못하게 하기 위해 베넷과 내가 우리 집 진입로에 도착해야 할 시간이 적혀 있었다.

나는 공책을 다시 앞으로 넘겨 맨 앞의 몇 장을 보다가 어쩐지 익숙한 글을 발견했다. 베넷의 필체였지만 내가 쓴 편지였다.

> 우리는 곧 만나게 될 거예요. 그리고 당신은 영원히 날 떠나겠지요. 하지만 나는 내 삶을 바로잡을 수 있을 거라고 생각합니다. 이번엔 반드시 다른 결정을 내려야 해요. 나 자신을 위해 인생을 살아야 한다고 내게 말해 주세요, 당신을 위해서가 아니라요. 당신이 돌아오길 기다리지 말라고 말해 주세요. 그렇게 해 주신다면 모든 것이 달라질 거라고 생각합니다.

베넷은 '영원히, 떠난다, 바로잡을, 모든 것이 달라질 거라고' 같은 중요한 단어와 표현에 동그라미를 치고, 마치 공부라도 하듯 내용을 완전히 이해할 기세로 빈 공간에 자신의 의견을 달고 물음표와 느낌표들을 덧붙여 놓았다. 하지만 그는 아무것도 이해하지 못했다. 몇 달을 애썼지만 아무것도 알아내지 못했다. 그리고 지금은 너무 늦었다. 그는 영원히 가 버렸으니까.

왜 진작 나에게 말하지 않았지?

베넷은 나에게 모든 것을 말했어야 했다.

나는 혹시 매기 할머니가 들어오실까 봐 문을 확인했다. 그런 다음 빨간색 공책을 맨 위에 올려놓고 캐비닛을 잠근 뒤 스크랩북과 앨범들을 원래대로 쌓아 놓았다. 모든 것을 베넷이 정리한 모양과 똑같이

해 놓은 다음 베넷의 책상으로 돌아왔다.

책상 서랍을 열어 열쇠를 집어넣고 다른 물건들을 보았다. 코타오에서 가지고 온 엽서부터 시작해 하나하나 손에 들고 뒤집어 보았다. 베넷이 학교 잔디밭에서 나에게 엽서를 선물하던 날이 기억났다. 단지 이것을 구해 주려고 다시 코타오에 다녀오다니, 믿을 수가 없었다.

"내 것도 하나 있어…… 그날을 기억하려고."

베넷은 이렇게 말했다.

"여기에 넣으렴."

매기 할머니가 아주 작게 속삭였지만, 나는 깜짝 놀라 몸을 움찔하며 고개를 돌렸다. 할머니는 찻잔 대신 작은 쇼핑백을 들고 와 나에게 건넸다.

"고맙습니다."

할머니는 베넷의 책상에 쌓여 있는 물건들을 내려다보며 내 어깨에 손을 얹었다.

"괜찮니, 아가?"

나는 슬픈 표정으로 할머니에게 고개를 끄덕였다.

"정말 다정한 아이였는데. 다시 돌아오면 좋겠구나."

나는 책상 모서리에 쇼핑백을 대고 물건들을 그 안에 쓸어 넣었다. 그런 다음 일어나서 매기 할머니를 안아 드렸고, 베넷의 물건들을 보관하게 해 주어 감사하다고 인사를 했다. 할머니도 나를 꼭 안아 주었다.

"캘리포니아에 한번 다녀오세요."

나는 할머니의 포옹을 풀면서 말했다.

"가셔서 손자들을 만나고 오세요. 틀림없이 할머니와 따님에게 큰 의미가 될 거예요."

"글쎄다……. 요즘 우리 딸과 내 사이가 썩 좋지가 않구나."

나는 할머니의 눈을 똑바로 응시했다. 할머니의 눈은 손자의 눈과 똑같았지만, 그 안에서 베넷의 모습은 조금도 찾아볼 수 없었다. 나는 매기 할머니를 가만히 바라보며 말했다.

"그래도 가서야 해요."

"글쎄, 가긴 가야겠지."

나는 할머니를 보며 미소를 지었다. 베넷이 성장해서 할머니 미래에 영향을 미칠 작은 부분들을 변화시킬 때까지 기다릴 필요는 없다. 할머니가 만족스럽게 사실 수 있도록 내가 먼저 도와 드릴 수 있다면.

나는 할머니의 뺨에 입을 맞춘 뒤 열쇠를 넣고 책상 서랍을 닫았다.

수업이 끝난 지 30분이 지나서야 학교로 돌아왔다. 텅 빈 복도에 내 걸음 소리만 울려 퍼졌다. 교실 문도 열려 있고, 가방도 고스란히 내 자리에 있고, 아르고타 선생님은 퇴근하고 안 계시면 좋겠는데. 물론 세 가지 모두 이루어질 가능성은 매우 희박하겠지만.

교실 문 앞에 도착하자 제일 먼저 눈에 띈 건 아르고타 선생님 책상에 기대어 놓은 내 가방이었다. 가방에서 시선을 거두고 위를 올려다보니 아르고타 선생님이 책상에 앉아 학생들 과제를 수정하고 있었다.

"세뇨르 아르고타?"

내 목소리를 들은 선생님은 학생들의 과제에 눈을 고정시킨 채 손만 멈추었다.

"세뇨리타 그린. 돌아와서 다행이에요."

"정말…… 죄송해요. 저는 그냥……."

마침내 선생님이 나를 돌아보았는데, 처음엔 궁금해하는 표정이었다가 이내 깜짝 놀라는 표정으로 바뀌었다. 하긴, 티셔츠는 땀에 흠뻑 젖었지, 얼굴은 온통 시뻘개져서 땀으로 얼룩덜룩하지, 가뜩이나 곱슬거리는 머리는 습도 때문에 더 뻣뻣하게 산발이 됐으니 그럴 만도 했다. 아르고타 선생님은 빠르게 몇 차례 눈을 깜박였지만 아무것도 묻지 않았다.

"설명하지 않아도 됩니다. 세뇨르 쿠퍼가 떠나서…… 당신이…… 충격을 받았다고 당신의 친구, 세뇨르 카마리안이 자세하게 설명해 주었습니다."

알렉스가 이 '충격'을 설명할 정도로 뭘 제대로 알고나 있는지 확신할 수는 없지만, 대니얼의 말대로 도넛이 모든 소문의 집산지라면 알렉스도 웬만한 내용은 알고 있었을 것이다. 그래서 지금 내 마음은 죄책감으로 몹시 무거워졌다. 내가 오늘 알렉스한테 얼마나 못되게 굴었는데.

아르고타 선생님은 나에게 막 건네주려 했다는 듯 몸을 숙여 내 가방에 손을 뻗었다가, 가방의 무게를 느끼고는 내가 있는 쪽으로 대충 밀다시피 했다. 나는 앞으로 다가가 가방을 들어 어깨에 멨다. 그런 다음 "고맙습니다"라고 인사를 하고 교실을 나서기 위해 몸을 돌렸다.

거의 문 앞에 섰을 때, 등 뒤에서 선생님의 헛기침 소리가 들렸다.

"오늘 날짜를 알고 있나요, 세뇨리타 그린?"

나는 걸음을 멈추었다.

"6월 1일이요, 세뇨르."

"엑삭타멘테Exactamente(정확해요)."

나는 선생님 앞에 서서 눈알을 굴렸다. 지금 이런 이야기를 할 기분이 아니었다.

"어제가 오월 마지막 날이었어요. 나는 그린 양이 멕시코의 어학연수 프로그램에 대해 진지하게 고려하길 진심으로 바랐습니다. 세뇨리타, 아마도 이제 당신의 여름 계획이 바뀌었다면……."

선생님이 나에게 노란색 서류철을 주던 날이 떠올랐고, 지금까지 그것을 열어 볼 생각조차 하지 않았다는 것을 깨달았다. 이미 세부 내용을 모두 알고 있었어야 할 텐데, 하나도 아는 게 없었다.

"아, 맞아요. 그런데 어디라고 하셨지요?"

"당신의 여행 계획에서도 그 도시를 목적지로 정했던 것 같은데요, 그렇지 않나요? 라파스라고 하는 아름다운 도시입니다. 점점 인기를 얻고 있는 곳이지요. 이번이 그곳을 방문할 절호의 기회입니다."

"라파스요?"

"시(Si, 그래요)."

선생님이 나를 지켜보는 동안 나는 혼란스러운 표정을 들키지 않으려 애썼다. 라파스라고?

"당신은 여행 상품권이 있고, 훌륭한 현지인 가족과 함께 생활하게 될 겁니다. 여행도 자유롭게 할 수 있어요. 물론 이미 여름 계획을 다 세워 놓았겠지만, 이건 정말 아주 좋은 기회입니다. 당신이 관심이 있다면 내가 아직 손을 써 줄 수 있어요."

아르고타 선생님은 가만히 나를 지켜보면서 내 대답을 기다렸다. 결국 아무런 대답도 듣지 못하자, 선생님은 가슴에 팔짱을 끼고 의자에 몸을 기대앉았다. 가고는 싶지만 갈 수 없을 것 같았다. 내가 간 사이에 베넷이 오면 어떻게 하지? 나는 아무 데도 갈 수 없다. 여기에서 베넷을 기다려야 한다. 하지만 베넷의 공책에서 읽은 말—지금부터 17년 후 내가 베넷에게 보낼 편지—들을 떠올리자 온몸이 떨리기 시작했다.

당신이 돌아오길 기다리지 말라고 말해주세요.

"괜찮아요, 세뇨리타?"

그렇게 해 주신다면 모든 것이 달라질 거라고 생각합니다.

나는 아득한 느낌으로 고개를 끄덕였고, 입 밖으로 말이 나왔지만 내 목소리 같지 않았다.

"좋은 기회겠지요, 선생님? 떠나는 게 좋겠지요?"

"엑삭타멘테!"

선생님이 두 팔을 번쩍 들어 올리며 큰 소리로 외치는 바람에 나는 깜짝 놀랐다.

"가세요, 가! 당신을 방해할 수 있는 건 아무것도 없어요! 가서 세상을 보고 오세요, 세뇨리타!"

선생님이 나에게 미소를 지었고, 나도 선생님에게 미소로 답했다. 이게 내가 찾던 것이었다. 바로 지금이 내가 원하는 것을 이룰 절호의 기회였다.

이전 같았으면 어땠을까. 아마 아르고타 선생님은 이 일을 다시 언급하지 않았을지도 모른다. 어쩌면 모집 기간 처음부터 모든 자리가 다 차 버렸을지도 모른다. 아니, 설사 모든 상황이 지금과 똑같다 하더라도, 난 여름 내내 애반스톤에 머물기로 결정했을지 모른다. 뚱한 표정을 한 채 베넷이 오기만을 기다리며. 지금까지의 애나였다면 아르고타 선생님에게 "감사합니다만……"하며 예의 바르게 거절했을 거라는 데 의심의 여지가 없었다. 그러나 앞으로의 애나는 그러지 않을 것이다.

"아직 신청서 가지고 있나요?"

선생님이 물었고 나는 고개를 끄덕였다. 사실 신청서를 어디다 두었는지 정확하게 기억나지 않았지만, 찾을 수 있을 것 같았다. 얼른 집에 가서 책상을 뒤지고 싶어 마음이 급해졌다.

"월요일까지 시간을 주겠습니다. 어떻게 결정을 했는지 알려 주세요."

부모님은 월요일까지 시간이 필요할지 모르지만 나는 그렇지 않았다. 나는 아르고타 선생님을 향해 달려가 선생님을 덥석 끌어안았다.

"정말 고맙습니다, 세뇨르!"

내가 물러섰을 때 선생님은 조금 당황한 표정을 지었지만, 내 포옹이 긍정의 의미라는 것을 알아차리고 어느 때보다 환한 표정을 지었다.

"정말 좋은 선택을 한 거예요, 세뇨리타."

이것이 정말로 좋은 선택이길. 잘한 선택인지는 확신할 수 없지만, 지금까지와 다른 선택인 것만은 틀림없었다.

그리고 문득 이런 생각이 머리를 스쳤다. 나는 지금 이 순간 17년 뒤의 애나와 같은 길 위에서 엇갈리고 있다고.

36

실러 숲은 계절에 따라 아름답기도 하고 으스스하기도 하다. 그래서 결혼식을 올리기에 완벽한 장소인 동시에 공포 영화 촬영장으로도 손색이 없다. 나는 아빠의 자동차가 공원 정문을 지나 모퉁이를 돌 때 한동안 눈이 녹아 잿빛의 깊은 진창뿐이었던 이곳이, 지금은 눈부신 초록의 목초지가 된 모습을 보았다. 자동차에서 내려 심호흡을 했다. 공원 전체에서 싱그러운 향기가 났다.

"이곳이 정말 그리웠어."

나는 몇 주 만에 처음으로 진정한 만족감을 느끼며 자동차 문을 닫았다. 무척 즐거워하는 나를 보고 아빠는 의외라는 듯한 표정을 지었지만 어쩔 수 없었다. 난 이런 경기가 정말 좋다. 우리 분야의 크로스컨트리 코치들은 질척거리는 진흙 대신 스펀지 트랙 위를 달리고, 쓰러진 나무 대신 금속의 허들을 뛰어넘는 6개월 동안 우리의 열정이 식지 않았을까 우려했다. 그래서 정식 경쟁은 아니지만 의무적으로 경기를 열기로 했다. 나는 이 코스를 하도 많이 달려 봐서 길이 얼마나 내리막으로 치닫는지, 앞으로 5킬로미터 이내에 길의 형세가 어떻게 바뀌는지, 힘든 구간이 어디인지, 어디쯤 장애물들이 있는지 훤히 꿰고 있었다.

우리 팀 선수들과 나는 출발선에서 몇 미터 떨어진 간이 테이블 주위에 모여 스트레칭을 하면서 넓은 들판 건너편에 모여 있는 우리의 가장 강력한 경쟁자들을 주시했고, 그동안 아빠는 커피 마실 곳을 찾으러 나섰다. 얼마 후 아빠가 종이컵 하나와 반듯하게 접은 지도 한 장을 들고 돌아왔다.

"기분은 어때?"

아빠가 평평한 테이블 위에 종이컵을 내려놓고 테이블 앞에 몸을 웅크리고 섰다.

"좋아."

아빠는 나를 올려다보며 좀 더 성의 있게 대꾸하길 기다렸지만 나는 그러지 않았다. 그렇지만 기분은 정말 좋았다. 이틀 전 라파스에 가기로 결정한 이후부터 차츰 진짜 내 모습으로 돌아가는 기분을 느꼈다. 이제 아빠와 엄마에게 어떻게 이야기하면 좋을지 방법만 궁리하면 됐다.

"그 여학생은 어디에 있어?"

아빠가 소리를 죽이며 물었다. 나는 팔을 올리고 아빠가 서 있는 방향으로 스트레칭을 하면서 턱 끝으로 한 여학생이 있는 방향을 가리켰다.

"저쪽에. 삼십이 번, 파란 셔츠."

나는 더 강하게 스트레칭을 하면서 아빠에게 그 여학생을 찾아 평가를 내릴 시간을 주었다. 아빠가 여학생을 지켜보았는데, 정확한 이유는 알 수 없었다.

"그래 좋아, 일단 네 페이스 유지하는 거 잊지 마. 괜히 그 여자애 방해하겠다고 속도 늦춰서 뒤처지지 말고. 항상 압박을 가해. 앞서 가는 선수들을 계속 앞질러서 선두를 유지하고. 그리고 마지막 거리 표지판이 보이면 그때부터 저 파란 셔츠를 목표로 정해서 한층 박차를 가하는 거야."

아빠는 모여 있는 선수들을 다시 한 번 찬찬히 살펴보았다. 이번엔 장학금이 걸려 있는 것도 아닌데 아빠가 왜 이렇게 불안해하는지 알 수가 없었다.

"넵. 알겠습니다."

"네 표적은 어디쯤 있니?"

아빠가 지도 뒷면을 가리키며 물었다. 나는 손가락으로 도면을 짚으며 말했다.

"이 수중 펌프가 아마 결승선에서 약 200미터 앞에 있을 거야."

아빠는 다른 대안들을 살펴본 후에 마침내 고개를 끄덕였다.

"그래. 좋았어. 이쪽이 너한테 가장 좋은 코스인 것 같다. 이제 아빠는 걱정하는 다른 부모들과 함께 자리에 가 있을게."

아빠는 내 등을 토닥이며 말을 이었다.

"아빠가 한 말 절대로 잊지 말고."

"안 잊어버려."

나는 심호흡을 하고 앞으로 고개를 푹 숙이며 스트레칭을 했다. 거꾸로 서 있는 듯한 선수들의 모습을 보면서 우리 팀 선수들과 경쟁 팀 선수들이 주위에 모여드는 소리를 들었다. 나는 팔다리를 흔들면서 내 자리를 찾아갔다.

우리는 출발선에 나란히 섰다. 이제 겨우 오전 7시밖에 안 됐는데도 기온과 습도가 어찌나 높은지, 스트레칭을 하면서 머릿속으로 코스를 그려 보는 잠깐 사이에 벌써부터 온몸이 땀으로 흠뻑 젖은 것 같았다. 출발을 알리는 신호가 울리자 우리는 속도를 조절하며 들판을 가로질러 숲을 향해 달렸다. 나는 벌써부터 진흙과 진창이 그리웠다. 우리는 떨어진 나뭇가지와 잔해들이 어지럽게 흐트러진 가파른 언덕을 힘겹게 올라갔고, 온통 울퉁불퉁해 어디 한 군데 제대로 발 디딜 곳 없는 길을 따라 더 깊숙이 들어갔다.

처음 첫 구간은 무리지어 달리면서 나무와 나무 사이의 좁은 틈새를 한 명씩 차례대로 미끄러져 내려갔다. 두번째 구간을 지날 즈음에는 얕은 개울을 건너기도 하고 잇따라 만나는 통나무들을 뛰어 넘기도 했다. 나는 스스로를 다그치면서 오르막을 오르고 장애물을 넘었다. 몇 구간을 달리는 동안 내 주변에 있던 선수들을 제치며 나아갔고, 힘겹게 선두 그룹에 들어갔을 때쯤에는 그들 모두 사라지고 나 혼자뿐인 것 같았다.

이편이 더 나았다. 평소처럼 발이 가볍지는 않았지만, 적어도 숲과 하늘에 둘러싸여 이렇게 달리는 동안만큼은 머리가 맑아지는 것 같았다. 그러나 무리지어 달릴 때 스스로를 통제할 수는 있었지만, 이기기 위해 필요한 강단이나 공격적인 힘을 발휘했다고는 할 수 없었다.

신발이 땅을 두드리고 가슴에서 심장이 빠르게 뛰는 것을 느끼며 계속해서 달렸다. 그리고 내 앞으로 달리는 여학생들을 내다보았다. 굽이진 곳을 돌아 좁은 산길을 내려가기 시작했을 때, 선두의 앞쪽으로 수중 펌프가 눈에 띄었다. 내 표적이 나타난 것이다. 처음엔 내 앞으로 달리는 다섯 명의 여학생들에게 전혀 위협적인 존재로 느껴지지 않도록 천천히 속도를 높였다. 그렇게 재빨리 슬쩍 한 명을 앞질렀다. 그런 다음 또 한 명을 앞질렀다. 코스의 4분의 3 지점을 지날 때 나는 3위로 달리고 있었고, 그때부터 저 파란 셔츠에서 눈을 떼지 않은 채 젖 먹던 힘을 다해 파란 셔츠를 좇았다. 그 순간 잠시 익숙한 기분을 되찾은 느낌이 들었다. 내 발이 한결 빠르게 움직이고 있었다. '네 강단은 다 어디로 간 거니?' 엠마가 다그치는 소리가 들렸다.

"바로 여기에 있지."

나는 누가 내 말을 듣든 말든 신경 쓰지 않고 혼잣말을 내뱉었고, 이제 순위를 한 단계 더 높였다. 뭔가 달라졌다. 오늘따라 뭔가 다른 느낌이 들었다. 그녀의 편지 내용─나는 내 삶을 바로잡을 수 있을 거라고 생각합니다─이 떠올랐고, 내 앞을 달리는 선수들에게 시선을 고정시키고 있는 동안 귓가에는 이 말이 메아리처럼 울렸다.

내 앞의 두 여학생이 마지막 장애물을 뛰어넘었고, 이제 내 차례였다. 쓰러진 나무를 풀쩍 뛰어넘었다. 두 발이 높이 떠올랐다. 하지만 그 순간 내 신발 끝이 나뭇가지에 걸린 느낌이 들었다. 나는 넘어지지 않으려고 안간힘을 썼지만 결국 발을 헛딛으며 앞으로 고꾸라지고 말았다. 방금 내가 앞지른 여학생들이 다시 빠른 속도로 내 옆을 지나갔다.

재빨리 균형을 잡고 심호흡을 한 다음 어떻게든 앞으로 달렸다. 두 명의 여학생을 다시 제칠 때까지 전속력을 다해 언덕을 올랐다. 그런 다음 또 한 명을 추월했다. 하지만 파란 셔츠는 저만치 앞에서 달리고 있었다. 내가 있는 곳에서 결승선이 보였다. 그 아이가 나보다 결승선에 가까이 다가가는 모습도 보였다. 아무래도 지금까지와는 전혀 다른 차원의 속도를 내야 할 것 같았다. 포니테일로 머리를 묶은 금발 머리가 내 앞에서 흔들리는 모양에 시선을 고정시켰다. 그리고 파란 셔츠를 따라잡기 위해 마지막 혼신의 힘을 다해 속도를 높였다.

하지만 그녀는 나보다 빨랐다. 그녀의 뒤를 바짝 쫓았지만 결승 테이프를 끊은 사람은 그녀였다. 나는 빠르게 움직이던 다리를 완전히 멈추어 앞으로 쓰러진 다음, 몇 차례 호흡을 들이마시고 얼굴의 땀을 닦은 뒤 바닥을 보며 미소를 지었다.

"멋진 경기였어."

그녀의 목소리에 나는 옆으로 몸을 홱 돌려, 지난번 주 대항 결승 경기에서 내가 간신히 앞섰던 이 여학생이 내 옆에 몸을 구부리고 서서 나만큼이나 숨을 헐떡거리는 모습을 보았다. 그녀가 나에게 손을 내밀어 악수를 청했다.

나는 2위가 된 것에 조금도 개의치 않았고, 그녀에게 진심이 담긴 미소를 보였다.

"고마워."

나는 가쁜 숨을 쉬는 와중에 이렇게 대답하면서 그녀의 손을 잡았다.

"네 덕분에 열심히 뛸 수 있었어."

그녀는 눈썹을 찌푸리며 의아해하는 표정을 지었지만 나는 굳이 설명할 필요를 느끼지 않았다. 1위 트로피는 놓쳤는지 모르지만, 경기를 하는 동안 내가 잃어버렸던 것을 찾을 수 있었다.

집에 오자마자 계단을 뛰어 올라가 방바닥에 털썩 주저앉아 백팩을 뒤지기 시작했다. 그리고 지난 목요일 책상 밑에서 마침내 찾아낸

노란색 서류철을 발견했다. 서류철을 열어 내가 머물게 될 멕시코 가정에서 보낸 편지를 다시 한 번 읽었다. 이 편지를 백 번은 읽은 것 같았다. 그런 다음 8x10 사이즈의 가족사진을 들여다봤다. 온 가족이 집 앞에 나와 서로서로 팔짱을 끼고 서 있었다. 아이가 네 명이었다. 여자아이는 내 또래로 보였다. 남자아이는 그보다 조금 많은 것 같았다. 그들 앞에 선 어린 여자아이 둘은 드레스를 입었는데 쌍둥이 같았다.

그리고 불현듯 지도를 올려다보면서, 이것이 정말 현실로 이루어지길 간절히 기도했다. 프라하에 꽂힌 핀을 뽑은 뒤 상자에 넣자 가볍게 찰카닥 소리가 났다. 파리에 꽂힌 핀도 뽑았다. 카이로. 암스테르담. 베를린. 퀘벡. 그렇게 몇 분 뒤, 한 번도 가 본 적 없으면서 마치 가 본 것처럼 표시한 모든 장소들, 지도 위에 거짓말로 꽂은 모든 핀들을 뽑아 원래 있던 자리에 도로 넣었다.

여덟 개의 핀만 그대로 남겨둔 채.

일리노이 주, 스프링필드.

미네소타 주, 일리.

미시건 주, 그랜드래피즈.

인디애나 주, 사우스밴드.

태국, 코타오.

위스콘신 주, 데블스 레이크 주립 공원.

이탈리아, 베르나차.

캘리포니아 주, 샌프란시스코.

여덟 개의 핀이 전부였지만 적어도 이건 진짜였다. 그리고 아홉 개째 핀도 진짜가 될 것이다.

37

모두 즐거운 기분으로 저녁 식탁에 모였다. 아마 내가 식탁 앞에서 먹구름같이 침울한 기운을 더 이상 드리우지 않고 얼굴에 미소를 지었기 때문일 것이다. 하지만 아무래도 이 분위기가 오래가지는 못할 것 같았다.

"이번 여름 방학에 대해 하고 싶은 말이 있어."

내가 말했다. 엄마는 음식을 씹으면서 나를 흘긋 올려다보았고, 아빠는 닭고기를 썰다 말고 나이프를 쥔 채 접시만 빤히 쳐다보았다.

"그래, 무슨 계획이라도 있는 거니?"

아빠가 물었다. 나는 심호흡을 한 뒤 말을 이었다.

"스페인어 선생님하고 멕시코 교환학생 프로그램에 대해 이야기했어. 선생님이 일정을 전부 준비해서 참가할 학생들을 개인적으로 선별하는 건데, 선생님 말로는 현지의 훌륭한 가정에서 여름 방학 동안 나를 돌봐 줄 거래. 라파스에 있는 가정이야."

모든 말들을 이렇게 불쑥 속사포처럼 쏟아 낼 줄은 미처 예상하지 못했다. 내가 무심코 입 밖으로 토해 낸 말들이 식탁 위를 맴도는 동안, 엄마와 아빠는 어리둥절한 표정으로 서로의 얼굴만 멀뚱히 쳐다보고 있었다.

"알아, 갑작스러운 말이라는 거."

내가 계속해서 말을 이었다.

"하지만 오래 생각한 일이야. 나는 늘 여행을 하고 싶었고, 엄마 아빠 모두 알다시피, 나에겐 시간이 절실히 필요해…… 이곳에서 벗어나 있을."

아무도 움직이지도 않고, 말을 하지도 않아 그냥 내가 계속해서 말을 해 버렸다.

"비용은 전혀 들지 않을 거야. 아르고타 선생님 수업 때 과제를 잘한 상금으로 비행기 티켓을 받았고, 훌륭한 가족이 사는 집에서 지내기로 했어. 기본적으로 모두 무료인 거지."

아르고타 선생님이 했던 말을 똑같이 반복하면서, 어쩐지 선생님이 내 곁에서 나를 격려하는 것 같은 기분이 들었다.

"라파스라고?"

엄마가 더 이상 걱정을 감추지 못하고 말했다.

"응. 바하 반도와 코르테즈 해안에 인접한 도시야. 멕시코에 있어."

나는 혹시라도 엄마가 이 부분을 놓쳤을까 봐 분명하게 짚고 넘어갔다.

"너무 멀잖니."

나는 엄마에게 미소를 짓고 어깨를 으쓱해 보였다.

"그게 좀 그렇지, 엄마."

"안 돼."

엄마가 한숨을 쉬며 의자에서 몸을 일으켰다.

"그 가족이 어떤 사람들인지도 모르잖아?"

나는 조리대로 다가가 아까 올려놓은 자료들을 가지고 식탁으로 돌아왔다. 그리고 엄마와 아빠가 볼 수 있도록 사진이며 편지들을 펼쳐놓고, 이 가족들에 대해 알고 있는 내용을 설명했다. 아빠는 사업가다. 엄마는 자연을 찍는 사진작가다. 내 또래의 딸도 한 명 있다. 그런 다음 서류철에서 작성한 서류를 꺼내 사진들 옆에 놓았다.

"아빠 엄마 서명만 있으면 돼."

엄마는 서류를 들고 한참을 들여다본 뒤 식탁에 내려놓았다.

"언제 출발하는데?"

"이 주 뒤."

"이 주 뒤? 얼마 안 남았잖아."

아빠는 너무 조용해서 도대체 어느 편인지 가늠할 수가 없었다. 그래서 아빠를 바라보며 든든한 내 편이 되어 달라고 애원했다.

"얼마나 있다 오는 거니?"

아빠가 물었다.

아, 이 질문을 무사히 넘길 수 있을지 모르겠다.

"십 주."

"십 주? 그럼 여름 방학 내내!"

엄마가 식탁에서 의자를 밀어내고 주방 안쪽으로 걸어 들어갔다. 아빠는 나를 보았고, 나는 애원하는 눈빛으로 아빠를 바라보았다.

"제발, 아빠."

나는 낮은 목소리로 말했다. 주방에서 수돗물 트는 소리가 들렸다.

"너무 길잖아."

아빠는 엄마에게 들리도록 큰 소리로 말했고, 엄마는 보나마나 싱크대 위로 몸을 구부린 채 격하게 고개를 끄덕이고 있을 터였다.

"그렇기는 하지만…… 정말 좋은 기회인 것 같긴 하구나."

아빠가 말하자 엄마는 기겁을 한 얼굴로 식탁을 돌아보았고, 그 얼굴은 이내 화난 표정으로 바뀌었다. 엄마는 아빠가 먼저 상의 한마디 없이 불쑥 이런 의견을 말한 게 믿기지 않는 모양이었다. 하지만 아빠는 자신의 입장을 고수하며 엄마에게 말했다.

"애나가 어릴 때부터 여행을 하고 싶어 했잖아. 세계를 경험하고 다른 문화를 접할 수 있는 좋은 기회야."

나는 엄마가 보지 않는 틈을 타 아빠에게 '고마워'라고 입모양으로 말했다. 엄마는 개수대의 유리그릇을 세게 탁 내려놓았다. 그리고 식탁에 앉아 아빠를 건너다보았다.

"아니, 당신은 지금 겨우 열여섯 살밖에 안 된 우리 딸이 낯선 나라에서 두 달 넘게, 그것도 생판 누군지도 모르는 사람들하고 지내는 걸 진지하게 고려해 보겠다는 거야?"

"아르고타 선생님은 이번 프로그램이 내 발음에 크게 도움이 될 거랬어. 스페인어 실력을 향상시키는 데 도움이 될 거래. 겨우 두 달 동안 유창해지지는 않겠지만 많이 좋아질 거야."

"난 모르겠다."

엄마의 시선이 나를 벗어나 아빠에게로 향했고, 아빠의 시선은 나에게서 엄마에게로 향했으며, 이렇게 우리는 서로 한 발짝도 물러서지 않았다.

"내가 선택됐다는 건 큰 영광이야."

내가 먼저 입을 열었다. 그래, 이곳에 가려는 학생이 아무도 없었다는 것을 굳이 엄마가 알 필요는 없지. 아르고타 선생님이 처음 이 프로그램을 제안했을 때 내가 얼마나 무시했는지 생각하면, 이렇게 열심히 언쟁을 벌이는 내 모습이 우습긴 했다. 하지만 그땐 베넷이 이곳에 있어서 해외여행을 위한 부모님 허가서 같은 건 필요하지 않았다.

"엄마. 이 프로그램은 나한테 아주 중요한 거야. 난 가야 해."

엄마는 나도 아빠도 보려고 하지 않았다. 우리는 각자의 접시에 담긴 음식만 이리 밀었다 저리 밀었다 했고, 앞에 놓인 행복한 가족사진들을 애써 외면한 채 아무 말 없이 자리에 앉아 있었다.

"여기에서 내려 줄래?"

서점까지는 두 블록이 더 남았지만 나는 내려 달라고 부탁했다.

"왜 벌써?"

엠마가 도로 한쪽에 차를 대고 정차한 뒤, 내 손가락이 가리키는 방향을 따라 '떠나요 여행사'의 밝은 청색 차양으로 시선을 옮겼다.

"아."

엠마의 목소리에 섭섭한 기색이 역력했다.

"기다려. 주차하고 같이 가자."

나는 처음엔 엠마에게 싫다고 반박했지만, 이내 내가 티켓을 구입하는 모습을 직접 목격하고, 내가 정말로 떠난다는 것을 눈으로 확인하는 편이 엠마의 섭섭한 마음을 푸는 데 도움이 될 수 있을 거라고 판단했다. 3년 만에 처음 서로 떨어져서 여름 방학을 보낸다는 사실을 엠마는 충분히 받아들이지 못하는 것 같았으니까.

유리문을 열자, 서점에서 울리는 것과 똑같은 종소리가 우리를 맞았다. 엠마와 내가 여행사 직원 앞에 놓인 의자에 앉자, 두꺼운 안경과 부스스하고 촌스러운 머리의 젊은 여자가 모퉁이를 돌아 우리 맞은편 의자에 앉았다. 그녀의 모습은 커다란 모니터에 가려 잘 보이지 않았다.

"안녕하세요. 멕시코 라파스 행 왕복 티켓을 한 장 구입하려고 하는데요."

나는 가방에 손을 넣어 이제는 나달나달해진 여행서 『멕시코로 가자』를 꺼낸 다음, 페이지를 휘리릭 넘겨 표시해 둔 라파스 소개 페이지를 펼치고, 그 안에 끼어 있던 여행 상품권을 뽑아 들었다.

"이거 이용할게요."

책상 위로 상품권을 밀어 넣으며 오늘 아침 완벽하게 작성해서 부모님 서명까지 받은 서류를 아르고타 선생님에게 제출할 때, 선생님의 얼굴 위로 번진 흡족한 표정을 떠올렸다.

여행사 직원은 여행 상품권을 손에 쥐고 뒤집은 다음 책상 위에 내려놓았다.

"좋습니다! 출발 날짜는요?"

여자는 꽤나 발랄하게 말했다. 여자가 컴퓨터 스크린으로 시선을 옮길 때 엠마가 곁눈질로 나를 보았다.

"6월 20일로 해 주세요. 화요일이요."

여행사 직원의 손가락이 키보드 위에서 날아갈 듯 움직이기 시작했다. 여자는 몇 분마다 타이핑을 멈추며 스크린을 확인한 다음, 다시 재빠르게 키보드를 두드리기 시작했다.

"줘 봐. 한번 볼게."

438

엠마는 『멕시코로 가자』를 들고 페이지를 한 장 한 장 넘겼고, 이따금 멈추어 해 질 녘 해변 사진을 보여 주거나 근사한 스쿠버 다이빙, 맛있는 음식에 대해 이야기했다.

"이것 좀 봐!"

엠마가 의자에서 몸을 돌려 나에게 책을 들이밀었다.

"이 시장 좀 봐. 순전히 도자기하고 음식밖에 없잖아. 말도 안 돼. 너 쇼핑하기 완전 싫겠다."

여행사 직원은 목청을 가다듬고 내가 선택할 수 있는 출발 시간을 읽어 주었다.

"정오쯤에 출발하는 걸로 해. 내가 공항까지 데려다 줄게."

엠마가 끼어들며 말했다.

"정말?"

내가 물었다.

"그럼. 물론이지."

엠마는 책에서 눈을 떼지 않은 채 대답했다.

"열두시 십오분 비행기로 할게요."

내가 직원에게 말하자, 직원은 다시 키보드를 두드리기 시작했다. 엠마는 페이지를 뒤로 넘겨 노천 시장 사진을 들여다보았다.

"이 모자들 좀 봐. 굉장히 촘촘하게 짜서 물도 담을 수 있겠어. 그렇지만 뭐하러 모자에 물을 담겠어?"

엠마는 나를 올려다보며 어깨를 으쓱했다.

"이상하게 요즘 자꾸만 모자가 사고 싶어지는 거 있지. 어떻게 생각해? 내가 모자 쓰면 어울릴 것 같지 않니?"

엠마가 물어보는데 나는 숨이 탁 멎는 것 같았다. 지금이야 상처 하나 없이 이렇게 멀쩡하게 내 옆에 앉아 있지만, 그녀는 불과 얼마 전까지만 해도 깊은 상처로 뒤덮인 몸 곳곳에 튜브를 꽂은 채 하얀 시트 위에 누워 있었고, 나는 그 곁에서 멕시코 여행 계획에 대해 이야기했기 때문이다. 프린터가 작동해 책상 뒤에서 윙, 철컥 하는 소리가 나기 시작하자 나는 깜짝 놀라 몸을 움찔했다.

"모자라고?"

내가 물었다.

"응, 모자. 사람들이 햇볕을 가리고 손질 안 된 머리카락을 감추기 위해 머리에 쓰는 도구. 모자."

엠마가 눈을 휘둥그레 뜨고 나를 바라보았다.

"어떻게 생각해? 내가 모자 쓰면 어울릴 것 같지 않아? 모자가 영 안 어울리는 사람들도 있는데, 어쩐지 내가 쓰면 근사할 것 같아."

나는 엠마를 멀뚱히 쳐다보았고, 마침내 간신히 목소리가 나왔다.

"어, 그래. 모자 쓰면 어울리겠다."

내 얼굴이 창백해지는 게 느껴졌다. 너 모자 쓰면 진짜 근사해 보여. 그날 엠마가 누운 침대에 걸터앉아 엠마의 손을 잡고 유카탄 반도에 대해 이야기하면서 이렇게 말했던 것을 똑똑히 기억했다. 그러고는 감정을 주체하지 못하고 엉엉 울었지. 그런 다음 엠마에게 기다리라고, 내가 해결해 주겠다고 말했었다.

"여기 있습니다."

여행사 직원이 환하게 미소를 지으며, 색색의 물고기 그림으로 꾸며진 얇은 봉투 한 장을 나에게 건넸다.

"환상적인 여행 즐기세요! 돌아와서 다시 만나요, 그린 양!"

엠마는 나에게 팔짱을 끼고 여행사 밖으로 나왔다.

"이제 네 볼일 다 마쳤으니까 내 차례야. 저스틴 만나러 가자."

엠마는 이렇게 말하면서 레코드 가게가 있는 블록까지 나를 끌고 내려갔다.

38

후텁지근한 오후, 학교 수업을 마친 아이들이 음식과 음악, 돗자리를 들고 호수로 향하는 동안, 나는 땀을 뻘뻘 흘리는 사람들에 섞여 시내의 시카고 여권과에서 차례를 기다리고 있었다. 네 시간 뒤, 여권을 받아 고속 철도를 타고 에반스톤 역에서 내려 집을 향해 시멘트 계단을 터벅터벅 걸어 내려갔다. 교차로에서 거리를 내려다보니 레코드 가게 표지판이 눈에 들어왔다.

엠마와 함께 여행사에서 티켓을 구입한 뒤 레코드 가게로 신 나게 달려가, 저스틴에게 멕시코에 가게 된 사정을 낱낱이 이야기한 지도 일주일이 지났다. 엠마가 발랄한 여행사 직원 흉내를 내자 저스틴은 팔로 엠마를 감싸 안고서, 여름 내내 엠마와 단둘이 이 동네에 꼼짝없이 갇혀 지내야 하는 거냐고 농담을 했다. 그리고 멕시코에서 들을 CD를 잔뜩 챙겨 줄 테니 다음 주에 다시 오라고 했다.

"왔구나! 난 또 네가 잊어버린 줄 알았지."

내가 문을 열고 한적한 가게 안으로 들어서자 저스틴이 활짝 웃으며 말했다. 평소처럼 음악 소리가 크게 울리고 있었다.

나는 어깨를 으쓱해 보였다.

"설마 내가 공짜를 잊어버리겠어?"

저스틴이 토라진 척 입술을 삐죽 내밀었다.

"난 또, 나 보고 싶어서 온 줄 알았네."

"너를?"

나는 어리둥절한 눈빛으로 저스틴을 쳐다보았다.

"아닌데. 너하고는 아무 상관없어. 난 그냥 CD 받으러 온 건데."

나는 씩 미소를 지으며 말했다.

"완전 치사해."

저스틴이 뒤로 한 걸음 물러나 내 두 손을 잡았다. 우리가 눈을 감았다가 어딘가 다른 곳에 도착해 눈을 뜨기 전까지 베넷이 늘 그랬던 것처럼.

"신 나지?"

"응, 많이."

"우린 네가 보고 싶을 거야."

"나도 너희들이 보고 싶을 거야."

나는 레코드 가게를 둘러보았다.

"하지만 뭔가 새로운 일을 한다는 건 정말 근사할 것 같지 않니?"

"맞아."

지난 10년 동안 세계 여행에 대한 내 꿈을 들어 온 만큼, 저스틴의 표정에서는 드디어 내가 어디론가 떠나는 것을 보게 되어 진심으로 기뻐하는 마음이 그대로 드러났다.

"뭐, 어차피 여기에서 나한테 음악으로 신세질 사람은 너밖에 없으니까 한몫 단단히 챙겨 보라고."

저스틴이 다시 내 손을 잡고 나를 가게 안으로 데리고 가, 거칠게 사포질한 나무 상자들 사이 좁은 통로로 안내했다. 그런 다음 새로 발매된 음반들이 진열된 곳에서 멈춰 섰다.

"자, 이건 최신판이야. 이번 주에 출시된 따끈따끈한 음반이지."

저스틴이 나에게 CD를 건넸고 나는 뒤집어서 곡의 목록을 읽었다.

"노래 괜찮아. 화끈한 캐나다 아가씬데, 이별 음악으로는 최고야."

"우리가 언제 헤어졌냐."

"물론 넌 아니겠지만, 너도 알다시피……."

나는 노려보는 척했다. 사방이 조용한 가운데 노래가 끝나고 다음 곡이 막 시작될 참이었다. 천장의 음향 시설을 통해 피아노 음이 흐르고 부드러운 선율이 시작될 때 우리는 다시 통로를 이동했다. 저스틴은 록 음악 코너에서 걸음을 멈추고 나무 상자에서 CD 한 장을 꺼냈다.

"바로 이 지역 시카고 밴드를 소개하고 싶었어. 다음 주에 커피하우스에서 공연해."

나는 저스틴의 말에 귀를 기울여 보려 했지만, 내 주의는 천장에서 흘러나오는 선율에 온통 집중되었다. 어디에서 들어 본 듯한 선율이었다. 저스틴이 이 밴드에 대해 잔뜩 들떠서 설명하는 것을 열심히 들어 주어야 했지만, 가사가 시작되자 저스틴의 목소리보다 크게 울리는 이 노랫말을 듣기 위해 나도 모르게 자꾸만 귀를 쫑긋하게 되는 것이었다.

다른 곳으로 데려가 주세요, 그녀는 말했지.

다른 시간으로 데려가 주세요……

이 가사를 듣는 순간, 가슴 속 깊은 곳에 뚫린 구멍이 다시 커지는
느낌이었다.

"자, 여기."

저스틴이 말했을 때, 나는 하마터면 쉿 하고 저스틴을 조용히 시킬
뻔했다.

"드럼 연주자는……."

　속삭이듯 부드러운 바람이 나를 들어 올려
　빙글빙글 돌게 하는 그곳으로 날 데려가 주세요……

이제 나는 저스틴을 볼 수가 없었다. 나무 상자에서 손을 놓으면 똑
바로 서 있지 못할 것 같았기 때문이다. 활기와 열의로 표정이 잔뜩 상
기되어 연신 CD를 흔들며 열변을 토하는 저스틴의 모습을 보면서, 그
가 아직도 이야기 중이라는 것을 알 수 있었다. 아마 나도 "아, 그렇구
나" 같은 말로 계속 맞장구를 친 것 같긴 했지만, 내 목소리도 저스틴
의 목소리도 들리지 않았다. 내 귀에는 오직 지금 흘러나오는 이 노래
가사만 울리고 있었다.

　내가 할 수 있다면 벌써 했겠지, 하지만 나는 방법을 몰라.

"애나? 너 괜찮아?"

내 잘못을 더 이상 돌아보지 않게 된 지금, 베넷의 잘못에 대해 더
이상 그에게 화가 나지 않는 지금―마침내 강단도 되찾았고, 모든 것

을 변화시킬 수 있다고 단단히 결심도 하게 된 하필 지금—슬픔과 분노가 다시금 물밀 듯 밀려왔고, 이제 그만하자고 스스로를 설득할 사이도 없이 별안간 눈물이 흘러 내려, 플라스틱 CD 케이스 위에 작게 물방울을 튀기며 내려앉았다.

"잠깐 여기 있어."

저스틴이 자리를 떴다. 나는 그가 출입문으로 걸어가 한 손으로는 빗장을 걸어 잠그고 다른 한 손으로는 유리문의 안내판을 '10분 후에 돌아옵니다'로 뒤집는 모습을 지켜보았다. 나는 나무 상자를 잡고 있던 손을 놓고 무릎을 구부려 바닥에 주저앉았다. 그리고 선반에 기대어 가슴까지 무릎을 끌어당기고 노래에 귀를 기울였다. 그러다 문득 아드레날린이 솟구쳐 다시 양손으로 불끈 주먹을 쥐었다. 정신을 차려 보니 나도 모르게 희미한 미소를 지으며, 짧은 손톱으로 손바닥을 꾹 누르고 있었다.

나는 흔적도 없이 사라질 거예요……

처음엔 저스틴이 내 옆에 서서 나를 지켜보고 있다는 것을 감지했고, 다음에는 그가 나를 마주 보고 바닥에 앉아 나를 끌어안는 것을 느꼈다. 그리고 그의 몸의 온기를 느끼는 순간 뭐랄까, 그 온기에 빠져 버린 것 같았다. 저스틴이 내게 다가오는 몸짓이 무척이나 친근하게 느껴져, 그를 밀어내야 한다는 사실을 머리로는 알고 있었지만 도무지 그럴 수가 없었다. 나는 이런 따뜻한 품이 필요했다. 그래서 울었고, 숨을 쉬었고, 내 목에 닿는 묵직한 손길을 즐겼다. 우리는 아주 어렸을 때부터 알고 지낸 절친한 친구 그 이상도 이하도 아니었다. 그리고 지금은 나와 가장 친한 친구의 남자친구고, 그건 아마도 우리가 여기 바닥에 앉아 함께 음악을 들으며 서로 꼭 끌어안고 있어서는 안 된다는 의미일 것이다.

막 이 말을 하려는데, 저스틴이 나에게서 떨어져 내 무릎에 턱을 올려놓았다. 이렇게 서로의 눈을 바라보고 있으니, 저스틴은 완전히 다른 사람 같았다. 햇볕에 그을린 그의 피부는 주근깨와 잘 어울렸고, 그의 미소는 무척이나…… 아, 저스틴은 무척이나 다정하고 친절했으며 마치 나를 위해 이곳에 와 있는 것 같았다. 나는 얼른 표정을 바꾸어야 했다. 저스틴이 갑자기 앞으로 몸을 구부려 눈을 감고서 내 공간으로 지나치게 바싹 다가온 것이다. 곧 어떤 일이 일어날지 알고 있었다. 내가 그 일을 원하지 않는다는 것도 알고 있었다. 하지만 여기에서 어떻게 멈춰야 하는지 도무지 알 수가 없었다. 나는 그의 입술과 나무 CD 상자 사이에 갇혀 버린 기분이었다.

내가 너무 빨리 고개를 돌린 바람에 서로의 입술이 부딪칠 뻔한 순간, 분위기가 어색해졌고 거의 우발적인 움직임처럼 되어 버렸다. 이런 긴장감을 무너뜨리기 위해 나는 저스틴의 어깨에 쓰러져 어색한 웃음을 터뜨리면서 주먹으로 그의 팔을 한 대 쳤다.

"바보처럼 뭐하는 거냐?"

저스틴이 웃을 수만 있었다면 그의 웃음소리는 나보다 훨씬 어색하게 들렸을 것이다.

"이런. 내가 오해했나 봐. 미안."

저스틴이 바닥을 내려다보며 말했다. 그는 나를 쳐다보지도 못했다.

그리고 나는 나의 또 다른 친구를 생각하며 끔찍한 기분을 느꼈다.

"저스틴, 난 엠마에게 절대로 상처를 줄 수 없어. 게다가 네가 그럴 줄은 몰랐어."

"그러려는 거 아니었어. 난 그저……. 모르겠어, 그냥 잠시 제정신이 아니었던 것 같아."

저스틴은 서둘러 나에게서 떨어졌고, 나는 그의 죄책감을 덜어 주기 위해 무슨 말이든 해야 할 것 같았다.

"걱정 마, 아무 일도 없었는걸 뭐. 게다가……."

나는 불안한 웃음을 터뜨리며 말을 이었다.

"내가 미치지 않았다는 걸 확인하게 돼서 다행이라고나 할까. 네가 엠마를 만나기 전까지 난 네가 나한테 관심 있는 줄 알았거든."

저스틴이 고개를 들어 내 눈을 바라보았다.

"물론 그랬지."

"그만하시지."

내가 손을 뻗어 다시 저스틴의 팔을 툭 쳤다. 무엇보다 놀고 있는 두 손으로 딱히 뭘 해야 좋을지 몰랐다. 저스틴이 고개를 저으며 말했다.

"어떻게 그걸 모를 수가 있냐?"

나는 무슨 말을 해야 할지 몰라 그냥 저스틴만 멀뚱하게 처다보았다.

"우리가 육 학년 때, 너희 집에서 놀던 거 기억나? 부모님들은 카드 놀이를 하고, 너하고 난 네 방에서 밤새 놀았잖아. 넌 나에게 깜짝 선물을 주겠다고 계속 말했지."

나는 저스틴에게 미소를 지었지만, 그런 일이 있었는지 전혀 기억나지 않았다.

"방이 어둑해지자, 넌 나에게 카펫에 앉으라고 하더니 불을 끄고 내 옆에 쭉 뻗고 누웠어. 우리는 네 방 천장의 반짝이는 플라스틱 야광별을 보면서 각자의 별자리를 만들기도 하고, 숨도 못 쉴 만큼 배를 잡고 웃기도 하면서 몇 시간을 보냈지. 넌 밤하늘의 별을 보면서 어딘가 다른 나라에 있는 상상을 하다가 잠이 든다고 말했어. 네 여행 계획이며, 사진작가나 저널리스트—아무튼 전 세계를 여행하는 사람—가 되고 싶다는 네 꿈이며, 먼저 파리에서 살아 볼 거라는 네 생각이며, 모든 이야기를 해 주었지. 그해 여름이 되면 프랑스어를 수강하고 졸업하면 곧바로 프랑스로 가겠다고도 했어."

"그런 말 했던 것 같다."

세상에, 믿어지지가 않았다. 저스틴이 그 말들을 다 기억하고 있을 줄이야. 우리가 열한 살 때였다. 저스틴 덕분에 이제야 그때 기억이 떠올랐지만, 그에게는 그토록 생생한 낱낱의 일들이 나에게는 여전히 희미하고 어렴풋하기만 했다.

"아니, 도대체 그걸 다 기억하고 있었단 말이야?"

저스틴이 작게 소리 내어 웃었다.

"바로 그날 밤이었거든. 널 더 이상 친한 친구로 여기지 않게 된 게……. 그러니까, 단순히 친한 친구만으로는 여길 수 없게 된 거지."

나는 눈을 가늘게 떴다. 그리고 급히 숨을 들이마시며 저스틴을 가만히 바라보면서 그가 농담이라고 말하길 기다렸다. 하지만 저스틴은 어쩔 수 없는 일이라는 듯 미소를 지으며 어깨를 으쓱해 보일 뿐이었다.

"왜 나한테 말하지 않았어?"

"아무것도 망치고 싶지 않았어. 일어날 일이라면 결국 일어나게 될 거라고 생각했어."

저스틴은 다시 어깨를 으쓱하면서 나를 보았다.

"대체 그게 무슨 소리야? 엠마도 있으면서?"

저스틴은 나에게 진심 어린 미소를 지어보였디.

"엠마는 정말 굉장해. 대단히 매력적이고 유쾌하고 정말 놀라워. 그렇지만 엠마가 너는 아니야. 엠마는 친한 친구라고는 할 수 없지."

"그 말은 엠마한테 불공평한걸. 네가 엠마를 알게 된 건 불과 몇 달 안 됐지만 나하고는 거의 평생을 알고 지냈잖아. 엠마에게도 기회를 줘야지."

"알아. 그러고 있어. 단지 보통은 우리가 사귄다는 사실이 도무지 믿어지지 않을 뿐이야. 처음 엠마에게 데이트 신청을 했을 때 솔직히 엠마가 응해 줄 거라고는 기대하지 않았어. 데이트 신청을 한 데에는, 네 질투심을 자극할 수 있지 않을까 하는 단순한 생각도 조금은 있었을 거야. 그런데 뜻밖에 엠마가 좋다고 해서 얼마나 놀랐는지 몰라. 잘은 모르겠지만…… 엠마는 나를 정말 많이 좋아하는 것 같았어."

"맞아, 그랬어. 지금도 그래."

그리고 지금까지 저스틴도 엠마를 많이 좋아하는 줄 알았다. 우리가 병원 매점에 앉아 이야기하던 날을 돌이켜 보았다. 그날 저스틴은 엠마와 데이트한 이야기를 해 주었다. 둘이 무슨 이야기를 했는지, 그리고 엠마가 자신에게 얼마나 놀라운 존재인지. 엠마의 부서진 몸 위로 몸을 구부리며 오직 엠마에게만 시선을 고정시킨 채, 엠마의 머리카락을 쓰다듬으며 엠마의 귓가에 농담을 속삭이던 저스틴의 모습을 떠올렸다. 그런데 내가 어떻게 잘못 생각할 수 있겠는가?

그러자 다음 순간, 병원은 더 이상 존재하지 않는다는 사실이 떠올랐다. 베넷을 제외하면 그날 두 가지 상황이 전개됐다는 사실을 아는 사람은 나뿐이었다. 첫 번째 상황은 끔찍한 사고로 끝났지만, 두 번째 상황은 우리 넷이 모두 모여 극장에서 팝콘도 먹고, 두 사람은 병원 환자복을 입는 대신 환하게 미소를 짓는 것으로 끝났다. 첫 번째 상황에서 저스틴은 크게 다친 엠마를 위로하는 것으로 끝났지만, 두 번째 상황에서는 나와 베넷과 함께 더블데이트를 즐기는 것으로 끝났다.

그날 — 엠마의 집을 출발할 때부터 교차로에 도착해 불미스러운 시간이 일어나기까지 어디쯤에 — 엠마와 저스틴 사이에서는 그들을 연인으로 이어 줄 만큼 중요한 어떤 일이 일어났던 것이다. 아니, 어쩌면 사고 자체가 상황을 크게 달라지게 만들었는지도 모른다. 어느 쪽이 됐든, 우리는 그 일을 깨끗이 지워 버렸다. 그 시간을 되돌려 놓았다. 우리가 그 일을 바꿔 버린 것이다.

어쩌면 베넷이 옳았는지도 모른다. 운명을 시험하고 운명을 가지고 장난을 치는 건 당장은 어떤 뚜렷한 영향을 미치지 않을지 모르지만, 결국 어딘가에서 역효과가 나기 마련이었다.

39

아침 6시 30분인데 바깥 기온은 벌써부터 27도를 육박했다. 나는 가벼운 반바지 차림에, 분홍색 운동모자 뒤로 머리카락을 잡아당겨 묶은 다음, 이번 여행을 위해 거금을 들여 구입한 검은색 오클리 선글라스를 썼다.

은발을 포니테일로 묶은 남자를 지나쳐 달릴 땐, 그에게 손을 흔들며 한껏 열광적으로 "안녕하세요!" 하고 인사했다. 남자는 늘 내 인사를 받아 왔다. 지난 3년 동안 매주 월요일, 수요일, 금요일마다 이렇게 달리는 내 모습을 보아 왔다. 나는 잠시 달리기를 멈추고, 앞으로 두 달 동안 모래사장 위를 달리고 있을 테니 내가 없더라도 걱정하지 마라, 당신이 보고 싶을 거다, 라고 남자에게 말해 주고 싶었다.

늘 달리던 5킬로미터의 거리를 다 돌고 난 뒤, 현관 앞에 서서 난간에 기대 러너스 런지 자세로 스트레칭을 하며 주위를 둘러보았다. 돌아오면 이곳이 달라져 있을까. 아마 나무들은 눈에 띄게 자라고 보도는 곳곳에 금이 나 있겠지. 아빠는 집에 페인트칠을 할지도 모르고.

나는 현관문을 열려다 말고 그 자리에 우뚝 멈추었다. 반짝이는 은색 마크가 찍혀 있고 접이식 손잡이에는 커다란 빨간 리본이 묶인 검은색 가방이 난간에 기대서 있었다.

그때 아빠와 엄마가 주방에서 나왔다. 엄마는 아직 목욕 가운 차림이었는데, 아빠는 엄마를 말리지 않으면 그 상태로 곧장 나한테 달려나올 거라고 생각했는지, 엄마의 손을 붙잡고 집 안으로 끌어당겼다.

"여행 가방이네. 고마워."

내가 말했다. 지금까지 한 번도 여행 가방을 가져본 적이 없었다. 엄마는 나를 향해 서글픈 미소를 지으며 내 옆에 서더니 잡아채다시피 나를 확 끌어안았다.

"으악. 그만. 나 완전히 땀투성이야."

"괜찮아."

엄마는 나를 더 꽉 끌어안았다. 맨 어깨에 엄마의 따뜻한 눈물이 느껴졌다.

"네가 정말 대견해."

엄마가 내 귀에 대고 속삭였다.

"고마워, 엄마."

나도 엄마를 꼭 끌어안고 엄마의 뺨에 입을 맞추었다.

"너무 슬퍼하지 마. 금방 오는걸 뭐."

"그러게."

엄마가 말했다. 엄마가 눈물을 닦고 내 눈을 똑바로 바라보며 말했다.

"넌 엄마 어렸을 때보다 훨씬 용감해."

나는 손을 뻗어 엄마의 얼굴을 잡고 말했다.

"그렇지 않아. 봐. 지금도 엄마가 얼마나 용감한데."

나는 엄마에게 미소를 지으며 엄마를 꼭 껴안았다.

"애나, 네 영국인 친구 왔다!"

아빠가 아래층에서 소리쳤다. 나는 마지막으로 내 방을 둘러보고 여행가방 마지막 칸의 지퍼를 잠갔다. 여름이지만 해변에 그렇게 오래 있을 것 같지 않아 짐을 가볍게 쌌다. 운동복과 신발, 내 디스크맨, 배터리, 여러 장의 CD, 가벼운 원피스 몇 벌, 플립플랍 샌들, 화장품 몇 개, 머리핀 정도.

가방의 지퍼를 모두 잠그고 방문 앞으로 끌고 가 벽에 붙은 지도 앞에 섰다. 지도 위에 점점이 박힌 작고 빨간 점들을 가만히 들여다보면서, 코타오 모래의 부드러운 촉감과, 데빌스 레이크의 먼지 자욱한 암벽 냄새와, 동틀 녘 짙붉게 물든 베르나차를 떠올렸다. 그런 다음 가장 최근에 다녀온 장소를 응시하며 손가락 끝에 입을 맞춘 뒤 샌프란시스코에 꽂힌 핀에 그것을 가져다 댔다. 이제 문을 닫고 계단을 향해 새 여행 가방을 끌었다.

현관에 도착하니 엠마가 그곳에 서서 엄마에게 자신과 저스틴의 여름 방학 계획을 자세하게 이야기하고 있었다.

"우리가 공항까지 배웅하지 않아도 정말 괜찮겠니?"

아빠가 진입로에서 딱딱하게 미소를 지으며 말했다.

"엠마가 나를 데려다 주고 싶다고 하도 원해서."

"우리도 그런데."

"그러게. 하지만 엠마는 서점 문을 열 필요도 없고 교대 근무 시간에 맞춰서 병원에 갈 필요도 없잖아."

"그러게."

아빠는 나를 세게 끌어안았지만 재빨리 포옹을 풀고, 내 손에서 여행 가방을 뺏어 들어 사브 자동차 트렁크를 향해 끌고 갔다. 이 컨버터블 승용차는 오늘처럼 뜨거운 여름 날씨를 위해 지붕을 접어 놓았다.

나는 마지막으로 아빠 엄마와 포옹을 하며 작별 인사를 했고, 가서 편지 쓰겠다고 약속했다. 그런 다음 조수석 문을 열었는데, 좌석 위에 화려한 종이로 포장된 작은 상자 하나가 얌전하게 나를 기다리고 있었다.

"이게 뭐야?"

"열어 봐."

엠마가 후진해서 진입로를 빠져나오며 미친 여자처럼 경적을 울려대는 동안, 나는 한 손으로는 포장된 작은 상자를 잡고 다른 한 손으로는 아빠 엄마에게 손을 흔들어 작별인사를 했다. 우리가 아빠 엄마의 시야에서 멀어질 때쯤, 상자의 포장지를 뜯어 검은색 가죽 케이스를 발견했다. 케이스의 윗면을 위로 젖혀 열어 보았다.

"엠마."

정교한 물건을 꺼내 뒤집어서 손목에 가죽 끈을 둘렀다.

"나 손목시계 없어도 되는데. 하나 있잖아."

"그건 선수용이잖아. 이건 예쁘게 차려입을 때 차고 다녀. 혹시 누가 아니, 근사하고 잘생긴 남자애를 만나 저녁 식사에 초대받게 될지."

엠마의 말을 들으며 활짝 웃고 있는 내 모습에 깜짝 놀랐다.

"그리고 호박으로 변하기 전에 언제 집에 돌아와야 할지도 알아야 하니까?"

나는 손가락 끝으로 시계의 유리를 매만지며 엠마를 올려다보았다.

"정말 예뻐. 이러지 않아도 되는데."

"알아. 단지 네가 돌아올 때까지 내가 이곳에서 시간을 재며 학수고대하고 있다는 걸 늘 기억하라는 의미야."

나도 엠마를 따라 큰소리로 웃었다.

"정말이야, 엠마. 고마워, 진짜 마음에 들어."

내가 손목에 시계를 차려고 끙끙거리는 동안 우리는 둘 다 말이 없었다.

"세상에, 솔저필드에서 열리는 펄 잼 공연을 놓치다니, 이게 말이 되니. 우리가 일 년도 넘게 기다려 온 공연인데 말이야."

"괜찮아. 넌 저스틴하고 갈 거잖아."

저스틴의 이름을 말하자 슬픔이 밀려와 가슴이 아팠다. 엠마를 위해 베넷과 내가 애써 만들어 놓은 상황을 다시 바꿀 생각은 없지만, 저스틴의 감정에 미묘한 변화가 생긴 데 대해 내가 이렇게 책임감을 느끼지 않았더라면 좋았을 것이다. 나는 이번 여름 둘 사이에 어떤 일이 일어날지 궁금해 하며, 또 저스틴이 나에게 약속했던 것처럼 엠마에게 기회를 주길 바라며 엠마를 보았다.

엠마가 한숨을 쉬면서 말했다.

"저스틴은 에디 베더Eddie Vedder(펄 잼의 보컬 – 옮긴이)가 '진부하다'고 생각해. 실제로 그렇게 말하기도 했고. 참 내, '진부하다'니. 에디 베더는 천재야."

엠마는 이렇게 말하면서 스테레오를 켰다.

"아주 딱 맞는 예를 보여 주지."

엠마가 스위치를 돌리자 '코듀로이' 서두 부분의 기타 릭guitar lick(기타로 연주하는 짧게 반복되는 곡조 – 옮긴이)이 자동차 안에 가득 울려 퍼졌다다. 언제나처럼 우리는 함께 노래를 불렀다. 아주 큰 소리로. 음정과 박자를 무시한 채. 주변 자동차에 탄 사람들이 우리를 빤히 쳐다보며 고개를 절레절레 흔들었다. 그런데 바로 그때 나는 문득 노래를 멈추었다. 엠마는 여전히 핸들을 세게 치면서 노래를 불렀지만, 나는 후렴구의 가사에 귀를 기울이고 있었다.

모든 것은 연결되어 있지……
결코 아무것도 달라진 건 없어.

아무것도 달라지지 않았다고? 그는 어느 날 불쑥 우리 삶에 나타났다 슬그머니 다시 가 버렸다. 언뜻 보면 어쩌면 아무런 흔적도 남기지 않은 것 같지만, 나는 안다. 그가 남긴 흔적들을. 내 주변 곳곳에 흩어져 있는 그의 흔적들을. 또한 그가 없는 이 도시에 혼자 남아 있는 것이 몹시도 고통스럽지만, 지난 석 달을 다시 살게 된다면 나는 역시 똑같은 선택을 했을 것이다. 베넷 쿠퍼를 알고 지냈을 것이다. '나는 결국 처음처럼 혼자가 되겠지'라는 가사로 노래가 끝날 때처럼 죽을 만큼 힘들지라도.

엠마는 국제선 출발 터미널에 들어와 탑승 수속대 부근의 차도 앞에서 끼익하고 차를 멈춘 뒤, 주먹으로 기어를 탁 쳐 주차 모드로 바꾼 다음, 몸을 돌려 나를 바라보았다.

"엽서 보내, 자기야."

엽서…….

"그럴게. 약속해."

나는 엠마를 꼭 끌어안았다.

"여름 방학 즐겁게 보내. 8월에 만나."

나는 엠마를 안고 있던 팔에서 서서히 힘을 풀었지만, 엠마는 여전히 두 팔로 나를 단단히 감싼 채 목이 메어 떨리는 목소리로 뭔가 말을 하려 했다.

"엠마⋯⋯,"

나는 다시 한 번 힘을 주어 엠마를 꼭 끌어안았다.

"이제 그만해. 너, 날 울릴 셈이야?"

엠마는 나를 놓아 주고 뒤로 물러섰다.

"맞다. 행복한 순간인데. 울면 안 되지."

엠마는 뺨에 흐르는 눈물을 서둘러 닦았고, 우리는 양쪽 뺨에 입을 맞추는 시늉을 하며 작별 인사를 했다.

"8월에 보자."

엠마가 말했다.

"응, 팔월에 보자."

나는 다시 한 번 엠마와 재빨리 포옹을 하고, 엠마의 눈물에 전염이 되기 전에 얼른 차에서 나왔다. 그리고 트렁크에서 가방을 꺼내 공항으로 향하다가, 멈추어 뒤를 돌아 엠마에게 마지막으로 손을 흔들어 작별인사를 했다.

여행사 직원에게 탑승권을 건네받은 뒤 후들거리는 다리로, 검색대 앞에 줄을 서서 기다리는 사람들을 향해 걸어갔다. 지금처럼 외로운 적이 없었지만, 뒤집어 생각해 보면 지금처럼 용감한 적도 없는 것 같았다.

나는 비행기 타는 법을 잘 아는 사람인 양 행동했다. 사람들은 빠르게 움직였다. 그리고 천천히 움직였다. 좌석을 찾아 들어가는 동안 심장이 사정없이 뛰었고, 마침내 14A를 발견하는 순간 심장이 금방이라도 터져 버릴 것 같았다. 내 기내용 가방은 여러 권의 잡지, 여행서적, 그리고 당연히 결코 두고 갈 수 없는 여덟 가지로 가득 찼다.

나는 좌석에 앉아 안전벨트를 맨 다음, 가방을 열고 작은 엽서 뭉치를 꺼내 한 장 한 장 들여다보았다. 대부분 새 엽서였지만, 한 장은 그의 필체로 또 한 장은 내 필체로 같은 내용—우리는 서로에게 특별한 존재라는—을 말하고 있었다. 우리는 서로에게 특별한 이 관계를 끝내고 싶지 않았던 것이다.

비행기가 서서히 활주로를 달렸고, 우리는 하늘로 날아올랐다. 그리고 그때 이런 생각을 했다. 드디어 베넷과 여행하는 기분과 비교할 수 있는 나만의 여행을 하게 됐다고. 몸은 좀 불편했다. 배 속은 편안했다. 아드레날린이 믿기지 않을 정도로 쭉쭉 솟구치는 느낌이었고, 조만간 부딪치게 될 일들을 생각하니 저절로 미소가 지어졌다. 나는 좌석과 벽면 사이에 베개를 조절한 다음 엽서를 손에 쥐고 플라스틱 재질의 작은 이중창에 머리를 기댔다. 그리고 저 아래로 일리노이 주가 슬며시 멀어지며 점점 작아지는 광경을 지켜보았다.

40

  네오프렌 벨트를 허리에 단단히 매고 귀가 쾅쾅 울리도록 음악을 크게 틀고 모래사장을 달렸다. 축축한 모래에 찍힌 신발 자국은 금세 흔적을 감추었다. 수평선 위로 빠르게 솟아오르는 태양을 어깨 너머로 바라보았다. 옥빛의 해변과 진한 오렌지색 하늘을 가르는 수평선을 따라 자꾸만 고개가 옆으로 향했다. 내가 이곳에 있다는 사실이 아직도 믿어지지가 않았다.

  베넷도 함께 있다면 좋으련만. 풍경의 변화가 도움이 되긴 했지만 여전히 그가 너무나 보고 싶었다. 거리의 낯선 사람들 사이에서 그의 얼굴을 찾아 헤맸고, 관광지 곳곳에 흩어져 있는 수백 개의 엽서 진열대 가운데 어느 한 곳을 지날 때면 견딜 수 없을 정도로 그가 생각났다. 무엇보다 베넷이 가장 그리웠지만, 위장이 뒤틀리는 느낌, 메스꺼워 불편하지만 내가 완벽하게 살아 있음을 느끼게 해 주는 그 느낌을 다시는 경험하지 못하리라는 사실도 받아들이기 싫었다.

  저 앞에 해변의 끝을 알려 주는 높은 바위와 울퉁불퉁한 절벽들이 보였다. 어느새 나는 팔을 앞뒤로 힘차게 흔들며 떠밀리듯 그곳으로 향했다. 바다에서 가장 가까운 바위에 시선을 고정시키고 있는 힘을 다해 질주한 뒤, 그 앞에 멈춰 서서는 그저 손끝으로 바위를 매만질 뿐이었다.

팔다리를 가볍게 흔들며 해변을 따라 왔다 갔다 거닐면서 몸을 진정시켰다. 호흡이 정상으로 돌아오자 풍경을 눈에 담기 위해 모래사장의 마른 부분을 찾아 팔꿈치를 괴고 엎드렸다. 그런 다음 바닥에 누워 햇볕의 열기를 받았다. 눈을 감았다. 그리고 얼굴 위로 내리쬐는 햇볕의 느낌과 해안에 철썩이는 파도 소리 외에는 한참 동안 아무것도 생각하지 않았다.

게으르게 한쪽으로 고개를 떨어뜨리고 숨을 내쉬면서 눈을 떴다. 하지만 해변이 끝나는 것을 알려 주는 바위들을 보기보다, 샌프란시스코의 스카이라인 풍경을 나도 모르게 응시하고 있었다. 가슴이 다시 뛰고 있었다. 어쩌면 달릴 때보다 훨씬 빠르게. 옆으로 몸을 누이고 팔을 뻗어 모래 위의 영상을 걷어 내려다 다시 가만히 들여다보았다.

그리고 모래를 흩뜨렸다.

"너, 네 엽서 안 가지고 갔더라."

뒤를 돌아보고 싶었다. 어쩐지 그가 이곳에 있는 것만 같았다. 하지만 눈을 꼭 감았다. 주위를 돌아봤는데 해변이 여전히 텅 비어 있는 것을 발견하게 되면, 그 공허함을 감당하기 힘들 것 같았다. 하지만 엽서는 손으로 만질 수 있는 형체가 있는 물건임을 상기하면서 억지로 몸을 일으켜 앉아 어깨 너머를 돌아보았다.

나에게서 불과 두 발자국 떨어진 모래 위에 베넷 쿠퍼가 앉아 있었다. 부스스한 그의 머리카락에서 콘서트 기념 티셔츠를 지나 그의 청바지를 따라 마침내 그가 신은 플립플랍 샌들까지 찬찬히 뜯어보았다. 그리고 그를 빤히 바라보며 입술을 꽉 다물고 고개를 천천히 절레절레 흔들었다. 아, 말도 안 돼.

"안녕, 잘 지냈어?"

나도 모르게 두 뺨에 눈물이 흘러내렸다. 아마 나도 "안녕"이라고 말한 것 같았는데, 눈 깜짝할 사이에 바로 내 옆에 베넷이 와 있었기 때문에 내가 인사를 했는지는 중요하지 않았다. 이 순간 오직 내 목덜미에 닿는 베넷의 손길 외에는 아무것도 느낄 수 없었다. 그의 입술이 내 젖은 뺨과 이마, 내 눈꺼풀과 목, 그리고 마침내 내 입술에 닿았고, 우리는 아주 작은 틈도 허락하지 않을 만큼 가까이 꼭 끌어안았다.

"많이 보고 싶었어."

그가 내 머리카락에 얼굴을 묻으며 속삭였다. 나도 똑같이 말하고 싶었지만 도무지 말이 나오지 않았다.

베넷이 엄지손가락을 내 얼굴 가까이 가지고 와 내 뺨의 눈물을 닦아 주었고, 그제야 나는 무슨 말을 해야 할지 떠올랐다.

"정말 너구나."

나는 이렇게 말했고, 그는 고개를 끄덕이며 나에게 다시 입을 맞추었다.

"응. 정말 나야."

베넷이 말했다. 나도 모르게 그에게 미소가 지어졌다.

"널 다시 보게 될 줄은……."

나는 목이 메어 제대로 말을 잇지 못했지만 굳이 말을 마칠 이유는 없었다. 그가 이곳에 와 있었고, 나는 다만 그가 당연히 나와 함께 할 거라고 믿었던 언젠가의 느낌을 기억하고 싶을 뿐이었다. 햇볕을 받아 따뜻하고 열기로 인해 소금기가 느껴지는 그의 목에 내 얼굴을 묻고 그의 숨결을 들이마시며 잠시 그대로 있었다.

"보고 싶었어."

이번에는 소리 내어 말했다. 그리고 두 손을 그의 머리로 가져가 손끝으로 머리카락을 마구 탐한 뒤, 그의 얼굴을 보기 위해 뒤로 물러섰다. 햇볕을 받아 구릿빛으로 탄 그의 몸은 무척 아름다워 보였고, 이렇게 근사한 모습으로…… 이곳에 있었다.

베넷은 내 옆에 몸을 쭉 뻗고 누웠고, 잠시 후 우리는 서로를 마주 보며 팔꿈치로 몸을 받치고 엎드렸다. 이러고 있으니 갑자기 코타오로 돌아간 것 같았다. 해변에 누워 키스를 하길 원했던, 막상 키스를 했지만 두 손을 어떻게 처리해야 할지 몰라 쩔쩔맸던 그곳으로. 하지만 지금 우리는 둘 다 손을 어떻게 해야 할지 정확히 알고 있는 것 같았고, 그가 다시 나에게 키스를 했을 때 내 손은 티셔츠와 청바지 사이로 살짝 드러난 그의 피부로 곧장 뻗어 그의 허리를 잡고서 내 손가락에서 만져지는 그의 엉덩이 곡선을 느꼈다. 그에게 다가가기에는 지금 이것이 실제로 일어나고 있는 일인지 아직도 좀처럼 믿을 수가 없었기 때문에, 그가 두 팔로 나를 꼭 끌어안자 비로소 안심이 됐다. 우리는 마침내 간신히 떨어졌고, 나는 그의 헝클어진 앞머리를 손가락으로 가지런히 빗다가 그대로 멈추어, 아침 햇살에 밝게 빛나는 그렇지만 전혀 다른 이유로 환하게 생기가 도는 그의 얼굴을 물끄러미 바라보았다.

"나를 보게 돼서 많이 놀랐나 보구나."

베넷이 말했다. 나는 작게 소리 내어 웃었다.

"어떻게 지금 여기에 오게 된 거야?"

"네가 날 지겹다고 할 때까지 계속 찾아오겠다고 했잖아."

그의 입꼬리가 올라가며 희미하게 미소를 지었다.

"아니, 뭐지? 내 말을 안 믿었던 거야?"

그가 물었다.

"그게 아니라."

나는 고개를 저었다.

"어떤 걸 믿어야 할지 몰랐어."

그렇게 말하고 있는 지금도 모르긴 마찬가지였다. 하지만 지금은 그가 당장 사라져 버리지 않으리라는 사실만 알면 됐다. 나는 그의 이마에 내 이마를 맞대고 물었다.

"아주 돌아온 거지?"

"응."

그가 눈빛을 반짝이며 말했다.

"돌아왔어."

"네가 가지 않으리라는 걸 어떻게 알지?"

베넷은 나를 보았다. 그의 표정이 진지해졌다.

"어제도 여기에 있었어."

그의 시선이 우리 뒤로 펼쳐진 해변 위쪽 숲으로 이동했고, 나는 그의 시선을 따라갔다.

"내가 정말로 다시 통제력을 갖게 됐는지 확인하고 싶었어. 그러고 나서……."

베넷의 목소리가 잦아들더니 이내 무거운 한숨을 내쉬었다.

"내가 할 수 있는 것이라고는 너에게 거리를 두는 것뿐이었지. 하지만…… 그러면서도 줄곧 너를 지켜보고 있었고, 그러다 잠시 이런 생각이 들었어. 어쩌면 그냥 이렇게 지내는 게 더 나을지도 모르겠다고 말이야. 잘은 모르겠지만…… 네가 무척 행복해 보였거든."

"맞아. 하지만 지금이 더 행복해."

베넷이 미소를 지었다.

"정말이야?"

"응, 정말이야."

"라파스에 있어서 그런 게 아니고?"

"어디든 무슨 상관이겠어?"

나는 우리가 함께 여행 일정을 계획할 때 우회로와 여러 노선들을 지나 딱 한 군데 지역에서 교차했던 것을 떠올렸다. 그리고 다시 그의 허리에 손을 얹고 맨살에 작게 동그라미를 그리며 말했다.

"전부 다 말해 줘. 그동안 어디에 있었는지. 내가 놓친 게 무엇인지."

베넷은 몸을 구부려 내 코끝에 입을 맞추었다.

"많은 걸 놓치지는 않았던데. 사실 지난 한달 반 동안 죽 너를 지켜보았어."

"나를 지켜보았다고?"

나는 그의 얼굴을 보기 위해 몸을 뒤로 젖혔다.

"네 말이 맞았어. 그날 아침 노스웨스턴 대학교 트랙. 나 거기에 있었어. 아직 통제력을 갖추지 못했거든."

베넷은 내 어깨 위로 손을 뻗어 내 곱슬머리를 몇 가닥 손에 쥐고는 손가락으로 돌돌 말았다.

"네가 떠밀려 돌아온 그날 밤 이후, 난 샌프란시스코에 갇혀 있었어. 다른 곳으로 이동하려고 해 보았지만 어느 날짜, 어느 시간을 선택하든 번번이 같은 곳으로 돌아왔지. 1995년 3월 6일 월요일. 바로 그놈의 트랙에. 마치 「사랑의 블랙홀Groundhog Day(1993년 영화로, 시간이 반복되는 마법에 걸린 주인공이 미국의 경칩에 해당하는 날인 성촉절Groundhog Day을 매일 반복하는 내용 - 옮긴이)」처럼 같은 시간 속에 갇힌 것 같았어. 기껏 일 분밖에 머물지 못하고 다시 돌아왔지만, 내가 갈 수 있는 유일한 곳이라 매번 그곳으로 갔지."

"너라는 거 알고 있었어."

나는 내가 미친 게 아니라는 것을 알고 있었다. 베넷은 엷게 미소를 지으며 계속해서 말을 이었다.

"그런데 무슨 이유에선지 이번 달 초에 뭔가 변화가 생겼어. 3월 6일 그 트랙에 떨어지는 대신 오월의 어느 화창한 날에 도착했고, 바로 그날 네가 나를 알아보았던 거야. 그리고 이후부터 모든 것이 서서히 정상으로 돌아왔어. 매일 조금씩 더 멀리 여행하고 조금씩 더 오래 머무를 수 있었지만, 아직은 너에게―에반스톤에도 이곳에도―돌아오지 못하다가 어제야 올 수 있었어."

"어떤 변화가 생긴 건데?"

"나도 잘 모르겠어. 그런데 너야말로 정말 변했는걸. 다른 무슨 일이 있었던 거야?"

이번 달 초를 되돌아보자 그간의 모든 일들이 황급히 떠올랐다. 날짜 기억하고 있습니까, 세뇨리타 그린? 6월 1일이요, 세뇨르. 그날은 우울하게 시내를 서성거리며, 더 이상 베넷이 돌아오길 기다리며 에반스톤에서 뭉그적대는 짓을 하지 않기로 결심한 날이었다. 그날은 애나의 충고에 귀를 기울이고 스스로 다른 길로—내가 원했던 길로—방향을 전환한 날이었다. 결국 그날은 베넷이 돌아오는 것을 가능하게 만든 날이었다.

"난 이곳으로 오기로 결심했어. 아무리 기다려도 너는 오지 않았지. 마침 아르고타 선생님이 이 여행을 제안하셨고, 난 반드시 이곳에 와야겠다고 생각했어."

"나도 없는데 말이지."

베넷이 서글픈 미소를 지으며 나를 바라보았고 나는 고개를 끄덕였다. 그리고 우리는 한참 동안 말이 없었다.

"그 편지에 대해 너한테 진작 말했어야 했어."

"맞아, 그랬어야 했어."

나는 그의 뺨에 손을 가져다댔고, 그의 눈동자가 내 눈동자를 찾을 때 용서한다는 의미로 미소를 보여 주었다. 베넷도 미소로 답했지만 나는 그가 뭔가를 생각하고 있다는 것을 알 수 있었다. 나는 베넷이 다시 시간을 되돌리길 바라지 않을까 궁금했지만, 그는 자신의 원칙들을 고수할 테고, 그도 나도 나름대로 만들어온 시간들을 바꾸지 않으리라는 느낌이 들었다.

"자, 그럼 이제 난 모든 사실을 알게 된 건가?"

베넷이 웃음을 터뜨리며 다시 나를 보았다.

"그래, 이제 넌 모든 사실을 알게 됐어. 이제부터 어떤 일이 일어날지 진짜 모르겠다."

"그러게."

나는 갑자기 내 모든 미래가 다시 달라 보인다는 생각을 하며 베넷을 물끄러미 바라보았다. 다시 위장이 뒤틀리는 불편한 느낌을 경험하게 될 테고, 벽면 가득 펼쳐진 내 지도에 작고 빨간 핀의 닐카로운 끄트머리를 꽂을 테고, 어느 낭만적인 작은 마을에서 베넷에게 키스를 할 테고, 숨겨진 커피숍을 찾아다니며 함께 카페라테를 마시겠지.

"다음에 어디 여행할지 생각해 봤어?"

베넷이 물었고, 나는 미소를 지으며 고개를 저었다.

"파리에 가자."

데빌스 레이크에서 길을 따라 걸었던 기억, 베넷이 나에게 암벽 등반을 가르쳐 주며 즐거워했던 기억, 내가 파리의 어느 카페에 있으면 좋겠다고 말했던 기억이 떠올랐다. 그때 베넷이 문득 멈추더니 장난기 가득한 표정으로 씩 웃어 보였다.

"아침 먹을 때 되지 않았어?"

"아침이라고? 지금?"

나는 크게 웃으며 인적 없는 해변을 둘러보았다. 베넷은 나에게 아침을 먹이길 원했다. 파리에서. 그것도 지금 당장. 나는 단조로운 운동복 차림의 내 모습을 내려다보았다.

"안 될 게 뭐야?"

베넷이 일어서서 손을 내밀었다. 나는 내 옷을 다시 유심히 바라보다가 이내 신경 쓰지 않기로 결심했다. 어차피 파리에서 아침 한 끼 먹는 건데 뭐. 그리고 베넷이 나를 일으켜 주도록 팔을 내밀었다.

우리는 그렇게 해변에 마주 섰고 그의 두 손에 내 손을 맡겼다. 베넷이 미소를 지었고, 그런 베넷의 표정에는 나에게 새로운 것을 보여 준다는 생각에 벌써부터 한껏 들떠 있는 기색이 역력했다.

"준비됐지?"

나는 그렇다고 말하려고 했다. 하지만 이내 입을 다물었다. 아름다운 배경으로 펼쳐진 주변의 바다와 바위와 절벽과 산들을 둘러보았다. 그리고 문득 파리에 있고 싶지 않아졌다. 이곳이 아닌 어디에도 있고 싶지 않았다. 나는 베넷의 한 손을 놓아, 여행을 위한 능력을 얻기 위해 우리가 늘 해 오던 방식을 깨뜨렸다. 그리고 그의 가슴에 등을 기대고 그의 팔로 나를 감쌌다.

"저 멀리 노란색 파라솔 보여?"

나는 해변의 반대편을 가리키며 그의 얼굴을 올려다보았다. 베넷은 눈을 가늘게 뜨고 먼 거리를 응시했다.

"응."

그가 어리둥절한 표정으로 미소를 지으며 나를 내려다보았다.

"이 마을에서 최고의 멕시코 커피를 마실 수 있는 곳이야."

이제 무슨 의미인지 알겠다는 듯 베넷의 미소가 부드럽게 변했다.

"갈까, 지금?"

나는 마치 라파스 전문가라도 되는 듯 고개를 끄덕였다. 전문가는 전문가지, 뭐. 적어도 여기에 있는 우리 둘 사이에서는.

"가자."

베넷은 손으로 내 얼굴을 잡고, 어쨌든 지금 우리가 함께하기에 전세계 어디에도 이보다 더 좋은 곳은 없다는 듯 나에게 키스를 했다.

나는 그의 손에 내 손을 깍지 꼈다. 그런 다음 모래에서 내 샌프란시스코 엽서를 집어 들고 허공 위로 높이 흔들었다. 그리고 이제 우리는 노란색 파라솔을 향해 출발했다.

"어서 가자. 이번엔 내가 살 차례야."

그가 내 허리를 떠밀었다. 나는 그의 등을 떠밀었다. 우리는 그가 지금까지 한 번도 가보지 못한 곳을 향해 해변을 따라 걸어 내려갔다.

감사의 글

  사랑, 우정, 가족에 대한 이 이야기에 영향을 주신 분들이 아주 많습니다. 덕분에 이 세 가지에 대해 더 풍성하게 느낄 수 있어 축복받았다고 생각합니다.

  남편 마이클은 내 인생에서 가장 사랑하는 사람이자 진정한 의미의 동반자입니다. 만일 1995년으로 다시 돌아간다 해도, 여전히 당신을 선택했을 겁니다.

  아들 에이단과 딸 로렌은 이 책의 등장인물들에게 엄마의 관심과 시간을 나누어 줘야 했습니다. 그런데도 아이들이 제게 원한 것은 잠자리에 들기 전 자신들이 지어낸 이야기를 들어 달라는 것뿐이었습니다. 아이들의 무조건적인 사랑과 응원에 대해 정말 고맙게 생각합니다. 내가 그렇듯, 아이들도 언제나 스스로를 자랑스럽게 여기길 바랍니다.

  이 소설은 우리가 스스로의 삶을 선택하고, 그 선택을 끈기 있게 밀고 나가는 것에 대한 이야기입니다. 아버지 빌 아일랜드는 나에게 그것을 가르쳐 주셨습니다. 정말 감사드립니다. 늘 저의 존재 자체를 온전히 사랑해 주시는 어머니 수잔 클라인께도 감사를 드립니다. "저 소설 쓰고 있어요"라는 딸의 말에 "그렇다면 당연히 시간에 관한 이야기겠구나"라고 말해 주는 어머니는 흔치 않을 것입니다. 세상 모든 아이들이 이 두 분과 같은 팬을 가졌으면 합니다.

우리 가족은 믿을 수 없을 만큼 열광적인 격려를 저에게 보내 주었습니다. 나의 형제 벤과 제프 아일랜드, 데이비드와 크리스틴 스톤, 랜디, 샤론, 브랜든, 소냐 쿡, 카렌 클라크, 조안나, 에릭, 크리스티나 아일랜드에게 감사합니다. 특별히 짐과 베키 스톤의 변함없는 사랑과 지원에 감사드립니다. 그리고 살아 계셨다면 이 모든 기쁨을 함께 하셨을 우리 할머니, 이디스 아일랜드께도 감사드립니다.

처음에는 자기 가족이 아닌 이들과 가정을 이루는 것이 얼마나 중요한지 알지 못했습니다. 하지만 가장 절실했던 순간에 지도에도 없는 세계를 저에게 준 드롱 가족에게 감사드립니다.

친구들에게 받은 격려에 지금도 몸 둘 바를 모르겠습니다. 저는 그들이 상상하는 것 이상으로 그들을 사랑합니다. 내 첫 번째 독자 하이디 템킨, 스테이시 페냐, 몰리 데이비스, 소냐 페인터, 엘 코시마노, 그리고 스펜서 데이비스는 시간과 정성을 아낌없이 쏟아 내 작품을 읽고 의견을 말해 주었습니다. 동업자인 몰리와 스테이시에게도 감사를 드리고 싶습니다. 그들은 나의 새로운 시도를 진심으로 격려했고 조금의 망설임도 없이 나를 도와주었습니다.

세 명의 특별한 소녀들에게도 감사를 전하고 싶습니다. 호산나와 소피 풀러는 똑똑하고 활발하며 세상 경험이 많은 현실 세계의 여주인공들입니다. 깐깐하고 안목 높은 독자 클레어 페냐는 이 소설을 쓸 수 있도록 영감을 준 첫 번째 인물입니다. 시간 여행에 대한 이야기 구성과 음악에 대한 부분을 좋아해 준 호산나에게 특히 감사합니다. 나는 그녀에게서 더 기발한 아이디어가 나올까 싶어 시간 여행과 음악에 대한 이야기를 잔뜩 늘어놓았지요.

대학 라디오에 관해 소상히 조언해 준 DJ 스테이시, 스페인어를 가르쳐 준 아니타 밴 통걸루, 크로스컨트리에 대해 알려 준 케이트 울프, 등반 기술에 도움을 준 마크 홈스트롬, 의료 자문을 해 준 마이크 박사, 그리고 아름다운 가사를 인용하도록 허락해 준 펄 잼과 피시에게 무한한 감사를 드립니다.

이 책이 세상에 나올 수 있게 해 준 카린 와이즈먼과 리사 요스코비츠. 이 놀라운 두 분에게는 뭐라고 감사의 인사를 해야 제 마음을 충분히 전달할 수 있을지 모르겠습니다.

나의 에이전트인 카린 와이즈먼은 우리가 처음 만나 악수와 포옹을 나누던 그 순간부터 이 이야기를—그리고 나를—전적으로 신뢰했으며, 매순간 그것을 깨닫게 해 주었습니다. 특히 편집에 관련된 조언에 감사드립니다. 덕분에 내가 한 번도 생각한 적 없었던 새롭고 아름다운 방향으로 등장인물들을 이끌 수 있었습니다. 나에게 대단한 열정과 헌신을 보여 준 카린의 팀원 타린 페이거니스와 미셸 와이너, 그리고 지원을 아끼지 않은 안드레아 브라운 출판 에이전시의 모든 직원들에게도 깊은 감사를 드립니다.

편집자 리사 요스코비츠는 그저 경외롭다는 말 외에 다른 표현이 떠오르지 않는군요. 그녀의 직관과 아이디어 덕분에 제 이야기는 훨씬 흥미롭게 만들어졌고, 그녀의 인내와 높은 기대 덕분에 저는 훨씬 좋은 작가가 될 수 있었습니다. 그녀는 이 이야기를 처음부터 완벽하게 이해했고, 어려운 질문들을 던졌으며, 작업을 진행하는 동안 온갖 우여곡절 속에서 나를 이끌어 주었습니다. 리사와 디즈니 하이페리온 출판사의 직원들은 애나와 베넷을 열렬히 환영해 주어, 우리가 집을 제대로 찾았다는 것을 확신하게 해 주었습니다. 매번 교정을 볼 때마다 좋은 의견을 제시해 준 토리 코사라와 표지를 아름답게 디자인해 준 휘트니 망제에게도 감사의 인사를 전합니다.

너에게 닿는 거리, 17년

초판 1쇄 발행 2014년 10월 22일
초판 2쇄 발행 2014년 11월 12일

지은이 타마라 아일랜드 스톤
옮긴이 서민아
펴낸이 김선식

경영총괄 김은영
마케팅총괄 최창규
책임편집 이은 **디자인** 김윤실 **크로스교정** 김서윤
콘텐츠개발3팀장 김서윤 **콘텐츠개발3팀** 이여홍, 김윤실, 최수아, 이은
마케팅본부 이주화, 윤병선, 이상혁, 도건홍, 최혜령, 박현미, 반여진, 이소연
경영관리팀 송현주, 권송이, 윤이경, 김민아, 한선미
일러스트 Ensee(최미경)

펴낸곳 다산북스 **출판등록** 2005년 12월 23일 제313-2005-00277호
주소 경기도 파주시 회동길 37-14 3, 4층
전화 02-702-1724(기획편집) 02-6217-1726(마케팅) 02-704-1724(경영관리)
팩스 02-703-2219 **이메일** dasanbooks@dasanbooks.com
홈페이지 www.dasanbooks.com **블로그** blog.naver.com/dasan_books

종이 한솔피엔에스 **인쇄 · 제본** 스크린 그래픽 **후가공** 이지앤비 특허 제10-1081185호

ISBN 979-11-306-0413-8 (03840)

다산북스(DASANBOOKS)는 독자 여러분의 책에 관한 아이디어와 원고 투고를 기쁜 마음으로 기다리고 있습니다.
책 출간을 원하는 아이디어가 있으신 분은 이메일 dasanbooks@dasanbooks.com 또는 다산북스 홈페이지 '투고원고'란으로
간단한 개요와 취지, 연락처 등을 보내 주세요. 머뭇거리지 말고 문을 두드리세요.